인터셉트

김샤론 장편소설

1

동아

인터셉트 ·1

초판 1쇄 인쇄일 | 2022년 12월 12일
초판 1쇄 발행일 | 2023년 01월 04일

지은이 | 김샤론
펴낸이 | 박성면
펴낸곳 | (주)동아

출판등록 | 제406-3960100251002007000071호
주소 | 경기도 파주시 문발동 223-11 2층
전화 | (031)8071-5201
팩스 | (031)8071-5204
E-mail | bear6370@hanmail.net

정가 | 11,800원

ISBN 979-11-6302-620-4 (04810)
      979-11-6302-619-8 (set)

Donga
romance story

1

인터셉트

김샤론 장편소설

동아

Intercept

목 차

Intercept

1 부

Prologue

희주는 안진으로 내려가는 버스를 탔다. 서울에서 남해 쪽의 안진까지, 서산 그룹이 사용하는 전용기로는 한 시간이 걸린다고 했다. 서울에서 탄 고속버스는 네 시간이 넘도록 달리고 있었다. 아직 한 시간을 더 가야 한다.

차 안에서 희주는 자신이 저지른 엄청난 짓을 떠올렸다. 뻑뻑한 눈을 질끈 감고 헤드레스트에 머리를 기댔다.

* * *

"가지 마요. 가지 말고 나랑 놀아요."

애원하는 달콤한 목소리가 흘러나왔다.

그의 약혼식까지 한 시간 남은 시점이었다. 연미복을 입고 준비를 마친 그는 약혼식이 있는 호텔 스위트룸에서 대기하고 있었다. 어느 때보다도 화려하고 우아한 남자의 차림에 울컥하는 마음이 치솟았다.

남자가 자신의 것이라 여겼지만 그건 잠자리에서뿐이었다. 알고 있었음에도 배신감에 시달리며 온몸이 두들겨 맞은 듯 아팠다. 그것을 알려 주는 현실을 눈앞에 두고 처참한 기분을 맛보았다.

서태인. 절대 욕심내는 안 될 남자.

반쯤은 오기였고, 반쯤은 진심이었다. 그가 약혼식을 앞두고 이런 말도 안 되는 도발에 장단을 맞춰 줄 가능성은 희박했다.

하지만 그냥 자신이 마음 가는 대로 한 번쯤은 해야 할 것 같았다. 설사 잘못된 방법일지라도 그렇게 하고 싶었다. 그러면 미련이라도 사라질 것 같아서. 서태인은 냉철한 사람이었다. 결코 자신에게 휘둘리는 남자가 아니었다.

연미복을 입은 남자가 햇살이 부서지는 창가에 서 있었다. 눈이 시릴 만큼 근사한 남자를 자신만 보고 싶었다. 이런 소유욕을 느끼면서 그를 사랑하지 않는 척 어떻게 버텼는지 모르겠다.

쿵쿵쿵.

떨리는 심장을 느끼며 그에게로 달려가다시피 성큼성큼 걸어갔다. 목을 끌어안고 입을 맞췄다. 필사적으로 매달려 키스를 퍼부었다. 그의 관능적인 입술을 빨고, 깨물며 혀를 넣어 절박한 입맞춤을 했다.

타액이 섞이는 질척이는 소리와 야릇한 흐느낌이 흘러나오는데도 그는 아무런 반응이 없었다. 그녀는 일방적인 행위를 멈춰야 했다.

역시 안 되는 것이다.

처절한 현실을 마주하자 억센 줄기가 그녀의 심장을 옥죄어왔다.

내가 뭐라고.

자신은 이 남자에게 한낱 유희 거리에 불과했는데. 기어코 마음을 줘서는 이렇게 초라해지고 마는구나. 자각하니 가슴이 지끈거렸다. 입술을 떼고 손을 풀었다.

꼴사납게 그의 앞에서 눈물을 흘리지는 말자며 돌아설 때였다.

태인은 그녀의 작은 뒤통수를 한 손에 잡고 다른 손으로는 허리를 감아 당겨왔다. 덮치듯 입술을 삼키며 한 치의 틈도 용납하지 않았다.

안으로 파고든 혀가 거칠게 입 안을 제멋대로 휘저었다. 뿌리까지 혀를 얽으며 집어삼켰다. 흘러내린 그녀의 타액까지 게걸스럽게 먹어 치우며 그녀의 얼굴을 삼킬 듯 굴었다.

그녀가 숨을 쉬기 위해 태인의 단단한 가슴을 밀어냈다. 꿈쩍도 안 한 남자가 팔로 단단하게 그녀를 옥죄며 키스했다. 한참 뒤 그가 입술을 떼었다. 희주가 숨이 차 가슴을 들썩이는 모양새를 지그시 내려다보았다.

그는 손목을 들어 번쩍거리는 자신의 메탈시계를 한번 보았다.

느릿하게 눈을 감았다가 뜨며 그녀를 쳐다보았다.

"그래, 뭐 하고 놀까."

매끄러운 호선을 그리며 미소 지은 남자의 얼굴은 묘했다. 그 미소에 홀린 듯이 희주는 이성을 잃었다.

내 거야. 이 남자는 내 것이야.

그녀는 제정신이 아니었다. 그랬으니 그렇게 했으리라. 응접실의 벨벳 소파에 앉아 있는 그의 벌어진 무릎 사이에 무릎을 꿇고 앉았다. 무릎에 손을 올린 그의 손목시계를 보자 약혼식 시작까지 40분이 채 남지 않았다.

벨트로 손을 가져가 열어젖혔다.

지익-

그의 다리 사이에서 버클을 풀고 지퍼를 내리는 동안에도 그는 항상 그랬듯 속을 읽기 어려운 얼굴로 그녀를 내려다보았다.

그런 표정과는 별개로 바지 위로 두툼하게 부풀어 오른 앞섶이 불끈거렸다. 브리프 안에 있던 성기가 위로 삐져나와 머리를 드러내고 있었다. 흉흉하게 꿈틀거리고 있는 그것을 품고 있는 천을 내리자마자 그의 복근 위로 끄덕거렸다.

도대체 언제.

"언제 세웠냐고?"

무슨 생각을 하는지 알 수 없는 태인과는 달리 알기 쉬운 그녀의 표정을 읽은 듯 물었다.

"네가 놀자고 할 때부터."

기대가 돼서 말이야. 그가 상체를 숙여 그녀의 귓가에 속삭였다. 그리고 긴 손가락으로 희주의 블라우스의 단추를 툭툭 풀어냈다.

"속옷도 내 취향이네. 작정하고 왔나 봐. 김희주 씨."

그가 놀리듯이 존대했다.

섬세한 레이스로 짜인 브래지어 컵은 부피감 있는 가슴의 모양을 그대로 보여 주었다. 빨간 젖꼭지까지 비칠 정도로 얇은 레이스가 더없이 선정적으로 보였다. 그에게서 받는 선물은 그의 취향이었다. 고급스러우면서도 야한 구석이 있는 최고급 속옷. 입고 있는 속옷 역시 그가 선물한 것이다.

그는 아름다운 걸 좋아했다. 그녀를 다시 만났을 때, 예뻐서 네가 좋다고, 네 몸이 꼭지가 돌게 야해서 좆이 너한테만 서니까, 같이 서로 좋은 짓을 하자며 속살거렸다.

그가 손가락으로 가슴을 감싸고 있는 레이스를 손가락으로 걸어 밑으로 내리자 가슴이 출렁이며 내려왔다. 얄궂게 한쪽만 내미는 모양새가 더 야해 보였다.

"준비 많이 한 것 같은데. 계속해 봐."

그는 느긋하게 등을 소파에 기대어 팔을 뻗어 등받이에 걸쳤다.

그에게 펠라를 안 해 준 건 아니었지만 태인은 자신이 그녀를 만지는 것을 더 좋아하는 쪽이었다. 정확히는 그녀가 느끼는 지점을 보며 자신도 발정했다.

희주는 위로 치솟은 그의 기둥 밑 부분을 잡았다. 쿠퍼액을 질금질금 뱉어내는 그의 성기를 입술에 넣고 삼켰다.

남성적인 체향이 콧속 점막을 차지하자. 열기가 고인 아랫배가 왈칵 조여들었다. 크게 갈라진 그의 허벅지의 근육이 꽉 수축하는 게 느껴졌다. 페니스를 머금느라 희주의 가슴이 그의 허벅지에 닿았다. 태인의 복근에서 장골까지 내려온 핏줄이 생경하듯 툭툭 불거졌다.

액이 흐르는 성기를 빠는 소리가 적나라하게 들렸다. 질척이며 침을 뱉으며 빠는 걸 좋아했으니 그녀는 침을 삼키지 않았다. 자신의 타액과 그가 뱉어 내는 물로 그의 공 같은 고환이 축축하게 젖어 들었다.

희주의 뒤통수로 태인의 뜨거운 손이 닿았다. 손을 아래로 당겨 희주의 시선을 차지했다. 태인이 그녀의 얼굴을 내려다보았다. 그의 성기가 입 안을 찔러 볼록해진 볼을 보니 기가 차서 웃음이 나왔다.

"천박하기 그지없군."

"읍, 으읍……."

"오해하지 마. 좋아 죽겠다는 뜻이니까."

남자의 길고 서늘한 눈매가 욕정으로 휘어져 한없이 야해 보였다.

아직 여유가 있는 태인의 모습이 보기 싫었다. 그녀는 태인에게 눈을 맞추며 아래위로 입질을 했다. 혀를 굴리며 안쪽 점막에 느껴지는 우둘투둘한 핏줄을 핥으며 목구멍 안까지 넣었다. 성기가 그녀의 입 안을 이곳저곳 찌르며 어딘가로 들어가고 싶어 안달 나 있었다.

"큿, 김희주…… 하아."

움찔움찔, 잔뜩 경직하는 태인의 하체가 느껴졌다. 그의 잘생긴 얼굴이 일그러졌다. 그 모습조차 너무 근사해서 자신만이 그것을 보고 싶다고 생각하는 자신이 어이가 없었다. 이 상황에서조차 태인은 그녀에게 소유욕이라는 감정을 선사했다.

희주는 잡념을 없애고자 입놀림을 더 빨리했다. 태인이 쾌락에 빠져 허리를 튕겨 댔다.

"이런…… 씹……."

사정감이 치밀어 오르는지 성기를 빼고 귀두를 엄지로 막았다. 그러고는 기둥을 잡고 몇 번 쓱쓱 훑어 내린 뒤 귀두를 그녀의 가슴에 문지르며 부들거리는 그 감촉을 음미했다.

픽픽. 쏟아내는 백탁액이 희주의 가슴 아래 밀려난 브래지어에 고였다가 떨어졌다. 그걸 바라보는 그의 눈이 한층 더 짙어졌다. 희주는 안도했다. 그가 마침내 여유를 잃고 그녀에게 정신없이 개처럼 달려들 테니까.

겉모습만큼은 우아하고 고상한 태인이 오직 몰두할 대상이 이것밖에 없다는 듯 그녀의 위에서 짐승처럼 흘레붙는 그 모습이 좋았다. 적어도 섹스할 때만큼은 우위를 선점한 듯한 기분에 그녀는 쾌감을 느꼈었다.

1시. 그의 약혼식 시간이었다. 그의 핸드폰이 쉴 새 없이 울렸다.

번쩍. 자신의 미친 짓을 자각하자 이성이 그녀에게 몰아닥쳤다.

내, 내가 무슨 짓을. 감당도 못 할 짓을…….

벨 소리를 찾아 희주가 고개를 살짝 틀었을 때였다. 그걸 눈치챈 태인이 희주의 턱을 강하게 잡아 자신 쪽으로 시선을 가져왔다. 그리고 입 안으로 손가락을 거침없이 집어넣었다.

"뭘 이제 와서. 응? 겁먹었어?"

긴 손가락으로 혀를 유린해 질척이는 타액을 흘리게 하고, 결국은 눈물까지 쏟아내는 그녀를 쳐다보며 짓씹듯 말했다.

"항상 그렇지…… 희주야, 넌 겁이 너무 많아."

1. 망쳐 버린 약혼식

몇 번을 소파 위에서 버거운 자세로 그를 받아들였다.

시간이 얼마나 지난 걸까. 수차례 몸을 섞으며 목이 쉴 때까지 신음을 흘렸다. 그래도 쫓기듯 불안했다. 그가 가 버릴까 봐서. 씨물을 다 뱉어 내고 욕구를 다 채웠으니 언제나 그렇듯 우아한 걸음으로 그녀에게서 돌아설까 봐.

그런 상상은 기우라는 듯 태인은 그녀를 엎드리게 한 채로 등 쪽에 빽빽한 흔적을 남기는 중이었다. 아찔한 쾌락이 지속됐지만, 쾌락이 몇 시간이나 지속된 덕분에 무감해질 지경에 이르렀다.

어둑하게 해가 저물고 있었다.

약혼식 시간이 훌쩍 넘었을 시간임이 확실해졌다.

늘어진 그녀를 씻기고자 들어간 욕실에서도 그녀는 다시 마음이 다급해졌다. 이게 정상일까 싶을 정도로 그에게 매달렸다.

그가 이대로 씻고 돌아가서 다시 약혼식을 진행하면 어쩌나. 겁이 났다. 불안감을 가장한 쾌감에 이성은 날아가고 태인을 붙잡아야 한다는 본능만이 그녀를 지배했다.

희주는 스스로 욕조 턱에 한쪽 발을 올리고 그의 앞에서 손가락을 넣어 정액을 빼냈다. 후두둑. 후두둑. 몇 번을 사정해 배 속 가득 찬 정액이 천박한 소리를 내며 떨어졌다.

"으응, 웃…… 흐으……."

쾌감을 이기지 못해 앞으로 희주는 상체를 숙이며 신음했다. 그에 그치지 않고 희주는 다시 똑바로 서 음모를 헤치고 손가락으로 음순을 벌렸다. 그리고 다른 손으로 부어 있고, 튀어나온 그곳을 비볐다.

번쩍. 뱀 같은 눈이 집요하게 그곳을 응시했다. 망가져 가는 희주의 얼굴을 번들거리는 욕망을 담아 주시했다. 단 한 순간도 놓치지 않겠다는 듯 집착적으로 그 모습을 지켜보았다. 꺼떡대며 치솟은 성기가 그의 잘 짜인 복근에 달라붙었고, 귀두에서는 쿠퍼액이 줄줄 흘러내리고 있었다.

질꺽. 질꺽.

그녀가 손가락으로 자신의 것을 쓸자 난잡한 물소리가 났다. 더운 숨을 뱉으며 허리를 숙여 바들바들 절정을 맞이하려는 그녀를 태인은 화가 난 듯 쳐다보았다.

"희주야, 내가 이렇게 천박하게 구는 거 좋아하는 거 어떻게 알고."

탁탁탁.

그가 자신의 성기를 아래위로 강하게 훑으며 자위했다.

"하웃, 으으응…… 하아."

희주의 입에서 격정적인 신음이 나왔다. 절박하게 손가락을 넣은 희주의 밑에서는 액들이 흘러나오며 사방으로 튀었다.

그 모습을 보던 태인의 가슴이 크게 들썩였다.

탁탁. 철벅. 철벅.

성기를 오르내리는 그의 손이 더 빨라졌다.

태인은 마침내 울컥 토해 낸 정액을 손바닥으로 느릿하게 문질러 끝까지 쥐어짜 냈다. 희주를 쳐다보는 그의 눈매가 너무 야해서 그녀는 다시 아래가 꽉 움츠러들었다.

"아, 아……."

무너져 내리듯 주저앉은 희주를 그가 씻겨 주었다. 샤워 도중에도 거친 숨소리와 숨 막히는 성적인 흥분에 긴장된 분위기는 가라앉지 않았다. 들썩이는 호흡이, 그의 커다란 근육들에 고인 열감이 그걸 말해 주었다.

해가 완전히 저물고 까만 밤이 찾아왔다.

씻고 욕실을 나와서도 그는 계속해서 희주의 장단에 맞추어 주었다. 침대 위에서 몇 번의 정사를 펼치고 난 후 마침내 둘은 서로에게서 떨어질 수 있었다.

정사 후의 그의 모습을 좋아한다. 색향을 솔솔 풍기면서 한 치의 오차도 없는 간결한 동작으로 옷을 입는 모습이라든지, 창가 앞에 서서 밖을 내려다보는 모습이 사무치게 근사했다.

저 남자를 완벽하게 차지하는 사람은 없을 거야.

그렇게 자신을 위로했다.

자신을 바라봐 주지 않는 모습에 시큰거리는 가슴을 부여잡으면서도 근사한 그의 모습에 결국은 굴복하고 마는 자신이 초라했다.

그는 창가 밖을 내려다보고 있었다. 어떤 얼굴인지 확인할 길이 없었다.

후회하고 있을까.

남자가 느긋하게 몸을 돌리자 희주는 눈을 질끈 감았다. 어떤 표정인지 확인할 용기가 나지 않았다. 시야가 차단되자 서서히 정신이 몽롱해졌다.

정신을 잃기 전 그때의 기분은 아무래도 좋았다. 눈물이 흘렀다. 자신과 있느라 약혼식에도 가지 않은 태인을 보며 자신을 사랑하는 게 아닐까, 라는 생각이 들었다. 이게 사랑이 아니라면 뭘까. 묻고 싶었다.

기절하지 않았다면 그를 사랑한다고 고백이라도 할 뻔했으니. 약혼하지 말라고. 당신을 좋아한다고, 사랑한다고. 자존심 때문에, 자신의 처지 때문에 스스로 솔직해질 수 없는 자신을 털어놓고 싶었다. 자고 일어나면…… 그럴 수 있을까.

지끈. 갈기갈기 찢어 버리고 싶을 정도의 고통이 차올랐다.

그럴 수 없다는 걸 알기에.

태인은 끊임없이 울리던 전화를 마침내 받았다. 감정이 담기지 않은 건조한 목소리였다.

"그래요. 알겠어요."

희주는 수마에 휩쓸리며 희미하게 들리는 그의 목소리를 끝으로 잠이 들었다. 태인은 잠든 그녀에게 다가와 이불을 끌어올려 주었다.

* * *

집으로 돌아오는 길이 어땠는지 기억나지 않는다. 몸과 마음이 물에 빠져 허우적대는 것처럼 무거웠다. 인터넷 기사조차 찾아보는 게 무서웠다. 자신이 저지른 치기 어린 짓이 현실처럼 와닿을까 봐. 일을 저지르고 발발 떠는 꼴이 웃겼다.

사무실이 시끌벅적했다.

"대박이야. 전무님 약혼식에 안 나오셨대."

주말을 지나 돌아온 회사에서는 그의 소식으로 가득했다. 특히 같은 층을 쓰는 커뮤니케이션실의 분위기가 어수선했다.

"어제 커뮤실 밤새웠잖아. 기사 막느라."

정유연 대리가 걸어와 속삭였다.

"아 피곤해, 커피라도 마시자. 나도 어제 새벽에 들어갔다가 씻고만 왔어."

회사 중정에 정원이 있는 카페테리아에서 커피를 가지고 유연 대리가 앉아 있는 테이블로 갔다.

"땡큐, 잘 마실게."

희주가 가져온 커피를 받아 들며 유연은 목을 좌우로 움직였다.

"아, 모르겠다. 무슨 일이야 이게."

"……어떻게 된 거야?"

알면서도 뻔뻔하게 묻는 자신이 영악하기 짝이 없었다. 도대체 어디까지 바닥으로 떨어져야 할까.

약혼식은 태인의 건강상 이유로 미뤄졌다고 했다. 노발대발한 서명환 회장이 태인을 내쫓겠다며 물건을 집어 던졌다고 했던가.

완벽한 그에게 오점을 남겼다. 보잘것없는 자신이 완벽한 그에게.

태인에게선 연락이 없었다. 그도 순간의 욕정에 휘둘린 것을 후회하겠지.

우울감이 그녀를 덮쳐 왔다. 마냥 기분이 좋을 줄 알았는데. 찝찝한 불쾌감이 가시질 않았다. 그를 여전히 가질 수 없는 자신의 처지에 허망해졌다.

울렁거리는 속을 겨우 달래고, 희주는 책상 서랍에서 흰 봉투를 꺼냈다.

사직서. 그를 망치려는 계획과 그에게서 도망가려는 생각을 동시에 했다.

더 이상 그를 볼 수가 없었다. 이상한 자괴감에 빠져 그를 망치고 싶다는 목적으로 그렇게 한 것이다. 원하는 바가 이루어졌으니 떠날 것이다. 비록 그에게는 얇은 상처 한 줄기에 불과할 것이다. 이 정도쯤 별것 아니라는 듯 다시 훨훨 날아갈 것이다.

팀장님께 조심스럽게 사직서를 내밀었다. 어두운 얼굴을 살피던 팀장님은 휴직을 사용할 것을 권유했다. 원래부터 희주를 예뻐했던 팀장은 조금만 쉬어 보고 그때 결정하자며 만류했다.

2개월 휴직 기간을 제시했다. 어차피 돌아오지 않을 텐데. 그때 가서 얘기하자는 심정으로 회사를 나왔다.

여름이 다가오고 있었다. 그를 처음 만난, 무더웠던 지독한 계절이.

* * *

무성한 나뭇잎을 자랑하는 나무가 바삐 지나가는 와중에 고속 도로의 안내판이 도착지를 알려 왔다.

〈안진에 오신 것을 환영합니다〉

상념에 젖은 그녀를 끌어 올리려는지 가방 속에 있던 핸드폰의 진동 소리가 요란했다. 울리다가 조용히 멎기를 반복했다.
부재중 전화 5통.
저장되지 않아 번호만 떠 있는 액정을 바라보았다. 태인이었다.

약혼식이 미뤄진 이후 여러 가지로 해결해야 할 일이 많다고 들었다. 그의 약혼녀가 될 뻔했던 최세연의 본가 CH 그룹이 해외 공장 건설 컨소시엄에서 빠지겠다고 통보했댔으니까. 이번 중동의 해외 건설 현장 사업은 서산 그룹에서 주도한 것으로, 다수의 경험을 통해 노하우와 인력풀을 가지고 있는 CH 그룹이 빠지면 불리했다. 태인이 수습 때문에 바쁘다는 것은 보지 않아도 알 수 있다.

도대체 무슨 짓을 한 걸까. 내가 그 사람에게.

자괴감과 불안함. 슬픔과 연민. 죄책감. 그 뒤에 조그맣게 숨어 있는 기쁨이 있었다. 추악하게도 자신이 선택받았다는 사실에 만족감이 작게 고개를 수그리고 웃고 있는 기분이었다. 냉철하고 바늘 하나 들어갈 것 같지 않은 완벽한 그에게 오점을 남길 수 있는 게 자신이라서, 그녀는 사실 기뻤다.

추악해. 정말. 저질이야 난.

코가 시큰거리며 눈물이 계속 흘러나왔다. 청승맞게 버스 안에서 숨죽여 울었다. 쉴 새 없이 나오는 눈물로 눈가가 짓물러 퉁퉁 부었다. 입을 감쳐물며 울음을 삼키기 위해 노력했다.

* * *

안진. 남쪽 끝에 있는 작은 시골 마을이다. 서울에서 이곳까지는 차로는 다섯 시간이 넘게 걸렸다.

그곳에 서산 그룹의 별장이 있다. 별장이라기보다는 거대한 땅에 세워진 저택들이 있다고 해야 정확했다. 서산 그룹 주인들은 휴가를 보내기 위해 전용기로 아름다운 이곳을 종종 방문했다.

별장 내 건물들은 몇만 평이나 되는 넓은 땅과 숲, 그리고 호수를 배경으로 각각 떨어져 있어 카트를 타고 이동해야 할 정도였다. 외국의 유명 건축가가 설계한 건물들이 정원과 숲, 호수와 조화롭게 있는 이곳은 지상 낙원과 같이 평화롭고 조용했다.

희주의 엄마는 이곳의 별장 관리인이다. 희주는 중학생 때부터 여기로 내려와 자랐다. 희주가 대학에 입학한 후로는 별장에 딸린 직원 숙소동에서 엄마 혼자 지냈다.

"이게 누구야, 희주 아니냐?"

정원 잔디를 깎기 위해 기계를 돌리고 있던 고 씨 아저씨가 희주를 반겼다. 아저씨와 인사를 나눈 뒤 엄마가 본채에서 청소하고 있다는 말을 듣고 걸음을 옮겼다.

따뜻한 색의 본채는 석조 저택으로 현대적이고 세련된 가구와 미술 작품, 예술품이 집 안을 장식했다. 저택 발코니와 이어진 곳에는 웅장한 수영장과 정원이 딸렸다. 촬영지로도 손색을 없을 듯한 이곳은 아름다운 인테리어와 녹음이 어우러져 있었다.

이런 곳을 겨우 일 년에 한두 번 방문한다니. 서산 그룹의 높은 위상이 절로 새겨져, 쓰게 웃었다.

"엄마."

엄마는 거실 장에 보관된 달항아리를 꺼내 닦고 있었다. 별장 관리인인 엄마는 일주일에 한 번 정도 집 안을 간단히 청소해 주며, 빈집 티가 나지 않도록 깔끔하게 관리하고 있다.

"어머, 희주야. 도착 전에 말하라니까. 고 씨한테 말해서 데리러 나가라고 했을 텐데."

엄마는 안진으로 내려온다는 딸에게 무슨 일이 있는지 캐묻지 않았다. 오는 내내 울음을 터뜨렸던 희주의 발개진 눈가를 바라보다 이내 얼굴을 돌려 피했다.

또 무슨 상처를 받고 내려온 걸까. 부족하고 가난한 자신 때문에 어렸을 때부터 상처받아 왔던 희주를 보자 가슴이 욱신거렸다. 얼마나 고생했으면 저러려나, 하는 미어지는 마음에 눈물이 날 것 같아 주섬주섬 몸을 돌렸다.

"그래, 먹고 싶은 건 없고?"

엄마의 말에 고개를 저었다.

"호수 별장도 청소할 거지? 내가 할게."

희주는 호수 별장이라고 불리는 별채로 향했다. 그곳에서는 아름다운 호수를 지척에서 볼 수 있었다. 숙소 전면 통유리창을 통해 강렬한 여름 햇살을 받아 반짝이는 호수의 고요함과 놀라운 경치를 눈 안에 채웠다. 희주는 청소 후 거실의 라운지 의자에 앉아 고요한 호수와 너머의 산과 숲을 보았다.

몸을 움직여서일까, 잡념이 얼마간 지워졌다. 태인을 떠올리지 않는 데 도움이 되었다. 눈물이 쏙 빠진 눈이 건조했다. 시리도록 아름다운 풍경 너머에 슬픔은 언제나 숨겨져 있을까.

뭉게뭉게 구름이 흘러가면서 그를 처음 만났던 기억을 가져다주었다.

이곳, 별장에서 태인을 만나 마음을 빼앗겼던 날로.

* * *

희주는 중학교 때 서울에서 엄마의 고향인 안진으로 내려왔다. 서울에서 입주 가정부를 전전했던 엄마와 둘이서 더 이상은 진퇴할 곳이 없었기 때문이다.

안진으로 내려간 희주와 엄마는 사정에 맞는 집을 구하지 못해 여관방을 전전했다. 그러다 엄마가 일을 나가던 제법 큰 식당을 운영하고 있던 주인이 말을 꺼냈다.

"희주 엄마, 서울에서 도우미 좀 했다고 했지? 일 한번 해 볼래? 저기 저쪽 별장에 서울 안주인이랑 아들이 와서 일할 사람 구하고 있거든. 당분간 머무를 예정인가 봐. 돈도 섭섭지 않게 줘. 일도 여기보다 편하고."

희주의 엄마는 그 제안에 별장으로 면접을 보러 갔다.

"어머, 이게 누구야?"

"네⋯⋯?"

"나 기억 안 나요? 아줌마가 나 비빔국수 해 줬잖아."

서산 그룹 안주인 한윤아는 희주 엄마의 손을 잡고 오래된 친구를 만나듯이 반가워했다. 서울에서 엄마는 대타로 우연히서 회장댁의 도우미로 나갔었다. 그 3일 덕분에 엄마와 희주는 별장으로 들어갈 수 있었다.

한윤아. 그녀가 진짜 사모님이 아닌 내연녀로 배 속에 아이를 품고 있었을 때였다. 그런 속사정을 모르고 잠깐 도와주러 갔던 엄마가 당시 멸시받고 있던 한윤아에게 비빔국수를 해 주며 다독여 주었다고 했다.

"잘됐다. 나 여기 아는 사람도 없고, 너무 외로웠어. 우리 재인이가 좀 아파서 여기에서 요양하라고 회장님이 보내셔서……."

말끝을 흐리는 한윤아의 얼굴이 어두워졌다.

"아무튼, 우리가 인연이긴 한가 봐. 나 그 뒤로도 아줌마…… 뭐라 불러야 하나? 안진댁이라고 불러도 되겠죠?"

그 뒤로 한윤아는 희주의 엄마를 안진댁이라 불렀고, 종내에는 엄마를 별장 관리인으로 고용해 별장 안에 거처를 마련해 주었다. 엄마는 감사하다며 연신 머리를 조아렸다.

희주는 다시금 서울에서의 불행을 떠올렸다. 하지만 여기는 주인이 자주 오지 않는 별장이다. 그리고 자신 또래인 남자아이도 없다. 서울에서와 똑같은 일은 일어나지 않을 것이다.

낙원, 이곳은 천국과 같은 곳이었다. 청아한 하늘, 잔잔히 햇빛을 받아 부서지는 호수, 숲속의 아카시아 향기를 품은 향긋한 바람이 그녀의 상처를 메우고 있었다.

희주의 심신이 안정되어 갔다. 그녀를 옥죄어 오던 팍팍한 생활과 따라오는 멸시의 시선은 없었다. 그런 환경에서 벗어나니 마음에 여유가 생겼다.

무엇보다도 자신의 집을 가졌으면 했던 그 바람이 여기서는 해결되는 것 같았다. 관리인이라지만 1년에 기껏해야 한 번 정도 내려오는 서 회장네 식구 때문에 비교적 일도 수월했다.

매미 소리가 하늘을 찌르던 무더운 여름이었다.

희주가 고등학교에 입학하고 서울에서의 상처를 잊고 지낼 때 즈음, 서산 그룹 일가가 여름휴가를 보내기 위해 안진 별장을 찾았다.

서산 그룹 서명환 회장, 죽은 첫째 부인의 자식인 서태인과 서진주. 그리고 현재의 안주인인 한윤아, 그녀의 아들 서재인.

* * *

별장에서 일하는 사람들은 그들 다섯 식구의 딱 다섯 배였다. 다들 어딘지 부산해 보였다.

"희주야, 이거 수영장에 좀 가져다줄래? 큰 도련님이랑 아가씨한테는 이거 주면 되고, 이건 작은 도련님 거."

세 형제가 수영장에 있나 보다. 알코올이 든 것과 아닌 것을 구분해 주는 듯했다. 막내 도련님 서재인은 이제 열 살을 넘은 아이에 불과했으니까. 1년 전 여기 내려왔을 때보다 건강해 보여서 다행이라고 생각했다. 서 회장 일가의 방문 소식을 들었을 때, 희주는 재인과 함께 보냈던 지난여름을 생각하며 추억에 잠겼다.

하지만 고대했던 재인과의 재회의 순간은 다른 것에 삼켜지고 말았다. 두근두근, 울려대는 심장은 희주의 진짜 생각을 말해 주고 있었다. 종일 별장을 기웃거리며, 그 남자를 우연히 마주치기를 기대했다.

전용기에서 내려 바람에 나부끼는 머리를 마음대로 내버려 두며 별장으로 걸어오던 남자 말이다. 서태인, 서산 그룹의 큰 도련님. 그리고 재인의 형. 희주는 맹세하건대 그렇게 잘생긴 남자를 본 적이 없다. 머리가 고장이 난 건지 하루 종일 그 모습만 덧그리게 됐다.

벌써 3일째 그를 마주하지 못했다. 호수 별장을 사용하는 그는 통 밖으로 나오는 일이 없었다. 그런데 지금 수영장에 있다는 말에 다시금 심장이 쿵쿵 뛰었다. 희주는 자신을 비추는 유리창에 얼굴을 점검했다. 잔뜩 긴장해 보이는 모습을 인식하고는 한숨을 크게 내쉬었다.

선 베드에 누워 책을 읽고 있는 태인이 보였다. 기척을 느꼈을 법도 한데 그는 고개를 돌리지 않았다. 희주는 떨리는 손으로 투명한 유리잔에 푸른빛이 감도는 액체가 담긴 잔을 베드 옆 테이블에 두었다.

태인은 검은색 짙은 선글라스를 끼고 있었다. 흰색 리넨 셔츠의 앞섶을 풀어헤쳐 걸친 모양이라 선명하게 갈라진 가슴 근육과 복근이 그대로 노출됐다. 수영복을 입고 긴 다리를 교차시켜 쭉 뻗은 모양이 모델 같았다. 읽고 있는 책은 두껍고 영어로 가득 찬 걸 보니 전공 책인 모양이었다.

너무 홀린 듯이 오래 쳐다봤다고 자각한 순간 어색하게 휙 돌아섰다. 어차피 보고 있지 않을 테지만 괜히 얼굴이 붉어졌다.

서진주는 어디 갔는지 보이지 않았고, 막내 도련님 서재인이 풀장 안에서 플로팅 튜브에 누워 심드렁한 표정으로 둥둥 떠 있었다. 다시 뒤돌아 책을 읽고 있는 태인에게 다시 다가갔다. 결국은 말을 슬며시 꺼냈다. 사실은 목소리가 듣고 싶었는지도 모른다.

　"아가씨 건데……, 여기 같이 놔둘게요."

　서진주의 몫인 음료를 아까 내려놓았던 태인의 음료 옆에 나란히 두었다. 남자의 목소리를 들을 수 있을까 했지만, 그는 책에서 시선을 잠시 떼고는 그녀를 쳐다볼 뿐이었다. 선글라스를 끼고 있었지만 어쩐지 직시하는 눈동자가 느껴지는 듯해 기분이 묘했다.

　그렇게 정신없이 시선을 앗아 가는 태인에게서 올 대답을 기다린다는 듯이 한참을 쳐다보고 있는데. 풀장에서 앙칼진 목소리가 들렸다.

　"나도 줘."

　튜브에 누워 있는 재인이 자신의 음료를 가져다 달라는 것이었다. 재인은 희주에게 말하면서도 눈으로는 자신의 형인 태인을 쳐다보고 있었다. 무언가를 뺏길 듯한 불안한 표정이었다.

　풀장 가로 음료를 가져가자 재인이 튜브를 움직여 지척으로 다가와 손을 뻗었다. 하지만 더는 다가오지 않아 그녀가 더 손을 뻗어 건네야 했다.

　첨벙.

　손을 뻗으려다 중심을 잃고 쓰러져 그대로 물속으로 고꾸라

졌다. 그냥 가까이 와 달라고 말했으면 지금 이런 꼴사나운 일
은 당하지 않았을 텐데. 떨리고 긴장되는 마음에 목소리도 고
장이 난 걸까.

태인은 빠진 희주를 한번, 그리고 재인을 한번 쳐다보았다.
그의 독서 시간을 뺏은 그녀를 힐난하는 것 같아 몸이 옹송그
려졌다. 그는 아무런 일도 없었다는 듯이 다시 책을 들어 읽기
시작했다.

울고 싶었다. 꼴사나운 모습을 보였다는 창피함이 들었다.
물에 흠뻑 젖어 수영장을 빠져나오면서 태인을 보았지만, 그는
여전히 신경도 쓰지 않는 듯 책을 읽고 있었다. 희주는 오직
태인만을 신경 쓰느라 재인이 뒤에서 물끄러미 보내는 시선 같
은 건 느낄 새가 없었다.

* * *

본채의 인터폰 벨 소리가 울렸다.

"네, 도련님. 네네, 알겠습니다. 더 필요한 건 없으세요? 네
에, 알겠습니다."

엄마가 밝은 목소리로 대답하고는 전화기를 다시 꽂아 넣
었다.

"희주야, 큰 도련님 책 여기에 두고 가셨다는데, 네가 어디
있는지 알 거라는데. 찾아서 좀 가져다드려."

수영장 선 베드 옆에 놓여 있는 두꺼운 의학 서적. 의대에

다닌다고 했던가. 이지적으로 보이는 남자와 어울리기도 했고, 어울리지 않기도 했다.

냉정한 남자의 태도는 도우미를 대할 때 맞는 것이고, 다른 사람한테는 다정한 것이 아닐까. 희주는 또 슬그머니 자신을 갉아먹는 생각이 드리우자 도리질을 쳤다.

책을 들고 정원을 가로질러 호수 별장으로 향했다.

호수 별장은 서태인이 차지하고 있다. 본채는 회장 내외와 막내아들인 서재인이 지내고 있고, 또 다른 별채에는 서진주가 머물고 있다. 딱 봐도 사이좋은 가족은 아니다.

"저, 책 가져왔어요."

인터폰을 누르고 앞에서 말을 했다.

나무 목재로 마감된 묵직한 문이 달칵, 소리를 내며 열렸다.

태인은 대리석으로 마감된 아일랜드 식탁 옆에 서서 갈색 액체가 담긴 크리스털 잔을 들어 마시고 있었다. 그에게서는 나는 좋은 향기와 옅은 술 냄새에 괜히 심장이 뛰었다.

그러다 태인이 눈을 맞춰 오자 쿵, 떨어졌던 심장이 올라와 세차게 뛰었다. 심장이 입 밖으로 튀어나오지는 않을까 걱정될 정도였다. 서서 숨만 쉬는데도 잘 빚은 조각상같이 아름다운 남자를 보면서 희주는 눈앞이 아득해질 정도였다.

'큰 도련님 진짜 잘생기지 않았어? 모델 같다니까 진짜. 아니다 저 정도면 배우보다 더 잘생겼지.'

'그쪽 피가 특출나긴 해. 회장님도 그렇고, 돌아가신 큰 사모님도 인물이 엄청 좋았잖아.'

'에이, 아무리 그래도 작은 사모님이 더 낫지. 예전에 연예인 하던 가닥이 어디 가나, 그래서 막내 도련님도 떡잎부터 다르잖아.'

'쉿, 이 사람이 어디라고 큰 사모님을 입에 올려. 조용히 해.'

서산 일가의 외모를 품평하듯 일하는 아줌마들의 설레는 말투와 호들갑스러운 행동을 떠올렸다.

그들의 말대로 뭐 하나 허투루 만든 것이 없는 외모였다. 큰 키와 넓은 어깨, 긴 다리. 심지어 손가락마저 정교한 예술품을 빚은 듯이 아름다웠다. 아마도 피아니스트였던 모친의 것을 물려받은 것일 테다.

세간에 무심한 듯 보이는 얼굴은 금욕적이면서 단정했다. 가지런하고 진한 눈썹, 콧날, 유일하게 여성적인 느낌을 주는 도톰하고 붉은 입술. 이지적인 분위기를 풍기는 그의 얼굴을 한참 동안 넋 놓고 바라보았다.

"책. 무겁겠다. 이리 줘요."

태인은 자신의 얼굴을 뚫어져라 쳐다보는 희주를 보고 픽, 웃고는 다정하게 말했다. 기껏해야 어린애로 보일 법한 자신에게 꼬박 존대했다. 그가 손을 내밀어 가까이 다가오라는 듯 멈춰 서 있다. 희주는 정신을 차리고 그에게 다가가 책을 건넸다.

쿵쿵쿵.

심장 소리가 귓가에 울려 주변의 소리가 잘 들리지 않았다.

넓은 책이라 손을 닿지 않고 받을 만하건만 그는 기어코 손을 스쳐 희주의 떨림을 잡아냈다.

다시 그의 얼굴에 근사한 미소가 어렸다. 가까이 서자 엷은 알코올 냄새와 그의 상쾌한 향이 점막 속으로 마구 밀려 들어왔다. 머리가 어찔했다. 안진 꽃 농장에서 꽃내음이 가득해 현기증이 일었던 때와 같은 기분이었다.

"한잔할래요?"

"아, 전……."

"아아, 미안. 아직 미성년자구나."

남자가 생각지도 못했다는 듯 말하더니 근사한 미소를 자아냈다.

"아쉽다."

그는 술잔을 들어 목울대를 우아하게 움직이며 넘겨 마셨다.

"가 봐요. 술은 나중에 같이 마셔야겠다."

농담이거나 그냥 예의상 하는 게 분명할 말을 던졌다. 하지만 그 말에 잔잔한 호수에 파문이 일듯 번져 나가는 설렘을 멈출 수 없었다.

"그, 그럼. 전 이만 가 보겠습니다."

자신이 지금 어떨지 머릿속에 그리며 희주는 고개를 숙였다. 문을 밀어 열려는 순간, 남자의 목소리가 들렸다.

"재인이랑 많이 친해졌나 봐요? 1년 전에, 여기 왔었지 아마?"

"아, 네. 뭐. 조금이요."

당황함에 깔끔하지 못한 말들이 흩어져 나왔다.

남자의 눈에는 어떤 이채가 어렸으나 금방 원래대로 돌아
왔다.

"가 봐요."

우아한 말투와 고상한 얼굴로 축객령을 내렸다.

희주는 별장 밖으로 나와 드넓고 녹음이 우거진 정원을 멍하
니 바라보았다. 시원한 바람이 정원 공간을 사이사이 채웠다.
귓가에 바람이 타고 흐르듯 희주의 머릿속에는 남자의 말이 맴
돌았다.

'술은 나중에 같이 마셔야겠다.'

거짓말이다, 거짓말이다, 생각하면서도 기대감으로 부푼 가
슴이 그녀를 적셨다. 남자가 말했던 그 장면을 상상하면서 벅
차오르는 심장에 손을 대보았다. 쿵쿵 울려대는 소리가 귓가를
잠식했다.

드라마나 영화 속에 나왔던 주인공들처럼 근사하게 차려입
고 바에서 칵테일을 마시는 장면을 떠올렸다.

찌르르, 따가운 매미 소리, 살랑거리는 바람, 우수수 떨어질
것만 같은 별들은 희주의 희망만 부추겼다. 창문을 통해 태인
이 바라보고 있는 줄도 모르고, 그녀는 세차게 맥동하는 가슴
을 부여잡고 뛰어갔다.

* * *

내일이면 별장의 주인들이 떠난다. 희주는 홀린 듯이 태인이

머무는 이곳 호수 별장으로 오고야 말았다.

뭐 어쩌자고 여기까지 온 거야.

순간적인 충동이었다. 이러지 않고는 심장이 터져 버릴 것 같았다. 하지만 무엇을 딱히 하겠다는 생각으로 온 것은 아니라서 별장 담벼락 근처를 서성이고 있었다. 그러기를 한참, 자신의 만행을 깨닫고는 미련으로 끈적거리는 발걸음을 뗄 때였다.

달빛에 반짝이는 호수, 그리고 까만 숲을 담은 수면을 유영하는 듯한 아름다운 피아노 선율이 별장에서 흘러나왔다.

교교히 밝은 달밤이 잔뜩 서러워졌다. 깊은 밤이 서서히 걸어 들어오는 고요함, 몽환적인 풍경, 자신을 위해 연주되는 것 같은 피아노 소리. 어쩌자고 이렇게 아름다운 걸까. 서늘하지만 다정한 달빛이 그녀 위로 쏟아졌다. 그와 비슷했다.

음악이 멈추자, 적막함 속에서 울리는 자신의 심장 소리가 더 크게 들렸다. 한참을 망연한 얼굴로 답답한 가슴에 숨을 몰아쉬었다. 심해 속에서 간신히 끌어올려진 것처럼 몸이 무거웠다.

쇳덩이 같은 마음 때문일지도 모른다. 무슨 감정인지도 모른 채, 희주는 그냥 삼켜야 했다. 왜 이러는지 누가 설명이라도 해 줬으면. 그녀는 이내 무거운 발걸음을 움직였다. 몇 걸음 가지 않아 익숙한 음성이 들려왔다.

"뭐 해, 거기서?"

재인이다.

"형, 만나러 왔어?"

잎이 무성한 아름드리나무에서 빠져나오는 작은 인영이 보였다. 그러나 그의 그림자는 하얗고 커다란 보름달에 의해 한없이 길게 늘어졌다. 서서히 다가오는 검고, 긴 그림자가 곧 희주를 집어삼켰다.

그러나 앞에 선 아이는 아직 그녀보다 작았다. 저를 올려다보는 눈이 무구하다. 어쩐지 재인이 몰래 나쁜 짓을 한 것 같은 기분이었다.

"그런 거 아니야. 그냥 산책 중."

"……그런데, 왜 슬퍼하는 얼굴이야?"

장난기 없는 진지한 목소리와 눈빛이었다. 꼭 마음을 들킨 것만 같았다.

"……네가 가잖아."

"나는 다시 올 거야. 우리, 약속했잖아."

우리, 라는 단어를 강조해서 말하는 재인의 표정이 사뭇 결연하다. 약속이라는 게 무엇인지 알 것 같았다. 1년 전, 그날의 내기 끝에 사진 뒷장에 적어 주었던 희주의 다짐을 말하는 것일 테다. 희주는 잠시 멈칫했다가 엷게 웃어 버리고 말았다.

"그래. 네가 잊지 않는다면."

희주는 이렇게나 진지하게 그 약속을 대하는 재인이 귀여웠다. 하지만 곧 슬퍼졌다. 아마도 재인은 잊어버릴, 그래서 의미 없이 혼자만 기억하는 약속이 될 것이라 믿기 때문이다. 그러자 태인 때문에 아릿했던 심장이 따끔거리기까지 했다.

희주는 정원을 가로지르며 재인과 나란히 걸어갔다. 재인이 옆에서 희주의 손을 잡아 왔다. 작고 보드랍다. 재인과 희주는 그렇게 두 번의 여름을 같이 보냈다. 다시 만나기까지, 그러니까 그다음의 여름은 아주 길었다.

* * *

태인은 다음 해에도, 그다음 해에도 별장에 내려오지 않았다. 의대를 다니다가 그만두고 경영을 위해 MBA 과정을 밟기 위해 미국으로 유학을 갔다고 했다.

희주는 첫사랑 같은 열병을 앓았다. 태인을 떠올리면서 그의 아름다운 모습을 하루에 수백 번을 덧그렸다. 하지만 시간이 흐르자 그 기억은 순순히 흩어져 갔다.

희주는 한윤아 덕을 봐서 대학교에 갈 수 있었다. 서산 재단 이사장이던 한윤아가 장학생으로 희주를 추천했고, 학교에 다니는 동안 등록금과 생활비 일부를 지원받았다.

게다가 재단 장학생 신분을 4년 내내 유지한 채 졸업하면 서산 그룹 입사 기회까지 조금 더 쉽게 잡을 수 있는 기회가 주어졌다.

'안진댁이랑 내 사이에 그런 거 따지지 마. 아, 그러지 말고 여기서 지내도록 하는 게 어때? 적적해서 그래. 재인이 미국 보내고 내가 낙이 없어. 왜 나 안진댁 비빔국수 좋아하잖아. 가끔 그게 너무 먹고 싶다니까. 희주가 해 주면 되겠다.'

희주는 서울에 올라갈 때까지 엄마가 알려 주는, 한윤아가 좋아하는 음식의 레시피를 전수받아야 했다. 은혜가 하늘같다며 엄마는 그녀를 찬양하기 시작했다.

지겨워.

가난이라는 건 사람을 참 무기력하게 만든다고, 희주는 너무 일찍 깨달았다. 거기서 박차고 나갈 용기 또한 없었다.

결국은 서산 그룹에 기생하며 살고 있었던 자신의 처지가 갑자기 와닿았다. 혼자 태인을 살포시 마음에 담았다가 자신의 처지를 인식하자 식은땀이 날 정도로 자신을 책망했다.

누굴 감히 마음에 품는 거야.

대궐과 같은 서 회장 댁 앞에서 서서, 희주는 다짐했다. 절대, 예전과 같은 일 없게 하겠다고. 그때는 어렸지만, 지금은 다르다고, 그녀는 어른이라고 되새겼다.

"어머, 네가 희주니? 많이 컸네."

외출 준비 중이던 한윤아는 장 여사라 불리는 일하는 도우미에게 희주를 부탁한 뒤 밖으로 나갔다.

"안진댁 딸이라고?"

"네."

"사모님이 안진댁이랑 자주 통화하는 건 들었는데, 나 여기 오기 전에 잠깐 본 게 전부라⋯⋯."

"아⋯⋯ 네."

20년 가까이 이 집안 살림을 돌보고 있으니 사정에는 빠삭할 것이다.

"안진댁 딸이라 잘 알겠지만, 아무튼 여기는 입조심하고 또 입조심하고. 소란스러운 게 없어야 해. 도련님들이랑 아가씨가 집 나가고 나서 소란은 좀 적어졌는데…… 아무튼, 그건 나중에 차차 얘기하고…… 여기 이쪽 뒷문으로 출입하면 돼."

도련님들이 나갔다니, 태인이 없다는 소리였다. 다짐이 무색해 헛웃음이 나왔다. 차라리 잘된 일이야. 설마설마하는 마음 한구석의 기대감을 비웃듯 현실이 명치를 찔러 왔다.

장 여사가 문을 열었다. 일하는 사람들이 다니는 직원용 출입문이 있었다. 입구 옆에는 직원들이 2층으로 올라가는 계단도 따로 있었다.

장 여사를 뒤따라 2층으로 올라가서 꺾인 복도 끝 첫 방의 문을 열었다. 적당한 크기의 햇살이 잘 들어오는 부드러운 방이었다. 게스트 룸으로 사용한 것과 같이 보이는 방에는 침대와 책상 그리고 옷장이 놓여 있었다.

"저기 옆방이랑 그 앞에 방은 도련님들 방이었는데, 다들 이제 나가셨으니까, 여기 2층에는 너 하나만 쓰는 거야. 일단, 짐 정리하고 쉬어."

* * *

3년이 넘는 동안 서 회장 저택에서 서명환과 한윤아를 마주치는 적은 손에 꼽을 정도였다. 아주 가끔 한윤아가 거실에서 전화기를 부여잡고 분통 터뜨리는 모습을 보긴 했지만, 그녀는 희주에게는 관심조차 없었다. 그때마다 꼭꼭 나오는 이름이 태인이었다.

'미국에서 재인이 해코지 안 하나 잘 지켜봐. 태인이 그게나 한국에 붙들어 매 놓고 재인이 미국에 데려간다고 협박할 때 그 미친놈 눈깔이 얼마나…… 하, 말해 뭐 해. 회장님은 왜 애들을 붙여 놓지 못해서 안달인지. 불안하게 말이야.'

그런 그녀도 재인을 얘기할 때는 한없이 부드러워졌다.

'우리 재인이, 지금 미국에서 엄청 인기 많은 거 알지? 아, 그래그래 SNS 봤니? 풍채는 회장님 닮고 이목구비는 날 빼닮아서 어딜 내놔도 빠지지 않잖아 걔가. 참, 풋볼인지 미식축구인지 그거 그만두게 해야 하는데……, 아니, 몸 상할까 봐 그래. 아무래도 위험하니까. 회사 물려받으려면 슬슬 공부시켜야지. 재인이 어릴 때부터 머리 좋았던 거 알지?'

한윤아의 아들 자랑은 꼬리에 꼬리를 물고 30분은 계속됐다. 부엌에서 물을 마시면서 의도치 않게 재인의 소식을 접한 희주는 어렸던 날, 서로가 위로되었던 시간을 떠올리며 미소 지었다.

그 작고 예쁘던 꼬맹이가 풋볼을 한다니. 상상할 수 없었다. 천사 같은 귀여운 외모는 아직도 뇌리에 선명하게 남아 있다. 보호본능을 자극하게 하는 새까만 눈동자가 강아지같이 귀여웠는데.

불행과 불운으로 얼룩진 희주의 삶에서 몇 안 되는 좋은 기억으로 남아 있는 재인과의 짧은 시절은 그리움이라는 감정을 자아냈다. 그리워할 시절이 있다는 게 생소했다. 물론 자신만 이렇게 추억하고 있을지도 모른다. 8년이라는 세월이 흘렀지만 재인에게서 연락은 없었다.

희주는 방으로 돌아와 재인에게 받았던 낡은 갈색곰 인형을 쳐다보다가 손으로 들어보았다. 쌓인 먼지를 툭툭 털어냈다.

* * *

아무리 편하게 해 준다고 해도 남의 집 더부살이가 편할 리 없다. 부채감을 선사하는 이곳에서 희주는 대학교 졸업까지 한 학기만을 남겨 두었다. 취업하면 대출받아 원룸이라도 얻어 나갈 생각이었다.

마지막 여름방학. 희주는 여전히 서울에 머물러 있었다. 방학 때마다 안진에 내려갔지만, 이번에는 아무래도 취업 스터디와 이것저것 준비하려면 서울에 있어야 할 것 같았다.

똑똑.

장 여사가 과일 접시를 들고 희주의 방으로 들어왔다.

"희주야 오늘 바쁘니?"

"아니요, 무슨 일 있으세요?"

"아휴, 그럼 잘됐다. 오늘 큰 도련님 들어오시거든. 큰 사모님 기일이라…… 집안에서 제사를 지내는 건 아니고…… 아무튼 저녁 식사가 있을 예정이야. 음식 좀 해야 하는데 도와줄 수 있니?"

"네, 그럴게요."

희주는 가볍게 웃으며 당황한 자신의 마음을 허둥지둥 숨겼다.

큰 도련님이라면, 서태인.

그가 온다는 소식에 강렬한 감정에 휩싸인 희주는 뭐 이런 몹쓸 감정이 다 있나 싶었다. 반반한 낯짝에 반해 혼자 첫사랑이라고 명명한 자신의 마음도 참 얄궂다고 생각하며 크게 한숨을 쉬었다.

다 지나간 일이야.

음식 준비를 돕기 위해 앞치마를 하고 잡채에 들어갈 야채를 썰었다. 집안 행사가 있을 때마다 음식을 하기 위해 종종 따로 고용되는 도우미 몇 명이 잡담을 나누었다.

"막내 도련님은 안 오시고? 큰 도련님만 미국에서 건너오시는 거야?"

"응, 그렇지. 아가씨도 오실 거야, 두 분 친어머니 기일인데 형제끼리 뭐라도 하겠지."

서산 그룹 아가씨, 서진주는 어린 시절부터 유학으로 한국을 떠나 있었다. 그리고 고등학교 때 잠깐 들어왔다가 성인이 되자 보란 듯이 프랑스로 건너갔다. 가끔 아버지, 서 회장이 심술을 부릴 때 찾아와 그녀의 몫을 챙겨 다시 떠나고는 했다.

"6시까지 준비해 놓으면 되지?"

"응, 최 기사가 공항에서 큰 도련님 모시고 오고 있대."

저택의 고용인들이 그를 맞이하기 위해 집 앞 정원으로 나갔다. 긴 비행에도 지친 기색이 없는 남자는 빈틈이 없는 완벽한 모습이었다. 별장에서 봤던 풋풋한 청년의 모습은 사라지고 완벽한 남성적인 향기를 풍기는 모습이었다. 그래서 더 위험하고 위압적인 느낌.

희주는 중문을 들어서던 태인과 눈이 마주쳤다. 찰나의 긴장에 심장이 터질 것같이 뛰었다. 그러나 그는 희주를 일하는 사람 중 한 명이라고 생각한 듯 무심하게 스쳐 지나갔다.

머릿속을 날카로운 칼날이 긁고 지나간 듯 사고가 정지됐다. 쿵. 심장이 바닥까지 추락했다. 그는 자신을 기억하지 못한다.

뭘 기대한 거야.

슬그머니 질척한 어둠이 그녀를 잠식했다.

* * *

식사 자리는 숨 막히는 정적이 흘렀다. 그러나 고용인들은 거기에 익숙한 듯했다. 희주는 다이닝 룸 지척에서 장 여사와 함께 대기하고 있었다. 적막을 깨고 한윤아의 깨끗한 목소리가 매끄럽게 들렸다.

"여기에 우리 재인이만 있었으면 온 가족이 다 모이는 건데. 어때? 태인아, 재인이는 잘하고 있니?"

태인은 자신의 이름을 부르는 한윤아의 목소리에 미간을 미세하게 꿈틀거렸다. 그러나 아무도 눈치채지 못하도록 순식간에 무표정하게 돌아왔다.

태인과 재인은 미국 뉴욕에서 같이 생활하고 있다. 피를 중요하게 여기는 서명환 회장이 배다른 형제라는 추문을 종식시킬 겸 같이 지낼 것을 지시했다. 태인은 미국에서 졸업한 뒤 미국과 유럽 지사의 국제사업팀장 자리에서 제 기반을 다지고 있었다.

그의 이복동생 재인은 하이스쿨 풋볼팀 쿼터백으로 물오른 듯 미디어에 노출됐다. SNS 채널, 매거진, 미디어 등에서는 그의 이름 앞에 '슈퍼 핫 틴에이저'라는 수식어를 붙여 노출했다.

그는 뛰어난 운동 실력과 학업 성적, 그리고 잘생긴 외모를 갖춘 데다가 서산 그룹 아들이라는 배경까지 받쳐 주는 완벽한 십 대로 통했다.

서 회장도 궁금하다는 듯 태인을 쳐다보자 그가 무감한 표정으로 짧게 대답했다.

"네."

"이왕이면 같이 들어오지 그랬어."

"곧 경기가 있다고 하네요. 훈련에 빠질 수 없다고 하더군요."

한윤아가 이미 서 회장이 알고 있을 재인의 생활 정보를 다시 한번 자랑삼아 미주알고주알 얘기했다. 서 회장은 그게 나쁘지 않은 듯 고개를 끄덕이며 식사를 했다.

"진주 넌, 진짜 한국에 자리 잡을 생각 없는 거냐. 패션이나 백화점 쪽을 네가 맡아서 키우면 좋을 것 같은데 말이다."

"전 파리가 좋아요. 가끔 서산 패션이랑 협업하는 걸로 만족하시죠. 저 한국에 있으면 아마 아버지 혈압 오를 일 많아서

명만 단축될걸요? 나 불효녀 되기 싫어요."

미소를 억지로 자아내며 살갑게 말하려는 딸이 무슨 심정인지 모르는 바 아니지만 아쉬운 건 어쩔 수 없다. 가족들이 함께 모여 살면 좋으련만. 이제 그만하면 다 가족으로 받아들일 때도 됐는데, 전처 자식인 태인과 진주가 새어머니 한윤아에게 날을 세우는 것이 못마땅했다.

언제까지 전처를 내몬 저를 원망하면서 살 건지. 예민하고 속을 알 수 없는 둘을 바라보며 서 회장이 혀를 찼다.

특히 태인이 그랬다. 제 아들이지만 가끔 무슨 생각을 하는지 알 수 없는 섬뜩하기 짝이 없는 눈을 볼 때면 간담이 서늘해질 때도 있다. 하지만 외모뿐만 아니라 저를 꼭 빼닮은 냉철한 성격과 추진력, 비상한 머리는 볼 때마다 자신의 분신을 보는 것 같아 더없이 만족스러웠다.

막내아들 재인은 어떤가. 훤칠하고 잘생긴 외모뿐만 아니라 여리고 사랑스러운 성격이다. 하지만 그 유약한 성격. 그게 좀 걸렸다. 아무래도 서산의 후계자는 정해진 듯했다. 태인이 놈이 자신을 거스르지만 않는다면.

"어디로 갈 거야? 호텔? 오피스텔?"

식사가 끝난 후, 남매는 자연히 테라스에 모였다. 진주가 빨아들인 담배 연기를 내뿜으며 물었다. 태인이 당연히 나갈 것을 전제로 깐 물음이었다.

"여기, 집."

"뭐? 웬일이래. 이 집에 조금이라도 있기 싫어하는 거 아니었어?"

태인이 담배를 뺨이 홀쭉하게 팰 정도로 빨아들인 뒤 느리게 뱉어냈다.

"재밌는 걸 발견했거든."

실없는 소리를 한다고 여기며 그녀는 호기심을 감추었다. 태인의 행동에 관심을 가지면 괜히 피곤해진다. 그와 엄마가 같아서 참 다행이라는 생각을 했다. 아니면 자신도 서태인, 저 사이코패스에게 평생 괴롭힘을 당하다가 미쳐 버릴지도 모르니까.

"내일 바로 홍천으로 갈게. 거기서 봐."

진주가 재떨이에 담배를 비벼 끄고 테라스 밖으로 나갔다.

테라스 난간에 기대어 턱을 들어 올린 태인의 입가에 위험한 미소가 스몄다.

* * *

다음 날 새벽.

검은 정장에 검은 넥타이를 매고 현관을 나서는 태인을 장여사가 배웅했다.

"도련님, 이거라도 드시고 가세요."

쟁반에 올려진 각종 채소와 과일을 갈아 넣은 유리잔을 내밀었다. 그 부름에 차고 깨끗한 얼굴의 남자가 유리잔에 흘긋 시선을 가져갔다.

"괜찮습니다."

예의 바르지만 단호하게 거절한 그가 그대로 돌아서 나섰다. 문이 닫히고 장 여사는 손에 들고 있는 쟁반을 그대로 들고 돌아서야 했다.

"아휴, 속상해. 희주 이거 너라도 마셔라."

그가 거부한 착즙 주스가 그녀의 앞에 내밀어졌다. 그녀는 유리잔을 들어 한 모금 마신 뒤 건조한 목소리를 꾸며 물었다.

"어디 가는 거예요?"

최대한 아무렇지 않은 듯 긴장을 숨기며 눈을 내리깔았다.

"큰 사모님 모신 곳에 가지. 기일이잖아. 저기 홍천 별장 근처에 있어."

남자에게도 아픈 상처가 있다는 것이 쉽게 와닿지 않았다. 뭐 하나 부족한 것 없는 것 같은 그에게도 절명한 어머니, 자신을 깎아내리지 못해 안달인 새어머니가 있다. 그는 괜찮은 걸까?

누가 누굴 걱정하는지. 희주가 가장 걱정해야 할 건 바로 자신이었다. 똑바로 정신을 차리지 않으면 예전처럼 불행이 바로 들이닥칠 것이다. 그런 머릿속 다짐과는 다르게 의미 없는 질문이 이어졌다.

"회장님은……."

당연히 전처의 기일이므로 서 회장도 간다고 생각했다. 그런데 서 회장의 모습은 보이지 않아 의아한 마음에 질문을 했다.

"안진댁이 말 안 해 줬어?"

장 여사는 놀라며 주변을 살핀 뒤 잔뜩 고개를 수그려 목소리를 낮추고 말했다.

"큰 사모님이 몹쓸 약을 많이 하셨잖아. 정신이 오락가락하시고. 그 정신이 이상했을 때…… 아휴, 아니야. 내가 어린 너한테 별걸 다 얘기한다. 아예 모르는 게 나아. 아무튼 회장님은 큰 사모님 기일 안 챙기셔. 오늘 같은 날은 더 조심해야 해. 희주 너도 웬만하면 오늘 방에 있어. 회장님, 사모님, 도련님, 이 집안 식구 심기 건드려서 좋을 거 하나 없어."

장 여사는 고개를 절레절레 흔들며 말을 마치고 아침 식사 준비를 계속했다.

무슨 일이 있었던 걸까. 희주는 궁금해하다가 이내 질문을 지웠다. 어차피 자신을 기억하지도 못하는 남자에게 관심이라는 빌미를 두어 마음마저 들키느니 묻어두는 게 나았다. 희주는 목구멍에서 올라온 쓴물을 삼켰다.

장 여사의 충고대로 방 안에서 칩거와 다름없는 하루를 보냈다. 방에서 취업 서적을 뒤적거리고, 마지막 한 학기에 무슨 수업을 선택할지 보고 있었다. 서산 그룹 입사 설명회 같은 책자를 펼쳐 들었다. 얼마 전 서산 재단에서 졸업을 앞둔 서산 장학생 모임을 개최했을 때 받은 것이었다.

책자에는 조직도와 함께 기업 총수인 서명환 회장과 재단 이사장인 한윤아의 사진과 인사말이 실려 있었다. 미국 지사 소개란도 보였다. 제법 큰 규모를 가지고 있는 미국 지사는 전근 요청이 많다고 들었다. 숙소뿐만 아니라 비싼 뉴욕의 물가에 맞게 꽤 넉넉한 생활비가 지원된다고 했다.

'핵심 계열사나 지주 회사에 들어가면 미국 지사 지원 루트가 좀 쉽대. 대리 달고 꼭 지원해 봐야지. 뉴욕에서 일하면 진짜 인생 보상받는 느낌일 것 같은데.'

서산 그룹 입사를 목표로 취업 스터디를 하던 친구가 굳건히 마음먹던 모습이 기억났다. 희주도 역시 같은 마음을 품었다. 자신을 좀먹는 불행했던 과거와 갚아도 끝이 보이지 않는 빚, 그리고 발버둥 쳐도 나아지지 않는 현실에서 벗어날 수 있다는 희망이라도 붙잡고 싶었다.

꼬르륵.

그러고 보니 점심을 간단하게 시리얼로 때운 뒤 저녁을 먹지 않았다는 것을 깨달았다.

저녁 9시. 간단하게 두유라도 가져올 요량으로 밑의 부엌을 향했다.

아까 장 여사가 사모님이 사 오신 케이크를 냉장고에 넣어 둘 테니 먹으라는 말을 한 것이 떠올랐다.

기일에 케이크라니. 사모님도 참 무심하시네.

아침에 봤던 남자의 얼굴을 떠올렸다. 왠지 슬퍼 보였다면 그건 자신의 머릿속에 저장된 그의 어머니의 기일이라는 정보 때문일 것이다. 눈물 따위는 어울리지 않는 냉정한 남자였다.

서산 그룹 SI호텔 베이커리의 금장 마크가 붙어 있는 케이크 상자에서 한 조각을 덜어냈다. 두유를 찾아 포크와 함께 트레이에 담아 2층으로 올라갔다.

희주는 계단의 마지막 단에서 우뚝 멈춰 섰다.

남자의 방문 틈 사이에서 빛 한 줄기가 흘러나와 복도를 갈랐다. 정문으로 들어오지 않았으니 직원용 문을 이용한 것일까.

'아무튼 오늘 같은 날은 더 조심해야 해. 희주 너도 웬만하면 방에 있어.'

장 여사의 말이 귓가에 울렸다. 슬리퍼 소리가 시끄러울까. 그녀는 최대한 조용한 걸음으로 지나가려고 노력했다. 그런 그녀의 노력이 무색하게도 문 앞을 지날 때 방 안에서 흘러나온 한 줄기의 빛이 넓어지며 그녀에게로 쏟아졌다.

"저녁 안 먹었어요?"

그가 그녀를 느른하게 내려다보며 말했다. 아침에 봤던 검은 정장 차림이었다.

다만, 그는 흐트러져 있었다.

넥타이는 그의 늘어뜨린 손에 아무렇게나 구겨져 있었고, 셔츠의 목 부분은 풀어헤쳐져 있었다. 단정했던 머리는 앞으로 흘러 눈을 살짝 가렸다. 그리고 짙은 알코올 냄새가 났다. 놀라서 말도 못 하고 눈만 동그랗게 뜬 그녀를 나른한 눈매로 응시했다.

"난 안 먹었는데, 배고파."

그녀의 손에 들린 트레이로 시선이 느릿하게 떨어졌다. 어쩌지. 양보해야 할까. 망설이는 그녀를 보고 그는 쿡쿡 웃었다.

"뺏기기 싫은가 보네."

웃음기가 묻어나며 말하는 표정에 그녀는 멍해졌다.

"아, 그게. 아니에요. 드세요."

그녀가 트레이를 내밀었다.

"같이 먹어요."

그는 트레이를 받아들고 그녀의 손목을 잡아 방으로 끌어들였다. 남자의 크고 뜨거운 손에 붙잡힌 손목이 화끈하게 열이 올랐다. 당연히 차가우리라 생각했는데. 아니, 그것보다 이렇게 불쑥 잡힌 손목이 당황스러웠다.

그가 스르르 힘을 풀어 빠져나온 손목에 열기가 맴돌아 괜스레 잡힌 손목을 매만졌다.

오랫동안 비워진 방 같지 않았다. 깔끔하고 칼 같은 그의 성격을 반영이라도 해 주듯 직선으로 떨어지는 모양을 가진 가구들이 각 잡힌 듯 반듯하게 놓여 있었다. 태인이 소파 앞 테이블에 트레이를 올려놓았다. 테이블 위에는 이미 그가 반쯤은 마셔 버린 위스키 병이 올려져 있었다.

빈속에 저걸 다 마셨다니.

그녀가 무슨 생각을 하는지 다 아는 것처럼 그는 포크로 케이크를 한번 떠먹은 뒤 인상을 썼다. 아마도 단 음식은 그의 취향이 아닌 듯했다. 그는 자신이 썼던 포크를 그녀의 손에 쥐여 주었다. 두유에도 빨대를 꽂아 주면서 시선을 느긋하게 맞춰 왔다.

"오랜만이네."

"……."

"나 기억 안 나요?"

그가 소파 헤드에 팔꿈치를 괴고 손등에 턱을 올렸다. 단정한 눈이 흥미로 번들거렸다.

"난 가끔 생각났는데."

＊ ＊ ＊

"뭐야."

희주는 이불 속에서 복잡한 마음과 머리에 발을 동동 굴렀다. 지난밤을 생각하면 가슴이 벅차오르다가도 차갑게 식었다.

그의 느긋하고 야릇한 눈길에 결국 희주는 기억난다는 말을 실토했다.

'기억나요. 별장에서⋯⋯.'

하지만 한참을 말없이 시선으로 고문을 하나 싶을 정도로 빤히 훑어보던 그는 느닷없이 축객령을 내렸다. 대답을 들은 그는 피곤하니 이만 씻고 자야겠다는 말로 그녀에게 나가 달라는 요청을 대신했다.

뛰던 가슴이 툭 하고 떨어지며 싸늘하게 식어 사라지던 순간이 생생했다. 희주는 울렁이는 속을 다잡았다.

기대라도 한 거야. 멍청하게. 빨리 잊어버려.

1층으로 내려와 다이닝 룸으로 향했다. 오늘은 취업 스터디 모임에 갈 예정이니 저녁을 먹고 들어온다고 장 여사에게 말하러 가던 참이었다.

다이닝 룸 테이블에서 서서 태블릿을 만지고 있는 여자가 보였다. 외출하기 전 목이라도 축이러 온 모양이었다. 유리잔을 우아하게 들어 물을 두 모금 정도 마셨다. 짙은 립스틱이 유리잔에 묻어났다.

트위드 투피스를 입은 우아하고 아름다운 여자. 태인과 닮았다.

서진주. 서태인의 동생.

그녀가 고개를 들어 흘긋 희주를 쳐다봤다.

"누구라고 했지?"

당연히 모를 것이 분명한 이름을 기억했던 척 물어왔다.

"김희주예요."

"아 그래, 희주 씨. 내가 지금 급한 약속 있어서 가 봐야 하는데, 오빠한테 이것 좀 전해 줄 수 있어요?"

예뻐 보이는 가방에서 서류 봉투를 꺼내 들었다. 그리고 고급스러운 문양이 박힌 까만색 카드와 함께 내밀었다. 그녀는 희주가 대답하기도 전에 말을 이었다.

"SI호텔 로비로 가서 카드 보여 주면 안내해 줄 거예요. 부탁할게요."

대답을 듣기도 전에 그녀는 바로 자신의 핸드폰을 귀에 가져다 대며 등을 돌려 나갔다. 프랑스어로 유창하게 말하며 돌아서는 그녀의 모습이 빛이 났다. 희주는 부러움, 질투, 선망. 자신의 속에서 끓는 욕망들을 다스렸다.

* * *

거절할 여유도 주지 않은 탓에 희주는 SI호텔 로비에서 어정쩡하게 서 있었다. 호텔을 출입하는 손님들을 보자니 자신의 옷차림이 신경 쓰였다. 검은색 블랙진과 회색 티셔츠. 그리고 화장기 없는 얼굴에 묶은 머리.

로비 데스크로 다가가자 직원은 비즈니스적인 태도로 체크인을 할 건지를 물어왔다. 진주가 준 검정 카드를 내밀자 직원은 곧바로 그녀를 로비 안쪽의 룸으로 안내했다. 화려한 응접실에 있던 직원이 군더더기 없이 일어나 그녀를 맞이했다.

"서태인 씨한테 전해 드릴 게 있어서요. 대신 전달해 주셔도 좋고요."

심부름이에요. 그녀는 쭈뼛거리며 덧붙였다.

"직접 전하시는 게 좋을 듯합니다. 따라오시죠."

서산 그룹 소유인 SJ호텔의 직원이 총수 아들 이름을 모를 리 없을 것이다. 안내받아 이동하는 동선이 특이했다. 일반 객실과는 다른 은밀한 곳이지만 아이러니하게도 호텔 어디보다 화려한 입구였다. 거대하고 문양이 새겨진 묵직한 목재 문이 열리자 다른 세상이 펼쳐졌다.

화려한 샹들리에와 더불어 고풍스러운 조명에 클래식한 가구들이 곳곳에 자리했다. 넓은 공간 곳곳에는 사람들은 저마다의 모임을 가지고 있었다. 하지만 하나같이 어딘가 야릇한 구석이 있어 어디에 눈을 두어야 할지 몰랐다.

계속해서 걸어 들어가자 고급스럽고 커다란 회갈색의 문이 보였다.

"여깁니다. 들어가시죠."

노크하고 안으로 들어가자 또 다른 바와 응접실이 꾸며진 곳이 나왔다. 그곳에서 정장을 갖춰 입었지만, 살짝 흐트러진 태인의 모습이 보였다.

흘러나온 결 좋은 머리, 풀어져 있는 셔츠의 목 부분의 단추는 어딘가 위태로워 보였다. 유려하고 긴 손가락에 담배를 끼운 채로 술잔을 들고 있는 그가 들어온 희주를 물끄러미 응시했다.

옆에서 노트북과 서류를 보던 남자들이 나가야 할지 그의 지시를 기다리는 듯했다. 그가 마침내 고개를 까닥이자 남자들이 하나같이 정갈한 동작으로 나가려고 일어섰다. 깍듯하게 인사를 마친 남자들이 몸을 돌려 나가려고 하자 희주는 당황했다.

"아뇨. 아뇨. 저 이것만 전달해 드리고 가려고……."

그녀가 다급하게 말했지만, 그러거나 말거나 남자들은 일제히 우르르 그녀를 지나쳐 문밖으로 나갔다.

쭈뼛. 그녀가 걸어와 진주가 전달해 준 서류 봉투를 그에게 내밀었다. 태인은 그걸 받아들이는 순간까지도 희주를 집요하게 바라보았다. 희주는 자신의 꼴을 상기했다. 도망치고 싶었다. 남자는 너무 근사해 눈이 아릴 정도였는데 자신은 너무 초라했다.

옷이라도 바꿔 입고 올걸. 어차피 여기에 어울리는 옷 따위는 없지만.

"그럼. 전 가 보겠습니다."

"봤어요?"

대외비인데, 그는 중얼거리며 서류 봉투를 눈짓했다.

"아, 아뇨. 진짜 안 봤어요."

당황했는지 목소리가 형편없이 커졌다.

그렇게 간이 크지 못하다. 희주는 겁이 많다. 높은 자리를 동경하고 욕망하면서도 언제나 스스로 자신의 자리를 찾아간다.

하녀 근성. 희주의 오빠는 언젠가 그렇게 말하면서 그녀를 비웃었다. 주인집 아들이라도 잘 꼬셔서 팔자 펴는 것도 아무나 하는 게 아니라고. 너처럼 간 작고 주제 파악 잘되는 년은 엄마같이 평생 저렇게 거지같이 빌붙어 살 것이라며 저주했다.

아니, 그렇다고 해도 대외비를 애초에 왜 자신에게 맡긴 거지? 당황함이 가시자 슬며시 억울함이 밀려왔다.

피식.

희주의 표정을 보던 그가 엷게 미소 지었다. 저렇게 웃다가도 금방 싸늘하게 변했던 그날 밤을 떠올렸다. 들어오라고 할 때는 언제고 쫓아내던 그의 말에 얼마나 상처받았던가.

원래 남자의 모습일 것이다. 웃는 저 낯짝이 연기인 것이다. 상대방을 더욱 괴롭히기 위해 상냥하게 굴었다가 방심했을 때 비웃는다. 그가 돌아온 첫날 시종일관 내내 본가에서 무표정이던 그를 두고 한윤아가 욕을 퍼부은 게 기억났다. 물론 그가 없는 다음 날 거실에서 누군가와 통화를 하면서 말이다.

─지가 뭐라도 되는지 아나 봐. 걘 우리 재인이 도와주는 백그라운드야. 회장님이 재인이 얼마나 예뻐하는데. 분해 죽겠어. 오빠도 그 싸가지 없는 표정을 봤어야 하는데 말이야. 정말. 걘 도대체 정이 안 가, 정이. 무슨 생각을 하는 건지, 아마 백 년 묵은 능구렁이가 걔 배 속에 똬리라도 틀고 있을 게 분명해. 아휴, 소름 끼쳐.

희주는 적어도 무슨 생각을 하는지 모르겠다는 한윤아의 말에는 공감했다. 알 수 없는 남자의 낯짝과 표정은 사람을 초조하게 만드는 구석이 있었다.

"앉아요. 여기까지 왔는데 술이나 한잔해요."

"아뇨, 괜찮아요. 제가…… 술을 잘 못해서."

희주는 남자의 덫에 걸리고 싶지 않았다. 피투성이가 될 게 분명했다. 그때 별장에서도, 바로 어젯밤에도. 농락당한 느낌이 다분히 들었다.

분명 그는 아무것도 안 했는데. 저 혼자서 벌렁거리는 심장을 부여잡고 분해했다. 혼자 북 치고 장구 치고 다했다는 그 사실조차 그녀에게 수치심을 주기에는 충분했다.

"서운하다. 이렇게 칼같이 자르니 내가 좀, 무안하네."

"……."

"한 잔만 해요. 이제 미성년자 아니잖아."

세상 어디에도 없을 만큼 달짝지근한 속삭임이었다.

쿵. 희주의 머리가 세게 울렸다. 아니, 심장이 떨어진 건가.

그가 기억하고 있다. 그때 별장에서 시답지 않게 했던 말이라고. 의미를 두면 안 된다고 자신을 스스로 채찍질했다. 저 혼자만이 간직하는 일방적인 기억이라고 생각했는데.

순식간에 얼굴로 열이 몰렸다. 조명이 어두워 다행이라며 당황한 표정을 재빨리 감추었다.

남자가 갈색 액체가 담긴 병을 들었다. 유려한 액체가 유리잔으로 흘러 들어갔다. 태인은 그 유리잔을 느긋하게 내밀었다.

건네받는 유리잔에 조심스럽게 손을 뻗었다. 그의 조각품 같은 손가락이 스치자 희주의 몸이 아스라이 떨려왔다. 제발 그 꼴사나운 모습을 그가 못 봤길, 잘못 봤다고 생각하길 바랐다. 별장에서 책을 건넸을 때처럼 스친 손가락처럼 기시감이 들었다.

술을 조금 넘겼더니 독한 맛에 목구멍이 타는 것 같은 기분을 느꼈다. 쓴맛에 미간을 잔뜩 좁히자 그가 입가에 미소를 띠며 포크로 집은 과일을 내밀었다.

포크를 받아들이는 또 한 번 손이 스쳤다.

의심이 확신으로 변하는 순간이었다. 조심성 없는 제 탓이 아니었다. 태인이 의도적으로 접촉해 오고 있음이 분명했다. 그러나 따지기엔 너무 작은 접촉이라 그녀는 왠지 모를 억울함을 삼켜야 했다.

쏙, 멜론이 입 안으로 들어가 과육이 뭉개지자 즙이 입 안을 가득 메웠다. 긴장으로 씹는 법을 잊어버렸는지 꼴사납게 입술 사이로 과즙이 흘러나왔다.

아, 정말. 난 왜 이 남자 앞에서 이런 모습만 보이는 걸까. 손가락으로 닦으려는 찰나에 그가 손목을 낚아챘다. 그리고 고개를 비틀어 다가오더니 혀로 과즙을 핥았다.

"달아."

그는 인상을 썼다. 아마도 단 것은 그의 취향이 아닌 것이 확실했다. 하지만 그의 손이, 눈이 너무 뜨거워 그 이상의 무언가를 원한다는 느낌이 들었다.

무엇을, 왜, 나한테.

혼란스럽게 그의 눈동자에 띤 열기를 읽고 있는 와중에 뱃속이 뜨거운 기운으로 울렁거렸다. 남자는 어떤 시험에 든 양 한참을 그녀를 쳐다보더니 시선을 아래로 떨어뜨렸다. 그 종착지는 자신이 훑고 간 번들거리는 입술이었다.

탁, 핀트가 나간 듯한 그의 눈동자가 길을 잃는 동시에 희주의 턱이 그의 손에 붙들렸다. 상체를 기울여 코앞까지 다가온 남자는 비스듬히 내리뜬 눈으로 그녀의 입술을 응시했다.

거친 숨소리와 열기에 눈앞이 어찔했다. 머리와 몸 또한 다르지 않았다.

마침내 그가 머금듯이 입을 겹쳐왔다. 달콤한 멜론과 독한 위스키 향이 그에게서 나는 것인지 자신에게서 나는 것인지 헷갈렸다.

느리게 빨아당기는 입술에서는 조급함이 느껴지지 않았다. 무언가를 음미하고 알아보려는 듯 야금야금 입술을 가볍게 물다가 놓기를 반복했다. 벌어진 틈에 입술을 끼우고 혀로 야릇하게 도톰한 입술 위를 핥고 깨물었다.

얼마나 시간이 흘렀을까. 입술에는 열감이 고였다. 감각이 없는 듯한 입술이 퉁퉁 부었을 게 분명했다. 덥고 습한 숨결이 지척에서 멀어졌을 때 희주는 눈을 느리게 떴다.

이미 거리를 벌린 남자는 욕정을 갈무리한 듯 눈매를 가늘게 좁히고 소파에 느른히 기댔다.

다시 채웠던 열기를 빼내고 있었다.

* * *

청소 업체에서 고용된 사람들과 저택의 고용인들이 태인의 방에서 분주히 움직였다. 그리고 침구류와 커튼 등 패브릭 제품의 세탁을 위해 포장한 뒤 계단으로 정원을 빠져나가고 있었다.

현관을 지나 정원을 가로지르던 진주가 저택 안으로 들어서자 장 여사가 반겼다.

"뭐예요? 오빠 방에서 나온 건가?"

"네, 아시잖아요. 도련님 병…… 아니 깔끔하신 거."

"다 아는데, 뭘. 병이지 병."

진주는 고개를 절레절레 흔들었다.

하지만 이해 못 하는 건 아니었다. 초등학생이던 오빠가 아버지의 섹스 동영상을 운 없게 보게 될 줄 누가 알았겠냐마는. 당시 정·재계에 불어닥친 성 상납 파문. 서 회장 동영상을 한 미디어 매체가 독점적으로 보도하며 세간에서 화제가 됐었다.

서 회장은 수단과 방법을 가리지 않고 웹에서 자신의 동영상을 내리려, 노출시키지 않으려 애썼다. 그렇게 필사적으로 막았던 동영상이 허무하게도 서재에 무방비하게 파일로 있었다. 단정하고 모범생이었던 태인이 그것을 보게 됐으니, 트라우마로 인한 발병의 이유가 없는 것은 아니었다.

그것 말고도 비뚤어진 이유는 많지만.

"아버지 서재에 계시죠? 아, 나 저번에 먹었던 수정과 좀 줘요. 맛있던데."

진주는 선글라스를 벗어 손에 가볍게 쥐고는 서재 쪽 복도로 사라졌다.

희주가 2층 복도를 지날 때 활짝 열린 태인의 방문이 보였다.

장 여사는 강박증과 결벽증이 있는 집안의 도련님 때문에 청소 업체를 따로 고용했다. 하루에 한 번 태인이 쓰는 침구를 세탁하고 매일 방 청소를 공들여서 했다.

청소를 마친 방에 새로운 침구를 정돈하고 나오는 장 여사가 보였다.

태인이 결벽증, 강박증 유의 병을 앓고 있다고 했다. 희주로서는 믿을 수 없는 사실이었다. 결벽증 환자는 자신이 쓰던 것을 남이 사용하는 것도 꺼린다고 알고 있는 자신의 상식에 의하면 말이다.

그런데 태인은 그녀의 손목을 잡았고 일부러 손끝을 스치기도 했다. 심지어 그가 케이크를 먹던 포크를 그녀에게 손수 쥐여 주기까지 했다. 무엇보다 제일 큰 오류는 자신이 입가에 흘렸던 과즙을 그가 핥아 먹고 입을 맞춰 온 것이다.

불현듯 입을 맞추기 전까지 그가 자신을 스스로 시험에 든 것처럼, 찰나 망설이던 순간이 스쳐 갔다. 그건 자신의 병에 대한 실험이었을까?

진주의 경쾌한 목소리가 들렸다. 희주는 잠시 2층에서 그냥 머물다가 내려가야겠다고 생각했다.

"장 여사님. 나, 가요. 여기서 작별해야겠네. 나 이틀 뒤에 출국이에요."

진주가 서재에서 두툼한 서류를 챙겨 나오며 2층에서 내려오는 장 여사에게 말했다.

"아가씨, 잠깐만요. 수정과 가져가셔요. 이거 좋아하잖아."

장 여사는 부엌으로 달려 들어가 종이 가방을 가지고 나왔다.

"고마워요. 역시 장 여사님밖에 없어. 오빠는 내일 저녁 비행기라고 하던데? 하루 한 번 침구에, 커튼, 카펫 바꾸는 게 웬 난리야. 오빠 때문에 무슨 개고생인지. 아무튼 다행이네요. 얼른 빨리 꺼지라 그래요."

진주는 말은 마친 뒤 호탕하게 웃었다.

희주는 그 자리에서 굳어 버렸다. 심장이 갈비뼈 부근을 툭툭, 내리쳤다.

분명 아무렇지 않을 자신이 있었는데, 그랬는데. 막상 현실이 되니 가슴이 텅 빈 듯이 쓰라렸다.

그가 이 마음을 안다면 비웃을지도 모른다. 저 혼자 그래 놓고 왜 그런 망상을 하는 것이냐며. 아니면 냉소적인 얼굴로 그녀에게 화낼지도 모른다. 어디서 주제도 모르고 자신을 바라보는 것이냐며.

희주는 2층에서 그 대화를 듣고서는 그 길로 서 회장 저택의 문을 열고 나왔다. 마치 견고한 성 같은 저택을 올려다보았다.

* * *

[나 오늘만 재워 줄 수 있어?]

대학 동기이자 같은 서산 재단 장학생인 다슬에게 희주가 보낸 문자였다. 다슬이 문을 열자 망연한 얼굴로 억지 미소를 띤 희주가 서 있었다.

희주가 유일하게 가깝게 지내는 다슬 역시 어려운 환경에서 자라왔다.

작은 사업을 운영하던 아버지의 회사가 망했다. 그 뒤로 부모님은 궂은일을 마다하지 않으며 겨우 빚을 다 갚았다고 했다. 그리고 지금은 포장마차를 운영하면서 아파트를 장만한다는 목표 아래 일하고 있다고 했다.

희주는 그녀가 부러웠다. 자신보다 적어도 나은 처지이니까. 다슬은 한 번이라도 부자였던 적이 있었기에 저런 예쁜 성격으로 자라지 않았을까?

언제나 진심을 전하는 것이 살 떨릴 만큼 힘든 처지에 있는 자신과는 달리 다슬은 솔직하고 밝았다. 남뿐만 아니라 자신을 속이기에도 급급해하는 음흉한 자신과는 다르게 말이다.

'내일 저녁 비행기.'

그때까지 그 집에 들어가지 않을 생각이었다. 멍청하게 쉴 새 없이 그 남자가 언제 나갈지, 적어도 나를 보러 오지 않을지, 이따위 생각을 하기 싫으니까.

"넌 서산 그룹 어디 지원할 거야?"

침대에 널브러져 다슬이 물어왔다.

"글쎄, 잘 모르겠어."

"난 무조건 새로 지은 본사 건물에 있는 계열사. 거기 가야 좀 서산 다닌다는 게 실감 날 것 같아."

본사 건물에는 계열사 전체를 컨트롤 하는 지주 회사의 전략기획실과 그룹 차원에서 주력하는 사업 파트가 있다.

"근데, 본사는 얼굴 본대. 다 하나같이 잘생기고 예쁘고. 심지어 팀장급 이상 중년들도 쌔끈하다잖아."

"그럼 다슬이 넌 갈 수 있겠네."

"어쭈 놀리냐? 김희주 너는 자신 있다. 이거지? 나 상처받았어."

다슬이 베개를 그녀에게 던지고 다리를 하늘 높이 들어 올리며 동동거렸다.

"술 한잔하러 갈래? 우리 엄빠 포장마차 어때?"

다슬과 있으니 그녀의 밝은 성격에 상념이 잦아들었다.

〈다슬이네 포차〉

널빤지에 대충 매직으로 적은 간판이 포장마차 입구에 세워져 있다. 주황색과 파란색의 천막 안에 사람들이 간간이 앉아 있었다.

"엄마, 나왔어. 여기는 김희주. 내가 저번에 얘기했지. 학교 동기."

"아이구, 뭐가 이렇게 예쁘대? 엄마는 연예인인 줄 알고 사인 받으려고 했어."

남색 앞치마를 동여맨 다슬의 엄마가 넉살 좋게 말하면서 자리를 마련해 주었다. 어묵탕과 곱창볶음, 계란말이를 동그란 테이블에 올려놓고 부족하면 말하라며 환하게 웃었다.

"뭐 마실래? 소주? 맥주?"

"소맥?"

"어, 갑자기 김희주 뭐지?"

평소에 술을 즐기지 않는 희주가 소맥이라는 단어를 뱉자 다슬은 고개를 갸웃거리며 장난쳤다.

그녀가 소주를 흔들어 따르고, 비율 좋게 맥주를 부어 솜씨 좋게 소맥을 말았다. 짠. 잔을 들어 다슬이 소리 내어 말하고는 꿀꺽 소리와 함께 단숨에 비웠다. 크, 취객 같은 소리를 내면서 잔을 내려놓았다. 희주는 반쯤 마시고 잔을 내려놓았다.

젓가락으로 곱창을 입으로 쏙 넣은 다슬이 희주의 얼굴을 살폈다. 희주의 얼굴에서 집으로 찾아왔을 때 보다 한층 우울한 표정이 사라지자 다슬이 기다렸다는 듯이 물어왔다.

"너, 남자 문제지?"

희주는 큰 계란말이를 반으로 가르며 잠시 멈칫거렸다.

"티 나?"

피식, 희주가 바람 빠진 웃음으로 미소 지었다.

"야아-. 장난하지 말고, 진짜야? 동갑? 연상? 연하? 잘생겼어?"

비워진 잔을 다슬이 스스로 채우며 재촉했다. 희주가 대답하지 않자 그녀는 미간을 좁히고 열심히 추측해댔다.

"백 퍼, 연하다. 연하."

"왜?"

"느낌이 왔어, 맞지? 연하가 요즘 트렌드잖아."

어린 남자 친구의 필요성을 역설하던 다슬이 희주의 심드렁한 표정을 보더니 조금 언성을 높였다.

"어허, 그 말 몰라?"

술잔을 다소 거칠게 내려놓으며 구호를 읊듯 또박또박 말했다.

"친구 동생 무시 말고, 꺼진 연하 다시 보자."

희주는 그 말에 왜 재인이가 생각났는지 모르겠다. 8년이 넘는 동안 연락 한번 없던 그 꼬맹이가. 아, 지금은 꼬맹이는 아니겠구나. 그렇게 약속을 지키라고 했던 재인은 자신을 기억이나 할까. 그 일을 흑역사로 여기며 창피해하고 있을지도 모르는 노릇이다. 그러니까 이렇게……연락이 없지.

갑자기 가슴이 꽉 막힌 것 같은 기분이 들었다. 상처받고 안진으로 내려갔다가, 재인을 만나 충만하게 채워졌던 그때를 떠올리자 서글퍼졌다. 일방적인 기억이 이렇게 서러운 느낌이라는 것을 새삼 깨달았다.

"야야, 김희주 무슨 생각해. 그렇게 넋 놓고 있을 일이 아닌데? 얼른 이실직고해."

다슬이 장난을 가장해 강경하게 말했다. 희주는 그 소리에 흐려졌던 눈동자의 초점을 되찾았다. 희주는 말없이 채워져 있던 술잔을 비웠다. 그리고 얼마 전, 술잔을 제게 건네면서 그녀를 홀리겠다고 작정한 듯 근사한 미소를 지었던 태인을 떠올렸다.

"그 사람은 내가 좋아해서는 안 되는 사람이야."

"왜?"

"너무 잘났거든."

터질 것 같은 심장은, 아니 이미 터져 버린 심장에서 흘러나온 무언가가 축축하게 발밑을 적시고 있는 것 같았다. 무력했다. 감히 탐내서는 안 될 사람에 대한 계속되는 욕망에 힘이 쭉 빠졌다. 어쩌면 이제는 정말 끝내야 할지도 모르는 마음을 털어놓고 싶었다. 그러면 조금은 숨통이 트일 것 같았다.

"뭐가 그렇게 잘났어?"

"잘생겼고, 똑똑하고, 돈도 많고, 피아노도 잘 치고, 냄새도 좋아. 그냥 다 멋있어. 다."

희주는 그의 모습을 되새기면서 느릿느릿하게 말했다. 눈물이 날 것 같은 기분이었다. 키스 한 번 했다고 이렇게 마음이 커질 수도 있는 건가.

"성격은?"

"……잘 모르겠어."

"어 이것 봐라, 너 그러면 큰일 나. 얼굴만 보고 성격 안 보면 나중에 답도 없어."

"어차피 뭐, 잘될 일도 없는데. 그리고 학교 훈남 해부도까지 그릴 수 있는 네가 그렇게 말하는 건 좀 그런데?"

"인정. 눈의 즐거움은 포기 못 하지, 내가."

다슬은 희주를 물끄러미 바라보았다. 학교뿐만 아니라 거리를 지나는 사람들의 시선이 흔하게 아름다운 그녀에게 꽂힌다.

정작 희주는 그 시선이 부담스러워 긴 속눈썹을 내리뜬 채 바닥만 보고 걷기 일쑤였다.

뭐가 그렇게 그녀를 웅크리게 만드는 걸까.

남자들의 숱한 수작질에도 넘어가지 않던 그녀에게 남자라니, 의아했다. 어떤 사람일까 궁금하기도 하고. 다슬은 더 묻고 싶었지만, 금방이라도 울 것 같은 희주의 붉은 눈가에 질문을 삼켰다.

기집애 또 벽 치긴.

서운한 마음이 들기도 했다. 하지만 지금은 위로가 우선이니까.

"됐다 그래. 너 좋다는 남자애들 뭐 학교에 깔렸는데. 거기서 얼굴 괜찮은 애로 그냥 하나 잡아. 리스트 내가 넘겨줄게."

한 잔, 두 잔.

다슬은 열을 내며 학교의 잘생겼다는 남자들을 거론하며 누가 제일 괜찮은지 비교하며 열변을 토해냈다. 결국 희주보다 훨씬 빠르게 속력을 내던 다슬이 취해 버렸다.

"야아, 김휘주우, 너너, 내가 좋아하는 거 아알지이? 구러니까아…… 헤헤, 2차로 클럽 가치 가자아. 응? 으으응?"

얼큰하게 취한 다슬이 클럽을 가자며 보챘다. 그런 다슬에게 다음에 꼭 가겠다고 약속까지 한 후에야 겨우 달래서 원룸으로 돌아왔다.

후우. 한숨을 크게 쉰 희주가 다슬을 침대에 눕히고 바닥에 앉아 핸드폰을 꺼내 보았다. 오늘 친구 집에서 잔다는 문자를 남긴 장 여사에게 알았다는 대답만이 돌아와 있었다.

자신이 느끼는 기분은 실망이었다. 실망? 기대했다가 원하는 대로 되지 않을 때 느끼는 기분이 왜 저에게 드는 건지.

자신이 연락을 기다리고 있다는 사실을 마주하고 말았다. 그러다 자신이 태인의 전화번호도 모른다는 사실을 깨달았다.

속절없이 그렇게 또 한 번 현실을 자각하게 되었다.

내일 저녁 비행기.

그 말을 곱씹으며 희주는 술기운을 빌려 잠이 들었다.

* * *

저녁 비행기란 몇 시부터일까? 6시? 7시?

자꾸만 떠오르는 잡념에 그녀는 도서관에서 창밖을 바라보며 시간을 보냈다.

밤 10시, 도서관에서 나와 그녀는 어두컴컴한 하늘을 보며 안도했다.

휘둘리지 않았어. 괜찮아. 그는 갔어.

밤 11시, 하루 종일 도서관에 있다가 서 회장의 자택으로 들어섰다.

졸업하면, 여기서 나가야지…… 다음 학기만 보내면 여기도 끝이야.

돈을 벌 수 있으니, 직장이 있으니, 대출받아 다슬이처럼 원룸에서는 살 수 있을 것이다.

원룸은 어떻게 꾸밀지 생각하며 찰나 행복감이 스쳤다. 나중에 엄마와 함께 조그만 아파트에서도 함께 살 수 있겠지? 빚을다 갚고 나면 오빠는 모진 소리를 더는 하지 않을지도 모른다.

그런 생각으로 잡념을 지우며 정원을 가로질러 직원들이 사용하는 문으로 가는 길이었다.

저택 아래 넓은 정원도 소등 시간이 지나 어두웠다. 달빛에의지해 더듬더듬 발길을 옮겼다.

짙은 어둠 아래 긴 그림자가 그녀에게 드리웠다. 고개를 들자 백 년이 넘었다는 고목 아래 커다란 인영(人影) 하나가 서있었다. 그 남자는 그림자마저도 아름다웠다.

왜. 아직도. 그가. 여기에.

머릿속에 단절된 단어들이 뚝뚝 끊겨 흘러들었다.

달빛을 받아 결점 없는 그의 하얀 피부가 빛이 났다. 잘생긴얼굴의 뚜렷한 윤곽을 새기듯 빛은 그에게 스며들었다.

굳어 있는 희주의 표정을 보던 태인의 입가가 픽 올라갔다.

"왜 그런 표정이에요? 저녁 비행기라는데 왜 안 가고 있나궁금해?"

희주가 그를 피했다는 사실을 알고 말하는 것일까.

맹수가 모습을 드러내듯 우아한 걸음으로 가까이 다가온 그에게서는 청량한 향수 냄새와 짙은 담배 냄새가 함께 풍겼다.

그가 서 있던 나무 밑에는 무수한 담배꽁초가 자리하고 있었다. 오랫동안 그가 저기 있었다는 시간을 증명해 주듯이.

그가 희주를 느긋하게 훑어보았다.

"옷, 어제 입은 그대로네?"

얼굴이 달아올랐다. 신체적 반응과는 별개로 사고 회로를 돌렸다. 어제 그를 마주친 적이 없는데 어떻게 그녀가 입은 옷을 알고 있단 말인가. 희주가 들어오지 않았다는 말을 장 여사를 통해 듣고 이러는 걸까.

"속옷은 갈아입었나?"

그의 입에서 나온 것이라곤 믿기지 않을 말이었다. 남자는 금욕적인 단정한 얼굴로 저렇게 저질스럽게 굴고 있었다.

수치심을 유발하는 언사에 왜 그러는지 모를 만큼 희주는 순진하진 않았다. 결벽증 있다는 태인이 저에게 노골적으로 굴고 있을 때부터 사실은 알아차렸다.

그저, 모른 척할 뿐이었다. 그가 품는 욕망은 그녀와 다르게 쉬우니까.

"그게, 왜. 궁금하시죠?"

바들바들 떨리는 손을 꽉 말아 쥐고 눈가를 붉힌 채 태인을 쏘아보았다. 태인은 그 모습을 지그시 응시하며 더 가까이 붙었다.

비스듬히 고개를 기울여 시선을 마주했다. 숨결이 닿을 정도로 가까운 거리에서. 주춤, 그녀가 뒤로 물러나려 하자 단단한 팔을 들어 허리를 감아 당겼다.

순간 그녀의 배 위에 느껴지는 딱딱한 이물감에 그녀가 화들짝 놀라 그를 밀어내려 했지만 역부족이었다.

"소리 질러요."

그가 귓가에 대고 괴롭히듯 속삭였다.

자정이 다 돼 가는 시간. 서 회장과 한윤아를 비롯한 직원들은 일찍 잠자리에 든다. 새벽같이 일어나는 서 회장의 일정에 맞춰서 돌아가는 집이니 말이다. 희주가 소리를 못 지를 것을 알고 있으면서 그 점을 이용해 단단한 팔로 더 몸을 감아왔다.

비명도 지르지 못하는 희주의 눈이 당혹감에 깜박였고, 가쁜 숨을 쉬느라 잇새가 벌어져 붉은 혀가 보였다. 태인은 그 유혹을 뿌리치지 못해 얼굴을 내려 입술을 붙였다.

"왜 궁금하냐고?"

입술을 붙인 채로 그가 뇌까렸다.

말할 때마다 닿는 입술과 뿌려지는 숨결이 뜨거워 머리가 어찔했다. 아랫배에 찔러 오는 그것 역시 자신의 밑을 달굴 듯이 뜨겁게 요동쳐 어떻게 하지도 못하고 눈물이 날 지경이었다.

태인은 그렁그렁 눈물이 맺힌 눈과 거의 쓰러질 것 같은 지경에 이른 희주를 보고 팔에 힘을 풀어 살짝 공간을 주었다. 그러자 희주가 기다렸다는 듯이 뒷걸음을 쳐 안전거리를 확보했다.

하얗게 질린 얼굴에 태인의 바지춤이 더 크게 부풀며 맥동했다.

그는 고개를 살짝 들어 허공에 시선을 던져두고 잠시 생각하는 듯했다.

"꺼림칙할까 봐 상상해 봤는데, 다시 생각해 보니 상관없을 것 같네."

"뭐라는 거예요?"

그녀가 뜨끈하게 달아오른 이마를 짚으며 정신을 차리기 위해 노력했다.

"섹스하는 생각만 해도 좆이 안 섰거든. 더럽게. 남의 몸을 만져야 하잖아. 안 닿고 좆만 구멍에 넣고 흔들어서 물을 뺄 수 있는 것도 아니고."

그가 생각만 해도 웃긴다는 듯이 픽, 웃었다.

믿을 수 없을 만큼 금욕적으로 생긴 남자가 뻔뻔하게 저질스러운 단어들을 아무렇게나 내뱉는 모습에 희주는 무방비하게 입을 벌렸다.

태인은 짐승 같은 기민한 눈빛으로 그 사이로 보이는 붉은 혀를 응시했다.

"근데 희주 씨가 같은 속옷 입었다고 생각해도, 이렇게 발딱 서는 걸 보니…… 괜찮을 것 같다고."

그가 한쪽으로 길고 두툼하게 부풀어 올라 터질 것 같은 윤곽을 느릿하게 쓸며 말했다. 단정하고 아름다운 남자가 변태적인 행위를 하며 그녀를 희롱하고 있는 모습이 현실이 아닌 것 같았다.

저를 얼마나 만만하게 봤으면.

긴 속눈썹이 파들파들 떨려 눈가를 간지럽혔다. 그 욕구 배출을 위해 그녀를 찾았다고 말하는 뻔뻔함에 화가 났다.

저는 뭐가 저렇게 쉬워. 나는 이렇게 어려운데.

"나랑 잘 거예요?"

그녀가 치솟아 오르는 분노에 기어코 그 말을 뱉었다.

충혈된 다소 피곤해 보이는 남자의 눈이 요동치고 있었다.

태인은 눈썹을 들썩이며 숨을 내뱉었다.

"그럼 내가 비행기도 놓치고 여기서 김희주 씨 기다린 이유가 뭐라고 생각해?"

놀리는 듯한 짓궂은 말이었지만 그로선 농담이 아니었다. 진지하게 뱀 같은 눈으로 그녀의 눈을 파먹을 듯 읽어냈다. 서태인은 희주를 욕망했다.

그는 한 걸음 다가와 희주의 흐트러진 머리카락을 귓가로 넘겨 주었다. 그리고 큰 손으로 뺨과 귀를 감싸 쥐며 얼굴을 마주하고 말했다. 코가 맞닿을 정도로 가까웠다.

"나 좋아하잖아."

들켰다. 이 야차 같은 남자가 자신의 마음을 알았다. 처음부터 알면서 농락한 것이다.

"아니에요. 안 좋아해요."

죄여 드는 목구멍에 겨우 침을 삼키고 거짓말을 토해냈다.

"그럼 아니라 치고."

고개를 갸웃거리며 비스듬한 미소를 지었다.

"그럼…… 내가 김희주 씨 좋아한다고 해둘까? 내가 지금 섹스가 너무 하고 싶어서."

그가 희주의 파르르 떠는 손을 잡아 그의 앞섶에 댔다. 축축한 물기마저 느껴지는 그곳에서 맥동하는 생물이라도 숨기고 있는 것 같았다.

희주의 손이 바스락거리며 그의 물건을 움켜쥐자 태연하고 여유작작하던 태인의 얼굴에 드디어 금이 가기 시작했다. 그의 몸이 크게 들썩였다.

그 순간, 그녀를 가지고 싶어 안달이 난 짐승 같은 모습에 그녀는 기묘한 쾌감이 들었다. 저보다 더 몸이 달아오른 그를 보니 안도감이 차올랐다. 그의 욕망에 불을 지피는 것이 자신이라는 사실에 만족스러웠다.

그는 희주를 욕망했다. 희주는 그를 올려다보며 늘 그가 하던 대로 여유를 가장해 입꼬리를 올려 살짝 미소 지었다.

쿵쿵쿵.

가슴이 울렁이고, 분노는 사라지고 흥분이 일었다.

* * *

그는 직원들이 사용하는 뒷문을 통해 2층으로 올라갔다. 희주가 그 뒤를 따랐다. 걸음을 옮기는 내내 생각했다.

지금이라도 멈춰야 해. 아니야, 하룻밤이면 상관없지 않을까. 가지고 싶었잖아 너도. 매달리지만 않으면 되잖아. 속살거리는 마음이 시끄러웠다.

그 짧은 순간에도 머릿속이 계산으로 복잡했다.

태인을 따라 그의 방으로 가야 할까. 너무 바랐던 것 같잖아. 자신의 방으로 가야 할까. 초조함과 긴장감에 몸이 떨려 왔다.

머릿속을 읽기라도 한 듯, 그가 계단참에서 그녀의 손목을 잡았다.

"내 방으로 가요."

닫힌 방문을 뒤로하자마자 태인이 입술을 겹쳐왔다. 뜨겁고 축축한 혀를 쑤셔 넣었다. 지난번의 음미하는 듯한 것과 다르게 음탕하게 혀를 놀리는 질척이는 키스였다. 희주는 그 생소한 자극에 화들짝 놀라 그의 가슴을 강하게 밀었다. 태인은 순순히 밀려나 주었다.

희주가 숨을 후우 내뱉으며 호흡을 골랐다. 빨갛게 달아오른 뺨, 흐트러진 머리, 금방이라도 눈물을 터트릴 듯한 눈망울이 가학심을 일게 할 만큼 자극적이었다.

"씻을게요."

그는 이미 씻고서 기다렸는지 머리에 물기가 남아 있었다.

"그냥 해도 진짜 상관없어. 너무 아파서 빨리 해결하고 싶거든."

그가 확인이라도 시켜 주려는 듯 희주 손을 잡아 그 터질 듯한 윤곽에 대었다. 바지에는 그가 흘린 액으로 아까보다 더 축축해져 있었다. 크기도 더 커진 것 같은 착각마저 들어 두려움까지 느껴져 미간을 좁혔다.

이 남자는 도대체.

하루에 한 번 침구를 바꾸고 방을 온종일 청소한다며 일하던 고용인들의 투정이 생각났다.

태인이 결벽증이라는 사실은 사람을 가까이하기 싫어하는 그가 만들어 낸 병명일지도 몰랐다. 그렇지 않다면 이렇게 자신에게 질척대고 씻지도 않은 자신을 가지려고 하는 지금을 어떻게 설명할까.

"씻고 나올게요."

태인은 희주가 도망치려는 기색이 없는지 살펴보다가 침대 위로 가 앉았다.

손을 뒤쪽으로 지탱해 기대어 있는 태인의 눈길이 그녀에게로 진득하게 이어졌다. 그러다 잡힌 먹잇감을 위해 잠시 자비의 시간을 주며 놓아주는 듯 그는 고개를 작게 끄덕였다.

욕실에서 씻고 가운을 걸치고 나와 드레스 룸으로 들어가 머리를 말렸다.

이제 와 무를 수는 없는 노릇이었다. 태인도 태인이지만, 희주 역시도 이성이 거의 다 날아가 버린 상태였다.

한 번, 자고 나면 그러면 그냥 괜찮아질 수도 있잖아.

그녀는 이 밤에 의미를 끝이라고 생각하기로 했다.

굳게 다짐하고 침실로 다시 들어온 희주는 황망한 광경에 숨을 멈추었다.

기이한 풍경이 눈앞에 펼쳐졌다.

벗어 놓은 속옷이 왜 그의 손에, 왜 그는 흉기 같은 성기를 저렇게 꺼내 놓고. 그 아찔한 풍경에 그녀는 뇌가 정지된 것 같은 기분을 느꼈다.

새 속옷을 가지고 있던 다슬에게 받아 입긴 했지만 그래도 오늘 자신이 입고 있던 것 아닌가. 결벽증은 아무래도 사람을 싫어하는 그가 꾸며낸 게 확실했다. 그렇지 않으면 저 변태 같은 행위를 무엇으로 설명할 수 있을까.

태인은 침대에 걸터앉아 자신이 벗어 놓은 팬티를 손안에 구겨 코에 대고 들이마시고 있었다. 나머지 손으로는 방망이같이 거대한 성기를 잡고는 손을 위아래로 느리게 놀리고 있었다.

질꺽. 질꺽. 이미 사정을 한 차례 했는지 척척하게 젖은 난잡한 물소리가 났다. 희주를 발견한 뒤에도 그는 손을 움직이는 행위를 멈추지 않았다. 오히려 뻔뻔하고 대수롭지 않게 말을 던졌다.

"아, 너무 아파서 미리 좀 뺐어요."

희주는 그대로 굳어서 그 자리에 서 있었다.

"속옷은, 어떻게, 왜 거기에."

당황해 뱉어 내는 단어들이 형편없이 조각나면서 나왔다.

"도움도 좀 받을 겸 화장실에 벗어놓은 거 들고 왔는데. 희주 씨도 물도 좀 흘렸더라고."

그는 물 자국이 나 있는 부분을 혀로 핥으며 음란하게 지껄였다.

"미쳤어요?"

"그러게, 속옷 간수 잘해야지."

픽, 웃은 태인의 눈에는 열기가 사납게 들끓고 있었다.

태인이 느긋하게 일어나 걸어오자 흉흉하게 일어선 방망이 같은 성기가 좌우로 거대한 포물선을 그리며 다가왔다. 적나라한 그 장면에 그녀는 눈을 질끈 감았다.

지척으로 다가온 그는 정액이 묻은 손을 그는 그녀의 목덜미를 주무르며 느리게 펴 발랐다. 비릿하고 날것의 냄새가 올라왔다.

"혼자…… 하셨으면, 전 가볼게요."

그녀는 아직 그의 손에 있는 팬티를 가져가려 떨리는 팔을 겨우 뻗었다.

닿기 전에 그가 높이 들어 올려 버렸지만.

"별소리를 다 듣겠네. 내가 김희주 씨 팬티 가지고 자위하려고 샤워하는 거 기다렸는지 아나?"

사람을 되게 변태로 만드네? 혼잣말을 흉내 내며 덧붙이는데 진심으로 어이가 없다는 말투였다.

희주는 기가 찼다. 자기가 하는 소리가 변태가 아니면 뭐란 말인가. 더는 놀아나기 싫은 그녀가 뾰족하게 날 선 눈으로 쳐다보며 쌕쌕 숨을 내뱉었다.

잠시 그렇게 그를 올려다보다가 그대로 뒤돌아 방문을 향해 걸어갔다.

쾅.

문손잡이를 돌리려 할 때 그녀의 위쪽에서 굉음이 났다. 그가 주먹으로 문을 내리친 것이다. 정수리 위로 뜨끈한 숨과 함께 나른한 음성이 가볍게 떨어졌다.

"다 깨겠네? 노친네 귀도 밝은데."

목을 비틀어 올려다본 그의 얼굴에는 시리도록 아름다운 미소가 걸려 있었다.

* * *

"으읏, 아. 훗."

주름 한 점 없던 침대 시트가 잔뜩 구겨졌다. 빠져나갈 곳이 없는 여자의 달뜬 신음과 물기 어린 입맞춤 소리가 가득했다.

태인은 자신의 정액을 펴 발랐던 목덜미를 물고 뜯고 있었다. 그 화끈한 기운이 그녀의 몸 전체로 퍼졌다. 손으로는 드러난 하얀 가슴을 꾹 눌러 쥐고 솟아오른 둔덕의 끝에 있는 장밋빛 젖꼭지를 뾰족하게 만들어 손끝으로 만졌다.

그는 상체를 들어 올려 누워 있는 그녀를 내려다보았다. 정확하게 시선이 꽂힌 곳은 풍성하게 올라온 하얀 살덩이와 빳빳하게 부어오른 젖꼭지.

응시하는 눈이 기시감이 들었다. 남자답지 않게 망설이는 눈. 처음 그녀와 키스할 때도 입술을 붙이기 전 자신을 시험에 들게 하는 듯한 행동인 양 굴었었다.

뽑. 빠읍. 뽑.

찰나의 순간이 지나고 그는 다시 상체를 숙였다. 아기가 젖을 힘차게 빠는 것처럼 입을 크게 벌려 가슴을 입 안에 가득 채웠다. 손으로 계속 그녀의 말랑말랑한 젖을 아래에서 바치면서 모양을 달리해 입 안으로 게걸스럽게 넣었다.

"하ー, 내가, 남의 몸을 이렇게 열심히 빨게 될 줄은 몰랐는데."

계속 젖을 빨면서 눈을 올려 그녀의 상기된 얼굴을 바라보았다. 치켜올린 눈매가 단정했던 도련님의 것이라 믿기 힘들 정도로 야하고 상스러웠다.

츕. 젖은 소리 가슴께에서 번졌건만 바로 옆에서 들리는 것처럼 생생했다. 생전 처음 겪는 느낌에 희주는 머리가 마비될 것 같았다.

"웃, 하아…… 자, 잠깐…… 아흑!"

혀로 곤두선 유두를 쓸며 가슴을 양쪽으로 받쳐 들어 마음대로 주물럭거리며 그녀를 살폈다. 손가락 사이로 뭉개져 삐져나오는 살들의 매끄러운 감촉에 그 역시 신음을 흘렸다.

그렇게 한참을 살덩이를 유린하던 그가 입술로 젖꼭지를 물었다가 튕기며 황홀한 표정을 지었다.

"젖먹이 때도 젖은 절대 안 빨았다는데 내가."

지금 와서 보상받나. 치켜뜬 눈으로 음란하게 덧붙였다. 상체를 세워 자세를 바로 한 그가 그녀의 무릎을 세워 벌렸다. 섹스에 무지한 그녀도 그가 지금 무슨 짓을 하는지 알 것만 같은 기분이 되어버려 바르르 떨었다.

"흐웃. 이건…… 싫어요."

"나도 처음 해 봐서 떨리는데…….'

말과는 달리 전혀 떨리는 기색 없이 무심하게, 가늠하듯 그녀의 구멍을 집요하게 쳐다봤다.

발름발름. 구멍의 개폐가 요란했다. 질척이는 액들이 그녀의 밑을 잔뜩 적신 게 느껴졌다. 적나라한 자세와 꿰뚫은 것 같은 시선에 애액이 더 질금질금 농도를 더해 새어 나왔다.

"하읔, 으으응…… 하, 하지 마! 으읏!"

그가 축축한 혀를 길게 핥아 올리며 그 액을 받아마셨다. 고개를 잠시 떼고 그는 방금 마신 입 속의 액들을 느끼는 표정이었다. 기분이 나쁜지 좋은지 가늠 못 할 표정이었다. 그러다 눈썹을 구기며 표정이 순식간에 딱딱하게 굳었다.

희주는 누군가 자신의 밑에 저렇게 머리를 가져간다는 것 자체를 상상하지 못했다. 삽입과 같은 정상위와 후배위란 체위 정도만을 알고 있는 그녀에게는 큰 충격이었다. 태인에게도 무리인 행위였다. 이제 곧 멈추겠지……

"하, 생각보다…… 너무……."

어떻게, 어디에 담아달라고도 해야 하나. 미친 생각을 했다. 그 정수리를 쪼개는 듯한 자극을 음미하면서 자신의 입가를 손으로 가리며 그런 당혹스러움을 숨겼다.

이런 거라면 종일 밑에 고개를 처박고 있을 수 있을 것 같다. 이 지독히도 야한 냄새와 달콤한 맛에 종내에는 중독되고야 말리란 생각이 들었다.

태인은 마침내 실험을 끝냈다.

"거, 거기는! 하으……읏!"

희주가 태인이 물러날 것이라 안심하던 순간 그의 고개가 그녀의 밑으로 처박혔다. 유려한 콧날을 음부 사이에 처박고 혀로 구멍에서 나오는 물을 쪽쪽 소리 내며 받아 마셨다. 고개를 흔들어 대며 오뚝한 콧날로 음핵을 자극하는 동시에 입술을 강하게 움직였다.

춥, 츄읍. 춥. 춥.

"앗, 으읍! 흐으…… 제발…… 그, 그만, 그만."

뇌가 쪼개져 쾌락이 콸콸 쏟아지는 기분에 희주는 어떻게 될 것만 같아 겁이 났다. 왈칵, 줄줄 새는 자신의 밑에 수치스러워 어쩔 줄을 몰랐다.

창피함과 두려움이 몰려든 희주가 허리를 움직여 피하려고 하자 그가 방해받았다는 듯 거칠게 머리를 쓸어 넘겼다.

"내 거 봐서 알겠지만 들어가기 턱도 없이 좁아. 피까지는 보기 싫으니까 가만히 있어요."

아, 자랑은 아니고. 입꼬리를 뒤틀며 덧붙인 남자가 자신의 큰 손에도 잡고서도 한참을 삐져나온 성기를 쓱쓱 문지르며 경고했다.

희주는 그게 자신의 속으로 들어온다는 것 자체에 기함하며 큰 눈을 끔뻑였다. 태인이 손으로 음핵을 굴렸다.

"여기, 김희주 씨 보지가 흥건해야 덜 아플 거야. 이미 뭐, 질척하게 많이 싸긴 했네."

희주는 자신이 들은 단어를 의심했다.

"미쳤어요? 변태…… 흐으!"

태인은 희주의 무릎을 접어 손으로 잡아 그녀의 가슴 옆으로 밀어붙였다. 그녀의 음부가 고스란히 천장으로 들어 올려졌다. 눈앞에 보이는 빠끔거리며 요동치는 구멍에 태인이 입꼬리를 비틀었다.

"억울하면 희주 씨도 말해 보던가."

자지라고. 여유롭게 덧붙인 그는 야한 냄새가 진동하는 그곳으로 다시 얼굴을 묻었다.

희주의 애액이 꿀물이라도 되는 것처럼 천박하게 입을 움직였다. 혀를 이용해 음핵 양쪽 사이에 고인 물을 퍼내고 마시고, 더 달라는 것처럼 구멍에 혀를 쑤셔 넣고 무뢰한처럼 계속 달라고 요구했다.

"아아아아…… 으으으앙!"

절정에 오른 그녀가 발을 곱고 종아리를 허공에 들며 달달 떨었다. 그는 떠 있는 그녀의 얇은 발목을 잡아 입으로 잘근잘근 씹었다. 그의 오뚝한 코와 붉은 입술의 주변이 번들거렸다.

휘어진 눈이 더없이 야릇하고 나른했다. 그렇지만 눈동자에는 다음의 폭주를 예고하는 이채가 어려 있었다. 사냥한 짐승의 목덜미를 물어뜯어 축 늘어진 먹잇감을 이제부터 발라먹겠다는 포식자의 눈이었다.

오싹, 두려움이 몰아치고 동시에 주체 못하고 떨어대는 자신의 모습을 자각하고 그녀는 발버둥을 쳤다.

그 때문에 태인이 발목을 잡고 있던 희주의 다리가 침대 위로 떨어졌다.

다리가 자유로워진 희주는 침대에서 벗어나기 위해 엎드려 반대쪽으로 향해 기어갔다. 두려움에 의한 본능적인 움직임이었다. 그러나 곧 그녀의 얇은 발목이 그의 손에 잡혔다. 시트를 생명줄처럼 잡고 있던 손이 무색하게 희주는 속절없이 끌려갔다.

"어딜…… 빠져나가. 이미 늦었어."

그는 뒤에서 완전히 그녀를 덮었다. 귀두를 그녀의 구멍에 조준하고는 침대 시트를 움켜잡은 희주의 손등에 자신의 손바닥으로 겹쳤다.

태인이 허리를 한번 추겨 올렸다. 빠듯한 구멍으로의 진입은 생각보다 어려웠다. 동시에 조여 오는 내벽에 그가 포효하듯 상체를 들어 올렸다. 굵고 우아한 목에 핏대가 빳빳하게 솟아 올라 괴로워 보이기까지 했다.

"하아, 큿······!"

고통에 놀라 입을 뻐끔대고 있는 그녀의 옆얼굴이 파들거리는 게 보였다.

"아! 아, 아파."

태인은 입을 다물지 못해 턱으로 길을 그리며 흘러나오는 그녀의 타액을 고개를 숙여 빨아 마셨다.

"처음이야? 아, 이런 말은 실례인가."

"으읍, 빼요. 빼."

생전 처음 겪는 고통에 흐느끼며 그녀가 비명 같은 신음으로 거부했다.

"미안해서 어쩌지. 나도 처음이라 안 아프게 하는 방법은 모르는데. 좀만 참아 봐요."

그가 허리춤을 한 번 더 치켜올렸다. 아직도 절반밖에 안 들어간 성기를 밀어내려고 질벽이 바짝 수축했다.

숨도 쉬지 못하게 꽉 찬 부피감에 희주는 미간을 찌푸렸고 기어코 눈꼬리에서는 눈물이 새어 나왔다.

"희주야, 힘을 좀 풀어 봐, 희주야. 응?"

희주야, 그가 연신 귓가에 이름을 속삭이며 입을 맞췄고, 뺨에 흐르는 눈물을 핥았다. 달콤하게 부르는 그의 목소리에 벼락같은 아픔이 조금씩 밀려나기 시작했다.

몽롱한 시야에 자신의 손에 겹친 그의 핏줄이 불거진 손등과 팔이 보였다. 절박하게 겹쳐오는 손에 마음과 배 속이 동시에 울렁거렸다.

내벽의 쥐어짜는 듯한 조임이 덜하여지자 그 틈을 타 조금 더 안으로 들어왔다. 질금질금, 그의 것을 더 삼키려는 속살에서 물을 뱉으며 성기를 탐욕스럽게 당기기 시작했다.

태인은 그녀의 유려한 등줄기를 긴 손가락으로 쓸어내렸다.

"부드러워. 정말."

누구든 만지지 않는다. 더러운 느낌이 신경을 갉아 먹으니까.

그런데 이 여자의 감촉은 왜 이렇게 조급증까지 일게 하는 걸까. 손끝에 매끄러운 감촉에 솜털까지 곤추서는 기분이 들었다. 타인의 피부와 땀, 타액을 만지고 있는 자신이 드디어 미쳤다는 생각이 들었다. 아니, 뭐 밑까지 핥아내고 빨았던 주제에 대수로운 일은 아니었지만.

등줄기를 쓰다듬자 오스스, 소름이 돋은 여자가 목을 젖혀 신음을 흘렸다.

그가 상체를 세우고 자신의 큰 손에 넉넉히 다 잡히는 한 줌인 허리를 잡아 엉덩이를 높이 들어 올려 당겼다. 반쯤 들어가 들어갈 수도 빠질 수도 없던 성기가 쭈우읍, 쩍, 마침내 끝까지 들어가 맞물렸다.

"이런······씹."

그가 짓씹듯이 욕을 내뱉었다. 꽉 물어대는 속살이 성기를 짓이겨 터트릴 것만 같았다. 희주의 엉덩이가 납작해질 정도로 무게를 실어 짓쳐 넣고, 묵직한 공 같은 고환이 뭉개지는 것도 아랑곳하지 않고 더 깊이 안쪽으로 들어가고자 했다.

뜨거운 구멍에, 죄어오는 내벽에, 좆이 끊어질 것 같은 기분에, 심장이 방망이질하듯 거칠게 뛰었다. 이성이 날아가는 순간, 그는 그녀의 골반을 잡고 허리를 미친 듯이 흔들었다.

퍽퍽퍽퍽. 살이 부딪치는 소리와. 탓탓탓탓. 액이 튀는 소리가 공존했다.

희주는 벼락과 같은 고통과 쾌감에 어느 것이 먼저인지 강한지 알 틈도 없이 신음을 질러 댔다.

"아, 응, 아아아!"

살 마찰음이 강렬한 정사였다. 무자비한 움직임에 희주가 짐승과 같이 울부짖으며 고개를 젖혔다. 그는 그제야 일말의 이성을 찾고 속도를 낮추고 허리를 둥글리며 추삽질을 시도했다.

"후우―, 자제가 안 되네. 늦게 배워서 그런가."

태인이 거친 숨소리가 섞인 탁한 목소리로 말했다. 그리고 땀에 젖은 머리를 거칠게 쓸어 넘기며 희주의 울긋불긋한 목덜미를 은근히 쓸었다. 그는 느리게 안을 휘저으며 상체를 숙여 귓바퀴를 물었다. 잘근잘근 씹는다. 이 남자는 진짜 자신을 먹는 것으로 생각하는 게 아닐까.

태인은 희주의 고막 안으로 혀를 집어넣으며 '같이 가야지,

먼저 가다니, 원래 여자는 이래? 나랑 같이 동시에 한 번 더 쌀까?' 저질스러운 말을 퍼부었다.

희주는 무슨 말을 듣는 건지, 제 귀가 이상한 건 아닌지, 이게 꿈은 아닌지, 몽롱한 정신에 속절없이 몸이 흔들릴 뿐이었다.

태인의 시야 앞으로 검붉은 성기가 내벽에 드나드는 모습이 원색적이었다. 맞물린 곳에서 물이 범벅되어 액이 뚝뚝 떨어지는 모습, 내벽의 속살이 딸려 나오는 성기의 자태에 그가 욕설을 내뱉었다.

쩍-, 쩌-억, 쯔-읍.

느리게 쳐올리는 허리 짓에 소리도 쩍 늘어졌다. 황홀한 소리라도 듣는 것처럼 그의 표정은 흥분으로 가득 차 있었다.

그러기를 수차례. 흔들리는 그녀의 어깨와 골반을 잡고 움직임은 점점 더 빨리했다. 짐승 같은 헐떡임이 그의 거친 숨에 묻어 나왔다.

"헉, 하아."

그의 좆을 꽉 쥐어 물은 내벽에 그는 마침내 파정했다. 태인은 그녀의 무너진 상체를 세워 단단하게 뒤에서 껴안은 뒤 느리게 움직이며 부르르 떨었다.

손에 보드랍게 감기는 그녀의 가슴을 마음껏 뭉그러뜨렸다. 그는 사정 뒤에도 허리를 추어올렸다. 후드득, 뚝뚝. 마찰된 액들이 만들어 낸 거품이 섞인 물들에 침대 시트가 속절없이 젖어 갔다.

"아아……."

그대로 둘은 침대 위로 쓰러졌다. 여전히 결합한 상태에서 그는 모로 누워 그녀의 아랫배를 문질렀다. 자신의 성기가 볼록하게 튀어나온 부분을 매만지며 아까 물어 뜯어놓았던 목덜미를 혀로 핥았다.

따끔. 그녀가 움찔했다.

"미안, 많이 아팠어요? 나도 처음이라 자제가 안 됐네."

그가 진심이 전혀 담기지 않은 사과를 하고 계속해서 목 주변을 혀로 핥았다. 상처 입은 새끼 짐승에게 어미가 핥아 주는 것처럼.

배 속에서 더 커질 게 없는데, 커지는 느낌이 들어 내벽이 조여들었다.

"아-, 너무 꽉 물어서 나오는 길을 잃겠어, 이러다가."

"읏, 아파요. 정말."

계속되는 자극에 꽉 맞물린 부위를 비집고 액들이 다시 흘러나왔다. 그때 불현듯 그녀의 허벅지에 축축한 침대 시트가 느껴졌다. 그들이 싸질러 놓은 물들이 흥건한 게 눈에 보였다. 내일 청소업체나 장 여사가 청소할 때 뭐라고 생각할까. 덜컥 겁이 났다.

"그, 그만, 그만해요."

그녀가 뒤로 손을 가져가 그의 복근을 밀면서 앞으로 몸을 당겨 빠져나왔다.

속살이 그의 성기에 붙어 한참을 딸려 나오며 쭈우우웁, 야살스러운 소리를 내었다. 젖은 소리와 자극에 절로 신음이 나왔다.

"하읏."

검붉은 성기가 액에 잔뜩 절여진 채로 끄덕였다. 태인은 황당하다는 듯이 그녀를 쳐다봤다.

"무슨 매너야. 이게?"

신음만 흘리며 헐떡이던 여자가 정신을 차리고 잔뜩 겁을 먹은 모습에 그가 미간을 찌푸렸다.

"침대 시트…… 갈아야 하는데, 뭐라고 해요."

정말로 희주는 걱정이 됐는지 눈물까지 흘리려고 했다. 태인은 그 모습이 싫지 않았다. 눈물을 쏙 빠지게 한 번 더 몰아붙이고 싶은 가학심까지 들었다.

"그러게, 김희주 씨가 조금만 덜 쌌어도 안 이랬을 텐데."

그가 몸을 일으켜 앉아 있는 희주를 당겨 눕혔다. 그리고 그새 다시 좁아 든 길에 손가락을 넣었다.

"으으, 미쳤어 웃, 정말……."

"물이 이렇게 넘쳐흘러서야."

그는 손가락에 질척이는 액들이 묻은 손가락을 그녀의 눈앞에서 빨았다.

"아, 아니 그게 도련님도!"

"김희주 씨한테 도련님 소리 들어서 이거 또 선 거 같은데, 어쩌나."

그가 턱짓으로 곧추선 자신의 성기를 가리켰다.

사실은 아까부터 계속 끄덕이며 흉흉하게 움직이던 것을, 곤란해하는 여자를 놀리기 위해 궤변을 갖다 붙였다. 기가 찬 희주가 항변할 시간도 주지 않은 채 그는 또다시 그녀를 붙잡으며 욕망을 가득 채웠다.

젖은 침대 시트 따위를 걱정할 일말의 여유는 그가 주는 쾌락에 날아가 버렸다. 그녀의 몸은 빼곡히 그가 만든 자국으로 넘쳐났다. 집요하고 지독할 만큼 그는 흔적을 남겼다.

시간이 지날수록 희주는 달뜬 신음을 내뱉으며 계속되는 긴 밤의 행위에 자신을 맡기기 시작했다.

그리고 솔직해진 몸 뒤에는 숨겨 둔 솔직한 마음이 이어졌다.

아아, 좋아. 제발. 그가 이 밤을 끝으로 날 잊지 않았으면. 더, 나를 욕망해서 계속, 나를 찾았으면.

* * *

희주는 쓰러지듯 잠이 들려는 몸을 겨우 들어 침대를 벗어났다. 어스름하게 커튼을 통해 빛이 들어오는 걸 보니 곧 해가 뜨려고 하는 모양이었다.

옷을 들어 입으려는 그녀가 끙, 소리를 내며 힘겨워했다. 그 모습을 보고 배부른 포식자 같이 엎드려 있던 남자가 간결한 동작으로 몸을 일으켜 바지를 입었다.

"데려다줄게요."

바로 코앞인 방까지 데려다준다며 그는 희주를 안아 들었다. 두 다리가 후들거려 거부하지 않고 그의 품에 나른하게 늘어졌다.

어젯밤 수 없이 그의 몸에 부딪혔는데 아무런 행위 없이 그의 탄탄한 맨몸에 안기는 건 간질간질한 기분이었다. 그래서일까 그에게 안겨 복도를 걷는 와중에도 들킬까 하는 마음은 없었다.

희주는 자신이 생각보다 대담한 건 아닐까? 아니면 진정 미친 걸까. 그런 생각이 들었다.

1인용 침대, 책상, 작은 옷장이 전부인 방에서 그가 들어오니 왠지 너무도 좁아 보였다. 정작 지내면서 좁다고 생각한 적이 없는데도 불구하고 태인의 커다란 키와 덩치 때문에 그렇게 느껴졌다.

태인은 희주를 침대에 내려놓고 방 안의 풍경을 느릿하게 살폈다. 색정 후라 한결 느슨해 보이던 그의 시선이 일순간에 날카로워졌다. 책장 맨 위 칸에 놓여 있는 낡은 곰 인형을 찢어 버릴 듯 응시했다.

"아, 이거 재인이, 아 그게 아니라…… 막내 도련님……."

희주는 재인의 호칭을 너무 친근하게 불렀나 싶어 정정하던 말을 맺지 못했다.

하. 남자의 짓씹은 듯한 헛웃음이 터져 나왔다.

"알고는 있었는데…… 기분이 영……."

낮게 읊조리는 말이 섬뜩했다.

서늘한 얼굴로 미련 없이 뒤도 돌아보지 않고 나가는 남자의 뒷모습이 마지막일 것 같은 직감이 들었다. 가슴이 욱신거렸다.

* * *

아침에 눈을 감았으니 눈을 뜬 건 정오가 조금 지났을 때였다.

기분이 묘했다. 철없는 열병이었다. 첫사랑이라고 말 붙이기도 애매한 시간이었다. 반반한 낯짝에 반한 가벼운 자신의 마음이 민망할 정도로.

　다시 만나지 않았다면, 그가 욕망을 드러내지 않았다면 그냥 지나칠 수 있었을까? 자만일지도 모른다. 그녀는 언제든 그에게 흔들릴 준비가 돼 있었다.

　재회한 순간부터 어쩔 수 없는 설렘에, 끌림을 부정할 수 없어 유혹에 그냥 흔들렸다. 사실은 그가 자신을 원하길 간절히 바랐었다. 이렇게 허무하게 끝나버릴 것을 알면서도 머저리같이 잠깐이라도 좋으니 착각하고 싶었다.

　"으읏, 아파."

　침대에서 바닥으로 내딛는 걸음에 둔통이 일었다. 그가 보여 준 어제의 일말의 다정함, 그러니까 그녀를 방으로 데려다준 일을 되새기며 조금은 내심 기대하고 있었다.

　아직, 그가 방에 있을까?

　태인의 방 앞에는 진주의 비서가 서 있었다. 방 안에서 나온 사람들이 커다란 봉투에 싣고 나가는 건 침구 세트였다. 희주는 어젯밤의 흔적을 다른 사람이 봤을 것이라 생각하니 얼굴이 달아올랐다.

　"김희주 씨?"

　말끔한 정장을 입은 젊은 여자가 희주를 발견하고 다가왔다. 서진주의 비서였다.

　"아가씨가 잠깐 뵙자고 하십니다. 모시겠습니다."

저택의 근처에 있는 카페는 18세기 살롱처럼 꾸며져 천장이 높고 시야를 가득 메운 테라스의 정원이 아름다웠다.

희주가 카페에 들어서자 화려한 여자가 보였다. 눈이 마주치자 진주가 눈짓으로 자리로 오라는 제스처를 취했다. 자리에 앉자 분위기에 어울리는 화려한 애프터눈 티가 세팅됐다.

진주는 희주를 노골적으로 훑어보았다. 그러고는 망설임 없이 질문을 던졌다.

"오빠랑 잤어요?"

노골적인 물음에 가슴이 철렁거렸다. 남자의 욕구에 휘둘리듯 몸을 섞었지만, 사실은 자신 역시 욕망을 감추지 못하고 제 발로 그의 침대 위로 올라간 것이나 다름없었다.

위가 꼬이는 듯 아파져 왔다. 질문으로 창백해진 얼굴에는 수치심이 물들었다.

"아, 미안해요. 내가 말을 돌려 못 해서."

돌아오는 대답이 없자 실수했다는 듯 진주가 상체를 뒤로 물리며 말했다. 하지만 그래도 답은 듣겠다는 듯 희주를 뚜렷하게 응시했다.

"네."

믿기지 않는 사실을 확인받았다는 듯 그녀의 유려한 아치 눈썹이 살짝 들썩였다. 그리고 길고 아름다운 손으로 찻잔을 들어 한 모금 마신 뒤 말을 이었다.

"아, 오해는 하지 말아요. 남의 성생활에 관심 있는 게 아니라…… 오빠 병 때문에 좀, 의외라서."

집착적인 결벽증으로 알려졌지만, 사실은 정확하게는 섹스 포비아에 가깝다. 단어가 주는 느낌이 꺼림칙해 가족들은 결벽증, 그렇게 쉽게 그렇게 불렀다. 일종의 결벽증은 맞으니까.

사람에게 닿는 걸 싫어하며, 특히 여자에 대한 접촉의 거부감이 두드러지는 서태인의 병. 그걸 알고 있는 서진주는 태인이 동정이라며 곧잘 놀려 대곤 했다.

희주는 이 와중에 남자의 행방이 궁금했다. 사실은 눈을 떴을 때부터 궁금했다. 떠났을까? 남자와 함께 있었음을 증명하는 것은 자신의 온몸에 남은 불긋한 상처밖에 없다. 전화도 연락도 다시 만난다는 기약도 없는 밤이었다.

물어도 될까. 그런 걸 왜 궁금해하냐는 질책 받을 각오를 하고 물었다. 연락처가 있었으면 전화했을지도 모르겠다.

"그 사람은요?"

희주를 응시하는 여자의 눈은 무언가를 살피는 듯했다.

"갔어요. 미국. 오늘 아침 비행기로."

바닥으로 추락하는 심장에 순간 가슴이 텅 비었다. 심장이 뻐근하게 울려오며 온몸이 저릿했다. 그러다 갑자기 화가 울컥 치밀어 올랐다. 배신감이었다. 아무런 약속도 없는 하룻밤이었지만 이렇게 아무것도 아니라는 듯 떠난단 말인가.

나쁜 자식. 이렇게까지. 아니야…… 김희주 정말 몰랐어? 이렇게 될 줄 알았잖아. 이제는 눈앞의 여자에게 모멸당할 차례일까. 귀한 부잣집 도련님을 탐낸 것에 대한 질책이 이어질 것…….

"괜찮아요?"

여자는 얼굴에는 걱정스러운 눈과 미간에 얇은 실금이 만들어졌다. 진주가 그녀의 목덜미를 살피며 실소를 머금었다.

"참 짐승 같이 뜯어 놨네, 아무리 처음이라도 너무 심한데…… 흠, 같이 긁었길 바라요."

억울하잖아. 덧붙이며 살피는 여자의 시선에 피부가 따끔해 왔다. 벌게진 목덜미를 제대로 가리지 못한 민망함에 손을 들어 매만졌다.

"서태인. 우리 오빠 잘생겼죠. 근데 성격은 좀 사이코인데…… 사랑을 못 받고 자라서 우리 남매는 좀 비뚤어진 구석이 있어요. 난 그래도 집에서 나와서 살아서……."

진주가 무슨 의도로 이런 말을 하는 건지 혼란스러웠다. 그 눈동자를 알아차린 진주가 헛기침을 끝으로 말을 끊었다.

"내가 사설이 너무 길었네. 아무튼 오빠가 떠나면서 부탁한 게 있어서. 일단 거기 집에서 나와서 여기서 살았으면 하더군요. 일단 명의는 오빠 앞으로 해 뒀는데 원한다면 바꿀 수 있다네요."

진주는 가방에서 서류 봉투를 꺼내 들어 테이블로 내려 두었다.

희주가 어디 가서 말을 할까 봐 겁이라도 난 걸까. 간다는 말 한마디 없이 동생을 통해 이런 걸 전해 주는 그의 의도는 무엇일까.

아, 희주는 실소하며 쾌락과 기대에 들떠 자신이 놓친 부분을 깨달았다. 그의 병에 대한 실험이었을 것이다. 첫 경험을 운운하던 남자였다.

그것도 모르고, 김희주 이 멍청이야.

전해 주는 봉투는 절대 열어 보지 않을 것이다. 그렇게 다짐하며 입술을 깨물었다. 자신을 기다렸다는 말로 마음을 휘젓고 집착적으로 몸을 탐하더니 떠나 버렸다. 여자는 처음 안는 것이라며, 저만을 욕망한다며 달콤한 말로 기대하게 했다. 나쁜 놈.

"아니요. 안 받을래요. 서태인 씨…… 아니 도련님이랑 이렇게까지 할 생각 없었어요. 그냥 실수였다고 생각합니다."

그의 돌발적인 행동에 끌려간 건 사실이었지만 그가 떠나면서 정리해 버린 상황에 더 이상 놀아나고 싶지 않았다.

정색하며 느리게 또박또박 말하는 희주의 말에 진주는 벙찐 듯 가만히 있다가 느닷없이 웃음을 터트렸다.

푸흡.

진주는 큰 입을 시원스럽게 끌어 올리더니 마침내 어깨를 들썩이면서까지 호탕하게 웃었다.

"아, 미안해요. 내가 오해했네. 계획 틀어서 뭘 하는 인간이 아니라서…… 비행기도 안 탔다길래 합의된 관계? 뭐 그런 게 있는 줄 알았지."

희주는 기다란 속눈썹을 내리뜨며 말을 머릿속으로 곱씹었다. 합의된 관계. 어떻게 해야 만들어지는 걸까. 애초에 가능한 것이었나. 저와 서태인 사이에 감히 그럴 수 있을까.

"하긴 희주 씨는 지나치게 순진하고 사랑스럽네요. 우리 오빠 같은 인간이랑 어울리기엔⋯⋯."

재인이라면 몰라도. 들릴 듯 말 듯 중얼거리는 진주의 얼굴이 어두워졌다. 그러다 다시 평온을 되찾은 진주가 매력적인 미소를 띠었다.

"알았어요. 희주 씨. 기회 있을 때 달아나요. 좋은 선택이야. 이건 여자로서 그리고 가까이서 지켜본 사람으로서 말해 주는 거예요."

굿 초이스, 그녀가 희주의 코앞에 대고 손가락을 튕기며 말했다. 뭐가 그리 즐거운지 빙글빙글 웃으며 그녀는 서류 봉투를 챙겨 일어났다.

"그럼 잘 지내요. 김희주 씨."

나가려던 서진주는 다시 돌아와서 말을 이었다. 아까의 호탕함은 감춘 조금은 진지한 얼굴로.

"아⋯⋯ 그리고."

* * *

서산 서울병원. 서산 그룹 소유의 종합병원의 산부인과 진료실 앞에 앉아 기다리는 희주의 마음은 처참했다. 아까 봤었던 진주의 비서와 함께였다.

'오빠가 방 청소를 직접 부탁하길래⋯⋯ 근데 콘돔이 없더라고. 희주 씨가 그냥 가벼운 마음이었다면, 확실하게 해 둬요.

희주 씨를 위해서.'

진주의 말은 위로가 되지 않았다.

나쁜 새끼. 기어코 이렇게 만들어.

비참함에 손에 얼굴을 파묻었다. 간단한 상담 뒤에 처방받은 약을 먹으면서 희주는 밤새 시달린 알싸한 배를 어루만졌다. 몇 시간 전만 해도 가득 차 있던 그의 것이 새겨지는 듯한 기분에 허벅지 안쪽에 열기가 고이고 다시 조여들었다.

김희주 진짜. 미쳤어.

그를 향한 분노는 오래가지 못했다. 불안함이 분노를 덮었기 때문이다. 이 일이 서명환 회장과 한윤아에게 들어가지 않을까. 전전긍긍하는 마음이었다. 마치 죄를 지은 사람처럼.

희주는 모멸감과 배신감이 드는 와중에 기이하게 죄책감이 스며들었다. 특히 서 회장댁을 드나들 때마다 기분이 참 묘했다.

뭔가 귀한 것을 훔친 것처럼 초조했고, 언제든 저를 무릎 꿇리고 경을 칠 것 불안함이 계속됐다. 습득된 경험은 좀처럼 떨궈지지 않는다. 어렸을 적 엄마가 입주 가정부로 있었던 기억이 떠오르자 두려움과 모욕감이 섞여들었다.

남은 기간은 6개월. 방학이 끝나고, 학기를 마치고, 취직을 하고, 어서 빨리 이 집을 떠나고 싶었다.

매일 밤, 그의 방을 힐끔거리면서 열리길 바라는 망상 같은 시간이 사라지기를.

늦은 밤 고목 밑에서 다시 한번 그림자가 비치기를 바라는, 초라하기 짝이 없는 마음을 지워 버리고 싶었다.

2. Took my breath away

"아, 짜증 나. 서재인 때문에 이게 뭐야. 이번 휴가는 시칠리아 별장 가는 줄 알고 애들 비행기 표까지 다 끊어 주면서 섭외해 놨는데."

안진의 별장, 본채의 야외 수영장에서 태인은 선 베드에, 진주는 풀장에 떠 있는 넓은 플로팅 튜브에 누워 있었다.

진주가 말하는 애들은 잘나가는 현직 남자 모델들을 말하는 거다. 프랑스 패션 스쿨에서 유학 중인 진주가 얼마나 놀고 있는지 안 봐도 뻔하다. 허구한 날 술에, 파티에, 섹스까지 난잡하게 노는데 도가 텄을 것이다.

진주가 풀장 위의 플로팅 튜브에 늘어져 수면에 닿은 발을 성의 없이 첨벙댔다. 가족 여행임에도 야한 비키니를 입은 모습에 태인이 눈살을 찌푸렸다.

"옷이 그거밖에 없어? 아버지 보면 한 소리 하시겠는데?"

진주는 들은 척도 하지 않고 맥없는 얼굴로 고개를 젖혀 하늘을 바라보았다. 흘러가는 구름은 아름답기만 했지만 파티 걸 서진주에게는 따분한 휴가였다. 유학 보내주는 대신 꼬박 가족 행사에 참여하기로 했기 때문에 울며 겨자 먹기로 끌려온 안진 별장에 불만이 가득했다.

"술 진탕 마시고 섹스나 하면서 휴가 즐기려 했더니, 다 망했어. 서재인은 왜 자꾸 여기 오자고 하는 거야."

"말도 가려서 하지? 시끄럽게 만들지 말고."

어릴 때부터 외국을 왔다 갔다 해서 그런지 자신의 여동생은 성(性)과 관련된 단어를 거리낌 없이 말한다. 자신은 아무래도 상관없지만, 시끄러워지는 건 질색이다.

태인은 눈살을 가볍게 찌푸리고 선글라스 너머로 보이는 산 중턱에 걸린 구름을 바라보았다. 그답지 않게 좀처럼 책에 집중이 되지 않는다.

서재인이 여기 오자는 이유? 모를 수가 없다. 졸래졸래 그 여자의 뒤만 따라다니고, 자신을 봐 달라는 듯 그 여자 앞을 막아선다. 어린애 주제에 진득한 시선이 언제나 그 여자를 향해 있다.

김희주라고 했다. 서재인이 방에서 사랑 고백 따위를 쓴 편지 주인공의 이름을 기억한다. 무수하게 실패한 편지지가 서재인의 방 휴지통에 무방비하게 버려져 있었으니까.

태인은 그 여자를 생각하느라 책장이 넘어가지 않고 있다는 것을 자각하지 못했다. 책을 쥔 손에 힘이 잔뜩 들어가 힘줄이 툭 불거졌다.

1년 전, 한윤아와 재인이 안진 별장에서 한 달간 머무른 적이 있는 것을 고려하면 친해졌을 수도 있겠다 싶었다. 서울 올라와서는 하루가 멀다 하고 한윤아에게 안진으로 다시 가자며 조르던 걸 봤으니까.

김희주. 김희주.

별장 고용인들이 전용기 착륙장으로 마중 나왔을 때 자리에 있었던가? 더듬어 보는 기억 속에서 어렴풋하게 얼굴을 떠올리는 순간, 진주가 말을 던졌다.

"오빠 너, 아직도 여자 못 만져?"

진주는 선 베드에 누워 전공 책 따위나 보고 있는 자신의 오빠가 불쌍하게 느껴졌다.

진주의 기준에 의하면 그랬다. 훌륭한 껍데기를 쓴 쓸모없는 남자.

저럴 거면 저 얼굴, 저 몸매로 태어나지를 말던가. 괜히 여자들만 안달 나게.

"근데 오빠. 진짜 병원 가는 거 어때? 결벽증은 그렇다 쳐. 물론 좀 많이 지나치지만 뭐 깔끔하다고 포장할 수 있어. 근데 오빠는 섹스 포비아에 가깝잖아. 섹스 못하는 건 좀, 아니 많이 심각한 문제야. 그거만큼 삶에 재미있는 거 없다니까. 오빠가 몰라서 그래. 권태로움도 이겨낼 수 있다고."

"……."

"욕구 불만이 잔뜩 쌓여서 그렇게 성격 비뚤어진 거라고! 내가 지금 오빠 성교육하니?"

"내가 의대생인데. 무슨 병원."

"아니, 의사도 아프면 병원 가잖아."

"병원 가서 소문나면, 회사 주가 내려가는 건?"

사나운 눈초리와 정당한 이유에 진주는 입을 다물었다.

기분 안 좋은 거 같은데, 그만 긁어야지.

하긴 다른 병도 아니고 섹스 포비아다. 진주는 무어라 영어로 욕설을 내뱉은 뒤 태인의 눈치를 보며 가운을 걸쳤다.

느슨하게 선 베드에 기대 있던 태인이 전공 책을 덮고 테이블 위로 던져두었다. 그리고 손을 들어 미간을 꾹꾹 눌렀다.

"상상만 해도 짜증 나고 불쾌해."

정말로 짜증 섞인 말을 뱉은 그는 골똘하게 생각하는 듯 손가락을 자신의 입술에 대고 문질렀다.

"뭐?"

"그 안에 들어갈 거 생각만 해도 내 좆을 잘라 버리고 싶은 심정이라고."

진주는 태인을 황당한 듯 쳐다보다가 그의 심각하고 불쾌한 표정이 우스워 킥, 하고 웃음을 터뜨렸다. 눈물까지 났는지 눈가를 손가락으로 닦은 진주는 풀장 밖으로 나왔다.

"아, 진짜 웃겨. 오빠 진짜 사이코 같은 거 알지?"

뭐가 그렇게 웃긴 지 진주는 웃음을 멈추지 않고 풀장과 연결된 발코니 안쪽으로 사라졌다.

* * *

진주와 오래된 고용인 몇 명은 태인의 병을 단지 아버지의 성 접대 동영상을 어렸을 때 본 트라우마의 일종이라고 생각했다.

물론 그것도 나름 역겨웠지. 하지만 진짜 구역질 날 정도로 혐오스러운 건 따로 있었다.

어머니, 송지윤. 그리고 아버지, 서명환.

아버지의 내연녀 한윤아의 존재는 재인이 그녀의 배 속에 있을 때 알게 됐다. 당시 태인은 열 살이었다.

한윤아는 복중의 태아를 들먹이며 서 회장의 저택에 수시로 출입했다. 유학 갔던 진주를 제외하고 태인과 태인의 어머니가 거주하고 있는 그곳에 말이다.

실로 대담한 행보에 송지윤은 기함했다. 그 꼴을 보고도 말리지 않은 서 회장에 대한 뻔뻔한 작태에 더 화가 났다. 한윤아가 서 회장 부부의 침실을 차지하며 부정한 신음 소리가 집 안에 흘렀다. 그즈음엔 송지윤도 지쳐 이혼을 준비하고 있었다.

"뭐? 이혼? 어디서 가당치 않은 소리를 하고 있어?"

송지윤이 이혼을 준비하고 있다는 소리를 듣고는 서 회장은 세상이 뒤집히는 분노를 느꼈다.

서 회장은 인생에 있어 애정을 주었던 것을 단 한 번도 고스란히 버린 적이 없다. 그게 사람이든 물건이든, 동물이든. 박제된 전리품처럼 전시해 두거나 혹은 철저히 망가뜨려서 애초에 존재하지 않았다는 듯이 없애 버렸다.

그는 서산재단의 후원을 받아 피아니스트로 재능을 빛내던 송지윤에게 반했고, 결혼을 약속한 남자 친구가 있던 그녀를 기어코 제 옆자리에 앉혔다. 최고로 대해 줬고 물질로 할 수 있는 모든 것을 쏟아부어 지극한 정성을 베풀었다. 가진 것 없는 고아 출신에게 서산의 안주인 자리를 주었다. 그런데, 감히, 너 따위가 나를 떠날 생각을 해?

송지윤을 쥐 잡듯이 잡았다. 모든 경제적 지원을 끊고, 외부 활동도 차단시켰다.

"송지윤, 네가 그렇게 대단해? 누구? 이혼하면 그 거지 같은 국밥집 아들한테 다시 가려고?"

그 이후, 집에서는 큰 소리가 끊이지 않았다.

그날은 물건이 깨지는 소리와 심상치 않은 고압적인 고함이 들렸다. 태인은 어머니가 걱정돼 미처 닫히지 못한 부모님의 방을 보았을 뿐이었다.

"씨발, 내가 너, 어? 고상하게 누워서 주는 거나 받아먹고, 봉사할 줄 모르는 너 때문에 내가 이상한 년들 끼고 노는 거 아냐. 한윤아 반만큼이라도 해 봐, 고고하고 콧대만 높을 줄 알지, 네가 잠자리에서 뭘 할 수 있어?"

"당신 미쳤어요? 술 깨고 얘기해요."

어딜 가. 머리채를 잡아당겨 서명환은 그의 성기를 그녀의 입 안으로 마구잡이로 욱여넣었다.

"봐봐, 잘만 하네. 진작 이렇게 할 걸 그랬어. 이때까지 내가 고이 모시고 받들어 줬더니 네가 뭐가 되는 줄 알지? 그 대단하고 고상한 송지윤 입 맛 좀 봐야지 내가. 응? 남편한테 맨날 혐오스러운 눈길이나 보내고 말이야."

허리를 털어대는 살 마찰음과 구역질하는 소리가 들렸다.

"이혼? 같잖은 소리 하네. 거지 같은 고아 출신인 너를, 재단에서 후원해 주고 유학시켜 피아니스트 만들어 줬으면 봉사 정신이 있어야지. 어디서 고고한 귀족 흉내를 내."

태인은 무감한 눈으로 그 장면을 지켜봤다. 그러나 속은 달랐는지 문 앞에서 토사물을 뱉어냈다.

"아 이런, 도련님."

아버지의 비서가 달려왔다. 그 문 앞에 무릎을 꿇고 게워내는 태인을 당황스럽게 바라보았다.

열린 문틈에서는 어머니의 비명 같은 소리와 아버지의 욕설 그리고 징그러운 살 마찰음이 들렸다.

"내가 못 본 걸로 해 줘요. 내가 여기 있었던 거 아버지가 알면 아저씨도 곤란하잖아요."

어린아이라고 믿기지 않는 침착하다 못해 서늘한 목소리였다.

태인은 게워내느라 꿇었던 무릎을 펴고 입가를 닦았다. 새끼 맹수처럼 눈빛이 날카로웠다.

비서는 그 작태에 소름 돋는 팔을 매만지며 태인을 살폈다.

태인은 더 어렸을 때부터 여타 아이들과는 달랐다. 어린아이 같은 면모가 별로 없었다. 장난도 없고 매사에 차분하고 침착했다. 타고난 압도감이 지나쳐 어른들도 주눅 들게 하는 부분은 서 회장이 자신을 닮았다며 자랑하는 요소였다.

'암, 사내새끼라면 이렇게 주변을 휘어잡아야지. 하하하.'

당황스러워하는 비서를 앞에 두고 태인이 똑바로 섰다. 그를 부축하려고 하자, 고작 열 살인 태인이 그를 저지하며 말했다.

"바닥이나 흔적 남기지 말고 닦아 줘요."

태인의 어머니 송지윤의 탈출은 실패했다. 그녀가 서 회장과 결혼 전 미래를 약속했던 남자와 떠나려다 발각되어 잡혀 끌려왔다. 그 뒤로는 인간 같지 않게 살았다.

송지윤은 지하 방에 갇혀 쇠사슬로 발목이 묶여 있었다. 서 회장은 술에 취하면 그 방에서 비명 같은 소리가 몇 시간이고 나오게 했다. 내보내 달라고 소리를 고래고래 지르면 약을 먹여 재우고 무력하게 만들었다.

"어머니."

고용인들은 태인을 철저하게 그곳에 들어가지 못하게 막았다. 하지만 서산 가의 장남, 태인이 가진 수는 고용인들을 제압했다.

미쳐 버린 어머니의 모습은 처참했다. 결 좋고 윤기 나던 머릿결은 푸석했고, 아름다운 눈동자에는 초점이 없었다. 길고 고운 피아노를 치던 손가락은 버석하게 메말라 움직일 때마다 관절 소리가 났다.

처절한 어머니의 모습을 보자 태인은 주먹을 꽉 말아 쥐었다. 그리고 단정한 미소를 지었다.

"어머니, 저예요. 태인이. 저 이번에 피아노 콩쿠르서 우승……."

"악―아악……! 저리 가! 아 미친놈, 개새끼, 꺼져. 아악!"

소리를 지르며 발악한 그녀는 종내에 태인에게 침을 뱉었다.

큰일이 난 줄 아는 고용인들이 들어와 송지윤을 힘으로 만류했다. 태인이 눈시울을 붉히며 얼굴이 빨개진 채 소리 질렀다.

"하지 마, 하지 말라고! 어머니 건들지 마."

날카로운 명령이 그들을 멈췄지만, 송지윤을 멈추지는 못했다. 태인에게 달려든 지윤이 태인의 뺨에 생채기를 내고 몸에 멍을 만들었다.

열 살에서 열두 살 때까지, 그렇게 3년을 태인은 미친 자신의 어머니에게 휘둘리며 맞아 주었다.

아버지의 눈을 피해 어머니를 집 밖으로 내보내는 건 불가능했다. 자신이 지금 할 수 있는 것은 무엇일까. 고민해도 답은 나오지 않았다. 지금은 자신이 너무 어리고 무능력하다. 그저 발악 같은 그녀의 몸부림을 견뎌 주는 것 외에는 할 수 있는 일이 없다.

"어머니. 저 왔어요."

그날 송지윤은 차분하게 미소를 짓고 있었다. 예전처럼 아름다운 모습은 아니었지만, 순간 심장이 덜컥 떨어지는 기분이었다.

"태인아."

"어머니……."

목구멍이 왈칵 조여들었다. 갈비뼈가 부러지는 것 같이 퉁퉁 안에서 무언가를 쳐올렸다.

"태인아. 우리 아들."

태인은 그대로 달려가 송지윤에게 안겼다. 그러다 주춤했다. 뼈밖에 남지 않아 닿는 부위가 소름 끼쳤기 때문이다. 그래도 조심스레 그녀를 안고 품에 얼굴을 묻었다.

싸늘하게 식은 체온과 같은 섬뜩한 목소리가 속삭이듯 흘러나왔다.

"네 아버지, 그 여자, 그 여자 새끼. 다 죽여 줄래?"

쇳소리와 같은 음산함이 송지윤의 몸에서 흘러나왔다. 태인이 고개를 들어 그녀를 올려다보았다. 눈에서는 절망이, 그리고 끝을 보는 듯한 체념이 있었다.

"응? 우리 착한 아들. 그래 줄래?"

마르고 말라 삐걱거리는 손을 들어 태인의 머리를 만졌다. 초점 없는 건조한 눈은 태인을 쳐다보고 있지 않았다. 미쳐 버린, 광기에 휩싸인 눈이 허공을 배회했다.

그걸 지켜보는 태인의 눈에는 동요는 없었다. 가슴이 뜨겁고 머릿속이 엉망진창이어도 태인은 숨기는데 능하다.

"네, 어머니."

태인은 다시 그녀의 품에 얼굴을 묻었다. 사랑했던 어머니의 품은 차가웠다.

다음 달, 송지윤은 지방의 요양 병원으로 이송됐다.

당시 세 살이었던 서재인이 이유 모를 병으로 앓아누웠는데, 바로 송지윤이 재인에게 살을 뿌려서라는 무당의 말 때문이었다.

열이 오르고 몸을 가누지 못하는 재인을 입원시켜 각종 검사를 해도 병원에서는 아무런 이상이 없다는 소견만 나왔다. 유명하다는 의사들을 불러도 소용이 없었다. 종내에는 한윤아의 오빠가 무당을 데려왔다.

'이 집 지하에 사특한 기운이 있습니다. 그 살이 도련님을 향해 오는 겁니다.'

무당의 말은 명료하게 지하에 갇힌 가련한 송지윤을 가리켰다.

뻔한 수작질에 서 회장이 놀아난 건 아니었다. 이용이었다. 한윤아의 오빠가 뒤에서 무당을 매수해 그렇게 말한 것에 짐짓 속아 넘어가 줬다.

때가 됐기 때문에.

그는 미쳐 버린 자신의 아내를 더 이상 사랑하지 않았다. 고고하고 우아하고 오만한 송지윤을 사랑한 것이지. 저런 귀신 같은 몰골은 더 이상 소유하고 싶지 않았다. 자신이 망치고 버리는 모양새였다. 가당치 않게 도망가려는 수작질만 안 했어도 망가뜨리진 않았을 텐데. 어리석은 것. 그렇게 생각하며 서 회장은 혀를 찼다.

'귀한 내 아들을 그년 때문에 죽일 수는 없지. 요양병원으로 치워 버려. 너무 오래 됐어. 썩은 내가 진동을 하는 것 같아.'

송지윤이 요양병원으로 떠나자 거짓말처럼 이틀 후 재인이 서서히 회복됐다.

무당의 말대로 '살'일지도 몰랐다. 어머니가 내뿜는 저주. 그걸 태인이 이어 받아들였다.

태인은 어머니의 마지막 말을 가슴에 새겼다.

'네 아버지, 그 여자, 그 여자 새끼. 다 죽여 줄래?'

구름에 숨겨졌던 해가 드러났다. 따가운 햇살이 수영장을 내리쬐었다.

태인은 오랜 상념에서 돌아왔다. 구겼던 미간을 펴고 머리를 선 베드에 기댔다.

기다려 주세요. 어머니의 뜻대로.

발코니 통로를 통해 서재인이 풀장으로 걸어 들어왔다. 열한 살, 엄마를 지하에서만 마주했던 자신의 나이만큼 재인이 자랐다.

날카롭게 벼려진 눈의 재인을 향했다.

진주가 떠난 플로팅 튜브를 재인이 차지했다. 그러면서 문을 계속 힐끔거리는 걸 보니 그 김희주라는 여자가 밖에 있는 듯했다. 곧이어 김희주라는 여자가 음료 석 잔을 올린 트레이를 들고 들어왔다.

그럼 그렇지.

제대로 본 여자는 하얀 피부와 단아한 이목구비가 이제 열여섯 살이라고는 믿기 어려울 만큼 이질적이었다.

헐렁한 원피스에 가녀린 발목이 드러나는 여자의 상태가 무방비해 괜히 목울대를 넘겨 침을 삼켰다. 내가? 왜?

태인에게 걸어온 그녀는 블루 하와이안을 테이블에 두고 멀어졌다. 꼴사납게 동요한 자신의 눈동자를 선글라스와 책이 가려 주어 다행이라고 생각했다.

저 얼굴, 기억이 났다. 전용기에 내렸을 때부터 자신의 얼굴에 고정돼 있던 시선. 착각인가 했는데 아니었다. 몰래 눈동자를 돌려 시선을 붙여 보려는 여자의 행동에 웃음이 나올 것만 같아 책을 바짝 코앞으로 들여왔다.

재인은 그녀의 관심을 끌려는 듯 수면 위의 물을 퍼 그녀에게 발목으로 살짝 뿌렸다.

그 장난에 희주는 적선하듯 재인에게 웃어 주고는 다시 태인에게 다가왔다. 그녀는 뭐에 긴장했는지 상기된 얼굴이었다.

"아가씨 건데……, 여기 같이 놔둘게요."

미묘하게 떨리는 매끄러운 목소리.

아아.

태인은 그 상기된 얼굴의 이유가 저임을 깨달았다.

고개를 틀어 정면으로 마주한 그녀의 얼굴은 흡사 사랑에 빠진 소녀와 같았다.

달아오른 분홍빛 뺨, 붓으로 그려 놓은 듯한 수묵화 같은 눈썹과 눈.

조금 더 샅샅이 감상하려는데 방해하는 소리가 들렸다.

"나도 줘."

재인의 목소리가 날카롭게 그 틈을 파고들었다. 기민한 동물적인 감각은 태인에게만 해당되는 것이 아니라 보여 주듯.

김희주는 부름에 응답하며 재인에게 다가갔다.

당황한 여자의 걸음걸이와 행동이 매끄럽지 못했다. 저렇게 긴장으로 굳어져서는 빠질 것 같은…….

첨벙.

풀장에서 기어 나온 여자의 모습은 뭐랄까…….

찰싹 맨살에 달라붙은 원피스. 머리에서부터 흘러내려 얼굴을 잔뜩 적신 물이 원색적이었다. 그 생각을 하는 자신을 깨닫고는 눈가가 살짝 경련했다.

미쳤네. 서태인.

조금 전 진주와 섹스 포비아에 대한 얘기를 해 놓고 지금 무슨 생각을.

고개를 가볍게 젓고 다시 책으로 시선을 돌리려는데 재인이 풀장 안에서 그녀를 빤히 쳐다보는 게 보였다. 한 치의 오차도 없이 또렷한 눈, 자신을 봐 달라는 저 간절한 눈.

피식, 태인은 웃었다.

재인이 바라보는 김희주의 눈이 저를 향하고 있기에.

태인은 희주를 한 번, 그리고 재인을 한 번 번갈아보았다.

입꼬리가 한없이 올라가는 것을 가리려 책을 가까이 들었다.

이거, 재미있겠는데?

* * *

〈2018년 서산 그룹 신입 사원 워크숍〉

가로로 긴 현수막이 하늘로 솟아 있는 빌딩 앞에서 차가운 겨울바람에 휘날렸다.

100층이 넘는 서산 그룹 신사옥은 프리츠커상을 받은 데이비드 화이트가 설계를 맡아 시공 때부터 주목받은 건물이다.

그 화려한 빌딩 입구 앞에는 리무진 버스 다섯 대가 세워져 있다. 빌딩 앞 가꿔진 정원에는 서산 그룹의 백 명 남짓한 신입 사원을 비롯해 각 팀의 사수들, 인사팀의 인솔자들이 모여 있었다.

"역시 본사 물이 좋긴 좋아."

다슬이 둘러보며 상기된 얼굴로 흐뭇한 미소를 지었다.

오늘은 서산 그룹 신입생 교육 첫째 날이다. 남해에 있는 서산 그룹 인재개발원에서 일주일 동안 합숙하며 교육받을 예정이다. 영하의 기온인데도 불구하고 입사 초기의 설렘 때문인지 다들 표정이 밝아 보였다.

"말만 교육이고 완전 썸의 장소래. 사내 연애가 내 로망인 거 알지?"

다슬이 희주 옆에서 설렘의 기색을 감추지 않고 말했다.

희주는 벼락같던 그 일이 있었던 여름방학을 지나 마지막 학기를 마쳤다.

서산 그룹 최종 합격을 통보받고 12월 방학과 동시에 신입 사원 교육을 가게 되었다. 희주는 서산 장학생의 특권으로 서류 전형 단계를 패스하고 인·적성과 두 번의 면접시험이란 절차를 밟아 입사했다.

이미 오리엔테이션을 한번 거친 터라 사람들은 서로 안면을 익힌 채였다. 서먹한 분위기는 찾아볼 수 없었다. 곳곳에서 친해진 무리도 눈에 보였다.

"어, 희주 씨, 다슬 씨, 오랜만이네요."

큰 키에 서글서글한 인상을 가진 남자가 다가왔다.

문지훈. 아버지가 서산호텔 임원이라고 했다. 본사에는 계열사 임원들의 자녀가 많이 다니고 있었고, 그 정보는 공공연히 돌아다녔다.

회사에서 나눠준 검은 롱 패딩을 입고 있었지만, 깔끔하게 넘긴 머리와 젠틀한 매너는 회사원의 것처럼 보였다.

"어, 지훈 씨 오랜만! 으으, 너무 추워, 남쪽은 좀 따뜻하겠죠?"

다슬 역시 살갑게 지훈의 말에 대꾸했다. 사교성이 좋은 다슬은 이미 친해진 입사 동기와 함께 화장실을 간다며 자리를 비웠다.

"희주 씨, 왜 그때 모임 안 나왔어요? 우리 입사 동기끼리 신사동에서 모였을 때요."

서운함이 가득 묻은 목소리로 지훈이 물었다. 남자 특유의 상쾌한 향기가 머리를 맑게 해 주었다.

"아…… 정리할 게 있어서요. 이사도 했고."

"이사했어요? 어디로?"

"서림동이요."

"학교 근처로 갔어요? 흠, 여기서 그렇게 가깝진 않네요. 회사 근처도 좋은 곳 많은데……전 여기 근처로 이사 왔거든요. 본가가 성북동이라."

희주의 학교를 이미 아는 상태이니 저런 말을 하는 것이다. 비밀도 아니라 할 말이 없다. 학력 따위를 아주 중요시하는 곳이니까.

"회사 근처는 비싸서."

그러지 말아야지 하면서도 남자들이 호감을 드러내며 다가올 때면 희주는 경계하게 됐다. 특히나 이렇게 좋은 배경에 시선을 끌어 사람들의 입방아에 오르내리는 남자들은 특히 더욱.

사소한 건수만 있어도 이상한 사람이 되는 쪽은 저였던 경험을 한 터라 경계심을 바짝 세웠다.

"아, 그렇긴 하죠."

다소 냉정한 말투에 머쓱해진 지훈이 뒷덜미를 매만졌다. 성북동 본가를 들먹인 게 혹여나 돈 자랑 같이 들렸으려나, 눈치도 보면서.

"출석 체크하고 버스에 타실게요."

인솔자가 크게 외치자 정원 곳곳의 화기애애한 웅성거림은 잦아들었다.

* * *

버스 안, 옆자리에 앉은 다슬이 팩트로 화장을 고치며 말했다.

"화장실에서 나오다가 로비에서 들었는데, 교육 기간 중에 우리 회장 아들도 올 건가 봐."

심장이 쿵, 내려앉았다.

"뭐, 누구?"

"서 회장 아들 말이야. 서태인. 미국 지사에서 아예 들어오나 본데? 다음 해에 본사 어디 한자리 인사 내려고 맞춰 들어오나 보지."

대수롭지 않게 대꾸한 다슬이 립 점검을 마지막으로 팩트를 집어넣고 핸드폰을 가방에서 꺼냈다.

머릿속이 순식간에 시끄러워졌다. 그의 이름을 듣는 순간, 고장이라도 난 듯이 심장이 뛰었다. 그렇게 태인이 미국으로 가버린 지 5개월이 넘었다.

그동안 남자를 생각할 때마다 질끈 조여드는 심장에 병이라도 걸릴까 봐 이를 악물었었다. 잊어버리려고 별거 아니라고 여기면서. 그런 노력이 가상했는지 차츰 생각의 횟수도 줄어들었다. 그랬는데.

"완전 잘생겼어. 진짜. 봐 봐."

다슬이 핸드폰으로 보여준 건 서태인이 아니었다.

태인과 눈매 쪽이 닮긴 했지만, 더 어리고 밝은 모습의 남자였다. 육감적인 몸매에 그을렸는지 어두운 피부가 섹슈얼한 분위기를 연출했다. 새파란 풋볼 유니폼을 입고 기어를 옆구리에 낀 남자. 긴 눈매에 반항적인 눈빛과 비스듬한 미소가 하이틴 영화에 나오는 배우 같았다.

SNS 플랫폼의 사진 밑에 달린 해시태그에 '에이든 서'라고 돼 있었다.

조금 낯이 익은데.

"에이든 서?"

"서태인 동생, 서산 막내아들 서재인. 몰라?"

기분이 이상했다. 자신의 기억과는 현저히 다른 모습에.

이게 서재인?

"미국에서 워낙 유명하다 보니까 이렇게 SNS에서 난리야. 하이스쿨 풋볼 리그에서 우승도 하고. 크으, 이렇게도 완벽한 모습이라니. 봐봐, 가슴이 나보다 더 큰 것 같아. 유니폼 터질 것 같지 않지?"

재인과 태인이 같이 미국에 있다고 들어서 알고는 있었다. 태인이 한국에 있다는 소식을 들은 충격에 더해 변해 버린 서재인의 모습을 보니 왠지 긴장이 배가 되는 느낌이었다.

긴장으로 혈관이 수축됐는지 손가락이 저릿한 느낌에 손가락을 쥐었다 피기를 반복했다.

"서재인이 이렇게 노출된 데 비해서 서태인은 아직 큰 정보는 없네. 서 회장이 잘생겼고 한 기럭지 하니까, 우리 태인 씨도 뭐 잘생겼겠지."

다슬이 고개를 끄덕이며 장난스럽게 말했다. 그리고 기쁨을 주체 못 하겠다는 듯 핸드폰으로 재인이 태그된 계정을 샅샅이 보고 있었다.

"얘, 고등학생 아니야? 주책이야, 너."

"야, 얘가 어딜 봐서 고등학생이냐? 아, 그리고 이제 곧 졸업이겠네."

희주는 다슬의 핸드폰을 힐끔거렸다. 기분이 이상했다. 재인이. 이게 정말 너야?

동시에 묘한 불안감이 희주의 가슴을 짓눌러 왔다. 태인을 어떻게 마주해야 하냐는 생각에 목이 바짝 타들어 갔다. 아니, 저를 다시 찾아오기나 할까. 마치 몸 전체가 심장이 된 것처럼 온몸이 둥둥 울렸다.

* * *

남해로 가는 길. 버스는 중간중간 휴게소를 들렀다.

"와, 아직도 두 시간을 더 가야 해?"

휴게소에서 간식을 사 먹으며 직원들이 긴 여정의 피곤함을 토로했다.

희주는 명절 때마다 안진에 내려갔기 때문에 남해로 내려가는 길도 익숙했다. 남해 옆에 붙은 조그만 지역이 안진이기 때문이다.

"으아, 여기 진짜 깡시골이네. 편의점도 없고."

도착 후 푸르른 숲에 둘러싸인 연수원을 둘러보며 신입 사원 중 한 명이 말했다.

"왜요. 난 여기 서울에 있다가 여기오니까 공기 좋고, 속 트이니 좋은데. 그리고 웬만한 건 OT팀이 다 준비한 것 같아요. 아까 보니 술도 많던데."

"오. 그럼 우린 단지 달릴 준비만 하면 되나요?"

대한민국 최고의 기업에 입사한 이들의 기쁨과 젊은 남녀들의 합숙 교육 모임의 설렘이 날것처럼 생생하게 피어올랐다.

"근데, 이번에 회장 아들도 온다는 거 정말이에요? 외모가 연예인급이라던데?"

소문이 돌았는지 사원들은 태인에 관해 수군거렸다. 연수원에 도착하는 내내 희주는 기분이 붕 떠 있는 느낌을 가라앉히려 노력했다.

다만, 그 원인이 태인을 다시 볼 게 될지도 모른다는 초초함 때문인지 아니면 합숙의 설렘인지는 알 수 없었다.

신입 사원들은 8명끼리 모인 10개 조로 나뉘었다. 워크숍 오리엔테이션은 대강당에서 이뤄졌다. 4박 5일의 일정표와 교육 책자를 나눠 받았다. 일정에는 강의를 비롯한 프로그램들이 빼곡히 차 있었다.

"아, 이게 뭐야. 자유시간도 없이 엄청 빡빡하네."

"팀 과제도 있어요. 최우수 팀은 상품도 있네."

"상품이 중요해요? 여기서 튀면 윗사람들이 눈여겨볼 거란 말이죠. 다들 지금 한 자리씩 하려고 노력하는 것 같은데. 잘하면 전략기획실로 스카우트 되는 길이 열리는 거지."

사람들은 저마다 받은 연수회 책자와 일정표를 보며 한마디씩 했다. 남녀 비율을 고려해 적절히 섞은 조에서는 각자 조장을 뽑고 연락처를 작성해 오티 담당에게 전달했다.

[우리 조 나쁘지 않은 듯. 연수원에서 최소 썸은 가져간다.]

다부진 다짐의 내용의 문자가 왔다. 희주가 고개를 들어 다슬이 있는 쪽을 보니 그녀가 눈을 찡긋거렸다.

조원들끼리 각자를 소개하는 시간이 주어졌다. 희주가 이름과 나이를 말하며 자신을 간단하게 소개했다.

"아, 저 알아요. 신입 사원 중에 여신 한 명 있다고 하던데. 희주 씨가 우리 조일 줄이야."

민지선, 이름이 적힌 명찰을 목에 건 깔끔한 인상의 여자가 말했다.

희주는 강하게 부인하기도 그렇고 넉살 좋게 받아들일 수도 없어 그냥 민망한 듯 어설프게 미소 지었다. 그러자 옆의 남자가 들떠서 말하기 시작했다.

"아, 소문의 그분이구나. 왜 한 번도 동기 모임에 안 나오셨어요. 다들 기대했는데."

흘긋, 옆 조인 문지훈이 돌아보는 게 느껴졌다. 다른 조의 사람들도 무어라 말하며 희주를 쳐다보았다. 시선들이 콕콕 박히는 것 같아 어깨가 경직됐다.

그래도 3일은 과제에 묻혀 금방 지나갔다. 매일 과제 프로젝트를 하며 기획 보고서를 만들고 발표하고 평가받았다. 밤늦게까지 과제를 수행하느라 정신없었다.

사람들과 이렇게 부대끼면서 오래 있었던 건 처음이라 희주도 싱숭생숭한 기분이었다.

생각보다 나쁘진 않았다. 늘 사람들을 피해 다니기 급급했다. 성적 관리도 관리였지만 서 회장네에게 기생한다는 마음에

편치 않아서, 사람들과 어울릴 기회를 아예 만들지 않았기 때문이다.

4일째 되는 날, 과제를 끝낸 사원들은 홀가분하게 교육장으로 모였다.

"자 고생 많으셨죠? 오늘부터는 가벼운 강의와 단합 체육대회 그리고 뒤풀이까지 있으니 부담 없이 동료들이랑 친목도 다지고 하세요. 여기서 몇 커플 탄생해서 나가는 게 우리 신입 연수회 전통입니다. 애프터서비스는 안 되니까 회사에서 나중에 얼굴 붉히는 건 각자 다들 알아서 하시고요."

웃는 소리가 들리고 다들 들뜨고 풀어진 마음으로 한결 편안한 분위기가 흘렀다.

그리고 드디어 그 사람이 본격적으로 사람들 입에 오르내렸다.

파우더 룸에서 화장을 고치며 여자들이 그 남자에 대한 말을 꺼내기 시작했다.

"오늘이래. 회장 아들 오는 날."

"아, 들었어. 서태인? 무슨 자리로 가지? 화끈하게 그냥 전략기획실장 자리 앉는 거 아냐? 미국 지사에서 이미 검증받고 왔잖아."

"에이, 설마 그 정도까지 파격적이라고? 눈치는 보겠지."

"오너 아들인데 눈치를 볼까? 그게 더 촌스러운 거 아니야?"

"아무렴 어때, 얼굴이 극락이라는데. 우리 사촌 언니가 커뮤니케이션팀에서 일하잖아. 거기서 보도자료 준비하는데, 프로필 사진 촬영할 때 장난 아니게 섹시했다고 하더라, 잘생겼는데 분위기까지 있는데."

"오후에 임원 소개식 끝나고 저녁 뒤풀이 참석하겠지? 실물이라도 좀 가까이서 보자."

희주는 그날 내내 그가 모습이 드러내기까지 자신의 쿵쾅대는 심장 소리에 주변의 소음이 옅어지는 기분을 느껴야 했다.

어떻게 해야 하지. 어떻게 해야 할까.

자신에게도 태인만큼이나 그 일이 별것 아니었다 보이고 싶었다. 바보같이 그에게 놀아난 보잘것없는 여자가 되고 싶지 않았다. 그녀도 즐겼던 시간인 척, 그 뒤로는 아무것도 남은 것이 없었다는 듯, 상처라고는 눈곱만큼도 없다는 듯, 그렇게 보여 주고 싶었다.

각 계열사 임원들이 올라와 인사를 하는 시간이었다.

사원들은 교육장에서 강당으로 이동하며 들썩이는 마음을 감추지 않았다. 자신이 앞으로 갈 계열사 임원들을 눈여겨보며, 각자 나름의 청사진을 그리는 것 같았다.

강당의 상석, 맨 앞자리에 남다른 분위기로 앉아 있는 남자에게로 시선이 집중됐다. 나이가 지긋한 임원들까지 그 자리로 가 깍듯하게 인사하는 분위기라 시선을 두지 않기란 어려웠다.

압도적인 분위기의 남자는 여유롭고 각 잡힌 자세였다. 지난 여름 자신에게 보였던 느긋하고 방탕하게 풀린 모습은 찾아볼 수 없었다.

5개월 만에 본 그는 여전히 눈을 뗄 수 없을 만큼 지독히도 매력적이었다. 억울한 마음이 물씬 올라왔다.

완벽한 비율의 팔과 다리, 도저히 쳐다보지 않을 수 없는 잘생긴 외모에 대한 칭찬은 강당 안을 매웠다.

"그럼 미국 지사에서 귀국하신 서태인 국제사업팀장님 말씀이 있겠습니다. 서태인 팀장님은 미국과 유럽 지사에서……."

서태인은 사회자의 소개가 끝나자 긴 다리로 우아하게 걸어가 단상 앞에 섰다. 그러고는 단번에 그녀가 있는 곳으로 시선을 던져왔다.

당황스러움에 동공이 커지고, 숨이 멈췄다.

피식, 찰나지만 묘한 웃음이 그에 얼굴에 스며들었다.

그는 단상을 반원형으로 둘러싼 좌석에 앉아 있는 이들을 죽 둘러보더니 다시 희주에게로 눈을 맞춰 왔다.

질식할 것 같은 기분에 희주는 숨을 멈췄다. 그러는 동시에 기묘한 만족스러움이 머리끝에서부터 퍼졌다. 맥박이 빨라졌다.

그가 단번에 그녀를 찾아냈다. 꼭 희주 자신을 잊지 않았다고 증명해 주는 것 같아서.

"안녕하세요. 서태인입니다."

나직하고 또렷한 음성이 흘러나왔다. 탄식의 목소리가 여기저기서 들렸다.

"아, 목소리까지 좋아, 뭐야."

직시하는 그의 눈을 피하지 않았다. 희주는 그가 가지고 있는 태생적인 여유를 기억하며 느슨하게 좌석에 기댔다. 심장이 요동치는 것은 보이지 않으니까.

휘둘리지 않을 거야, 이젠.

희주의 호기로운 자세에 태인의 입꼬리가 아름다운 호선을 그리며 올라갔다.

끼도 부릴 줄 알고. 많이 컸네.

태인은 희주를 응시하며 머릿속으로는 그녀 안을 파고드는 상상을 했다. 지난 5개월간 수도 없이 그랬던 것처럼.

* * *

압도적인 분위기를 가진 남자는 말을 이어 나가며 술렁이던 주변을 순식간에 조용하게 만들었다.

다들 숨은 쉬는지도 모를 만큼 조용한 공간에서 남자의 묵직한 음성이 귀를 파고들었다.

남자는 이지를 숨기지 않았다. 여유로운 제스처와 간결하고 짜임새 있는 문장들이 수려한 외모뿐만 아니라 그의 능력까지 증명해 주었다.

화보에서 튀어나온 듯한 차림새였다. 훤칠한 키와 큰 체격과 어울리는 블랙의 깔끔한 스리피스 정장에 짙은 녹색 타이까지.

깔끔하게 넘긴 머리 아래 반듯한 이마, 날카로운 콧날을 비롯한 이목구비가 단정했다. 굴곡이 뚜렷한 도톰한 입술과 깎은 듯한 남성적인 턱선은 그의 얼굴에서 유일하게 관능을 그리고 있었다.

"제가 마지막 순서라, 시간을 많이 잡아먹으면 자유시간이 줄어들겠네요."

태인이 정제된 동작으로 손목을 들어 시계를 보았다.

시종일관 힘 있는 목소리로 서산의 미국 지사를 소개하다가 마무리를 지으려는지 양손으로 단상 테두리를 짚었다.

"저도 여러분과 같이 한국에서는 처음이라…… 앞으로 잘 지내보죠. 감사합니다."

처음이라는 말을 늘어지게 강조하며 태인은 다시 희주를 찾았다. 그녀와 시선이 얽혀 들어가자 진한 미소로 그가 화답했다.

'미안, 나도 처음이라 자제가 안 됐네.'

희주는 귓가에 들리는 음성에 그날의 저속한 말 따위가 자꾸 겹쳐, 내내 호기롭게 마주했던 시선을 결국 피해 버렸다.

박수와 환호 속에서 연단을 내려온 그는 임원들과 비서들에게 둘러싸여 강당 밖으로 나갔다.

저렇게까지 뻔뻔할 줄은 몰랐는데. 양심도 없나.

허무할 만큼 짧은 시간에도 눈길만으로도 자신을 가지고 노는 듯한 기분이 더러웠다.

그래. 불쾌한 감정. 남은 건 그것뿐이어야 했다.

* * *

저녁으로 예정된 야외 바비큐장으로 가기 전, 잠시 자유시간이 주어졌다. 같은 조인 민지선, 정유연과 함께 연수원 라운지에서 커피를 마시면서 배치된 부서의 현황 따위를 얘기했다.

현실감이 없었다. 지금 이렇게 자신이 신입 사원 교육을 받는다는 것도, 그리고 서태인을 다시 마주한 것도. 어느 쪽이든 희주의 기분이 나쁘지 않게 울렁거리고 있다는 사실만은 명확했다.

회사 얘기는 자연스럽게 돌고 돌아 태인으로 귀결되었다.

"역시 소문값을 하네, 왠지 단정한 얼굴이 상상하게 만드는 타입이란 말이지. 잠자리에서는 어떨까 생각하게 되는 그런 거."

지선은 유연과 마주 보고 뜻을 같이한다는 듯 고개를 끄덕이며 야릇한 미소를 주고받았다.

그냥 미친놈인데. 뱉고 싶은 말을 참았다. 아직도 그날 일만 생각하면 피부가 따갑고 아랫배가 울컥 조여드는 느낌이었다.

억울해. 이중인격자. 변태.

"희주 씨는 어때?"

지선이 희미하게 웃고 있는 희주의 어깨에 손을 올리고 물어왔다.

"멋있으신 것 같아요."

"같다요, 라니? 희주 씨 눈 엄청 높구나? 난 심장이 아직도 떨리는 것 같은데. 아까 우리 쪽을 한참 쳐다보길래 숨을 쉬는 걸 잊어버렸다니까."

유연 역시 거들었다.

"나도 느꼈어, 분명 봤다니까. 희주 씨 본 거 아니야? 예쁘다는 소문이 벌써 돌았나?"

당황한 희주는 놀라 아니라며 손을 저었다.

잠시 정적이 흘렀다. 별 뜻 없이 한 말일 수도 있는데 괜히 공주병인 양 되어 버려 민망했다. 하지만 자연스레 그녀들은 궁금했던 희주에 대한 개인사를 물어왔다.

"희주 씨 남자 친구 있어? 왠지 엄청, 잘생겼을 것 같은 느낌인데?"

"아니에요. 없어요."

"남직원들한테 희소식이네. 궁금해서 물어봐 달라는 동기들이 좀 있어서요."

불편한 말에 희주는 마주 잡은 두 손을 힘주었다 풀기를 반복하며 어색한 웃음을 흘렸다. 이상형이니, 뭐니, 정보를 더 캐가려던 지선이 서먹한 분위기를 눈치채고 가벼운 농담으로 마무리했다.

"소개팅 생각 있으면 나중에 말해 줘요. 인재 썩히는 건 내 스타일이 아니라서. 나 이 정도면 인사팀 적성에 맞는 것 같지?"

* * *

연수원 내 야외 바비큐 장소는 숙소와 조금 떨어진 곳이었다.

바다가 보이는 곳에 있어 불어오는 바람에 천막이 살살 흔들렸다. 겨울 날씨답지 않게 포근했다.

연단에 섰던 임원들이 저녁 겸 교육 뒤풀이 자리에 참석해 간단한 건배사를 하고 사라지기를 반복했다.

태인의 모습은 보이지 않았다.

"안 오나 봐, 기대했는데."

"그러게, 아쉽다."

구워진 바비큐를 젓가락으로 집어 먹으면서도 사람들은 그가 오지 않을까 두리번거리며 내심 기대하는 모습이었다.

남자는 제게 기회를 주지 않는다. 자신도 보란 듯이 잊어버리고 잘살고 있다는 걸 보여 주고 싶었는데. 그 잘난 낯짝에 금이 가는 걸 확인하고 싶었는데.

"저, 숙소 좀 다녀올게요. 핸드폰을 두고 와서."

"같이 갈까요? 여기서 숙소까지 좀 멀잖아."

"아니에요. 괜찮아요. 혼자 다녀올게요."

희주는 싸늘하게 식어 버린 마음을 달래기 위해 조금 걷기로 했다. 적당히 차가운 바람이 머리와 마음을 진정시켜 주는 듯했다.

숙소에 들렀다가 연수원의 주차장으로 이어진 넓은 정원을 거닐었다. 키가 큰 가로수가 겨울에 헐벗은 채 빽빽하게 들어서 있어 조금 삭막했다.

달칵. 징.

소리가 규칙적으로 들리는 곳으로 무심코 시선을 던진 그녀가 깜짝 놀라 그대로 굳었다.

"잘 지냈어요?"

태인이 얼떨떨한 표정이 마음에 든다는 듯 그 특유의 나른한 미소를 지었다. 사람들 앞에서는 볼 수 없는, 제 앞에서만 저렇게 야하게 웃는 남자를 바라보았다.

불량하게 나무에 기대어 담배를 피우는 중인 남자는 동네 한량처럼 풀어져 있었다. 아까 단상 위의 모습과는 사뭇 달랐다.

"네, 보시다시피 잘 지냈어요."

남자의 끈적거리는 시선에도 아무렇지 않은 척하려 애쓰며 말했다.

후- 허공을 향해 한 숨과 같은 담배 연기를 내뱉었다. 담배 냄새와 남자의 체취가 섞인 묵직한 우드 향이 차가운 공기와 함께 코 점막을 파고들었다. 그러면서도 뚫어지게 주시하는 눈에 희주는 이상한 기분에 휩싸여 마른침을 삼키며 몸을 돌리려 했다.

"도망가려고?"

"누가 도망간다고 그래요?"

희주는 생각지도 못한 어이가 없는 말에 목소리를 조금 높이고 말았다.

킥, 그가 웃으며 고개를 떨궜다.

희주는 얄밉게 웃는 태인을 보고 '도망간 건 당신이잖아'라고 외치고 싶었다. 그러지 못하고 입술을 꽉 깨물었지만. 그 일에 큰 의미를 부여한 것처럼 아직도 잊지 못하고 화가 난 자신을 들킬까 봐.

태인이 한 걸음 다가와 손으로 귀와 뺨을 감싸고 고개를 들게 했다. 낯빛이 하얗게 질린 여자의 얼굴이 안쓰러웠다.

그렇지만, 울려 버리고 싶은데.

모순된 생각을 하며 손끝으로 부드러운 뺨을 문질렀다. 잔뜩 경계심 어린 여자가 뒤로 물러나자, 스르르 부드러운 감촉이 떨어졌다. 아쉽게.

태인은 뻗었던 손을 한동안 거두지 못하고 허공에서 말아 쥔 손을 주머니로 넣었다.

"반겨 주지도 않고, 오랜만인데."

점점 더 기가 막힌 소리를 하고 있었다. 자신을 먹어 치우듯 가져 놓고 아무런 말도 없이 떠나 버린 건 태인이었다. 그런 주제에 반기라니. 진주를 시켜 부동산 서류를 화대 주듯 전해 주라고 시켰으면서, 처음부터 그녀를 한낱 유희 거리로 치부했으면서.

"반겨 줄 사이 아니잖아요."

무언가를 억누르는 듯 되받아친 희주의 눈가가 붉다.

"그런가?"

태인이 턱을 들고 고개를 젖혔다. 그러고는 바닥에 담배를 툭 떨어뜨리고 티끌 하나 없는 구두로 그것을 꾹꾹 밟았다. 희주는 그 모습을 넋 놓고 바라보다가 불현듯 여기가 연수원이라는 자각이 들어 주변을 살폈다.

여기서 이러고 있을 게 아니었다. 이 남자와 함께 있는 걸 들켰다가는 회사 생활 내내 말이 떠돌 것이 분명했다. 종내에는 자신이 별장 관리인의 딸이라는 것까지 들킬 수도 있다.

오랫동안 바라 왔던 사회생활이다. 돈을 벌고, 사람들을 사귀고. 그렇게 정상적인 생활을 이어 나갈 기반을 겨우 마련했다. 눈앞의 무뢰한 때문에 추문에 휩싸이긴 싫었다.

"가 볼게요."

말과 동시에 태인의 손이 희주의 허리로 뻗어왔다. 피할 겨를도 없이 몸이 그에게 불쑥 딸려 갔다. 그의 눈에 들끓는 이채가 서렸다. 결박한 우악스러운 팔에 목 안에서 긁는 신음이 나왔다.

"읏, 미쳤어요?"

희주가 버둥거리며 그의 몸을 밀어내려 애썼다. 단단하게 얽매인 팔과는 다르게 그는 하나도 힘이 들지 않는다는 듯 느긋하게 미소를 띠며 희주를 면밀히 살폈다.

"놔, 놔요. 사람들……."

"더 예뻐졌네?"

"하아! 정말…… 으읏. 놓으라고요."

온갖 힘을 다 쓰는데도 꿈쩍도 하지 않고 오히려 이 상황이 진심으로 즐겁다는 듯 능글거림이 정도를 더했다.

"그러면? 나중에 볼 수 있나?"

협박이었다.

꿈쩍도 할 수 없이 강하게 결박한 그의 몸을 벗어나기란 불가능했다. 착각인지 더 옥죄는 듯한 느낌에 실신할 것 같은 기분이 들었다.

"네, 알았어요. 그러니까 제발 좀……."

거의 속삭임에 가까운 울먹이는 소리가 나왔다.

태인이 힘을 조금 풀자 희주가 그를 힘껏 밀어 뒤로 물러났다.

"전화하면 받아요."

뒷걸음질 치는 희주에게 그는 턱짓으로 자신의 바지 아래를 가리켰다.

희주는 멍하니 그 기시감 드는 광경을 바라보았다.

주름 한 점 없는 슈트 바지 위로 길고 두툼한 윤곽이 팽팽하게 부풀어 올라 선명한 선을 그렸다. 서 회장의 저택 정원에서 저를 기다렸던 그때처럼.

"왜인지는 알 테고."

나긋한 목소리로 말한 그는 자신이 가지고 있는 최대한의 자제력을 발휘하며, 그녀를 지나쳐 유유히 차를 세워 놓은 곳으로 걸어갔다.

곧 만나요.

스치면서 속삭이는 남자의 숨결이 얼굴에 닿았다.

희주는 숨결이 붙어 있는 뺨을 감싸고 그 자리에서 굳었다.

* * *

뉴욕 맨해튼의 스카이라인 야경이 별처럼 집으로 쏟아지는 펜트하우스.

전 세계 슈퍼리치들이 살고 있는 뉴욕 맨해튼 57번가 건물 '더 세인트 퀸'의 66층에서 바라보는 풍경은 더없이 황홀했다.

막 샤워를 마친 남자가 가운을 입고 수건으로 머리를 털며 나왔다. 풋볼 쿼터백답게 190이 넘는 키와 발달한 상체, 종마 같은 하체 근육은 철갑처럼 단단해 보였다.

수건을 젖은 머리에 걸친 채로 터는 동작에 가운이 벌어진 틈으로 보이는 가슴은 인위적으로 보일 정도로 두툼했다.

남자는 센트럴 파크, 허드슨 리버, 시티뷰 등 더없이 아름다운 맨해튼의 풍경이 내려다보이는 유리 통창을 등지고 우드 슬랩 테이블에 앉아 생각에 잠겼다.

톡톡톡.

턱을 괴고 손가락으로 책상을 까닥이는 그의 표정이 건조했다. 그러다 의자를 180도 확 돌려 밖을 물끄러미 바라보았다.

'보여 주고 싶어. 좋아할 것 같은데.'

뭔가 불현듯 그리워진 듯 맨 밑 서랍 깊숙한 곳의 작은 상자를 꺼낸다.

말린 꽃이 들어 있는 코팅 조각들, 세월의 흔적이 묻어 있는 팔찌, 그리고 그 밑의 사진 한 장. 남자의 큰 손이 귀한 보물을 다루듯 섬세하게 움직여 그 사진을 집어 들었다.

새파란 잔디와 붉은 장미 덩굴을 배경으로 한 여자가 있었다. 여자는 새하얗고 낭창한 원피스를 입고 수줍은 미소를 지었다.

쪽. 입 맞춘다. 아주 조심스럽게. 애틋하게.

"조금만 기다려. 데리러 갈 거야."

사진에서 시선을 떼지 못한 채 소리 내어 말한 남자의 눈매가 곱게 접혔다. 더없이 커 버린 몸과는 다르게 앳돼 보이지만 근사한 얼굴이 미소로 반짝거렸다.

사진의 뒤에는 희미해진 볼펜으로 적힌 문장이 보였다.

[나, 김희주는 서재인과 결혼하겠습니다.]

언제가 내기에서 이긴 재인이 희주에게 써 달라고 한참을 조른 뒤 받아 낸 것이었다. 재인이 그날의 일을 떠올리며 수줍게 웃었다.

'마음이 조급해서 엄청 졸랐지.'

사진을 다시 소중히 상자에 담아 서랍 깊숙이 넣었다.

간편한 홈웨어를 입은 남자는 기분 좋은 마음으로 긴 복도를 따라 부엌으로 나왔다. 냉장고에서 생수병을 하나 꺼내 들어 단숨에 마셔 버리고 구겼다.

'깜짝 놀라겠지? 예전보다 더 많이 컸으니까. 키 작다고 놀렸었는데. 아니야, 이미 알고 있는 거 아닌가? 내가 좀 유명하니까 이미 인터넷에서 봤을 수도 있지.'

피식, 가볍게 웃는 입가와 달리 심장은 묵직하게 쿵쿵거린다.

언제나 생각해도 재회의 순간은 설렌다.

식사 준비하려는지 메이드가 부엌과 이어진 조리실에서 나왔다.

눈인사를 하고 다시 방으로 돌아가려는데 응접실에서 이야기 소리가 들렸다. 태인이 어머니의 기일에 맞춰 한국에 갔다가 미국으로 돌아온 지 3일이 지났다.

"올해 안에 한국으로 돌아가실 수 있게 준비하겠습니다. 지금 진행 중인 일라사이언스 제휴 건은 정리하는데 4개월이면 문제없을 겁니다. 그래도 진척 상황을 조금 지켜보시고 12월 정도가 적당할 것 같습니다."

태인의 수족인 박 실장의 목소리가 들렸다.

"형, 한국에 들어가?"

재인이 기척을 내며 응접실 안으로 들어섰다.

태인은 안으로 들어서는 재인을 쳐다보지도 않았다. 박 실장은 재인을 향해 고개를 숙여 인사하고 밖으로 나갔다.

"예의가 없네. 남의 말을 쥐새끼처럼 듣고 말이야."

"미안……. 근데 한국, 아예 들어가는 거야?"

"그럼 내가 너랑 천년만년 같이 살아야 할까."

"……."

서늘한 말에는 날도 잘 벼려져 있어 아프다. 익숙해질 만도 하건만, 매번 상처 주는 말에 이렇게 고통스러운 걸 보니 면역력이 전혀 없나 보다.

"너도 가고 싶니?"

형이 한국으로 돌아가면 자신은 자유로워질 수 있을까. 한국으로 태인이 간다면 희주를 미국으로 데려와야 하는데……. 몰래 어디 옥수수 농장 같은 데서 살까? 자신의 덩치면 농장주도 쉽게 받아 줄 것 같은데.

그런 재인의 속에 품은 그 유치한 생각마저 읽힌다는 듯이 태인이 재인의 얼굴을 읽어매듯 감상했다. 그리고 갑자기 고개를 숙이고 킥킥대며 웃었다.

입을 가리고 고개를 서서히 든 그의 얼굴에는 아직도 미소가 배어 있었다. 몸을 젖혀 소파에 기대어 올려다보는 시선이 오만했다.

"오랜만에 한국 가니까 좋더라. 그날은 항상 기분이 엉망이었는데……. 예쁜 게 옆에 있어서 그랬나?"

잠시 침묵을 지키던 재인은 대화를 끝내야겠다고 생각했다. 기분이 좋아 보였지만 웃으면서도 칼날 같은 말을 잘 던지는 태인이었다.

태인이 말한 '그날'은 그의 어머니 기일이었다. 장례식은커녕 태인이 성인이 될 때까지 유골함이 요양병원에 방치돼 있었다고 했다. 웃고 있어도 가슴속에서는 피를 흘리고 있는 남자를 등지고 방을 나섰다. 무서워서. 그리고 미안해서.

태인은 미국 유학길에 재인과 함께 가겠다고 직접 서 회장에게 건의했다. 옆에다 데려다 놓고 괴롭히려고 작정하고 데려온 것이었다.

그걸 모른 채 처음에는 달가워했다. 형이 저를 용서한 줄 알고.

그러나 서 회장과 한윤아, 라는 최소한의 방어막을 치운 그는 재인을 괴롭히는 데 거침이 없었다.

'공부를 이렇게 잘해서 뭐 하려고 그래? 서산 그룹 후계자 자리가 탐나?'

모든 과목에서 우수한 성적을 받아 온 그에게 탐욕스럽다는 듯한 시선을 보내왔다.

태인은 일로 바빴기 때문에 재인이 조용히 지내면 부딪힐 일이 없었다. 단지, 그의 심기를 거스르는 것, 재인이 행복해하는 모습을 보이면 안 됐다.

어느 날은 SNS에 뉴욕 시장 조카인 에일리 고든과 찍은 선상 파티 사진이 떠돌았다. 재인은 수영복 팬츠에 스트라이프 셔츠를 풀어 헤쳐 걸친 채, 에일리는 비키니 차림으로 서로의 몸에 밀착된 사진이었다. 술에 취해 갑작스럽게 안겨 오는 그녀를 밀어 내는 순간 찍힌 건데도 어떻게 보면 야릇해 보이기도 했다.

'천박하게 술이나 마시러 다닐 줄 알고, 여자들이랑 놀 거면 아버지한테 배워 봐. 잘하시더라.'

그러고선 태인 본인이 어렸을 때 봤던 아버지의 동영상을 강제로 보게 했다. 그 자리에서 토를 하고 벗어나려는 그를 눌러 앉혔다. 시선을 피하려 고개를 돌린 그의 목덜미를 한 손에 잡아 끝까지 보게 했다.

'어때? 네 어머니도 이렇게 해 줬다는데.'

귓가에 속삭이는 말이 오싹했다.

충격에 바들바들 온몸의 세포 하나하나가 떨려 왔다. 자신이 지금 서재에서 본 것과 들은 것 모두가 충격이었다. 재인은 태인을 제압할 수 없었다. 그는 어머니를 잔인하게 잃었다고 했다. 죽어 가는 것도 모자라 자신 때문에 쫓겨났다고 했다.

'소중한 걸 만들지 않는 게 좋을 거야, 네 곁에 있는 건 다 망가뜨려 줄 테니까.'

온몸의 혈관이 역류하는 기분이었다. 목울대부터 팔뚝까지 이어지는 힘줄들이 튀어나올 듯 불거졌다. 억지로 참는 몸에서 화기가 넘쳐나 눈을 감았다. 그 순간만은 살고 싶지 않았다.

눈을 떴을 때는 주치의가 다녀갔는지 링거가 손등에 꽂힌 상태였다.

태인은 재인의 침대맡 의자에서 책을 읽고 있었다. 항상 우아하고 고상함이 몸에 배어 있는 형의 모습에 눈물이 날 것 같았다.

나 좀 그만 미워해. 제발.

태인이 깨어난 재인을 보며 완벽한 호선을 그리며 웃었다.

아름다운 얼굴로 누구나 홀릴 듯한 그 미소로.

"공부 말고, 운동은 어때? 이왕이면 좀 많이 다치고 명도 짧아지는 그런 스포츠 있잖아."

다정하게 어르는 말의 내용은 잔인했다.

* * *

학교 풋볼 훈련장에서 연습을 마친 학생들이 운동장 스탠드로 다가갔다. 가을이 시작되면 본격적인 리그가 열리므로 여름 땡볕에도 훈련을 게을리할 수 없었다. 헤드기어를 벗으며 눌어붙은 머리를 헝클어 터는 재인에게 케일이 다가왔다.

'에이든 서' 재인은 여기서 미국 이름 에이든으로 불렸다.

『에이든, 내일 파티에 올 거야?』

『아니.』

1초도 되지 않아 즉각적인 대답이 나왔다. 재인은 스탠드에 앉아 스포츠 음료를 마시며 턱으로 떨어지는 땀을 대충 훔쳤다.

『왜? 너 안 오면 여자애들도 별로 안 온다고.』

지난번 파티에서도 끈덕지게 유혹해 오는 다른 스쿨의 여학생들 때문에 곤욕을 겪은 터라 다시는 가고 싶지 않았다.

『나 결혼할 사람 있다고.』

『누구? 그 코흘리개 시절 만났다는 그 여자? 너보다 나이도 많은?』

"예뻐."

맥락 없이 한국말로 대답했지만, 케일은 그 정도 단어는 알고 있었다. 에이든이 그녀를 말할 때 항상 붙이는 말이니까.

『오, 불쌍한 에이든. 그렇지만 순정은 훌륭하네. 그 여자도 널 그렇게 지고지순하게 기다리고 있을지는 모르겠지만.』

재인은 잔디가 푸릇한 운동장을 쳐다보았다. 그 경계선 위로 푸른 하늘 위의 구름도. 그리고 무언가를 생각하는 듯 매끈한 미간이 살짝 좁혀지다가 이내 고개를 툭 떨궜다.

『상관없어, 마지막은 나랑 함께할 거니까.』

케일은 졌다는 듯 고개를 절레절레 흔들고 보스턴 백 안의 수건을 들어 에이든에게 던졌다. 에이든은 얼굴로 향한 수건을 가볍게 받아들고 목으로 둘렀다.

"She's my God, always took my breath away……
even when I'm not looking."

나직이 속삭이듯 중얼거리며 하얀 구름 위로 그녀의 얼굴을 그려보았다.

더 예뻐졌으려나? 그러면 안 되는데. 남자라…… 내가 3명까지는 봐준다.

희주가 남자들을 만난다는 생각만 해도 심장이 저릿했다. 순식간에 재인의 눈동자에 슬픔이 담긴다. 눈동자 위의 촘촘하고 긴 속눈썹이 깊은 음영을 만들었다.

얼른 어른이 되고 싶어.

내년이면 성인이 된다. 회사에 관심을 가지지 않겠다고 한국에 들어가서 각서라도 쓸 것이다. 아버지와 어머니를 설득할 자신도 있었다. 희주를 자신에게 반하게 만들 자신도 있다.

8년을 잘 버텨 왔으면서 지금 왜 이렇게 초조한지 알 수 없었다.

* * *

희주를 처음 만난 건 재인이 열 살, 몸이 좋지 않아 안진 별장으로 내려왔을 때였다.

"지금 재인이가 말을 잘 안 해. 밥도 안 먹고. 충격받았나 봐. 어디서 주워온 강아지가 있었는데 죽은 거야……. 장 여사 말로는 좀 잔인하게 죽었다는데…… 우리 재인이가 착하고 좀 여려? 그리고 분명 태인이, 그 새끼가 우리 재인이 괴롭혔을 거야. 재인이가 속이 깊어서 그런 얘기는 잘 안 하지만."

도통 말을 하지 않는 재인을 데리고 심리 상담 치료도 받았지만 별다른 이상 소견은 없었다고 했다. 일단은 마음의 안정이 가장 중요하다며 상담센터에서는 환경을 바꿔 주는 것을 추천해 주었다고 한다.

희주의 엄마는 고개를 연신 주억거렸다. 얘기를 듣는 와중에도 중간 중간 한윤아에게 과일을 포크로 찍어 내밀었다. 사과를 아삭 베어 문 한윤아는 마음고생이 심했는지, 광이 나던 얼굴이 빛을 잃었고 다소 해쓱해 보였다.

"태인이 걔는 냉정하기 짝이 없는데, 재인이 저 혼자 강아지처럼 조르르 뒤따르며 얼마나 좋아한 줄 알아? 눈길 한번 받아 보려고 애쓰는 게 어찌나 안타깝던지……. 차라리 잘됐어. 그 꼴도 어지간히 보기 싫었는데 크게 마음 한번 다치고 그냥 털어버리라고 해야지."

말이랑은 달리 속이 쓰린 듯 주름이라곤 보이지 않는 예쁜 얼굴이 곱게 일그러졌다.

"맞아요. 도련님 곧 괜찮아질 거예요."

한윤아는 재인을 데리고 이틀 전 안진으로 내려왔다.

재인은 몸이 많이 안 좋은지 한윤아의 비서에게 안긴 채 별장으로 들어섰다. 희주는 그 모습을 보며 큰 눈에 오밀조밀한 이목구비, 창백한 피부가 꼭 인형 같다고 생각했다.

"재인아, 몸 나아서 서울 가서 얼른 학교 가야지. 응? 밥도 많이 먹고."

통통하고 귀엽던 뺨에 살이 약간 내려간 모습에 한윤아가 속상한 듯 짧은 한숨을 쉬었다.

한윤아에게 부탁받은 희주의 엄마는 사명감에 불타오르며 아이에게 밥을 먹이지 못해 안달이었다.

"나 서울 좀 올라가야 하는데. 재단에 일이 좀 생겨서. 안진댁이 우리 재인이 좀 잘 챙겨 줘. 응? 부탁해."

대대로 서산의 안주인은 복지, 문화, 장학 분야를 통합하고 있는 서산재단을 운영한다. 서산의 안주인이 된 한윤아를 등에 업고 가족, 사돈의 팔촌 등 온갖 사람들이 한몫을 챙기려고 혈안이 돼 있었다. 그 때문에 재단에는 비자금, 불공정 거래 등 사고가 잦았다. 한윤아는 어제저녁 사색이 된 얼굴로 전화를 받더니 새벽에 전용기를 타고 서울로 떠났다.

"희주야, 네가 도련님 좀 잘 구슬려서 이것 좀 먹여 봐."

나무 트레이에는 소고기와 표고버섯이 들어간 죽, 미역국과 동치미, 몇 가지 반찬이 보기 좋게 사기그릇에 담겨 있었다.

"엄마가 해도 안 먹는데, 내가 먹으란다고 먹어?"

"뭐라도 해 봐야지. 그 예쁜 얼굴 살 내려앉는 거 볼 때마다 가슴이 얼마나 철렁한지."

엄마는 지금 한윤아와 동화됐다. 안절부절못하며 음식을 몇 가지나 해대는지. 덕분에 직원 별장들만 신났다. 고 씨 아저씨가 특히나 만족스러워했다.

저러다가 엄마가 잠도 자지 않고 계속해서 온갖 산해진미를 다 만들어 낼 기세라 희주는 트레이를 잡았다.

"으, 왜 이렇게 무거워."

슬며시 차오르는 짜증을 누르고, 묵직한 트레이를 들고 2층으로 올라왔다. 문을 두들기고 들려오는 대답이 없어도 대담하게 열었다.

재인은 창가에 서서 밖을 바라보고 있었다. 햇살이 내려앉은 아이의 모습은 천사와 비슷했다. 괜히 엄마가 안타까워하는 게 아니었다. 손에 들고 있는 곰 인형은 축 늘어져 바닥에 닿아 있었다.

애착 인형인가? 열 살이라고 했던 것 같은데.

고개를 갸웃거렸다. 남자아이라도 워낙 예쁘게 생긴 탓에 어울리지 않는 건 아니었지만.

밖으로 돌출된 창문으로 완만한 둔덕의 숲이 보였다. 봄을 지나 여름의 색깔이 짙어지고 있었다. 녹음과 붉은빛을 띠는 꽃으로 형형색색이 가득 메운 액자 같은 그 장면을 희주도 바라보았다.

재인이 그런 그녀를 물끄러미 보았다.

"안 먹어."

잔뜩 날 선 목소리.

희주는 그제야 퍼뜩 재인을 다시 쳐다보았다. 반짝이는 눈을 느리게 깜박이는 재인의 눈에는 호기심 어린 눈동자가 비쳤다.

"그래. 그럼."

희주는 트레이를 테이블에 내려놓고 방을 찬찬히 둘러보았다.

잠깐 지내는 것치고는 지나치게 잘 꾸며 놓았다. 액자도 서울에서 가져왔는지 최근 모습이 담겨 있다. 비쌀 게 분명할 장난감도 보기 좋게 선반에 배치되었다.

먼지 털어내는 거 귀찮은데.

오크나무 재질의 호화로워 보이는 책상 역시 아이에게는 과해 보였다. 희주는 그 앞의 의자에 앉아 가지런히 놓인 책들을 뒤적거렸다. 그리고 의자를 뱅글뱅글 회전시키면서 무슨 말을 해야 저걸 먹일 수 있을까 고민에 빠졌다.

그대로 들고 내려가면 엄마가 다른 음식을 또 할 텐데.

재인은 처음 자신을 봤던 그대로 그 자세로 시선을 떼지 않았다. 호기심 어린 눈동자가 그제야 살짝 달싹였다.

"밖에 나가 볼래? 저기에 가면 오두막도 있어."

재인이 한 박자 늦게 희주의 손끝이 향한 창문 너머로 고개를 돌렸다. 재인은 희주를 다시 물끄러미 쳐다보았다.

"같이 가는 거야?"

"그럼, 내 방이나 다름없는데."

재인은 힘없이 늘어진 곰 인형을 잡은 손을 꽉 쥐고는 고개를 끄덕였다.

"그럼, 밥 먹고. 힘 좀 생겨야 저기까지 갈 수 있어."

테이블로 가서 희주가 자리를 잡고 앉자 재인이 걸어와 맞은 편에 앉았다. 그리고 재인은 숟가락을 들어 죽을 입에 넣었다.

날개가 부러진 새처럼 재인이 그녀에게 우연히 찾아들었다.

상처는 상처를 알아본 것일까. 날 선 걸로 치면 둘째가라면 서러울 희주가, 그것도 부잣집 도련님에게는 된통 당했던 희주 가 재인에게 다가갔다. 온기라고는 나누어 본 적이 없는 그녀 가 말이다.

재인이는 그날 뒤로 희주의 뒤를 졸졸 따라다녔다. 오두막이 든, 호숫가든, 수영장이든 항상 희주를 찾았다. 시간이 지나면 서 말도 제법 많이 하며 자신의 속마음도 털어놓았다.

어느덧 완연한 봄기운이 풍겼다. 호수에 부서지는 햇볕과 따 뜻하게 살랑이는 바람에는 몸속 어딘가를 간지럽게 하는 구석 이 있었다.

희주는 호숫가를 산책하며 따라오는 재인을 돌아보았다. 10 살인 재인은 자신보다 작았다. 희주를 따라잡기 위해 빨리 걸 어서인지 붉은 뺨과 가쁜 숨을 내뱉는 재인이 사랑스러워 저도 모르게 작게 웃음을 터트렸다.

지친 작은 새에게 온기를 나눠주는 일은 나쁘지 않았다. 굳 은살이 박여 버린 딱딱한 마음에 간질간질함이 피어오르는 순 간. 희주는 자신이 제법 마음에 들었다. 삐죽 모난 마음이 아 니라 둥글둥글하게 다듬어진 마음에 그녀 자신에게 향했던 혐 오가 사라졌다.

둘의 일과는 거의 함께였다. 직원동에서 희주가 건너와 본채에서 같이 밥을 먹고 뒷산이나 호숫가를 산책했다. 서재의 넓은 책상에서 책도 읽고 공부도 했다. 함께 바닥에 늘어져 낮잠도 잤다.

"엄마, 재인이 떡볶이 먹고 싶대."

희주 엄마는 희주를 찰싹 어깨를 때렸다.

"재인이가 뭐야, 도련님이라고 해."

"웩."

희주는 토하는 시늉을 하며 재인을 바라보았다. 둘은 눈을 마주치고 키득거리며 웃었다.

같이 수영을 하고, 오두막으로 올라가 음악을 들었다. 엄마가 챙겨 준 산양젖 우유를 컵에 따라 재인에게 내밀었다.

5평 정도 되는 오두막은 고 씨 아저씨가 손수 만든 것이었다. 희주가 안진에 내려온 지 얼마 안 됐을 때, 세상 처연한 얼굴을 한 희주가 방에만 처박혀 있자 위로의 선물 겸으로 만든 것이었다.

엄마는 고 씨에게 주인 땅에 그런 걸 지으면 어떻게 하냐고 타박했지만, 아저씨의 선물은 희주에게 큰 위로였다.

언덕 위의 숲에 있는 오두막은 목재로 만들어졌고 안은 아늑했다. 무섭기만 했던 서울에서의 일, 여기저기 부딪혀 상처만 가득했던 그곳의 기억 위로 이곳의 따뜻함을 끼얹다시피 했다.

재인이 우유를 마시면서 목재로 마감된 작은 스피커에 클래식 CD를 넣어 재생시켰다.

아이 주제에 제법 우아하게 구는 모습이 부잣집 도련님이 맞구나 새삼 느껴졌다. 바스락, 마음이 또 구겨진다. 자신의 처지를 인식시키는 재인의 모습에 희주는 거리감을 느꼈다.

그때, 피아노의 선율이 흘러나왔다.

"꼬맹이 주제에 클래식이야?"

억지로 구겨진 마음을 피려고 노력했지만, 말은 조금 퉁명스럽게 나갔다. 그러고선 스피커 옆에 내려놓은 음반 케이스를 들여다보았다.

〈Domenico Scarlatti - Sonata in D Minor K1〉

쇼팽, 베토벤, 모차르트 이런 대중적인 클래식 작곡가만 알고 있는 희주가 이름조차도 읽기 힘든 이름에 당황스러워했다.

"피아노 좋아해?"

재인이 우유를 한 모금 마시며 희주의 뒷모습을 바라보았다.

"글쎄, 배워 본 적이 없어서 모르겠네. 근데 이건 좋은데?"

희주는 피아노는 잘 모르지만 아름답고 경쾌한 선율이 매혹적으로 들려 그렇게 대답했다. 이름을 기억했다가 나중에 찾아봐야겠다고 생각하며 재인을 흘긋 돌아보았다.

"형이 피아노를 잘 쳐."

긴 속눈썹이 말간 얼굴에 그늘을 남겼다.

"그래? 넌?"

별 의미 없이 심드렁하게 대꾸하며 음반 케이스를 내려놓았다.

"잘 쳐, 나 루빈스타인 콩쿠르 결승도 갔었어."

호기롭게 발끈하는 재인이 귀여워 작게 소리 내 웃었다.

"그래? 그럼 피아니스트 하는 거야?"

"아니, 못 해. 나는 하면 안 된대."

누가라고 묻고 싶었지만. 울 것 같은 어두워진 표정에 말을 삼켰다.

"아, 이거 들으니 졸린다. 난 역시 도련님이랑 다른가 봐. 잠이나 자야지."

희주가 능청스럽게 하품하며 카펫 위에 누웠다.

재인이 그녀의 옆으로 오더니 따라 누웠다. 작은 꼬맹이가 그런 표정이라니 마음이 심란했다. 예전에 희주의 오빠가 그런 말을 한 적이 있다. 우리가 제일 불쌍한 인간들인데 누굴 걱정하냐고.

맞는 말이다. 내가 지금 누굴 걱정해.

생각과는 다르게 보듬어 주고 싶다는 생각은 왜인지 모르겠다. 아마 처음 느낀 대로 상처받은 재인이 안타까워서일까.

재인의 보드라운 머릿결을 쓰다듬었다. 재인은 마음에 안정이 되는 그 느낌에 그녀의 옆으로 바싹 붙어왔다.

재인이 별장에 머무른 건 한 달이었다.

그사이 정이 많이 들었는지, 전용기를 타러 가면서도 재인은 눈시울을 붉히며 계속 뒤를 돌아보았다.

"에휴, 마음이 괜히 서운하네. 희주 너도 그렇지?"

"아니, 난 편한데. 귀찮게 하는 사람도 없고."

말은 그렇게 했지만 희주 역시 속에서 시큰한 감정이 올라왔다. 서운함, 섭섭함, 벌써부터 그리울 것 같았다.

그렇지만 진심을 남들 앞에 말하는 건 희주에게 버거운 일이라 아무렇지 않은 척 말했다.

"그래, 우리 같은 건 금방 잊어버릴 거야."

엄마의 무심하고 덤덤한 한 마디가 희주의 가슴 속을 깊게 긁었다.

그래도, 기억해야지.

불행했던 과거만 있었는데, 추억할 수 있는 게 하나가 생겼는데. 그것마저 잊어버리면 너무 슬프잖아.

3. 완벽한 계획

나쁜 기억은 좋은 기억보다 강렬했다. 적어도 희주에게는 그랬다.

나쁜 기억이 장판에 더러운 얼룩처럼 남아 지워지지 않는다면, 좋은 기억은 새털 같아서 가볍게 날아갔다. 앞에 펼쳐진 현실이 녹록지 않았기 때문이다. 돈은 없고, 빚은 많고. 집은 없고.

가난이란 건 견고한 유리관 같았다. 매번 그 속을 걷는 기분이었다. 유리관 밖으로는 온갖 진귀한 보물과 아름다운 것들이 있는데 만질 수도 가질 수도 없었다. 불안하고 무서웠다. 간절히 가지고 싶은 게 생길까 봐.

서태인은 가지지 못할 자신의 욕망임이 분명했다. 틀림없이 상처받고 괴로울 것이다.

마음만은 자신의 것이라 단속할 수 있다고 오만했다. 그런 자신을 비웃기라도 하듯 마음은 마음대로 되지 않았다. 그래서 진심을 말하지 않기로 했다.

어차피 진심이란 그의 앞에서 한없이 무력한 것일 테니까.

* * *

[희주 씨, 어디예요? 진짜 안 나와요?]

교육이 끝나고 서울로 올라온 다음 날, 뒤풀이를 하는 조원들에게서 문자가 왔다. 부재중 통화와 메시지가 쌓여 갔다. 심란한 마음에 그냥 나가서 생각 없이 묻혀 떠들어 볼까도 생각했지만 아무래도 그 이름을 듣게 될 것 같아 마음이 꺼려졌다.

희주는 회사에서 제공한 검은 패딩을 입고 동네를 산책하며 시간을 보냈다. 그러면서도 핸드폰을 손에서 놓지 못했다.

'전화하면 받아요.'

뭐야. 연락 안 받으면 난리 칠 것처럼 굴더니.

그 말을 들은 뒤로 핸드폰 화면만 들여다보고 있는 자신을 발견했다. 허탈한 웃음이 나왔다. 불행인지 다행인지 모르겠지만, 모르는 번호로 연락 같은 건 오지 않았다.

짜증 나. 바보 같아. 자신의 머리를 퉁퉁 가볍게 주먹으로 치며 공원을 달렸다. 시리고 차가운 겨울 공기가 불쾌한 기분을 어느 정도 가시게 했다.

* * *

회사 로비로 들어서는 순간부터 사람들의 대화 소리가 부산하게 울렸다. 사내 인트라넷 인사 공지 사항 조회 수 또한 기하급수적으로 늘어났다. 포털에 걸린 서산과 관련된 메인 뉴스가 사무실 모니터에 떠 있었다. 그 내용은 같았다.

[인사 발령 공고: 하기와 같이 인사 발령되었음을 알려드립니다.]
성명: 서태인
발령 내용: 지사 및 부서 이동
미국 지사 국제사업1팀장 → 경영혁신본부 전략기획팀장
발령자: 2019년 1월 24일

오늘부로 서태인의 직함이 새롭게 만들어졌다.
새로 오게 될 총수의 아들에 대한 소문으로 종일 회사가 시끄러웠다. 일주일 전 출근을 시작한 신입 사원들도 각자의 부서에서 나오는 얘기를 듣고 사내 메신저로 정보를 나르기 바빴다.

[전무급인가? 부사장?]

[전무랍니다. 어차피 총수 일가인데 직위는 의미 없지만. 출근 때, 장문열 본부장도 나와서 허리 굽히고 인사하는 마당에.]

[미국 지사랑 유럽지사에서 좀 날렸다는데? 왜 벤처기업이나 다름없던 일라사이언스에 투자해서 거기 최종 임상 성공한 신약 지분이랑 분량 확보했잖아. 우리 SS비버리지 제품도 플랫폼 인기 콘텐츠에 공급해서……]

[같은 건물에서 일한다니, 그 얼굴이나 종종 보고 싶다.]

[마주칠 일은 거의 없을 걸? 전용 엘리베이터도 따로 있고, 우리 같은 일개 나부랭이들은 그 혁신본부 로열층으로 들어갈 일도 없잖아.]

희주는 이제 좀 빈정이 상하기 시작했다. 기대하는 건 아무것도 없다고 회사 일에만 집중하려고 했으나, 들리는 소리가 다 그의 얘기뿐이라 그럴 수 없었다.

남자에 관한 것들이 모든 직원의 관심사인 마당에 태인을 떠올리지 않기란 불가능했다. 게다가 입사 초기의 싱숭생숭함에는 자꾸 쓸데없는 생각이 파고들었다.

정말 기다리기라도 하는 거야?

기다리지 않는다는 다짐을 수시로 하는데도 자꾸 눈이 핸드폰 액정으로 가는 걸 막을 수 없었다.

팀원들과 점심을 먹고 회사 로비에 들어섰다. 희주의 사수로 지정된 차진아 대리가 커피를 사겠다며 그녀를 로비 내 위치한 카페로 이끌었다.

"어때? 정신없지? 회사 분위기가 지금 좀 붕 떴네, 사람 한 명 왔다고 이렇게 되나."

희주는 음료와 주류제조업체인 'SS비버리지'의 마케팅팀으로 배치받았다.

서산 계열사인 SS비버리지는 한국에서 점유율 1위를 놓치지 않는 일명 국민 맥주와 소주를 제조했다. 최근에는 프리미엄 한국형 소주까지 만들며 시장의 입지를 더 높이고 있었다.

SS비버리지를 상징하는 더블에스, 한쪽 S스펠링이 좌우로 뒤집힌 하트모양의 라벨 모양이 희주의 사원증에도 박혀 있었다.

"아직 잘 제가 몰라서. 빨리 배워서 대리님 일 덜어드려야 하는데."

"에이, 이제 일주일이야. 천천히 해요."

차진아 대리는 큰 키에 시원한 이목구비를 가졌다. 사람을 편하게 만들어 주는 상냥한 성격이 그녀를 더 매력적으로 보이게 했다. 그녀는 희주에게 업무 메일 쓰는 법, 출장비, 교통비 신청하는 법 등 사소한 것부터 부서의 사업 추진 현황을 월별, 분기별로 차분하게 알려 주었다.

희주는 능숙하게 일 처리를 하고 사람들을 대하는 차 대리가 멋지다고 생각했다. 기대감이 부풀었다. 언젠가 저도 저렇게 될 수 있지 않을까 해서.

"아, 그리고 희주 씨 환영회 겸 우리 회식……."

차 대리가 불현듯 말을 멈추더니 희주의 어깨 너머로 시선을 고정했다. 다소 소란스럽던 로비가 조용해지더니 순식간에 주변에 기묘한 분위기가 느껴졌다. 희주 또한 그 시선을 따라 서서히 고개를 돌렸다.

서태인과 그 뒤를 따르는 임원진들이 로비 밖으로 이동하고 있었다.

사옥 입구 유리벽을 통해 미리 세워놓은 차의 뒷문을 열어주는 장문열 경영혁신본부장이 보였다. 태인이 에스코트를 받아 차에 올라타자 장문열이 문을 닫으며 차가 떠날 때까지 허리를 굽혀 인사했다.

서태인이 시야에서 사라지자 다시 대화 소리가 로비를 가득 메웠다.

"참, 오너 일가가 뭐라고……. 자기보다 직책도 아래인데 저렇게까지 해야 하나."

주성태 과장이 혀를 차며 말했다. 그러나 여직원들은 다른 것에 더 눈길을 기울인 듯했다.

"회사 로비가 런웨이인 줄 착각한 거 있지."

"그러게, 잘생긴 건 둘째 치고 아우라가 있네. 무대 장악력 좋으시다."

아직 실감이 잘 나지 않았다. 그가 회사에 있다는 게, 그리고 저와 같은 회사에 다닌다는 게. 드는 확신이라고는 다만, 그가 끝도 없이 높이 있는 사람이라는 것뿐. 그래서 저랑은 결코 이뤄질 수 없다는 사실만 제대로 마주해 버렸다.

정신 차리자. 김희주.

그를 마주친 뒤 똑같은 말로 스스로를 다독이며 기분을 드러내지 않기 위해 노력했다. 탕비실에서 숨을 크게 내뱉고는 목 주변을 꾹꾹 누르며 뻣뻣한 고개를 돌렸다.

　커피를 들고 자리에 앉아 모니터를 보고 있는데 사내 메신저 알림창이 깜박였다.

　[오늘 퇴근하고 맥주 한잔?]

　다슬이었다.

　[좋아.]
　[애들도 같이 간다.]

　애들이라는 건 교육에서 만난 동기들이었다. 희주는 살짝 미간을 찌푸렸다가 이내 다시 마음을 바꿨다. 그렇게 바라던 사회생활인데 언제까지 이렇게 사람들을 피해 다닐 수도 없는 노릇이었다.

　그리고 워크숍으로 생각보다 사람들이랑 어울리는 게 괜찮다는 것도 느꼈다. 대학교에 다닐 때 몸을 사리며 사람들과 어울리지 않기 위해 노력했던 것이 무색할 정도로.

　업무가 끝난 뒤 모인 곳은 회사 근처 모던한 브루어리 샵이었다. 의자가 높은 테이블에 앉아 다슬과 지선 그리고 유연과 함께 맥주를 마셨다. 희주는 예전부터 꿈꾸던 그 광경에 자신이 속했다는 사실이 좀 어색했다.

차려입고 퇴근해서 직장 동료들과 술 한잔하는 일. 자신에게도 이런 평범함이 있다니 놀라웠다. 평생 남의 집에서 붙어살던 김희주에게 말이다. 입 안이 갑자기 까끌해 맥주를 한 모금마셨다.

"정신없어 죽겠어. 아직 뭐 해야 할지 감도 안 잡혀."

"나도 그래. 신입은 복사기랑 커피 심부름, 점심 메뉴만 잘정해도 일단 먹고 들어가는 거 아냐?"

신입 사원다운 푸념이 이어졌다.

"그나저나 서태인 봤어? 나 우연히 오늘 로비에서 봤는데 정말 후광이 존재하긴 하더라."

"근데 병 있다는 거 사실인가? 결벽증 말이야."

"그 병명조차도 섹시하다. 어울려 왠지."

상체를 테이블로 기울여서 같이 속닥이며 은밀한 웃음을 장난삼아 흘렸다.

* * *

피곤해.

톡톡, 무릎에 올려 둔 가방에 손가락을 까닥이며 집으로 가는 버스 안에서 작게 하품했다. 실수할까 봐 내내 긴장된 상태로 회사에 있었으니 그럴 만도 했다. 거기다 잘 못하는 술까지마셨으니. 기분에 취해 두 잔 정도 마신 것 같은데, 피곤한 탓인지 더 취기가 올라왔다.

후-, 알코올 냄새가 느껴지는 뜨끈한 숨을 내뱉는데 핸드폰 진동이 울렸다. 화면에는 모르는 번호가 떠 있었다. 받지 않고 핸드폰을 가방에 집어넣는 손끝이 살짝 떨렸다. 가방 끝을 꽉 쥐었다.

버스에서 내려 골목으로 올라갔다. 띄엄띄엄한 가로등에만 의지해야 하는 어둡고 적막한 골목에서는 언제나 핸드폰에 112를 입력한 채로 걸어갔다. 하지만 오늘은 핸드폰을 꺼내 들 수가 없었다. 가방 속에서 계속 진동이 울리고 있었기 때문이다.

그곳에 온 신경이 다 몰려 있었지만 애써 입술을 깨물고 무시하며 발걸음을 옮겼다.

그러다 시선을 들었을 때 걸음을 멈출 수밖에 없었다.

자신의 원룸이 있는 빌딩 앞, 기괴한 모양의 푸른색 스포츠카가 한 대 세워져 있었다. 차 문에 기대서 있는 커다란 남자의 실루엣이 뚜렷하게 보였다.

"전화."

두 음절임에도 낮고 깊은 목소리가 귓가를 파고들었다. 한 손에는 핸드폰을, 늘어뜨린 또 다른 한 손에는 담배를 들고 있는 태인이 시야에 들어왔다.

"받으라고 했는데."

태인이 고개를 들어 연기를 허공에 뱉으며 희주를 내려다보았다. 무감한 눈빛이었지만 집요한 시선이 노골적으로 느껴졌다.

아직도 전화 신호가 가고 있는지 희주의 가방에서는 여전히 진동이 느껴졌다.

그가 차에 기댔던 몸을 곧게 폈다. 희주에게서 시선을 떼지 않은 채 들고 있던 핸드폰 화면의 종료 버튼을 눌렀다.

묵직한 코트 자락을 흩날리며 남자가 서서히 거리를 좁혀 왔다.

쿵쿵쿵. 버스 안에서부터 가볍게 울려대던 심장이 지금은 튀어나올 정도로 뛰었다.

희주는 인정하지 않을 수 없었다. 전화가 울리던 순간 입꼬리가 순간 올라갔었다는 걸, 그리고 안도했다는 걸. 그러나 남자 앞에서는 그 이상한 마음을 숨겨야 했다.

"무슨 상관이에요. 아니 그것보다 무슨 일이에요? 남의 집 앞에서."

"약속했던 거 아니었나?"

'전화하면 받아요.'

그것 때문에 자기가 얼마나 구질구질했었는지를 떠올리자 화가 났다. 그 말이 머릿속에 박혀 내내 핸드폰 화면만 내내 살피던 자신이 얼마나 한심했었는데. 무책임하게 그런 말을 던져 놓고 한 달이 다 돼 가도록 연락도 없었던 남자가 얄미웠다.

"약속은 무슨, 일방적으로 한 협박이었으면서."

희주는 너무 가까운 거리를 의식하며 살짝 뒤로 물러섰다.

"여기 살아요?"

희주의 질책을 흘려버린 채, 태인이 눈썹 끝을 엄지로 매만지며 살짝 미간을 구겼다.

어두운 골목은 경사가 있었으며, 가로등 밑에는 쓰레기봉투와 함께 음식물쓰레기통이 나와 있어 지저분한 느낌을 주었다. 희주가 거주하는 원룸 빌라 건물 역시 세월이 느껴지는 붉은 벽돌로 헬스장 포스터나 학원 전단지가 덕지덕지 붙어 있었다.

이곳에 사는지 알고 여기까지 왔으면서 확인받으려는 듯이 묻는 건, 이 초라한 데서 사냐는 말을 돌려서 하는 것 같았다. 가난했던 자신의 과거와 현재는 언제나 콤플렉스였기에 마음이 잔뜩 뒤틀렸다.

"내가 집도 선물해 줬는데, 왜 안 받고."

그와 잤던 날, 그가 미국으로 갔던 날, 진주가 건네던 그 부동산 서류를 말하는 걸까.

"받아야 할 이유가 없으니까."

희주가 냉랭한 말투로 딱 부러지듯 말했다.

"왜 없어? 김희주 씨가 내 아다 떼 줬는데."

우아하고 고상하게 생긴 그의 얼굴에서 저질스러운 말이 나오자 희주는 입을 벙긋거리다가 목소리에 경멸을 담아 말했다.

"진짜 저질이야 당신. 사람들 앞에서는 안 그런 척하면서 왜 내 앞에서만 그래요?"

술에 취기가 올라섰는지 생각한 대로 말이 흘러나왔다.

그 말에도 오히려 기껍다는 듯 그는 갑자기 소리 내 옅게 웃더니 성큼, 보폭을 넓혀 다가왔다.

"김희주 씨가 편한가 보지. 술 마셨어요? 얼굴이 빨갛네."

남자가 한발 다가와 팔을 뻗었다. 희주는 저번처럼 무방비하게 얼굴을 내주지 않았다. 고개를 돌려 그의 손을 피했다. 그러자 태인은 뻗은 손을 가볍게 말아 쥐었다.

"난 그 쪽한테 줄 마음이나 여유가 없어요. 회사에 적응하고 잘 살아야 하니 건들지 마세요."

제법 호기로운 말투에 남자의 눈썹이 크게 들렸다가 내려왔다. 하지만 곧 피식 웃음을 흘리며 묘하게 비틀린 웃음을 지었다. 보잘것없는 가로등 불빛에도 음영 진 얼굴이 근사했다.

"이제 나 안 좋아해?"

"하-."

희주는 입 밖으로 나온 실소와 어이없다는 표정으로 대답을 대신했다.

"거짓말."

남자가 코트 주머니에 손을 넣고 고개를 기울였다.

"뭐라고요?"

"아니에요? 나한테 흔들리는 거 같은데?"

희주는 뻔뻔하기 짝이 없는 남자에게 말로는 당할 수 없다는 생각이 들었다. 그래서 이 잘난 남자의 껍데기가 자신을 홀렸음을 인정하기로 했다.

이 남자가 가진 매혹적인 조건에는 그게 누구이든 홀릴 수 있다. 그날 밤 일은 충동이라는 변명으로 대신하면 된다.

"잘생기고, 돈 많으니까. 흔들릴 수도 있죠."

그는 진절머리가 난다는 듯 노려보며 말하는 희주를 빤히 응시했다. 미세하게 입술이 씰룩거리는 것 같기도 했다. 그러고는 뺨에 깊은 선이 만들어질 정도로 담배를 깊게 들이마셨다.

번번이 저를 훔쳐보면서. 반했다는 듯, 홀린 듯이 쳐다보면서. 저 순진한 얼굴을 하고서 제게 몸만 달아올랐다고 말한다. 그녀가 좋아하는 건, 이 잘난 껍데기밖에 없다는 듯이.

마음은 싫다고? 그럼, 뭐 어쩔 수 없고. 서재인 괴롭히는 수단으로는 몸만으로도 충분할 것 같으니까.

그렇게 생각하는 마음과는 다르게 뒷골이 뻐근하게 조여 왔다. 아닌가, 좋긴가?

태인이 다 타 버린 담배를 툭 떨궜다. 짓밟는 구두의 움직임이 마치 목을 조르는 것 같았다.

"잘됐네."

"뭐가요?"

"나 잘생기고 돈 많고…… 게다가 섹스도 저번에 우리 잘 맞았고. 그런데 뭐가 문제야?"

"당신 정말, 재수 없어. 그게 문제가 아니잖아요."

능글거리며 웃고 있던 남자가 소리 내 웃음을 터뜨렸다. 손으로 입가를 가리며 한참을 웃었다. 약간 그 모습이 어이가 없어 희주는 더 눈을 치켜떴다.

"고분고분한 성격 아닌 건 알았지만, 이렇게 자극적인 여자일 줄은 몰랐네."

"……."

"호칭은 당신으로 하기로 한 거야? 그때 도련님이라고 불러서 되게 꼴렸는데."

희주는 이제 더 이상 할 말이 없어 숨을 쌕쌕 내뱉으며 남자를 쏘아보기만 했다. 어이없는 실랑이를 빨리 끝내고 쉬고 싶었다. 술기운에 뜨끈해진 몸인데 소모적인 대화에 기운이 더 빠지는 것 같았다.

"당신이라……. 뭐, 그것도 꼴리긴 하네. 좋아."

멋대로 뇌까린 그가 다시 가벼운 목소리로 물어왔다.

"아, 그래서 뭐가 문제라고?"

태인이 팔을 살짝 벌리며 아까 했던 질문에 대해 이어 가자는 제스처를 취했다.

"아까 말했다시피 난 마음의 여유가……."

"마음 달라고 안 했어. 필요도 없고."

그가 유감이라는 듯 건조하게 말했다. 희주는 입술을 깨물었다. 갑자기 갈비뼈 부근이 미어지듯 통증이 일었다.

"그게 뭐 별거라고."

덧붙인 그의 말이 그녀의 심장을 난도질했다. 그럼 그가 원하는 건……

"몸만 줘요. 잘 느끼던데. 섹스는 더럽다고 생각해서 굳이 안 했었는데…… 해 보니까 생각보다 괜찮더라고. 왜 남자들이 좆 간수 못 하고 날뛰는지도 알겠고."

"……."

"희주 씨도 제법 많이 좋아하는 것 같았는데."

태인이 노골적으로 그녀의 가슴에서부터 아랫배 밑까지 느리게 훑었다. 수치심에 희주의 목소리가 높아졌다. 죄어오는 목구멍을 억지로 벌리며 반문했다.

 "나한테 도대체 왜 이래요? 다른 여자랑 해요. 차고 넘치지 않아요? 그쪽이랑 어떻게 하고 싶어서 안달 난 여자들."

 태인의 표정이 대번에 일그러졌다. 턱에 힘을 주는지 이를 바득 가는 소리도 들리는 것 같았다. 꿰뚫듯 쳐다보는 눈에는 건방지게 굴지 말라는 노기가 담겨 있었다.

 "더럽게 다른 여자한테 어떻게 손대."

 "그럼, 나는…… 왜."

 "내 좆이 너한테만 서. 평생 고자처럼 살아왔는데 네가 앞에서 얼쩡거리면 이렇게 팔딱팔딱 선다고."

 그가 그녀의 가녀린 손목을 틀어쥐었다. 그대로 손을 가져와 바지 앞으로 터질 듯한 윤곽을 문질렀다. 꿈틀대는 굵은 기둥에서 맥동이 생생하게 느껴졌다. 빼내려는 희주의 손을 더 세게 힘을 주어 잡고 쓱쓱 소리가 나도록 강하게 문질렀다.

 "책임져야지."

 저질스러운 말을 하는 그를 보니 제정신이 아니라는 생각이 들었다. 멀끔한 신사의 얼굴 쪽이 위선일 것이다. 본래 그는 이렇게 저질스럽고 음란하다.

 어이없게도 '희주에게만 그게 선다'는 말이 어느 정도는 사실이 아닐까, 라는 착오적인 생각이 슬그머니 들었다.

 그게 이상하게 희주에게 호승심을 가져다주었다. 자신이 아니면 안 된다는 소리로 오해하면 안 된다고 생각하면서도 이미 심장은 두근거리기 시작했다. 그가 원하는 건 단지 희주의 몸뿐인데도. 알고 있는데.

근사한 낯짝을 한 위선자에게 또 휘둘린다.

그가 상체를 숙여 희주의 상기된 뺨을 길게 쓸어내렸다.

"그럼 이제, 하러 갈까?"

악마의 속삭임이 귓가에 달짝지근하게 붙었다.

* * *

"여기서 해요 그럼."

그거 봐 못 하겠지? 팔짱을 낀 희주는 이런 눈으로 태인을 비딱하게 바라보았다.

아니나 다를까, 남자는 희주의 집 안으로 들어설 때부터 뒤통수를 맞은 듯한 얼굴을 하고 있었다. 희주는 그것이 부잣집 도련님이 처음으로 들어서는 초라한 원룸의 자태 때문이라 생각했다.

하지만 태인의 그런 사나운 얼굴은 의미가 달랐다. 들어설 때 훅, 코안으로 들어오는 그녀의 짙은 향기 때문에 머리가 얼얼했기 때문이었다.

태인은 크게 숨을 들이켜며 저릿한 감각을 느꼈다.

자신의 침실보다 작은 원룸을 둘러보았다.

손바닥만 한 침대가 작은 창문 옆 벽에 붙어 있었다.

한곳에 선 채로 눈만 돌려 살펴보아도 충분했기에 10초 정도가 흘렀을 때였다.

　"좋은데? 김희주 씨 앙앙거리는 소리, 야한 물소리도 잘 울릴 것 같고. 마음에 들어."

　냄새는 더할 나위 없이 좋고.

　한 박자 늦게 덧붙인 그가 길고 굵은 팔을 들어 검고 묵직한 코트를 벗었다. 이어서 소맷귀의 검은 커프스 링크를 풀었다.

　희주에게서 시선을 떼지 않은 채, 왼쪽 손목에 찬 묵직한 메탈시계를 낡은 서랍장 위에 내려놓는 동작이 간결했다.

　일련의 흐름이 희주에게는 무척이나 느리게 보였다. 보는 내내 먹먹해진 귓가로 자신의 숨소리와 심장 소리만 들렸다.

　앞에 반듯하게 서서 희주를 내려다보는 그의 얼굴은 무감했다. 빠르고 거칠게 부풀어 오르는 흉곽 때문에 셔츠가 팽팽하게 당겨지는 모습과는 이질적이었다.

　그는 지금 더없이 흥분한 상태다. 무엇 때문인지 억눌린 욕망은 터지기 일보 직전이었다.

　희주는 뭐라도 해서 그 욕망을 빨리 터뜨리고 싶은 충동이 들었다. 동시에 지금 이렇게 미친 듯이 뛰는 심장이 들킬까 초조했다. 그가 주는 어지러운 열기에 주저앉는 꼴사나운 모습을 보일까 봐 겁이 났다.

　희주가 까치발을 들어 그의 셔츠 깃을 잡고 입을 맞췄다.

　그 어설프기 짝이 없는 입맞춤에 그의 검은 눈에 이채가 들끓었다.

태인은 그녀의 양 뺨을 손으로 강하게 감싸 쥐고 고개를 비틀어 입을 맞춰 왔다.

퍽.

희주의 뒤통수를 감싼 태인의 손이 벽에 부딪히는 소리였다. 꽤나 징그러운 소리였는데도 신경도 쓰지 않았다. 오직 집중할 것은 희주의 입술이라는 듯 짓뭉개고 강하게 빨아 당겼다.

팔을 뒤로 들어 다급하게 베스트를 벗고, 주름 한 점 없던 드레스 셔츠를 거의 뜯다시피 단추를 풀어 헤쳤다. 벌어진 앞섶에서는 씨근덕대는 맨가슴과 복근이 그대로 보였다. 그리고 귀두 끄트머리가 채신머리없이 허리선에서 비죽 튀어나와 있었다.

질척한 키스가 사납게 이어졌다. 축축한 혀가 쑤시고 들어와 아무렇게나 헤집었다.

"하아, 그만…… 천천히."

숨이 막혀 고개를 피하는 족족 그녀를 따라 집요하게 입술을 찾았다. 그 바람에 빗나간 태인의 입술에서 나온 타액으로 희주의 입술 주변이 흥건했다.

태인의 눈이 짙게 가라앉았다. 이 모든 행위는 단순한 욕구 분출이어야 했다. 이 여자에게 생리적으로 반응하는 욕구 때문이어야 했다.

무엇보다 서재인을 망가뜨릴 수단에 불과해야 했다. 설사 재인이 다시 정신을 차리고 이 여자를 찾는다고 해도 자신이 품은 여자를 보고 좌절하게 만드는 용도여야 했다.

그러니까, 지금 숨이 미친 듯이 막히고 뛰는 심장은 오랫동안 꾹 눌러온 욕구불만일 것이다. 단지 그것뿐이다.

그러나 그렇게 생각하는 와중에도 영 개운치 않은 감정이 가슴에 쌓여 갔다. 도대체 왜.

확실한 것만 가지면 돼.

자신은 이 여자를 욕망한다. 그것만이 확실한 것이다.

태인은 그 모든 혼란스러움을 뒤로하고 어떤 이유를 대서라도 눈앞의 여자를 당장 가지고 싶어 미칠 것 같았다. 희주의 마른 등줄기를 큰 손바닥으로 느리게 쓸다가 힘주어 당겼다.

자신의 아랫배부터 가슴 바로 밑에까지 우악스러운 윤곽이 닿는 바람에 희주가 숨을 멈췄다. 그녀의 납작한 배와 태인의 단단한 허벅지 위로 올라온 굵은 기둥이 델 것처럼 뜨거웠다.

시선을 맞추려고 상체를 한껏 숙이고 고개를 비튼 남자와 여자 사이로 숨이 어지럽게 섞였다.

눈을 내리깐 희주의 턱을 잡아 고개를 들게 해 시선을 억지로 당겨 왔다. 느리고 가볍게 입술을 붙였다.

"무서워? 왜 그렇게 겁을 먹어. 처음도 아니면서."

입술을 떼지 않은 채로 그가 말했다.

닿는 숨결이 뜨거워 희주의 눈가가 열기로 일렁거렸다. 끈덕진 키스로 아직도 숨이 찬 희주가 가슴을 들썩였다.

"안 무서워. 내가 6개월 동안 누구랑 뭐 하고 놀았는지 알고?"

희주 역시 도발하듯 올려다보며 속삭이듯 말했다.

하-.

그가 실소하며 턱을 바득, 악물었다.

희주는 남자의 반듯한 이마에 짜증이 서린 것을 보니 기분이 좋아지는 걸 느꼈다.

입술이 맞붙은 채 오고 가는 자극적인 대화에 결국 둘은 자제력을 잃었다.

* * *

"흣, 으읏. 아. 응."

밝은 형광등이 뿌옇게 보일 만큼 시야가 점멸하기를 반복했다.

희주의 단말마 같은 비명은 퍽, 태인의 굵고 길게 치받는 허리 짓에 의한 것이었다. 한 줌도 안 되는 양 발목이 태인의 한 손에 잡혀 가늘고 긴 다리가 공중으로 치솟아 있었다.

허리를 빼 귀두가 끝이 걸리는 걸 본 다음 길고 굵은 성기를 끝까지 푹, 짓쳐 넣었다.

각도를 달리하며 질 천장에 와 닿는 벼락같은 쾌감에 허리가 비틀리고 움찔거렸다. 동시에 희주의 머리가 침대 헤드로 쿵, 부딪혔다.

"내가, 자위만으로 6개월 버텼는데, 김희주 씨는 누구랑 뭘 해? 응? 어떤 새끼랑 뭐 하고 놀면서 재미 봤냐고! 하아…… 씹……."

흔들리는 작은 머리통을 감싸며 축축한 혀를 집어넣고 마음대로 휘젓는 삽입 같은 키스를 퍼부었다. 아래위로 거칠게 박아대는 이물감에 정신이 혼미해졌다.

그가 부재하는 동안 그녀에게 어떤 남자도 없었다는 것을 알고 있음에도 불구하고 불쾌한 상상을 멈추지 못해 폭주했다.

미국으로 돌아간 뒤 김희주에게 사람을 붙였다. 들러붙는 새끼들이 몇 있었지만, 김희주는 틈도 주지 않았다. 사진과 함께 수시로 보고 받아 알고 있었다. 여자의 시간과 공간에 남자라곤 없었다.

알고 있는데.

그는 빠듯한 좁은 길에서 성기를 빼냈다. 잡았던 발목을 손에 각각 잡고 다리를 양쪽으로 벌렸다. 쩍, 야릇한 소리와 함께 다리가 벌어졌다. 벌어진 살에서는 거미줄처럼 액이 길게 늘어졌다.

"깜찍하게 거짓말을 할 줄 아네? 다른 새끼 좆은 안 넣은 거 아니까. 거짓말할 생각 말고."

"훗…… 거짓말 아니거든요."

"그래?"

되묻는 태인의 말은 기이하게 뒤틀려 있었다.

그만했어야 할까? 희주는 그의 번쩍이는 기기한 눈동자를 보자 갑자기 후회가 몰려왔다.

신경질적으로 머리를 넘긴 그에게서 서늘한 냉기가 흘러나왔다. 그는 목을 좌우로 한 번씩 꺾더니, 상체를 내려 한쪽 팔꿈치를 누워 있는 희주의 얼굴 옆으로 짚었다. 맞닿은 얼굴 사이에 날 선 긴장이 흘렀다.

마주 보는 건 얼굴인데 긴 뱀이 기어와 온몸이 칭칭 감기는 듯한 느낌이 들었다.

태인은 손가락으로 팔딱거리는 목의 맥을 꾹, 눌렀다.

본능적인 두려움에 희주가 숨을 멈추고 몸을 굳혔다.

매끄러운 손가락이 그녀의 빗장뼈에서 가슴골로, 그리고 움푹 팬 배꼽으로 스르르 뱀처럼 미끄러져 내렸다. 자극적인 손길에 움찔 떨며 흐-,하는 신음이 희주의 붉은 입술을 비집고 나왔다.

내려온 손이 허벅지 안쪽을 파고들었다. 종착지는 그녀의 밀부였다. 질척거리는 액이 범벅된 클리토리스를 손가락 사이에 끼우고 비볐다. 탱글탱글한 그것을 손가락이 감아 튕기듯 잡아당기자 야한 물소리를 내며 사방으로 액이 튀었다.

"흐으응…… 으홋."

쾌감에 빠진 여자의 표정을 놓치지 않기 위해 얼굴에 바짝 붙어 집요히 응시했다.

여자의 신음, 물소리, 휘어지는 허리와 열기에 들뜬 얼굴, 야해 빠진 원초적인 냄새, 손에 들러붙은 피부. 오감이 고루 자극돼 뒷골이 뻐근해졌다.

아, 하나가 빠졌지.

맛. 미각도.

스르르 그녀의 몸 위에서 미끄러진 태인은 그곳으로 고개를 처박았다.

쯔읍, 쭙. 개같이 빨아대는 소리와 그 자극에 희주는 넘어가는 꼴딱꼴딱 넘어가는 신음을 흘렸다. 그의 머리를 쥐어 잡고 허리를 들썩이며 쾌감에 눈물을 흘렸다.

"제, 제발. 네? 아앙! 아잉! 아아!"

간절한 애원 때문인지 양껏 마셨기 때문인지 그가 고개를 들었다.

번들거리는 그의 코와 입가, 그리고 자신이 쥐어 잡은 흐트러진 머리칼이 너무 색정적이었다. 번듯한 평소 남자의 이미지는 생각할 수도 없을 정도로.

"그럼 이제 얘기를 좀 해 볼까? 누군데? 희주 씨 보지에 누구 좆을 품었는지 얘기 좀 해 주겠어?"

다정하게 어르는 말투지만 얼굴에는 숨길 수 없는 불쾌함이 드러났다.

여자의 귀여운 장난질을 알면서도 그냥 넘어갈 생각이 없는 듯했다. 아니라고, 남자는 없었다고 꼭 저 입으로 확인받아야겠다.

그는 액으로 난잡한 입가를 손등으로 쓱 문질렀다. 그의 짙고 반듯한 눈썹이 오만해 보였다.

짜증 나. 내가 뭘 했던 무슨 상관이야. 그렇게 가버려 놓고.

희주가 눈가를 일그러뜨렸다.

퍽.

희주는 다리를 뻗어 발로 그의 가슴을 팍, 밀었다. 태인이 방심하다가 살짝 뒤로 밀려나 침대 매트리스를 뒤로 손을 짚었다.

황당하다는 태인을 얼굴을 뒤로하고 희주는 침대를 벗어나 서랍장 쪽으로 걸어갔다.

서랍 속에서 뭔가를 찾는 부스럭거리는 소리가 들렸다. 그 순간에도 태인은 그녀의 나신을 보며 침음했다. 이쯤 되면 다른 병에 걸린 것 같은데.

툭.

희주가 던진 작은 사각 상자가 그의 허벅지를 맞고 침대 위로 떨어졌다.

사각 갑.

Ultra ecstasy Condom
Width 5.25 inches
Length 8.25 inches

이게 왜 김희주 집에 있어?

굳은 얼굴은 펴질 줄을 모른다.

입사 전 미국으로 여행을 다녀온 다슬이 이걸 소지하고 있어야 거기가 큰 남자를 만난다며 선물해 준 것이다.

주면서 또 뭐라고 했더라. 클럽에서 유용하다고 했다.

'클럽에서 찝쩍대는 좀 별로인 남자들한테 보여 주면 효과 좋거든. 사이즈 이거 맞아야 같이 놀아준다고 하면 다들 내빼던걸?'

민망하기 짝이 없는 선물을 버리려고 했으나 어디다 버리기도 마땅치 않아 그냥 서랍에 그냥 뒀었다.

물론 이 남자에게는 그 사실을 말할 생각이 없었다. 오해했으면 해서.

희주는 그의 눈을 똑바로 마주 보았다.

그 반항적인 눈빛과 행동에 한참을 황당한 듯이 멍하니 있던 남자는 입술 끝을 당겨 웃었다.

'너 없는 동안 남자랑 잤다.' 이런 의미인가. 귀엽긴. 뒷감당은 할 수 있으려나.

그는 박스를 뜯어 침대 위로 우수수, 쏟아부었다.

6개.

그중 하나를 잡아 이빨로 뜯고는 손가락으로 잡아 고무를 늘어뜨렸다.

손목만 한 넓이에 깊은 길이였다. 희주는 성교육 때 외에는 콘돔을 본 적도 없었다. 성관계는 지금 제 앞의 태인이 처음이자 마지막이었으니까.

그때 안에다 싸 놓고는. 병원까지 가게 해 놓고는.

나쁜 새끼.

몇 날 며칠을 쓰라렸던 아래를 생각하자 화가 치밀었다. 침대로 돌아가지 않고 그 자리에서 그를 쏘아보았다. 그래 봤자 한 걸음 정도의 거리였지만.

"그렇게 보니까 꼴리잖아."

비뚜름한 미소로 희주를 쳐다보며 콘돔을 표피 위에 쓱쓱 씌우는 모습이 음란하기 짝이 없었다.

그 시각적인 자극에 안쪽에 고여 있던 따뜻한 물이 왈칵하고 쏟아져 나왔다. 허벅지를 타고 질질 흘리는 애액을 그는 기껍다는 듯 쳐다봤다.

희주로선 수치스러워서 그대로 서 있을 수도, 침대로 갈 수도 없는 노릇이었다.

"꼭 맞게 잘 샀네. 이거 맞는 남자들 별로 없어."

밑기둥을 잡아 끝까지 씌운 그가 눈을 치켜뜨며 말했다.

"하-, 자랑이에요? 그리고 그쪽 쓰라고 산 거 아니……."

그는 일어나 성큼, 다가왔다. 흉흉하게 발기한 것에 씌운 콘돔은 울퉁불퉁 융기한 핏줄까지 드러낼 정도로 얇았다.

"쓸모도 없이 커서 불편하기만 했는데, 희주 네가 좋아하니까 다행이지 뭐야."

말랑하고 풍만한 엉덩이를 받쳐 들어 그대로 허공으로 올렸다.

"내가 언제 좋다고…… 헉."

그대로 시야가 빙그르르 돌더니 천장이 보였다.

헙.

침대로 쓰러뜨리고는 단번에 꿰뚫었다. 희주의 허리가 활처럼 휘어 팔딱였다.

"여기 양 보지 살은 좋다고 꽉 물어대는데?"

삽입한 채로 허리를 돌리며 꾹, 즙을 짜내듯이 붙여왔다. 액들이 거품이 일며 접합 부위에서 밀려나 투둑투둑 시트를 적셨다.

"하아, 제발. 그, 그만. 으읏……."

"너도 했어? 나 생각하면서 혼자 만졌냐고. 응? 같지도 않은 남자 새끼들 운운하지 말고."

탓. 탓. 탓.

그가 허리를 긁어내듯이 위로 치켜올리며 대답을 종용했다.

"아, 그런 거 안, 안 해."

작게 도리질 치는 희주의 핑크빛 뺨을 혀로 핥으며 속삭였다.

"그럼, 나중에 내 앞에서 만져 봐. 나 없을 때 해결해야 할 거 아냐. 물 질질 흘리는 양 보니까 성욕이 넘쳐나시는 것 같은데."

그는 한 손으로 그녀의 어깨를 잡고 한 손으로는 골반을 잡아 허리를 미친 듯이 몰아붙였다.

눈처럼 새하얀 가슴이 아래위로, 양옆으로, 원으로 마구 흔들리며 시야를 어지럽혔다. 동시에 꽉 조여 대는 질압에 뇌를 쪼개고 쾌감이 콸콸 쏟아지는 기분을 느끼며 탁한 신음을 뱉었다. 몸의 열기가 펄펄 끓어올랐다.

아니다. 뜨거운 건 여자의 안쪽인가. 그대로 좆이 녹아버릴 것 같은데.

"아 씨발, 아…… 읏…… 큭."

찰박, 찰박. 그는 잘게 허리를 끝까지 흔들며 그녀의 내벽을 좁혀 자신의 것을 짜냈다.

"아아…… 하윽."

먼저 절정에 올랐던 희주가 계속되는 자극에 바르르, 움찔

떨며 경련을 반복했다.

태인은 고개를 한껏 젖힌 희주의 목덜미를 받쳐 들고 양껏 가슴을 입 안에 넣었다. 질척이는 혀로 젖꼭지를 퉁기며 가슴을 물어 대자 다시 아래가 왈칵 조여들면서 성기가 쑥 빨려 들어갔다.

"하, 어쩌자는 건지. 희주 씨 몸 정말 음란하네."

"아니. 그런 게 아니, 으읏, 빼요. 얼른 그러면."

"놔줘야, 빼지. 안 빠져. 정말. 봐 봐."

그는 희주의 상체를 일으켜 주며 결합 부위를 보여 주었다.

굵은 기둥이 꽂혀 있는 자신의 밑이 징그러웠다. 방망이를 꽂아 놓은 듯 푹 쑤셔진 모양에 희주는 충격을 받은 듯 입을 벌렸다. 진짜 남자의 말대로 벌어진 속살이 흉악한 기둥을 붙잡는 모양새였다.

"아아, 아파. 이거 봐. 안 빠진다고. 좀 꽉 물어야지."

희주가 어이없는 그 엄살에 두려움을 잊고 뒤로 슬금슬금 물러났다.

쯔쯔주웃. 길고 굵은 성기가 한참 뒤에 번질대는 액에 절인 채 드러났다. 그 찰나의 쾌감에 다시 구멍이 조여들었다.

"아, 금방 조여드는구나 이렇게. 벌린 보람 없게……."

그가 그 광경을 쳐다보며 아쉬운 듯 내뱉었다. 그러더니 밑 기둥을 잡고 표피를 문질러 콘돔을 벗겼다. 액이 낭창하게 담긴 비닐의 끝을 묶어서 척, 바닥에 던졌다.

민망해 손으로 밑을 가리자 그가 음험하게 웃었다.

"왜? 혼자 해 보려고요? 해 봐요. 얼른."

태연하게 말한 남자는 아까 던져놨던 새 콘돔 한 개를 찾아 여전히 흉흉하게 발기한 기둥에 씌웠다.

태인이 할 일을 마쳤다는 듯 그녀의 손등을 겹쳐 잡고 음부로 가져갔다.

"놔요, 놔. 안 할래요."

수치스러움에 희주가 발버둥 치자 태인이 순순히 놓아주었다.

"알았어요. 다음에 보지 뭐. 나도 지금은 일단 급해서."

그가 만족스러운 듯 소리 내 웃고는 가볍게 그녀의 몸을 뒤집었다.

"시간은 많으니까."

엎드린 희주의 귓가로 떨어지는 속삭임에 등골이 오싹해졌다.

이미 더럽혀지고 망가진 침대 시트를 꽉 움켜쥐자 등 뒤로 무자비한 움직임이 이어졌다.

* * *

그렇게 기어코 상자에서 꺼낸 6개의 콘돔을 다 쓰고 나서야 그녀를 놓아주었다.

작은 침대에 둘은 몸을 겹치듯 누워 있었다. 태인이 옆으로 돌아누운 희주의 등을 껴안았다. 한 손은 그녀의 아랫배에, 또 한 손은 그녀의 풍만하고 부드러운 젖가슴을 주무르며 후희를 즐기고 있었다.

똑똑.

녹초가 된 몸이었는데, 문을 노크하는 소리가 들리자 찬물이 끼얹듯 그녀의 몽롱함을 단번에 깨웠다.

누구지.

손으로 희주를 저지한 태인이 바지만 대충 입고는 문을 열었다.

문밖에서 박 실장이 조금은 놀란 상태로 태인을 쳐다보았다. 태인은 그저 무덤덤한 얼굴로 박 실장이 건넨 쇼핑백을 받아들고 문을 닫았다.

"누구예요?"

쉰 목소리가 흘러나왔다.

희주가 이불을 들어 몸을 가렸다. 꽤 놀랐는지 마른 입술을 혀로 축이면서.

그는 쇼핑백에서 커다란 보온병을 꺼내 차를 따라 희주 앞에 내밀었다. 향긋하고 따뜻한 김이 올라왔다.

모과차, 인가.

"소리 지르느라 목 다 쉬었잖아."

비명에 가까운 소리를 질렀다. 처음에는 방음을 의식해 입술을 깨물고, 손등을 물어 참으려고도 했다. 하지만 그가 주는 쾌락은 그런 누군가 들을까, 하는 얄팍한 수치심도 날려버렸다.

그녀가 큰 눈을 깜박대며 차를 마시는 동안 태인은 쇼핑백에서 옷을 꺼내 입었다.

정제된 동작으로 옷을 입는 모습이 근사해 차를 마시는 내내 눈을 떼지 않았다.

"앞으론 내 집으로 와요. 여기도 좋긴 한데…… 옆에 사는 새끼가 희주 씨 소리 듣고 싸지를 것 같아서."

눈살을 찌푸리며 사뭇 진지하게 말했다.

"아, 그리고 말해 두는데, 다른 남자는 만나지 마요."

그가 어제 벗어 둔 시계와 커프스버튼을 채웠다.

색향이 넘실거렸던 남자답지 않게 금욕적인 느낌이 가득했다.

"우리가, 서로 몸에 질릴 때까지는 신의를 지키는 게 좋겠어요."

그의 듣기 좋은 나른한 목소리에 쓸데없이 심장이 뛰었다.

몸만 탐하자는 건조한 내용이 희주의 가슴을 헤집어 놓았지만, 아스라이 떨리는 손을 감추며 담담하게 고개를 끄덕였다.

작은 창문으로 까만 밤에서 짙푸른 새벽으로 넘어가는 게 보였다.

* * *

그날 밤을 시작으로 둘은 쾌락에 열중했다.

침대 위에서는 열렬한 연인 그 이상이었다.

서로를 다 알지 못하고는 끝낼 수 없다는 듯, 이 시간이 끝나지 않기를 바란다는 듯 서로에게 겹치고 또 파고들었다.

그와의 관계를 뭐라고 정의할 수 있을까. 연인은 아니니까…….

'마음 달라고 안 했어. 필요도 없고.'

'몸만 줘요. 잘 느끼던데.'

섹스 파트너.

정답에 근접한 답을 찾은 것 같은 기분에 희주의 심장이 시큰거렸다. 그런 그를 거부하지 못하는 자신이 원망스러웠다.

더러워. 불결해. 쪽팔려.

희주가 자조하듯 입술을 짓씹었다. 자괴감에 파멸적인 말로 자조하면서도 그를 놓지 못했다.

일주일만 더, 한 달만 더, 조금만 더, 그렇게 무용한 마음에 매달렸다.

그만두려는 노력은 번번이 실패했다.

가끔씩 적선하듯 던져 주는 다정함이 너무 따뜻해서.

그녀를 온전히 갖는 데만 집중하는 남자가 너무 근사해서.

그래서 가끔은 그게 사랑이라고 착각하면서.

* * *

신입 사원 태를 벗고 계절이 바뀌었다. 봄바람을 타고 향기가 흘러들어왔다.

옆에서 걷고 있는 문지훈에게서 나는 냄새가 태인의 것과 비슷하다는 생각이 들었다.

"지훈 씨, 이거 향수 냄새예요?"

동기 몇 명과 점심을 먹고 산책 중이었는데 지훈이 자연스럽게 그녀의 옆자리를 차지했다.

지훈은 신입 오티 때부터 희주에게 관심이 있었다. 하지만 도통 틈을 주지 않고 경계하는 희주를 알아채고, 그녀가 벽을 치지 않도록 거리감을 유지하려 애쓰는 중이었다.

이런 스타일은 신중하게 접근해야지.

지훈이 저를 빤히 내려다보고만 있자 희주가 고개를 갸웃거렸다.

희주는 태인이 어떤 향수를 쓰는지 궁금해서 물어본 것이었다. 태인에게서 나는 냄새는 특유의 체향이 섞여 조금은 더 강렬했지만, 고급스럽고 남성적인 알싸한 향기는 비슷한 것 같았다.

"희주 씨 예민하네요. 맞아요. 이번에 향수 바꿨어요."

지훈이 손목을 들어 자신의 코에 대고 킁킁거렸다.

"괜찮아요?"

"네, 어떤 건지 물어봐도 돼요?"

그녀가 관심을 보이자 지훈이 약간 들뜬 얼굴이 됐다.

"네, 이거 직수입도 안 되는 건데, 엄마가 프랑스 가셨다가 가져오신 거예요. 이게 제품명이······."

핸드폰을 꺼내 검색하며 보여 주는 동안 몸이 자연스럽게 희주 쪽으로 기울었다.

뭘까. 태인이 쓰는 향수는.

희주는 지훈의 핸드폰 화면 쪽으로 고개를 기울였다.

"야, 저기. 서태인 전무 있다. 중국 출장 갔다 왔나 봐."

"오늘따라 왜 야릇해 보이지? 셔츠 차림이라서 그런가."

앞쪽에서 걷던 여자 직원들의 부산스러운 목소리가 들렸다.

정원 쪽으로 걸어오는 태인과 박 실장, 그리고 혁신본부 고위급 간부들이 몇 명 보였다.

수군거림대로 태인은 팽팽하게 당겨진 드레스 셔츠 차림이었다. 벌어진 어깨와 두툼한 가슴팍 그 아래 죽 잘빠진 허리선을 가감 없이 보여 주었다. 벗은 재킷을 팔 앞으로 걸쳐 들고 있는 모습이 화보 속에서 튀어나온 듯했다.

희주도 여타 직원들처럼 홀린 듯이 그를 바라보았다.

"무슨 셔츠가 저렇게 야해 보이냐. 셔츠가 너무하다. 너무해."

웅성거리는 소음이 잘 들리지 않았다. 남자의 직시하는 눈이 너무 뜨거워서.

모두가 선망하는 남자의 눈이 저에게만 향한 것이 즐거웠다. 최근 해외 출장으로 열흘 만에 본 얼굴이라 반갑기도 했다.

"그러니까, 이거랑 똑같은 브랜드에서 나온 여성 향수도 있는데……."

지훈은 여전히 핸드폰으로 검색된 화면을 보여 주며 향수에 관해 설명하고 있었다.

언제부터 보고 있었던 걸까.

빤히 노골적으로 쳐다보는 시선에 희주가 화들짝, 정신을 차렸다.

사람들이 보면 어떻게 하려고.

황급히 시선을 비켜 지훈에게로 몸을 틀었다. 갑작스럽게 몸

을 돌린 바람에 힘 조절이 안 됐는지 휘청거리자, 지훈이 어어,
소리와 함께 잡아 주었다. 앞쪽으로 넘어지려는 희주를 붙잡은
지훈에게 안긴 모양새가 됐다. 그 바람에 들고 있던 아이스커
피가 지훈과 희주의 옷을 적셨다.

"괜찮아요?"

"미안해요. 지훈 씨는 괜찮아요? 어떻게 해. 옷 다 젖어서."

지훈은 괜찮다며 툭툭 젖은 재킷을 털어내며 말했다.

희주는 소란의 주인공이 된 지금이 창피하기도 하고, 어디서
꽂혔는지 알 것 같은 시선에 얼굴이 따가웠다.

희한한 걸 본다는 표정으로 태인의 입술이 한순간에 비스듬
하게 기울어졌다. 그러다 뒤에 있는 박 실장에게 무어라 지시
하더니 박 실장이 빠른 걸음으로 그들 쪽으로 다가왔다.

"전무님께서 잠깐 뵀으면 한다고 합니다."

"네?"

지훈이 놀라서 되물었다. 희주도 고개를 들어 박 실장 어깨
너머로 태인을 바라보았다.

사납게 꺾였던 눈썹을 다시 단정하게 내린 태인이 그들을 향
해 업무적인 미소를 지었다.

* * *

태인의 집무실은 70층이었다.

60층 이상부터는 그룹 경영혁신본부 직원들이 사용한다.

이른바 '로열 층'이라 불리는 곳에 처음 들어간 지훈과 희주
는 눈알만 굴려 사무실을 살폈다.

희주는 긴장으로 뱃속이 간질거렸다.

설마 여기에 오게 될 줄 몰랐다. 문지훈은 아버지가 그룹
계열 호텔 임원이니 그렇다고 쳐도, 희주까지 부르는 건 모양
새가 이상했다.

자리를 뜨려고 희주가 '좀 이따가 봐요.'라고 지훈에게 말하
자, 박 실장이 희주의 걸음을 붙잡았다.

'같이 모시겠습니다.'

태인이 의도적으로 이 자리를 만들려 했음이 분명했다.

나중에 단단히 주의를 주어야겠다. 회사에서 이렇게 경각심
없이 굴다니.

지훈과 희주는 정적을 지키는 것이 정답이라는 양 입을 꾹
다물고 소파에 앉아 있었다.

채도가 낮은 컬러의 우드와 대리석으로 꾸며진 내부는 묵직
한 느낌을 주었다. 남자의 고혹적인 무게가 느껴지는 인테리어
였다.

전면의 유리창으로 밝은 빛이 들어오고 있어 어둡다는 생각
이 들지 않았다. 모던한 쪽에 가까운 미니멀한 가구와 소품들
이 마치 가구 쇼룸에 들어온 것 같았다.

감상도 잠시, 그가 들어온 순간 지나는 시간이 억겁 같았다.

태인은 소파에 팔을 괴고 비스듬히 앉은 채로 희주와 지훈을
번갈아 보고 있었다.

비서가 커피를 내오자 잔에 손을 뻗으며 태인이 가볍게 말을 꺼냈다.

"문정훈 이사님이 아버지라면서요?"

태인이 지훈의 아버지를 확인하며 담담하게 말했다.

"네, 맞습니다. 호텔에서 근무하십니다."

"그럼 더 잘해야겠네. 아버지 얼굴을 봐서라도."

검은 동공이 무슨 생각을 하는지 빨려 들어갈 듯 깊어졌다.

"네, 그럼요. 열심히 하겠습니다."

지훈이 호기롭게 대답하자 그가 입술에 호선을 그리며 덧붙였다.

"잘 해 봐요."

건투를 비는 말과 어울리지 않는 서늘한 눈빛에 지훈이 굳었다.

"이름이 뭐예요?"

이제는 희주 쪽을 보고 질문을 던졌다.

담담한 말투지만 눈동자에 장난이 서려 있었다. 그는 이 연극을 즐기고 있는 게 분명했다.

"김희주입니다. SS비버리지 마케팅팀에서 일하고 있습니다."

"아아, 그 예쁘다고 소문난 사원이 김희주 씨? 본인 맞아요?"

지금 뭐 하자는 거야.

희주가 입 안쪽 살을 지그시 깨물었다. 그녀가 말없이 스커트 자락을 쥐고 있자 지훈이 대신 말했다.

"맞습니다. 소문이 전무님까지 전해졌을 줄은 몰랐네요. 저희 동기 중에서 인기가……."

"둘은 무슨 사이에요? 사내 커플?"

지훈이 경직된 분위기를 풀고자 말을 꺼냈는데, 그가 자르듯 질문을 던졌다. 희주는 시선을 들어 태인을 쳐다보았다.

빙글빙글 웃고 있는 낯짝에 묘하게 냉기가 흘렀다. 눈을 마주치는 순간 떨림은 잦아들었지만, 가슴속에 불안감은 여전했다.

'아니에요.', '아닙니다.'라는 말이 동시에 둘의 입에서 나왔다.

커피 잔을 입으로 가져가던 태인이 순간 멈칫했다.

"그래? 난 또 회사 앞에서 그렇게 부둥켜안고 있어서 공개 연애라도 하나 했지."

대수롭지 않게 말한 그는 시선을 툭 떨어뜨리며 그는 커피를 한 모금 마셨다.

어색한 대화가 어렵사리 마무리되고 업무에 복귀하라는 말이 드디어 떨어졌다.

진짜, 회사에서 이러지 말라고 확실히 해두어야겠다고 다짐하며 집무실 밖으로 나가던 희주가 그대로 뒤로 불쑥 끌려갔다. 동시에 그의 향기가 훅하고 폐부를 가득 메웠다.

묵직한 오크 문이 닫히는 틈새로 지훈의 뒤통수가 보이다가 사라졌다.

이렇게 가면. 내가 여기 남아 있으면.

희주는 눈앞이 깜깜해졌다.

"미쳤어요?"

최대한 소리 죽여 말하며 앞으로 벗어나려는 여자의 샅에 태인이 허벅지를 밀어 넣었다.

턱을 그녀의 어깨에 걸친 채로 허리를 감은 손이 꽉, 조여들었다.

벗어나려 애써도 상체만 바닥으로 기울어질 뿐, 그의 허벅지에 걸터앉은 모양을 벗어날 수 없었다. 등 뒤로 맞닿은 그의 온몸에 사나운 기운이 넘실거렸다.

"내가 분명히 얘기했을 텐데, 다른 남자 만나지 말라고."

귓가로 조곤조곤한 질책이 들려왔다.

희주는 그런 태인의 기분을 신경 써 줄 여력이 없다. 지금은 빨리 나가는 데 사력을 다해야 한다.

오해가 만들어지기 전에. 신입 사원이 전략기획팀장실에 들어갔다가 늦게 나왔다는 추문을 만들기 전에.

"뭐라는 거예요. 그런 거 아니라고 말했잖아요."

손을 떼 내려는 반항에도 굵은 핏줄이 불거져 나온 커다란 손은 꿈쩍도 하지 않았다.

"그 새끼 눈은 너랑 어떻게 한번 비벼 보고 싶어서 안달이던데."

연보라색의 레이스 에이치라인 스커트 아래로 그녀의 가느다란 종아리와 발목이 보였다. 하얀색 스틸레토를 신은 여자의 발목이 부러질 듯 위태로워 보여 아찔하기까지 했다.

태인이 손을 허벅지 밑으로 내렸다.

"이러고 다니니까."

밑단부터 쓸어 올리는 손에 치마가 말려 올라가 새하얀 허벅
지가 드러났다.

"다들 네게서 눈을 못 떼잖아. 상상하게 하니까."

더운 숨결과 짙은 그의 향이 훅, 어깨와 뺨에 내려앉는다.

"미쳤어, 놔요. 제발."

매번 이렇게 자신을 옭아매며 협박하는 무뢰한 같은 짓을 반
복한다. 욕심껏 놀고 질리면 버릴 거면서 이렇게까지 집착적으
로 구는 그가 이해가 안 됐다.

"끝나고 집으로 와. 오랜만이잖아."

태인이 마침내 손에 스르르 힘을 풀고는 손을 주머니에 찔러
넣었다. 그에게서 벗어난 희주가 숨을 크게 한번 쉬고는 문을
나선다.

그 뒷모습을 보고 있자니 어디엔가 불쾌한 통증이 스쳤다.

"매정하긴."

* * *

"회사에서 안 그러면 안 돼요?"

"말이 어렵네, 무슨 말인지."

희주가 집에 들어오자마자 기다렸다는 듯이 뒤에서 껴안았다.

"그렇게, 빤히 쳐다보지 말라고요. 이상한 짓도 하지 말고."

다소 신경질적인 말에도 아랑곳하지 않고 희주의 머리칼을
손에 잡았다. 촉감을 음미하듯 움켜쥔 뒤 코를 묻었다.

"공주병까지 있는 줄은 몰랐는데?"

스르르, 부드러운 머리칼을 놓고 가늘고 긴 목에 이를 박아 넣으며 블라우스 위로 가슴을 가득 움켜쥐었다.

"흐읏, 장난치지 말고. 진짜 싫어요, 그런 거."

"그래."

멋대로 대답하는 말에 성의는 보이지 않는다.

희주는 말은 그렇게 하면서, 남자가 보이는 지독한 집착이 나쁘진 않다고 여기는 자신의 이중적인 속내가 들키지 않았을까 걱정됐다.

그녀는 남들에게 들킬까 봐 필요 이상으로 걱정하며 기민하게 반응했다. 그러면서도 사람들에게 태인을 자신의 남자라 말하고 싶은 모순적인 감정이 들었다. 그가 잠자리에서 얼마나 그녀를 원하는지. 금욕적으로 보이는 저 남자가 얼마나 뜨거운지 말하고 싶은 충동 말이다.

이성적인 판단을 앞세워 희주는 회사에서 조심해 달라고 요구했지만, 선망의 대상인 남자가 오직 저를 욕망한다는 사실은 여전히 우월감을 가져다주었다.

"출장 때문에 많이 쌓였어."

양심도 없는 소리. 열흘 전 출장 간다고 퍼부어 댔던 건 기억 못 하는 건가.

현관에서 시작된 섹스는 욕실에서 진득하게 몸을 씻겨 주다 진한 몇 번의 페팅으로, 마침내 침대에서 몇 번의 기이한 자세로 그를 받아 내기에 이르렀다.

몸을 겹칠 때마다 적당한 정도로 그만두는 수준은 아니었지만, 오늘은 특히 심했다. 도저히 버틸 재간이 없어 도망치려다 침대에서 바닥의 러그로 떨어졌다.

"그 새끼랑 무슨 얘기 했어?"

본격적인 추궁이 시작됐다.

실컷 욕구를 채운 뒤 그가 땀에 젖은 머리칼을 쓸어 넘기며 본론을 꺼냈다. 엎드려 일어나려는 그녀의 등을 누르고 뒤에서 꿰뚫듯 단숨에 깊이 찔러넣었다.

"아흐흑!"

고개가 젖혀진 희주의 입이 무방비하게 벌어졌다.

"말하기 싫어?"

집요하게 물어오는 질문에 입을 꾹 다물고 있자 그가 어디 한번 해 보자는 듯 퍽퍽, 사납게 쳐올렸다.

"헉, 허읍. 그, 그만."

새하얘진 머리가 정지된 것과는 반대로 쾌감으로 밑은 본능적으로 내벽을 조였다.

"말 안 하면 내일 회사 못 가. 희주야."

그가 옆의 베드벤치에 올려진 몇 개의 콘돔을 잡아 그녀 눈앞에 우수수 떨어뜨렸다.

쯔읏, 그가 성기를 빼내고 퍽, 들이박았다.

희주는 엉금엉금 기어가며 벗어나려 했지만 태인 역시 앞으로 움직이며 허리를 강하게 밀어붙였다. 꽂힌 기둥을 바짝 조이는 속살의 힘에 그의 사정액이 터졌다.

추삽질을 느긋하게 하며 마지막까지 쥐어짜 내고 나서 성기를 꺼내고 새로운 콘돔을 씌웠다.

바닥으로 쓰러졌던 희주가 팔꿈치를 짚고 앞으로 기어가자 발목을 끌어당겼다.

"어딜 도망가? 응? 아직도 말할 생각이 안 들어?"

무자비한 그 고통 같은 쾌락에 희주는 결국 고백할 수밖에 없었다. 섣불리 거짓말이 나오지 않았다. 절대 말하지 않으리라 다짐했는데, 거짓말을 할까도 생각했는데, 원초적인 본능이 자극된 탓인지 그대로 말하고 말았다.

태인의 향기와 비슷해서 물어보았다고.

태인은 사실이 맞는지 가늠하는 듯 눈을 길게 뜨더니 한껏 미묘한 표정이 되었다. 그리고 픽, 웃었다.

"그래? 그렇게 좋았어?"

"궁금했어요. 그냥 뭐였는지."

가냘픈 쉰 목소리로 희주가 대답했다.

"나한테 물어보면 될 걸."

"……."

"아까우니까 이것만 하자."

그가 콘돔을 씌운 밑기둥을 가볍게 잡았다.

* * *

희주는 쓰러져 잠들고 싶은 몸을 겨우 일으켰다.

암묵적인 둘만의 룰이었다. 섹스 후 같이 잠들지 않는 것.

연인이 아니니까.

목구멍에서 올라온 뜨거운 것을 삼키며 옷을 찾았다.

그러고 보니 속옷이랑 옷이 죄다 찢겨 있다. 간만에 마음에 들었던 스커트도 너덜너덜해진 채였다.

넝마가 된 치마를 들어 올려 그를 쏘아보았다.

"성격 진짜 안 좋은 거 알죠?"

차근히 벗겨도 될 것을 뭐가 그렇게 맘에 안 들어서.

침대 헤드에 기대앉아 있던 태인이 일어나 바지만 대충 걸친 채 희주에게 다가갔다. 희주의 손목을 잡고 드레스 룸으로 이끌었다. 속옷과 계절에 맞는 봄옷들이 가지런하게 정렬돼 있다.

태인은 흰색 레이스로 커버된 언더웨어를 골라 아일랜드 장에 올려놓았다. 그리고 기하학적 무늬가 살짝 가미된 블랙 실크 원피스를 그녀 앞에 대 보더니 역시 아일랜드 장으로 가져갔다.

"사랑 못 받고 자라서 그래. 어머니가 일찍 돌아가셨잖아. 그것도 미쳐서 불행하게."

드레스 룸을 나가며 흘리듯이 태인이 말했다.

태인의 성격을 타박한 것에 대한 뒤늦은 대답인 듯했다.

쿵, 또 심장이 떨어지고 만다. 저런 소리를 무심하게 하다니.

어쩐지 희주는 남자의 비틀린 성격을 이해하고 싶은 기분이 되고 만다.

태인의 불행한 과거를 상상한 탓일까? 누군가에게도 한 적 없는 이야기. 불행했던 자신의 과거도 그에게 위로받고 싶은 마음이 들었다. 희주는 이 감정이 무엇일까 잠시 고민했다.

힘들었다고 얘기하고 싶은 마음으로 심장이 두근댄다.

말해도 될까?

거울에 비친 자신의 모습을 바라보았다.

골라준 옷이 그녀에게 꽤 잘 어울렸다.

침실로 나온 그녀를 흘긋 바라보던 태인의 건조한 목소리가 떨어진다.

"가 봐. 박 실장이 데려다줄 거야."

남자는 그대로 희주를 스쳐 방과 연결된 테라스로 나갔다. 라탄 소파 베드에 앉아 담배에 불을 붙이며 희주를 바라보았다.

그 눈이 '안 가고 뭐 해'라는 말을 하는 것만 같아 희주의 마음이 차갑게 서려왔다. 잠시나마 자신의 상처를 저 남자에게 위로받고 싶어 했다니.

미쳤지. 김희주. 그렇게 하지 않기로 해 놓고.

저 남자가 원하는 건 자신의 몸뿐이다. 어떤 이유에선지 모르겠지만 희주에게만 반응하는 그를 위한 것인데.

다행이야 말하지 않아서.

희주는 저릿한 손을 꽉 쥐었다.

* * *

주말 아침이 밝아왔다.

희주는 운동화 끈을 고쳐 매고 팔을 위로 쭉 뻗어 스트레칭을 했다. 발목을 돌리고 가볍게 뛰기 시작했다.

달리기는 희주의 오래된 습관이다. 현실에 억눌린 심장이 터질 것 같은 기분을 느낄 때면, 달리는 것으로 그 불쾌한 박동을 덮었다. 꽤 자주 모욕감과 수치심, 예기치 않은 불행으로 심장은 늘 기분 나쁘게 두근거렸다. 그럴 때마다 할 수 있는 것이라고는 이것밖에 없었다.

달리기의 이유는 어젯밤.

'가 봐. 박 실장이 데려다줄 거야.'

쿵쿵. 지독한 격통, 침체된 기분, 불안한 떨림. 그것을 덮기 위해 전속력으로 달렸다.

시간이 지날수록 더 비참해진다. 마음이 더 커졌으니까. 사랑을 이루는 행복한 결말 따윈 절대 없겠지.

생리적인 심장 박동으로 온몸 구석구석 뿜어지는 피가 입 안에도 느껴질 때 즈음 속도를 줄여 멈추어 섰다.

턱 끝으로 흘러내리는 땀방울을 닦으며 숙였던 고개를 들자, 공원 한가운데 조성된 장미정원이 보였다. 산들바람을 타고 그날의 음성이 귓가에 스쳤다.

'오늘도 내기해.'

눈부시게 뜨거운 햇살 속에서 그 순간의 기억이 선명하게 파고들었다. 오랫동안 격조했기에 멈춰 버린 시간 속에 존재하는 재인이.

안진의 별장에서 매일 싱싱한 꽃을 꺾어 오는 건 그들의 루

틴이었다. 호수 건너편에 있는 '꽃 농장'까지 먼저 도착하는 내기를 하는 것도 포함해서.

별것 아닌데 목숨을 걸듯이 열중한 시합 따위는 이상할 정도로 큰 재미와 몰입을 선사했다. 매번 지면서도 계속 내기하자고 조르던 재인은 한 번도 이기지 못했다. 그때마다 그는 불퉁한 표정으로 발끝으로 땅을 툭툭 찼다.

이길 때까지 할 기세인데…….

열 살 아이를 상대로 같은 출발선에서의 달리기라니. 다소 불공평한 룰이긴 했다. 희주는 얼마 전 승리의 대가로 그의 곰돌이 인형을 달라고 했다.

그걸 다시 가져가고 싶은 걸까? 조금은 뜨끔한 죄책감이 들었다. 재인이 서울로 돌아갈 날도 얼마 남지 않았으니 한 번쯤은 져 줘야겠다고 생각했던 터였다.

'내가 이긴 거야!'

재인은 책상의 서랍에서 사진 한 장과 펜을 가져왔다. 말간 뺨이 농익은 과일처럼 붉게 물들었다. 그런 주제에 눈은 피하지 않는다.

희주는 조금은 이상한 기분으로 얼마 전 읍내에 나가 인화했던 그 사진을 바라보았다.

'거기 멈춰 봐. 아니. 살짝만 옆으로. 응 됐어. 이제 찍는다. 하나, 둘, 셋.'

얼마 전, 재인이 찍어 준 자신의 모습이 담긴 사진을 바라보았다. 내가 이렇게 웃을 수 있는 사람이었나. 타인을 보는 것 같은 이상한 기분으로 눈을 깜빡이고 있는데, 재인이 불쑥 소원을 말했다.

'……라고 적어 줘.'

생각지도 못한 것이었다.

푸드득, 바로 앞에서 비둘기 떼가 일시에 날아가는 소리 탓에 희주는 상념에서 빠져나왔다.

그때 기분이 어땠더라.

뜨거운 햇살에 땀방울이 스멀스멀 이마에서 피어올랐다. 곧 차갑게 식혀 주는 바람 한 줄기.

어디야, 넌? 이제 행복해? 아직도 스스로 괴물이라고 생각하는 건 아니지?

찰나의 풍족한 기억. 그렇지만 과거에 머문 추억에 불과했다.

나는…… 힘든 것 같아. 나쁜, 네 형 때문에.

피식, 마치 재인에게 투정 부리는 듯한 속마음에 스스로도 어이가 없어 입술 사이로 열없는 웃음소리가 샜다. 조금은 나아진 기분으로 다시 뛰기 시작했다.

* * *

"어, 여기 희주 씨 여기, 이쪽으로 와요."

회사 근처 고깃집에 모여 있던 회사 동기와 선배 몇 명이 희주를 반겼다.

"김희주 웬일이냐? 집에 꿀 발라 놓은 것처럼 맨날 빼더니?"

"그냥, 집에만 있는 게 질리기도 하고."

오, 눈을 흘기며 감탄사를 뱉은 다슬이 술을 따라 주었고, 옆에 앉은 문지훈은 고기를 구우면서 잘 구워진 고기 조각을 그녀의 앞접시에 올려 두기도 했다.

어느새 일종의 모임이 된 이 조합은 종종 퇴근 후 유흥을 즐긴다. 지난주에는 커뮤니케이션팀 정유연 대리의 생일 파티로 SI호텔의 라운지 바에, 지지난 주에는 입사 동기 대부분이 대리로 승진한 기념으로 을지로의 노포에서 축하 자리를 가졌다. 희주 역시 그 모임에 연속해서 참석했다.

입사 후 3년 동안, 그런 자리에 적극적이지 않았던 희주가 최근 들어 자주 보이자 사람들은 반색하며 맞아 주었다.

'너 꽤 잘 물었더라?'

지익, 고기가 석쇠에 올려 구워지는 모습을 보며 희주는 두 달 전쯤 오빠가 찾아왔던 것을 떠올렸다.

이복오빠, 김호윤.

희주의 엄마는 젊은 나이에 상처했던 아빠와 재혼해 희주를 낳았다. 희주의 아빠는 제법 큰 규모의 고깃집을 운영하는 사장님이었고, 슬하에 아들 김호윤이 있었다.

같이 지내는 시간이 아주 짧았기에 희주는 아빠의 얼굴조차 보지 못했다. 희주가 엄마의 배 속에 있을 때, 아빠는 위암 말기라는 진단을 받았다. 희주는 태어나기 전에도 불행을 겪고 있었다. 엄마가 정성껏 병시중을 들었으나 얼마 안 가 상을 치렀다. 엄마는 태어난 지 3개월밖에 안 된 희주를 안고 장례식장에서 젖을 먹이면서 손님을 맞았다.

아빠의 가족들은 공장에 다니던 희주의 엄마를 재산을 노리는 꽃뱀 취급하며 결혼을 애초부터 반대했었다고 한다. 반대를 무릅쓰고 결혼한 아빠는 가족과 교류를 끊었다. 하지만 아빠가 죽자 재산이 탐이 났던 그들은 엄마를 찾아와 남편 잡아먹은 년이라며 괴롭혔다.

결국 보험금과 집을 팔아 돈을 챙겨 간 뒤로 연락은 순순히 다시 끊어졌다. 엄마에게 남은 건 식당이었다. 그러나 순진하고 어렸던 엄마는 사기를 당해 가게를 잃었고, 빚더미에 앉게 됐다.

다정하진 않았지만 나이답지 않게 우직했던 호윤은 절망에 빠져 허우적댔다. 그는 고등학교도 졸업하지 못한 채, 공장에서 일하며 월세를 내고, 산더미 같은 빚을 갚았다. 그런 그의 고단함은 엄마와 희주를 향했다. 듣기 힘들 정도의 독한 소리를 서슴지 않았다.

'아줌마만 아니었어도! 멍청한 네 엄마가 홀라당 가게 말아먹어서! 지금 내 인생 좆같은 시궁창에 처박혀 있는 거 아냐! 어?'

'하녀 근성이 어딜 가겠어? 네 엄마 봐 봐. 아는 거 없이 깝치다가 가게 말아먹고 빚까지 지고. 그래도 팔자 좋아? 나는 고등학교도 졸업 못 했는데, 너는 대학교까지 가고. 호사롭게 산다, 참.'

하지만 어쩔 수 없는 것이라 생각했다. 돌덩이 같은 자신과 엄마를 짊어지기로 한 오빠의 마음이 얼마나 무거웠을지 이해가 됐다.

그렇다 하더라도 모진 소리에 상처받지 않는 건 아니었다. 못되게 구는 오빠가 집에 차라리 찾아오지 않았으면 좋겠다는 나쁜 생각을 한 적이 많다.

호윤은 희주와 엄마 때문에 자신의 인생이 저당 잡혔다고 했다. 엄마가 그러지 말고, 그냥 떠나라고 하면 오빠는 더 난리를 쳤다. 친가 쪽에서도 오빠를 거두지 않았다. 그 역시 버려진 존재였다. 상처와는 별개로 그들은 여전히 가족이었다.

희주는 취직한 다음부터 월급의 반을 빚을 갚고 있는 호윤에게 보내는 중이었다. 희주와 호윤은 아버지 기일을 포함해 1년에 서너 번은 만나서 같이 밥을 먹었다. 오빠의 행색은 늘 남루했다. 수도권 근처의 공장에서 3교대 공장 일을 하기 때문이었다. 그런데 그날은 달랐다.

* * *

김호윤이 비교적 멀끔한 차림으로 그녀의 회사 앞에 찾아왔다.

"왔냐? 회사 좋네."

늘 피곤이 찌든 모습에, 푸른색 공장 잠바 차림새가 아니었다.

"너 꽤 잘 물었더라?"

"무슨 말이야?"

회사 건물 앞에 찾아온 호윤은 하늘로 치솟아 있는 서산 신 사옥을 고개를 꺾어 올려다보았다.

"적당히 챙겨서 빠져나와. 첩, 애인, 정부 뭐 그런 거 아무나 하는 거 아니야. 너 그런 거 할 주제 못돼."

"무슨 소리냐고."

태인의 비서가 오빠를 찾아 공장으로 왔다고 했다. 빚을 갚 아 주며 가게도 차릴 돈도 주었다고. 그러더니 다시는 호윤이 희주를 찾아오는 일이 없었으면 한다고 했다.

"아버지 기일에 니네 집으로 갔을 때, 내가 너한테 뭐라고 한 거 본 거 같은데…… 바로 다음 날 공장으로 그 새끼 비서 라는 사람이 찾아왔더라고."

두 달 전, 아버지 기일에 엄마와 호윤, 희주는 봉안당에 다 녀왔다. 엄마는 바로 안진으로 내려갔고, 희주와 호윤과 술 한 잔하다가 그가 술에 너무 취하는 바람에 그녀의 집으로 데려갔 다. 아니나 다를까, 얼큰하게 취한 그는 집으로 가는 내내 폭 언을 퍼부었다.

'어머니 하녀 노릇은 언제 청산하신대? 입주 가정부 전전 하시면서 적성 찾으셨나? 생긴 건 너나 어머니 둘 다 반반한 데 진작 주인집 사장 뭐라도 좀 비벼서 꼬시지 그랬어? 이렇 게 빚만 남기지 말고, 희주야 어? 씨발, 힘들어 죽겠다. 도대 체 언제까지 내가 이렇게 거지같이 살아야 해. 너희 모녀 때 문에!'

호윤은 화를 내다가 끝내는 눈물을 흘리며 울부짖었다. 희주의 어깨를 잡고 사납게 흔들다가 힘에 부치는지 주저앉아 엉엉 울었다. 익숙한 레퍼토리였지만, 힘들지 않은 건 아니었다. 결국 그 날카로운 말은 속을 쿡쿡 쑤셔서 희주 역시 주저앉아 울고 말았다.

불쌍해서. 정말 가엾어서. 호윤도, 나도, 엄마도.

정말로 불과 두 달 전 일이었는데. 근데 지금 불쑥 이렇게 멀쩡한 차림으로 찾아와 희주에게 이상한 소리를 해대고 있다.

빚을 갚아? 가게를 차려 줘? 그때 태인이 집 앞에서 그 장면을 봤다고?

희주는 손이 덜덜 떨리고, 수치심에 몸이 움츠러들었다. 호윤은 다시 어색하고 쭈뼛거리는 말투로 말을 이었다.

"근데…… 그전에 그럼 돈 좀 더 받을 수 있어? 나, 병 걸렸대. 위암이란다. 아버지랑 똑같네, 이런 건. 진짜 뭐 물려줄 게 없어서…… 씨발. 존나 인생 거지 같아. 이제 좀 가게도 차리고 잘살아 볼까 했더니……."

희주는 얼굴이 사색이 되었다.

"병원비가…… 아니다, 그냥 하지 마라. 겸사겸사 너 얼굴 보려고 온 거야. 그때 내가 좀 미안하기도 했고."

무슨 말을 하는지 도통 이해가…….

아니, 명확히 인지했다.

"오빠, 내가 돈은 어떻게든 마련해 볼게. 하아-, 그러니까, 내가, 내가 나중에 연락……."

하아~, 숨이 가빠왔다.

바로 눈앞에 그녀를 집어삼킬 듯한 서산의 신사옥이 보였다.

머릿속이 새하얘진 희주는 말을 마무리하지 못하고 뒷걸음질 치던 그대로 뒤돌아 달렸다. 회사 반대 방향으로.

달려도 벗어날 수 없다는 듯 뒤에 버티고 서 있는 빌딩이 무너져 내려 그녀를 삼킬 것만 같았다.

뛰는 심장이 왈칵왈칵, 빨간 피를 토해내는 것 같았다.

* * *

퇴근 후 태인의 집으로 들어선 뒤 그를 찾아 거실로 향했다.

"왜 그랬어요?"

숨길 수 없는 분노를 가져온 희주가 다짜고짜 물었을 때 그가 눈썹을 치켜들었다. 예고 없는 방문에 그도 잠시 놀란 것 같았다. 3년 동안 그의 연락이 있을 때만 찾아왔던 희주였다.

"무슨 말인지 알아듣게 얘기해야지."

거실에 앉아서 프로악 스피커로 클래식 음악 따위를 감상하고 있던 남자의 얼굴에는 아직 여유가 있었다.

그가 리모컨을 들어 음악을 정지시켰다. 그리고 그녀의 앞에 섰다. 계속 말하라는 듯 손에 바지에 주머니를 넣고는 고개를 기울였다.

"오빠, 만났다면서요. 돈도 줬다면서요. 왜 그랬어요?"

한 마디 한 마디 내뱉는 말에 떨림이 묻어났다. 설움이 복받

치는 듯 침을 삼키는 가녀린 목이 움직였다.

"아아, 김호윤 씨? 힘들어하는 것 같길래."

별거 아니라는 듯 대수롭지 않게 대답한 그는 허리를 세우고 그녀를 내려다보았다.

"나한테 말 안 했잖아요."

"내가 주는 거 다 안 받잖아. 집도, 차도, 돈도."

"그쪽이 주면 내가 받아야 해요?"

그쪽이라는 말에 기분이 상한 듯했다. 화가 난 듯 살벌하게 굳은 표정이 이내 풀어지더니 픽, 하고 한쪽 입매가 올라간다.

"네가 내 밑에서 예쁘게 잘 놀아 주는데, 뭐라도 주고 싶은데 안 받아 주니까."

같지도 않은 새끼가 너한테 함부로 대하는 게, 네가 오빠라고 부르는 게 불쾌해.

태인은 그날 일을 떠올리는 듯 불쾌한 표정이 되었다. 연락 분명히 하지 말라고 경고했었는데. 돈이 더 필요했던 건가? 남자의 도드라진 목울대가 크게 움직였다.

눈앞이 벌건 수치심으로 물드는 기분에 희주는 이를 악물었다.

몸만 원한다는 그에게서 많은 것을 받지 않으려고 노력했다. 저 방의 드레스 룸에는 한 달 단위로 바뀌는 옷과 구두, 액세서리가 가득하다. 불가피하게 입어야 하는 상황이 생기면 입었지만, 다음에 찾아올 때는 똑같은 자리에 걸어 놓았다.

굳이 그렇게 하는 이유라 하면…….

첩, 정부, 애인. 오빠가 말한 단어가 떠올랐다.

그래, 그런 게 되기 싫어서. 그런 취급 따위는 받지 않기 위해 마음을 들키지 않으려 얼마나 노력했는데.

희주는 숨을 크게 한번 쉬었다. 눈앞의 가슴팍에서 서서히 고개를 들어 올려 그를 쳐다보았다.

"우리 질리면 그만하기로 하지 않았어요?"

태인이 눈매를 살짝 일그러뜨렸다. 매끈한 이마에 힘줄이 툭 불거졌다.

희주가 모든 것을 잃어버린 듯한 담담한 눈으로 그를 쳐다보았다.

더 이상 바닥일 것도 없었다. 언제나 늘 태인에게 그녀는 그런 존재였던 것이다.

"그만할래요. 나 질렸어. 당신한테."

그만할 거야. 더 상처받기 전에.

희주가 결연한 의지를 드러낸 것과 반대로 태인은 표정을 지웠다.

단지, 형형한 기세가 얼굴이 드리웠고, 검은 눈동자에는 이채가 일렁였다.

숨 막히는 분위기에 희주가 본능적으로 자리를 뜨려고 한 순간이었다.

태인이 고개를 기울이며 희주의 턱을 붙들고 시선을 맞춰 왔다.

"그래? 그럼 확인 좀 해 볼까? 네 몸이 나한테 질렸는지 아닌지 말이야."

그의 눈 속에서 일렁이는 검은 이채는 더없이 깊어졌다.

* * *

혀를 쭉쭉 빨리는 거친 키스로 시작된 거친 그의 기세에 두
려움이 엄습했다. 입술 여기저기서 통증이 느껴지고 입 안에는
비릿한 피맛이 가시지 않았다.

"웃, 하아…… 놔, 놔……!"

희주가 그의 어깨를 퉁퉁, 계속 쳐 댔지만 꿈쩍도 하지 않았다.

불현듯 입술을 뗀 그가 상황 파악할 틈도 없이 좌악, 희주의
셔츠를 한 번에 찢었다. 뜯겨나가면서 옷이 몸에 쓸리는 고통
에 희주가 움찔거렸다.

"미쳤어요? 그만하기로 했잖아! 당신이 그때 먼저 얘기했
잖아."

"그러니까 확인한다잖아."

그가 거친 행동과는 달리 귓가에 나직하게 말하며 그녀를 그
대로 들어 안아 소파에 앉혔다. 바지와 속옷을 한꺼번에 내리
고는 질구에 손가락을 그대로 쑤셔 넣어 쓰걱쓰걱, 움직였다.
한 개에서 두 개로, 그리고 세 개로 손가락은 늘어났다.

"하지 마, 하웃, 으…… 그만……."

저항하는 그녀의 두 손을 한 손으로 벽 위로 잡아 눌렀다.
손가락을 감싼 구멍의 붉은 점막이 손가락과 함께 딸려 나왔다

들어가기를 반복했다.

질꺽질꺽, 야한 물소리에 머리가 흐리멍덩해지자 희주는 학습된 사람처럼 쾌락에만 온전히 집중하게 되었다.

안 돼. 제발.

"거짓말."

질펀하게 고인 액들이 흘러 음부를 타고 소파를 적셨다.

"흐, 아으응……!"

"이렇게 좋아하면서."

뜨거운 구멍이 손가락을 쥐어짰다.

"하아, 아니야…… 으응."

피가 맺힌 입술, 발그레한 그녀의 뺨, 기어코 울리고 만 그녀의 엉망이 된 얼굴.

보는 것만으로도 아득해지는 기분.

태인은 불시에 공격을 당한 사람처럼 얼굴이 굳었다. 손가락을 턱턱, 쳐올리자 물이 사방으로 튀었다.

그녀의 안쪽 어디가 예민한지 잘 알고 있는 그가 내벽을 지점을 찾아 찔러대자 희주가 참지 못하고 터트리고 말았다.

"아, 아, 흐으으응!"

절정을 맞아 꼴사납게 발발 떨며 결국 울음을 터트린 그녀가 아랫배와 허리를 움찔거리며 들썩였다. 쾌락에 복종한 말로에 수치심이 더해져 애액이 더 솟구쳤다.

태인은 반항할 의지가 사라진 그녀의 두 손을 놓아주었다.

그는 푹 쑤셔진 손가락을 빼내고 끝까지 자극을 주려는 듯

음부의 양 가장자리를 흔들고 문지르며 그녀가 흘리는 눈물에 입술을 가져갔다.

가냘픈 새처럼 바르르 떨어 대기 바쁜 그녀에게 달콤하게 속삭였다.

"안 돼, 희주야. 나는 아직 네가 필요해."

네가 망가져야 끝이 나. 날 더 사랑하고 원하도록 해.

그래야.

완벽해져. 내 계획이.

* * *

엉망진창이다. 정말.

어제 끝내자는 말에 보인 태인의 태도는 무섭기까지 했다.

퇴근하고 집으로 돌아온 희주는 그대로 침대에 누웠다.

희주는 울리는 핸드폰 화면을 확인하고는 그대로 뒤집어 놓았다. 몇 차례 울리던 전화는 끊어졌다.

태인의 전화가 7통, 그리고 호윤의 것이 5통.

[희주야, 병원비 얘기한 거 잊어버려. 그 새끼는 빨리 정리하고.]

문자의 내용에 희주는 걱정과 동시에 절망이 밀어닥쳤다.

다시 이어 문자 도착 알림이 연이어 울렸다.

[오늘 정유연 대리 생일, SI호텔에서 파티할 건데 안 올래요?]

[금요일에 청승맞게 있지 말고 얼른 와. 여기 분위기 겁나 좋아.]

주인공인 유연, 그리고 지훈과 다슬이 셀카 모드로 찍은 사진과 함께 문자가 연달아 도착했다.

희주는 고민하다가 옷을 챙겨 입고 나갔다.

답이 없는 현실에 갑갑했다. 쉽사리 잠자리에 들 수 없을 것 같아 차라리 몸을 혹사하기로 했다.

그렇게 충동적으로 참여했던 파티가 끝난 건 2시 즈음이었다.

괜찮다는데도 기어코 대리를 불러 집까지 지훈이 데려다주었다.

"희주 씨. 희주 씨 일어나 봐요. 여기 맞아요?"

"아아, 지훈 씨 미안해요. 내가 잠들었네."

"괜찮아요? 내가 괜히 불러서……. 많이 피곤해 보이던데."

"내일 쉬는 날인데요, 뭐. 지훈 씨도 조심해서 가세요."

지훈은 무슨 할 말이 있는 듯 멈칫하다가 희미하게 웃고 차를 타고 돌아갔다.

* * *

집으로 어떻게 들어와 침대에 어떻게 누웠는지 모를 만큼 피곤했다.

도대체 그는 어쩌고 싶은 걸까.

그렇지 않아도 정상적이지 않았던 관계는 점점 더 이상해지고 있었다.

3년, 끝내야지 하면서도 그러지 못했다.

어렴풋이 짐작은 하고 있었다. 이 관계가 끝나는 날은 자신이 아니라 태인이 돌아서는 날일 것 같다는 예감.

'안 돼, 희주야. 나는 아직 네가 필요해.'

절박했던 것 같은 표정은 잘못 본 게 틀림없다.

오빠 병원비는 어떻게 하지. 그의 돈은 어떻게 갚아야 할까. 이렇게 계속 그를 만날 수 있나. 그가 만약, 결혼할 여자가 생긴다면, 그때는.

질문의 끝에 희주는 손등을 들어 눈을 가렸다.

내 진심은 뭐지? 정말 그가 돌아서길 바라긴 하는 걸까.

답도 나오지 않는 질문들이 머릿속을 배회했다.

그러다 깜박 잠이 들었다.

목 주변으로 뜨거운 체온이 느껴져 희주가 눈을 느리게 떴을 때 흰자위가 붉게 물든 남자의 눈이 보였다. 무엇을 뺏긴 짐승처럼 으르렁댔다.

"술에다가. 다른 남자 냄새까지."

태인이 인상을 쓰며 그녀의 목에 묻었던 얼굴을 들어 올려 희주를 내려다보았다.

아직 날이 밝아오기 전인지 창문은 짙푸른 색으로 채워져 있었다.

이 시간에 어떻게, 왜 여기에 이 남자가 있는지는 안 봐도 뻔했다. 오늘 자신의 집으로 오라는 소리를 무시했기 때문이다.

약속을 지키지 않은 애인에게 추궁이라도 하는 것 같은 모습에 희주의 마음이 잔뜩 비틀어졌다.

진짜 그런 것도 아니면서.

"잠은 안 잤어요. 그럼 된 거 아니에요? 당신이 말하는 다른 남자 그거 안 들어갔다고. 으읏."

갈라진 목소리 끝에 작은 비명이 흘러나왔다.

일부러 그를 자극하는 말을 하는 그녀의 턱을 강하게 움켜쥐었다.

"희주야, 조심해. 내가 많이 봐주고 있잖아."

고개를 비틀어 서로의 얼굴에 코가 닿을 만큼 가까워졌다.

얼얼한 턱의 고통이, 뜨거운 숨결이, 그의 절절 끓는 분노가 한꺼번에 느껴졌다.

"내가 너를 하나 못 묶어 둬서 이러고 있을까? 나 나쁜 사람으로 만들지 마."

사납게 우그러진 얼굴과 어울리지 않는 다정하게 어르는 말투였다.

그가 협박할 만한 거리는 여러 가지가 있다. 엄마가 서산의 종같이 부려지는 존재라는 것, 희주를 회사에서 내치는 것, 그게 자의적으로든 타의로든.

그에게서 나는 것인지 자신에게서 나는 것인지 알 수 없는 독한 술 냄새가 숨결 사이에서 넘실거렸다.

"이런 식으로 내 연락 무시하면, 내가 한번 해볼까 해."

뜨거운 입술이 희주의 이마에 닿았다. 입술을 붙인 채로 그가 말했다.

"재밌는 거 말이야."

* * *

"야, 김희주. 고기 앞에 두고 무슨 생각이 그렇게 많아?"

생각에 잠겨 있던 희주가 다슬의 타박에 정신을 차렸다.

"아니야, 잠깐 멍 때렸네."

무시하면 어쩔 건데, 뭘 하려고.

호기롭게 생각하는 머릿속과는 달리 긴장감이 뱃속으로 들러붙었다.

이미 그의 연락을 무시한 지 2주 정도가 지났다. 정확히는 열흘.

희주는 서늘했던 남자의 모습을 애써 떨쳐내며 다슬이 내민 소주를 잔에 받았다.

"어……."

공간에 들어선 누군가의 존재로 일순간에 조용해졌다. 모두의 시선이 향한 곳은 희주의 머리 위 허공이었다.

"안녕하세요."

다들 자리에서 벌떡 일어나 당황에 물든 인사들이 여기저기서 흘러나왔다.

희주 역시 뒤를 돌아 얼굴을 확인한 순간 숨도 못 쉬고 얼굴이 새하얗게 질려갔다. 희주의 옆에 앉은 지훈에게 태인이 자리를 비켜 달라는 무언의 눈치를 주자 그가 일어서 자리를 옮겼다.

"전무님. 어떻게 여길 오셨어요."

"와, 저희 깜짝 놀랐습니다."

다들 과장된 반색으로 그에게 인사를 건넸다.

태인이 자리에 앉으며 희주의 어깨에 손을 올렸다. 희주가 숨을 죽이고 몸을 바짝 경직시켰다.

미쳤어, 진짜. 어쩌려고.

모두의 시선이 모인 곳, 태인이 희주의 어깨로 자신의 올려진 손을 흘긋 쳐다보더니 과장되게 떼는 제스처를 취하며 말했다.

"아아, 다들 모르겠네요."

느릿하게 희주를 돌아보며 말하는 나직한 목소리에 심장이 거세게 뛰었다.

그가 말한 '재미있는 거'라는 게 이런 거였나.

"희주 씨랑 나랑 좀 엮여 있는 사인데."

정적이 흘렀다. 호기심 어린 눈과 놀란 눈들이 반반씩 섞여 있었다.

희주는 입 안을 세게 깨물었다. 심장이 터질 듯이 뛰었다. 귀가 먹먹하고 불안정한 자신의 숨소리만 들렸다.

도대체 무슨 말을 하려고.

"어머니들끼리 오래된 친구시라."

태인의 눈매가 휘어졌다. 그리고 손을 뻗어 희주의 앞에 있는 소주잔을 가져갔다. 얼굴에 만연한 미소를 드리우며 말을 이었다.

"알고만 지내는 사이였는데⋯⋯. 우리 회사에 들어온 뒤로 더 친하게 지내고 있어요."

맨날 위스키 따위나 마시는 걸 봐 왔는데 그가 소주잔을 들고 있으니 어색했다. 사실 이런 곳에는 있는 것 자체가 놀랍긴 했다.

"희주 씨 어머니가 요즘 연락도 없고, 통 얼굴 보기 힘들다고 하시더라고요. 제가 너무 부려 먹는 거 아니냐고 타박 주시길래 제가 면목이 없어서 말이죠. 이렇게 직접 데리러 왔어요."

뻔뻔한 거짓말을 저렇게 눈 하나 깜짝하지 않고 태연하게 해 댄다.

고개를 천천히 옆으로 돌려서 희주를 쳐다보더니 들고 있던 소주잔을 끝까지 밀어 마셨다. 소주를 저렇게 우아하게 마실 일인지, 다들 홀린 듯이 그 모습을 바라보았다.

"술도 많이 마신 것 같은데, 먼저 데리고 일어날게요."

잔을 내려놓으며 그가 일어섰다. 희주가 멍하니 그를 올려다 보았다.

"우리 희주 잘 부탁해요."

남자의 호칭에 사람들 사이에 일순간 정적이 흘렀다.

그는 그런 건 안중에도 없다는 듯 빨리 희주에게 일어나라는 듯 재촉하는 눈짓을 했다.

쿵쿵쿵, 희주는 이제 심장이 어떻게 돼 버릴 것만 같았다.

태인이 늘 그랬듯 비즈니스용 미소로 사람들에게 작별을 고하며 돌아섰다.

"재밌어요? 연기하셔도 될 것 같은데요?"

대기하고 있던 검은 세단 뒷좌석에 그녀를 밀어 넣고 차를 출발시켰다.

"뭐, 틀린 말은 아니잖아?"

태인은 고기 냄새가 밴 자신의 옷을 불쾌한 얼굴로 쳐다보면서 소주잔을 들었던 손을 꼼꼼하게 닦고 있었다.

희주가 실소하며 유리창 밖으로 시선을 돌렸다.

"사람들이 뭐라고 생각하겠어요?"

이제는 멋대로 자신이 그어 놓은 경계선을 침범해 휘두른다.

일종의 협박이었다. 자신의 입맛에 맞게 굴지 않으면 뭐든 할 수 있다는 협박.

"말 그대로 생각하겠지."

이기적인 발언에 희주는 더 이상 실랑이를 벌이고 싶지 않았다. 같잖은 소리로 또 사람 기함하게나 하겠지. 이미 벌어진 일. 취기를 빌려 내일 생각하고 싶었다.

유리창 속에는 그녀를 응시하는 검은 형체가 보였다.

"술 마시지 말라고 했는데."

그가 혀를 차며 그녀의 목덜미에 손가락을 가져갔다. 천천히 문지르는 손길에 진득한 성애가 느껴졌다.

* * *

예상했지만 어김없이 낭패스러운 아침이 찾아왔다.

희주의 사내 메신저와 핸드폰에 경쟁하듯 메시지가 쌓였다.

생각보다 더 화제의 주인공이 돼 있었다.

서태인과 김희주는 아는 사이.

그 정도면 좋으련만, 사람들은 무수한 억측을 하기 시작했다.

"나, 희주 씨 다시 봤잖아."

희주는 순식간에 엄청난 집안의 딸로 둔갑해 있었다.

"서태인이 그렇게 찾아왔다니, 예전부터 집안끼리 아는 사이라는 거잖아? 근데 어디 쪽인지 알 길이 없네? 서산 계열 쪽은 아닌 것 같고?"

서산과 친분이 있는 명망 있는 집이라고도 했고, 결혼을 약속했다는 말도 흘러나왔다.

희주는 속에서 뜨거운 것이 왈칵 터져 문드러지는 것 같은 기분이 들었다.

초조함에 머리가 어떻게 될 것만 같았다.

거짓말. 들통 날 거짓말이었다.

누군가 자신의 과거를 알고 있으면 어떻게 하지? 입주 가정부 딸이었다고 밝히면? 지금은 별장을 관리해 주면서 서산의 종처럼 살고 있다고.

스치듯 지나가는 기억 속에서 황유나와 권승언이 떠올랐다.

그들이 당장이라도 와 그녀를 비웃을 것 같았다.

4. 오착(誤錯)

희주가 초등학생 때, 엄마가 일했던 주인집 여자아이 황유나는 희주를 시기했다. 예쁘고 공부도 잘하는 희주를 자신이 좋아하는 남자애가 좋아하니 더는 참을 수 없었던 모양이다.

황유나가 좋아했던 최준영이 희주의 자리로 다가갔다.

"희주야, 너 오늘 되게 예쁘다. 공주님 같아."

준영이 얼굴을 살짝 붉히며 말했다.

"그 옷 내가 버린 건데, 아줌마가 또 주워갔나 보네. 누가 거지 아니랄까 봐."

희주의 대각선 뒷자리에서 목소리가 들려왔다.

"황유나 뭐라는 거야?"

준영이 어이없다는 듯 난데없이 끼어든 유나에게 쏘아붙였다.

하지만 희주는 유나의 말에 얼굴이 붉게 물들었다. 버려진 걸 입었다는 사실과 엄마가 아줌마로 칭해지는 현실이 창피했다.

"희주 엄마 우리 집 가정부야. 얘랑 같이 우리 집 지하창고 같은 데 살면서 청소해. 음식도 만들고. 심부름도 해."

"거짓말 치고 있네. 황유나 또 왜 심술이야. 안 그래 희주야?"

희주의 눈에 눈물이 핑 고였다. 아무 말도 못 하고 고개만 숙였다.

교실의 아이들도 다 지켜보고 있는데, 이게 뭐란 말인가.

"거봐. 맞으니까 암말 못 하는 거."

황유나는 의기양양하게 팔짱을 끼고 그녀를 노려보았다.

그녀의 수치심을 감상이라도 하듯이.

그 사건 뒤로 학교 아이들은 그녀를 따돌리기 시작했다. 짓궂음을 넘어서 심한 장난도 쳤다.

"야, 하녀 딸. 이 옷은 또 황유나 거냐? 어? 휴지통에서 주운 거?"

이것도 휴지통에 갈 건데, 너 가질래? 키득거리며 휴지 뭉치를 그녀에게 집어 던졌다.

"준영아 넌 애 좋아했잖아. 고백은 했냐?"

"야, 씨발. 내가 언제! 입 닥쳐."

강하게 부정하며 준영이 희주의 책상을 거칠게 발로 차고는 밖으로 나갔다. 커다란 울림에 희주는 몸을 움찔거렸다. 자신이 잘못한 것도 아닌데, 왜 이런 치욕을 당해야 하는지. 억지로 울음을 참는 눈가가 점차 붉어졌다.

"엄마 우리 이사 가면 안 돼? 응?"

"왜? 무슨 일 있어 희주야?"

"애들이 엄마 가정부 하는 거 알아."

희주 엄마의 얼굴이 어두워졌다. 이내 곧 미소를 짓더니 다정하게 말했다.

"그래, 알았어. 희주야 엄마가 더 돈 열심히 벌어서 얼른 우리 집 사자."

"진짜? 진짜 우리 집 살 수 있어?"

"그럼, 조금만 더 기다려. 엄마가 빨리 돈 벌게."

엄마는 희주의 부드러운 머리칼을 넘겨주며 꼭 끌어안았다.

조금만 더 있으면 집이 생긴다는 엄마의 말을 믿었다. 어서 빨리 유나의 집에서 나오고 싶었다.

"희주 엄마, 내가 이걸 어떻게 생각해야 해? 어? 입이 있으면 말해 봐."

주인집 사모님, 유나의 엄마가 바들바들 떨며 희주 엄마를 추궁했다.

"아니, 저는 사장님께서 가시는 길이라고 해서……."

주인집 사장님, 그러니까 황유나의 아빠가 장을 보러 나서는 희주의 엄마를 차에 태웠다고 했다. 그리고 살 게 있다며 마트 안을 같이 돌아다녔다.

그러다 부인의 갱년기를 핑계로 상담을 요구하며 오는 길에 카페에서 커피를 마셨다고 했다.

"지금 그걸 말이라고 해? 가서 마트도 같이 돌아다니고, 커피숍까지 같이 있었다는 걸 본 사람이 한둘이 아니야."

"아니에요, 사장님이 정말 마트에서 살 게 있다고 하셔서…… 그리고 사모님이 폐경…… 그것 때문에 좀 예민하신 것 같다고 얘기 좀 하시고 싶으시다고……."

좌악-.

징그러운 마찰 소리와 함께 희주 엄마의 얼굴이 돌아갔다.

"어디서 말 같지도 않은 소리를! 하. 내가 그 요망한 눈웃음으로 사람 홀릴 때부터 알아봤어. 옷을 그렇게 야하게 입고 대놓고 수작질 부릴 때부터 쫓아냈어야 했는데. 기어코 지금 이 사달이 나고……."

희주의 엄마가 일할 때 입는 옷은 흰 블라우스에 긴치마였다. 애를 둘씩이나 낳은 여자 같지 않게 날씬했고, 풍만한 굴곡이 시선에 따라 그렇게 보일 수도 있지만.

"사모님, 아니에요, 사모님, 정말……."

희주의 엄마가 무릎을 꿇고 양손을 들어 비비며 싹싹 빌었다.

"말해 뭐 해, 가진 것 없는 거지들 먹여 주고 재워 주고 돈까지 줬더니. 아휴 열불 나. 정말. 당장 나가! 여기 한시라도 빨리. 소름 끼치니까 얼른 나가라고!"

히스테릭하게 소리를 지른 안주인은 슬리퍼를 찍찍 끌며 방으로 들어갔다. 부엌에 숨어 그 모습을 보던 희주는 눈물을 삼키며 소리를 참기 위해 손을 입으로 막고 큽큽, 대고 있었다.

그 집을 나와 찜질방을 전전하던 희주와 엄마는 오빠의 도움을 받아 반지하 원룸을 얻었다. 엄마는 식당 일을 나갔고 새벽녘이나 들어왔다. 피곤해하는 엄마는 늘 새벽에 들어왔고 아침 일찍 나가야 했다.

중학교 입학 즈음, 희주는 피부병과 영양실조에 걸렸다. 눅눅하고 볕이 들지 않은 집에 곰팡이와 살았고, 제대로 먹지 못한 탓이었다. 엄마는 병원에 입원한 희주를 보며 눈물을 펑펑 쏟아내며 울었다. 그런 엄마의 손목에는 붕대가 감겨 있었다.

"희주야, 엄마가…… 미안한데, 우리 좋은 집에서 조금만 더 살까?"

좋은 집이라는 건, 희주와 엄마 사이에서만 쓰는 단어였다. 엄마는 다시 입주 가정부로 들어가게 되었다. 그게 설사 황유나의 아빠의 소개로 들어가게 된 집이라고 해도, 엄마가 이해가 안 됐어도, 희주는 안락함이 그리운 아이에 불과했다.

별다른 방법이 없던 희주는 그때의 기억을 지우기 위해 노력했다. 구질구질하고 눅눅한 지하 방에 다시 가고 싶지 않았기 때문이다.

* * *

희주가 병원에 입원해 있을 때, 황유나의 아빠가 과일 바구니를 들고 찾아왔었다. 화들짝 놀란 희주의 엄마는 그를 밖으로 내몰았다. 병실 창문 밖으로 벤치에 앉아 있는 엄마와 아저씨의 모습이 보였다.

눈물을 찍어 내고 있는 희주의 엄마를 바라보는 어른 남자의 눈빛은 어린 희주가 봐도 알 수 있을 정도 농밀했다. 어린 나이에 감당하기에는 조금은 이상한 장면이었다. 어쩐지 쫓겨난 게 이해가 되기도 해 씁쓸한 기분이었다.

희주는 믿고 싶은 대로 믿기 위해 궁금증을 삼켰다. 그 사람이 소개해 준 집이 권승언의 집이었다.

"애가 있다, 그래서 좀 그렇긴 했는데…… 일을 그렇게 잘한다고 선일건설 사모님이 추천하셨으니까, 그냥 믿는 거지 뭐. 일은 언제부터 할 수 있어요?"

권승언의 엄마는 소파의 상석에 앉아 팔짱을 낀 채로 그녀와 희주를 차례로 훑어보았다. 괜한 잡음을 만들지 않기 위해 황유나의 아빠가 아닌 다른 사람이 소개한 자리로 둔갑해 있었다.

권승언의 집은 황유나의 집보다 더 호화로웠다. 같은 나이었던 권승언은 황유나와 달랐다. 자신에게 잘해 주었고, 베푸는 것에 인색하지 않았다. 학교에서도 자신이 그의 집에서 머무는 입주 가정부의 딸인 것도 말하지 않은 듯했다.

다행이다. 거기보단 여기가 훨씬 나아.

하지만 그 생각이 희주의 기만이었다는 듯 수치심과 모멸감은 배가 되어 돌아왔다.

안주인이 거실 소파에 앉아 언성을 높이고 있었다.

통화를 하는 모양이었다. 희주는 조심스럽게 부엌에서 냉장고를 열고 생수통만 가져가려고 했다.

"내가 기가 막혀서 그래, 아줌마 딸이 자는 동안 승언이가 그걸 서서 물끄러미 쳐다보고 있는 거야. 내가 들어온 줄도 모르고, 이름 부르니까 그제야 허겁지겁 방으로 들어가더라고. 남세스럽게 걸음걸이도 이상하더라니까."

정말 기가 찬 듯이 이마를 짚으며 겨우 이성을 찾는 것 같았다. 누굴 얘기하는지 몰랐지만, 다음 말에 희주는 안주인이 지칭한 이가 자신이라는 것을 알았다.

"이래서 사람 함부로 들이면 안 되는데, 애 딸린 젊은 엄마가 불쌍해서 들였더니…… 아니 무슨 여자애가 경각심이 없어. 그렇게 무방비 상태로 자고 있으면 사춘기 남자애들은 금방 동하지. 지난번에 봤지? 애가 좀 색기 있게 생겼어? 요즘 중학생들 발육 상태가 왜 그런지 모르겠어. 비쩍 말랐는데 가슴은, 아휴 몰라 남세스러워 원."

희주는 여름 하복을 입은 자기 가슴을 바라보았다. 사춘기라서 그런지 여자, 남자애들 가릴 것 없이 자신의 남다른 발육 상태를 노골적으로 바라보곤 했다. 얼굴이 달아올랐다.

수치심에 다시 부엌에 달린 쪽문으로 나가려는데 안주인의 목소리가 더없이 높아졌다. 전에 들어 본 적 없는 톤이었다.

"아니 왜 그걸 이제야 얘기해. 그런 일이 있었다고? 우리 집 아줌마가? 아니, 가만있어 봐. 난 그런 것도 모르고 저기 선일 사모님이 추천해 줘서 들였더니, 기가 막혀. 하, 나 참."

소파에서 벌떡 일어난 그녀가 분노로 열이 오른 얼굴에 손부채질했다.

그날 밤. 희주와 엄마가 지내는 방에 사나운 기색을 감추지 않는 노크 소리가 들렸다.

안주인이었다. 희주의 엄마에게는 결국 집을 나가라는 축객령이 떨어졌다. 집을 나가기까지 일주일의 시간을 주었다. 일을 인계할 때까지라며 인심을 후하게 주는 척을 했다.

"그동안 딸아이는 집 안에서 눈에 안 띄도록 해요."

엄마고 딸이고 똑같이 저러는지, 일부러 들으라는 듯 뒤돌아서서 말을 흘렸다.

엄마의 낯빛이 어두워졌다. 수치심보다는 걱정이 앞서는 듯했다.

희주는 그대로 방을 뛰쳐나갔다. 뒤에서 희주야, 부르는 소리가 들렸지만 그대로 집 밖으로 나왔다.

버릇이었다. 숨이 답답하고 비참한 현실이 느껴질 때면 그때마다 심장이 터질 정도로, 다리가 후들거릴 정도로 뛰었다. 모욕감에 뛰는 괴로운 심장을 견디기 위한 나름의 해결 방법이었다.

부자 동네의 호화로운 저택들을 사이를 달리는 동안, 권승언 엄마의 폭언이 환청처럼 달라붙었다. 엄마를 요부 취급하고, 아무것도 하지 않은 희주를 제 아들의 음심을 자극하는 천박한 여자애로 보았다.

가난하면 그런 취급을 받는 건가. 심장이 억울함에 터질 것 같은지, 달려서 그런지 헷갈릴 때쯤 희주는 멈추고 거친 숨을 몰아쉬었다.

턱에 흐른 땀을 훔치며 집으로 들어오자 엄마는 희주를 조용히 토닥였다.

"희주야, 엄마가 생각해 봤는데, 엄마 고향에 가서 살자. 안진이라고 서울에서는 좀 많이 먼 곳이야."

당장 그러자고 고개를 끄덕였다. 거기에만 가면 아무 일도 일어나지 않을 것 같았다. 아무 일도.

불행의 끝이라고 너무 안심한 탓이었을까. 삭풍은 가시지 않았다.

내일이면 이 집을 떠날 준비를 마친 희주가 권승언에게 빌린 책을 돌려주기 위해 방문을 노크했다.

정말 저를 그렇게 음흉한 눈으로 쳐다보았는지, 아줌마가 말한 것처럼 뭐가 동했었는지는 잘 모르겠지만 어쨌든 그동안 친절을 베푼 권승언에게 작별 인사는 해야 했다. 빌린 책도 돌려주고.

똑똑.

"어, 희주야."

벌떡 일어나 그녀를 맞이했다. 핸드폰으로 게임을 하고 있던 침대에 툭 던지며 다가왔다.

그에게 빌린 책 다섯 권을 내려놓고 이제 여기를 떠나고, 곧 전학 간다는 말도 해야 할 차례였다.

"승언아, 있잖아……."

계단을 올라오는 발걸음 소리가 들렸다.

"아씨, 희주야 잠깐만 숨어. 엄만가 봐. 저번부터 너랑 있으면 난리 쳐서."

그는 희주의 손목을 잡고 급하게 말을 내뱉으며 연결된 드레스 룸의 문을 열고 희주를 밀어 넣었다. 권승언의 엄마의 잔소리는 거의 폭격기 급이었다. 히스테릭한 말들의 향연이었다.

"너, 너 조심해. 이번에 성적 또 떨어지면 아빠가 가만 안 있는다고 했어."

"아, 진짜, 알았어."

"맨날 기집애 꽁무니 쫓아다닐 때부터 알아봤어."

"뭐, 내가 언제."

무감각하게 대꾸하는 건 잔소리에 익숙해졌다는 것이다.

"희주, 걔 말이야!"

"아니, 걔가 여기서 왜 나와."

권승언이 찔리는지 발끝을 툭툭 바닥으로 치며 목소리를 높였다.

"너 내가 걔랑 맨날 붙어 다닌 거 모를 줄 알아? 그래도 걔가 공부 좀 잘해서 내버려 뒀더니."

"아씨, 엄마는 알지도 못하면서. 같은 학교에 같은 학년이니까 같이 공부할 수도 있는 거지. 엄마 공부 잘하는 애 좋아하잖아. 그렇다고 집을 나가라고 하면 어떻게 해."

정곡을 찔렸는지 권승언은 격정적으로 반응했다.

"미쳤니? 거지 자식이야. 갈 곳 없어서 여기에 있는 가정부 딸이라고. 걔네 엄마 몸 함부로 놀려서 애 일찍 낳고, 가정부

집 전전하면서 주인집 남자 꼬시고. 걔가 보고 배운 게 뭐겠니. 진짜 이제라도 알아서 다행이지. 하마터면⋯⋯."

생각만 해도 끔찍하다는 듯 인상을 찌푸리고 고개를 절레절레 저었다.

"알았어. 제발, 그냥 나가. 나 공부해야 해."

희주는 악의 넘치는 말에 입술을 꽉 깨물었다. 눈물이 차오른 시야가 뿌옇게 흐려졌다.

문이 열렸다. 그가 손을 올려 자신의 뒤통수를 멋쩍은 듯 만졌다.

"희주야 신경 쓰지 마. 엄마 화나면 원래 저렇게 막말해."

눈치를 보며 그는 희주의 손등을 슬며시 잡아 왔다.

"이사 간다고? 아쉽다."

축축하고 긴장된 그 손과 음험하게 깊어진 열띤 눈동자 의미를 알아버렸다. 그녀는 그 손등을 뿌리치며 방 밖으로 나가려고 했다.

"희주야, 잠깐만, 나 해 보고 싶은 거 있어."

무슨 중학생이 이렇게 힘이 센지, 손목을 비틀어 나오려고 해도 잡힌 살갗만 쓰라렸다.

겨우 뿌리치고 양쪽 손목을 매만지고 있는데 갑자기 권승언의 눈매가 가늘어졌다. 응시하던 희주의 가슴을 갑자기 두 손으로 꽉 움켜쥐었다. 비명이 나올 만큼 강력한 아귀힘이었다.

"와, 씹, 존나 크다."

저질스러운 말을 내뱉으며 그는 가슴을 주물럭거리는 데 집중했다. 희주가 그 손을 떼려고 했지만 조금도 떨어지지 않았다.

"야, 좀만 더, 애들이 네 가슴 가짜라고 했는데 진짜 맞네."

"그만해, 미쳤어……?"

최대한 소리를 죽여 발버둥을 치며 조여드는 목구멍을 비집고 말했다. 그러다 있는 힘껏 악다구니를 쓰며 그의 뺨을 내리쳤다.

"야, 씨발 이게. 진짜. 우리 엄마 말 못 들었냐고. 거지같이 우리 집에 붙어살면서 구멍 한번 대 달라는 것도 아니고 가슴 만진 거 가지고 지랄이야."

그는 맞은 뺨이 억울하다는 듯 씩씩대며 일어서서는 으르렁 거렸다.

"별것도 없네, 꺼져. 진작 한번 만져 보고 끝낼걸."

그는 손바닥으로 희주의 가슴을 몇 차례나 밀어 내치며 자신의 방 밖으로 몰 듯이 밀어냈다.

이때까지 본 적 없는 얼굴로 음험하게 웃으면서.

* * *

황유나, 권승언.

희주는 화장실에서 찬물을 얼굴에 끼얹으며 상념에서 빠져 나왔다.

불행한 과거의 기억은 언제나 그녀를 좀먹었다. 그녀의 어린 시절은 그렇게 거지 같은 것들로 가득 차 있었다. 그중 가장 거지 같은 기억 두 개를 곱씹어내자 불안과 초조가 가득 찼다.

괜찮아, 회사 사람들이 어떻게 알겠어.

사람들의 관심은 이내 곧 사라질 것이다, 억지로 그렇게 생각했지만 심장이 불안하리만치 쿵,쿵, 속도를 높여 뛰었다.

조금만 더, 바랐던 생활을 누리고 싶다.

회사에 다니고, 일해서 인정받고. 그렇게 조금만 더.

언젠간 허물어질 현실이 될지라도.

* * *

"어? 희주, 그 김희주 맞지?"

남자가 희주의 명함 카드를 보더니 검지를 그녀 쪽으로 가리키면 물어왔다. 희주는 얼음처럼 굳어 꼼짝도 하지 못했다. 망연한 얼굴로, 설마 하는 표정으로 저도 명함에 새겨진 이름을 보았다.

[권승언. Jm엔터테인먼트 콘텐츠 기획 이사]

"야아. 맞네. 이게 얼마만이야."

질 낮은 장난기가 가미된 말투였다.

"더 예뻐졌다."

진부한 안부의 말을 던지며 끈적끈적한 시선으로 그녀의 몸을 훑어 내렸다.

SS비버리지와 Jm엔터의 주류 콜라보 사업의 첫 정식 미팅

자리였다. 양쪽 회사의 책임자와 담당자 앞에서 사업 계획을 프레젠테이션하고 인사를 나누는, 소위 말하는 상견례 날. 거기에 설마 권승언이 있을 줄은 꿈에도 생각하지 못했다.

"섭섭하네. 나만 이렇게 반가워하는 거야?"

짐짓 서운한 척 눈꼬리를 내리는 모양새가 능청맞았다.

세미나실에서 친밀해 보이는 둘의 대화에 양쪽 회사 사람들이 관심을 가지기 시작했다.

"어, 이사님 저희 김 대리랑 아시는 사이입니까?"

"아, 네. 뭐 어렸을 때 친구? 같이 공부도 하고, 밥도 먹고?"

빙글빙글 웃으며 즐거운 기색을 감추지 못했다.

피티 내내 불쾌하고 끈적한 시선에 따라다녔다. 더없이 불편한 자리를 견디며 희주는 꾸역꾸역 차분함을 가장했다.

미팅이 끝나고 앞으로 잘 부탁한다는 인사를 하면서 주성태 과장이 짐짓 친밀한 분위기를 만들고자 노력했다.

"저희 희주 대리랑 친구라니 이런 인연이 또 있네요. 뒤풀이 자리에서 회포 푸시죠. 이번 사업 건이 외국 마케팅 포지션도 있는 큰 그림이다 보니 저희 서태인 전무님도 관심이 크십니다. 좋은데 예약해 놨으니……."

해외에서 잘나간다는 아이돌과의 콜라보를 진행하기 위해 실무진들이 공들인 일이다. 혁신본부 쪽에서도 주요 리스트에 올리고 관심을 기울이는 사업이었다.

세미나실을 나와 왁자지껄하게 회식 장소로 이동하는 내내 희주는 도살장으로 끌려가는 기분이었다.

회사 간판 아이돌을 내어준 Jm 권승언 이사의 취향을 고려한 듯 은밀한 라운지 공간에서 2차가 이어졌다. 권승언은 Jm 엔터테인먼트 대표이사인 아버지의 백으로 어린 나이에 이사 자리를 차지했다.

희주는 긴장으로 온몸이 굳었다.

제발, 그냥 지나가는 일이길. 권승언이 제발 제게서 관심을 꺼 주길.

말석에 앉은 희주에게 기분 나쁜 진득한 시선이 쏟아졌다. 권승언을 만났을 때부터 온갖 부정적인 생각만 떠올리던 머리가 드디어 고장 난 듯 멍해졌다.

그때, 문을 연 박 실장 뒤로 태인이 들어오자 모두가 자리에서 일어났다. 권승언도 느긋하게 일어나서 태인에게 눈인사를 전했다.

희주 역시 일어나 그를 망연히 응시했다.

태인이 자신이 그렇게 당했던 걸 알면 어떤 반응 보일까? 더럽다고 여길까? 아니면 몸만 섞는 거니 여전히 상관없다고 여길까.

초조함에 미간을 구기고 입술을 짓씹고 있었다.

태인은 그런 희주를 스쳐 가듯 바라보며 미끈한 미간을 살짝 구겼다.

"자자, 서태인 전무님 오셨습니다. 여기 앉으세요."

주성태 과장이 넉살 좋게 말하고 상석에 있는 승언의 옆으로 자리를 안내했다.

"서 전무님 오랜만이네요. 저 기억해요?"

"그럼요, 항상 볼 때마다 눈길을 끄셔서."

못 볼 수가 없지. 정·재계 자녀들이 모인 파티, 특히 지저분한 파티에서 노골적으로 노는 무리 중 한 명이다. 약, 여자, 도박 등 말 그대로 개같이 놀아 재끼는 답 없는 쓰레기.

둘의 대화를 지켜보던 희주가 힘이 들어가지 않는 다리를 겨우 일으켜 세우며 밖으로 나갔다.

방 안의 대화는 진부했다.

"저희 Jm에서 마음먹고 내준 애들입니다. 신규 브랜드보다는 기존의 고급스러운 브랜드가 낫다는 판단이 내부에 있었는데, 서산에서 진행하는 프로젝트니 믿고 맡겨 보자는 제 입김이 작용했습니다. 생색은 아니고, 참고하시라고."

"그럼요, 이사님. 탁월한 안목이십니다."

주성태 과장이 거들먹거리는 권승언의 비위를 맞춰주는 형식의 대화.

언제까지 저런 소리를 듣고 있어야 하나 관망하던 태인이 담배를 재떨이에 비벼 껐다.

"잠깐 실례 좀 하죠."

어두운 조명과 그루브한 음악이 흐르는 홀을 긴 다리로 가로지르며 희주를 찾았다.

머릿속에 계속 그녀답지 않게 반쯤 얼이 빠져 있던 얼굴이 떠올랐다. 초조한 듯 손가락을 계속 문지르던 행동도.

자신이 와서 그런 것 같지는 않았다. 회사에서 은근히 자신이 바라보는 은밀한 눈길을 호기롭게 즐기던 여자였다.

바깥 테라스 구석에서 양팔을 문지르며 바들거리는 여자의 뒷모습이 보였다. 어깨를 잡고 돌려세웠다.

"뭐야, 왜 이렇게……."

양팔을 교차시켜 가슴을 가리고 있는 희주의 창백한 얼굴이 곧 쓰러질 것 같았다. 뻣뻣해진 몸 상태가 생각보다 더 심하게 떨리고 있었다.

평소라면 이 정도 접촉에 주변을 살피며 질겁했을 텐데 가만히 있다. 어쩐지 석연치 않은 모습에 심장이 차게 식는 기분이었다.

"집으로 가."

"별거 아니에요. 술을 마셨더니 좀 어지러워서…… 안에 사람들 다 있어요. 회사 일이에요."

심호흡을 크게 내뱉은 여자는 고개를 저었다.

초초한 얼굴. 뭐 때문이지 뭘 놓쳤지. 저 쓰레기 같은 권승언이 뭐라고 했나?

회사 일에는 간섭하지 않기. 그 사건이 있고 나서 희주가 얻어낸 조건이었다. 지난번 자신과의 관계를 폭탄처럼 던졌던 그 때문에 마음고생이 심했던 모양이다.

그따위 협박에 넘어갈 건 아니었지만, 극도로 불안정하게 구는 모습을 보면 넘어가 주는 게 맞다는 생각이 들었다.

도망가고 싶어 하는, 그만하고 싶다는 여자를 겨우 진정시켜 놨던 터라 다시 들쑤시고 싶진 않았다.

"차 보낼 테니까 끝나고 나서 얘기해."

태인은 제멋대로 하지 못하는 상황이 영 탐탁지 않아 혀를 차고는 담배를 꺼내 물었다.

* * *

 태인이 먼저 자리를 뜨고, 권승언 역시 자리를 비웠다.

 방 안에는 실무진들만 남았다. 이미 술이 많이 취한 상대방
은 잘 부탁한다는, 체면치레 인사를 몇 번이나 반복했다.

 권승언이 사라지니 뛰던 심장도 조금 가라앉았다.

 집으로 가고 싶었지만, 꾹꾹 참았다. 오기였다. 권승언 때문
에 일도 제대로 못 하는 사람이 되고 싶진 않았다.

 지가 뭔데. 무시하면 그만이다. 한 짓이 있는데 그걸 지 입
으로 얘기하겠어? 애써 진정하려고 노력했지만 쉽진 않았다.

 울리는 전화를 받기 위해 룸 밖으로 나갔다. 길고 넓은 복도를
걷는데 불현듯 어느 문이 열리더니 손목이 잡혀 확 끌려 들어갔다.

 권승언이 손목을 붙잡은 채 히죽 웃고 있었다.

 "재미있게 살고 있네? 회사 사람들이 너 부잣집 딸인 줄 알
더라? 서태인이랑도 집안끼리 아는 사이?"

 큭큭, 그가 고개를 떨구고 미친 사람처럼 웃었다. 그리고 취
기가 잔뜩 오른 그가 몸을 붙여왔다.

 "가정부 딸인데, 그것도 모르고."

 킥킥대며 귓가에 떨어지는 음성이 고막을 갉아 먹는 것 같았다.

 "내가 네 가슴 만졌었잖아."

 음험하게 지껄이고는 가슴을 노골적으로 쳐다보았다.

"씨발 내가 그때는 순진해 빠져 가지고 따먹을 생각도 못 했는데, 두고두고 후회했어."

"미친 새끼."

버둥거리며 손목을 틀었다. 꿈쩍도 하지 않자 희주가 무릎을 들어 그의 복부를 치려고 하자 그가 졌다는 듯 '어우, 무서워.' 두 손을 들어 올리며 뒤로 빠졌다.

숨을 몰아쉬며 뒤돌아 손잡이를 잡는 순간이었다.

"아, 근데 너 서태인이랑 무슨 사이야?"

쿵, 바닥으로 추락한 심장이 거세게 뛰었다.

어떻게 알았을까, 자신이 너무 무방비하게 그를 본 것일까. 아니면 어디 다른 데서? 그럴 수가 없다. 그들은 언제나 집에서만 만나왔는데.

"너 아직도 주인집 남자 꼬시는 버릇 못 고쳤어?"

승언을 꼬신 적 없다. 바로 정정해 주려는데 그가 말을 가로챘다.

"근데 서태인은 너무 넘사벽 아니냐? 차라리 나 어때? 스폰할 거면 나도 잘해 줄 수 있어."

"미친놈, 그런 소리가……."

"미친 건, 너지. 우리 엄마가 가르쳐 준 거 까먹었어? 주제 파악. 하녀 출신 주제에."

권승언이 제게 한 일로 한동안 어깨를 움츠리고 다녔다. 그녀를 바라보는 시선들이 다 권승언처럼 달려들어 그런 짓을 할까 봐. 자신이 잘못한 것도 아닌데 아무에게도 말 못 하고 수치심을 혼자 견뎌 왔다.

그런데 지금 느닷없이 나타나 협박이나 하는 저 작태를 보자니 희주는 분노가 치솟았다.

"권승언 이사님, 아니 승언아 나, 너 꼬신 적 없어. 너 내 스타일 아니었어. 지금도 되게 별로야."

승언은 허를 찔린 표정으로 한동안 있더니 자존심 상하는 듯이 입을 이죽거렸다. 그 표정에 조금은 시원하다가 태인과의 관계를 부정해야 하는 현실에 다시 가슴께 어디가 쓰라려 왔다.

"그리고 서태인 전무도 마찬가지야. 나랑 관련 없는 사람이야."

"에이, 분위기가 그게 아니던데?"

권승언은 보았다. 그 남자들의 욕망하는 흔한 시선을, 서태인이 김희주를 바라볼 때, 그리고 여유작작하던 그가 무언가를 쫓듯이 나갈 때의 초조한 기색.

서태인은 모임에서도 까탈스럽게 굴었다. 방종하게 놀면서도 여자들과 접촉하는 건 꺼렸다. 혹자는 고자가 아니냐고 말했다.

'야 저것 봐라, 씨발. 안 쓸 거면 보통 크기로 가지고 있기라도 하든가. 저게 뭐냐 도대체. 일 킬로는 나가겠다.'

언젠가 모임에서 앉아 있던 태인이 몸을 기울이자 팽팽해진 그의 바지 쪽으로 드러난 윤곽을 보며 패거리와 수군거렸던 게 기억났다.

그랬던 서태인이. 김희주를 보고. 씹. 아니겠지? 벌써 따먹었나? 아냐 그 고자 새끼가 아니야. 아닐 거야.

"아무튼 종종 연락하자. 너 주인집 꼬시고 그런 애라는 거,

내가 입 열면 너도 끝이야. 아직도 빚 남았지? 그때 빚 꽤 많았던 거 같은데, 내가 좀 갚아줄 수도 있고."

연락받아. 그는 상체를 숙여 귓가에 대고 말했다. 그리고 문을 열고 빠져나가며 손을 흔들었다.

* * *

미팅 뒤풀이 이후, 권승언에게서 시시때때로 연락이 왔지만 받지 않았다. 실무진이 아닌 이사였기에 업무 회의 때도 마주치는 일은 없었다. 그러나 눈에 보이지 않는다고 불안하지 않은 건 아니었다. 오히려 뒤에서 무슨 짓거리를 하고 있을까, 하는 초초함이 더해 갔다.

[피곤해요. 일이 많았어요. 오늘은 쉴래요.]

그날 이후, 일을 핑계로 태인의 집에 가지 않았다.
극도의 피로감이 덮쳐 왔다. 침대에 털썩 앉아 힘없이 고개를 떨궜다.
여기까지 어떻게 왔는데, 또 반복되는 걸까.
불안에 떠는 와중에 진동이 울렸다. 태인의 전화였지만 받지 않았다.
2통의 부재중 전화를 액정에 남기고 핸드폰은 더는 울리지 않았다.

* * *

Jm 엔터테인먼트 플랫폼 론칭 기념행사.

한국 최대 엔터업계이자, 지금은 콘텐츠 분야에도 투자해 규모를 더 키우는 중이었다. 인기 아이돌을 앞세워 콘텐츠 유통 판로로 플랫폼까지 개발하며 공격적으로 해외시장을 겨냥하고 있다.

행사 내용이 내용인 만큼, 서태인을 포함한 젊은 기업의 인재들에게 초대장이 전달됐다.

문제는 희주에게도 초대가 왔다. 권승언에게 직접.

[안 나오면 서태인이랑 네 관계, 그리고 너와 내 관계도 까발릴 테니 알아서 판단해.]

협박 문자였다. 그동안 전화도 받지 않고 저질스러운 문자에 답하지 않았던 것에 대한 회심의 협박 같았다.

어떤 일을 꾸미려는지 알 것 같기도 해서 머리가 지끈거렸다.

스퀘어 넥 블랙 원피스를 입고 머리를 낮게 묶어 올렸다.

장 여사님과 가끔 바깥에서 만날 때, 한윤아가 버리라고 했던 옷을 희주에게 가져다주었다. 질렸다는 이유로 멀쩡한 상태의 버리는 옷을 받지 않을 이유가 없었다. 한 푼이 아쉬운 처지에. 그러면서 태인이 사 주는 옷은 받지 않는 모순적인 태도는 아마도 마음의 차이일 것이다.

또 반복이야. 진짜 달라지는 게 없네.

희주는 어렸을 때 황유나가 버리려던 옷을 가져다 입은 자신의 어린 시절이 떠올라 씁쓸해졌다.

화려하게 꾸며진 호텔의 연회장에는 그보다 더 화려한 남녀들이 여기저기 흩어져 있었다.

태인은 희주가 자리에 나타나자 잠시 당황한 듯했다. 멀어서 자세히 볼 순 없었으나 표정을 일그러뜨리며 헛웃음을 흘리는 것 같았다.

그러나 그것도 금방 사라지고 언제 그랬냐는 듯 자신의 주변을 둘러싼 사람들에게 유려하게 웃어 보였다.

Jm소속 연예인들의 화려한 무대로 1부 파티가 시작되었다. 2부는 좀 더 프라이빗한 행사였다. 더 높은 지위의 사람들과 프리미엄급이라 그들이 자체적으로 명명한 셀럽들이 자리를 채웠다.

권승언에게 억지로 이끌려 2부 파티까지 남아 있던 희주의 눈에 띈 건 연예인들보다 주목받고 있는 태인이었다.

대놓고 꾸민 남자의 차림새는 지나치게 근사해 파티장의 사람들로 하여금 눈을 떼지 못하게 했다.

회사에서 보던 어두운 계열 정장이 아닌 밝은 색상의 슈트였다. 리넨 소재의 베이지 수트에 스웨이드 슬립온, 자연스럽게 한쪽으로 흘러내린 머리가 분위기를 행사의 분위기에 맞게 세련돼 보였다.

그는 여자들에게 둘러싸여 있었다. 개 중에는 한창 잘나간다는 신인 여배우도 있었다. 태인의 서늘한 눈매가 휘어져서 웃고 있었다. 그는 샴페인을 간간이 마시며 근사한 미소를 지었다. 그에 홀린 여자들은 어쩔 줄 몰라 하며 한 걸음 더 그에게 다가가려고 애썼다.

짜증 나.

짜증. 희주는 그 감정에 휩싸여 고개를 쉽게 돌리지 못했다. 신경을 갉아 먹는 것 같다. 저 자리에 들어가 서태인에게 입 맞추고 싶은 충동질이 분탕 쳤다.

태인은 여자들이 건네는 손길에는 여유 있게 접촉을 피했다.

"야아-, 서태인이 얼굴 하나 반반한 거 보고 불나방처럼 여자들 달려드는 거 봐라. 고자인 줄도 모르고."

이상한 이질적인 단어에 희주는 눈을 가늘게 좁혔다.

"너 몰랐어? 쟤 여자들 닿는 거 싫어하잖아. 저번에 한 번 어떤 계집애가 술 취해서 달려들었거든, 얼마나 세게 밀쳤는지 걔가 나뒹굴었어. 테이블 위로. 그때 분위기 겁나 싸했는데."

그와 희주와 수많은 밤을 보낸 사실을 알 리 없는 권승언이 그에 대한 정보를 가벼이 떠벌렸다.

"그러니까 너도 안 될 새끼한테 고전하지 말고 나한테 와. 우리 이제 미성년자 아니잖아. 우리 엄마도 이제 내가 이겨."

빙그레 웃으며 그는 희주가 들고 있는 잔에 자신의 잔을 부딪쳤다.

희주가 그를 노려보았다. 그게 저에게 어떤 상처인데 저렇게 가벼이 입을 놀리는가. 인간에 대한 환멸이 절로 들었다.

희주는 잔을 내려놓고 자리를 떴다.

눈앞에 여자들과 얘기 나누는 서태인의 모습을 보기 힘들었다. 처음이었다. 저런 장면을 보는 건. 그는 이런 모임에 종종 나올 텐데, 그때마다 이러고 있었나 싶어 심장이 덜컹거렸다. 다른 여자를 못 만진다는 말도 이제는 의심이 되었다. 병이 다 나은 거면.

희주는 손을 거칠게 빡빡 씻으며 거울을 들여다보았다. 권승언의 문제를 해결하는 것이 급급한 상황임에도 불구하고, 자신의 모습은 지금 누가 봐도 질투하는 꼬락서니였다.

미쳤지. 김희주. 정신 차려 제발.

서태인과 권승언의 뒷모습이 보였다. 권승언도 작은 키는 아니었지만, 태인의 두툼하고 넓은 체격과 190㎝에 가까운 키 때문에 올려다보아야 했다.

"김희주, 우리 직원 말하는 건가?"

익숙한 저음이 귓가에 꽂혀 몸을 돌려 벽 쪽으로 숨었다.

"네, 맞아요. 제 어렸을 적 친구거든요. 오랜만에 봤는데, 여전히 예쁘잖아요. 욕심날 만큼."

빙글거리는 낯짝으로 승언은 술잔을 빙그르 돌리며 태인을 떠봤다.

"혹시…… 놀아 봤어요?"

여자라면 닿는 것도 질색하는 네가 그럴 리 없지, 하는 확신으로.

"너는?"

대뜸 반말로 반문한 태인의 표정은 무감각했다. 사나운 말투와는 이질적이었다.

"하하. 노골적이시네……. 뭐, 조금? 알잖아요. 어렸을 때 호기심에?"

태인은 옆에 놓여 있는 술을 한 모금 마셨다. 음미하는 듯한 혀를 달싹이며 말했다.

"참고할게. 난 남이 가졌던 건 더러워서 못 써서."

태인이 그 말을 뒤로 승언에게서 돌아섰다.

욱신거리는 희주의 심장이 방망이질하듯 갈비뼈를 올려붙였다.

* * *

차 안에 도는 긴장감을 느낀 박 실장은 룸미러로 흘긋 태인을 쳐다보았다.

아까 뒤풀이 자리로 갈 때만 해도 묘하게 풀어진 모습이었는데.

최근, 자신의 상사가 이렇게 감정 기복이 널을 뛰는 건, 아마도 그 여자 때문일 것이다.

다시 룸미러로 그의 상태를 체크한다.

창에 팔을 괸 채, 검지를 입술에 물고는 창밖을 바라보고 있다.

태인에게는 전에 없던 버릇이었다. 10년 가까이 그의 옆에 있었지만 본 적 없는 모습이다. 태연하기 짝이 없는 권태로운 표정이지만 안에는 지독한 감정들이 들끓고 있다는 것을 알고 있다.

조심해야지.

그는 요즘 들어 특히 더 심한 상사의 감정 기복에 상당히 긴장하고 있었다. 박 실장이 휴, 작게 숨을 내쉬는 동시에 태인은 자신이 물고 있던 손가락을 꽉 깨물었다.

씹, 진짜. 거칠게 욕설을 읊조리는 소리가 차 안에 울렸다. 태인은 짜증이 잔뜩 밴 얼굴로 물었던 손가락을 꺼내 뻑뻑 닦았다.

권승언.

김희주의 주변에는 쓰레기들이 넘쳐난다. 그녀와 어떻게든 엮어 보고 싶어서 안달 난 남자 새끼들. 그중 제일 쓰레기는 저겠지만.

"거슬리게 하네."

"네? 전무님 어디 불편하십니까?"

태인의 심기 불편한 목소리에 앞 조수석에 있는 박 실장이 물어 왔다.

신규 주류 브랜드 출시 건으로 Jm엔터가 신경을 많이 썼으니, 격려라도 해 주는 게 좋을 것 같다는 본부장의 말에 다녀오는 길이다.

굳이? 그런 생각이 들었지만, 김희주가 담당이라니까.

그런데, 그 파리하게 질린 표정이라니.

의식적으로 떨쳐 내려고 해도 그 잔상이 아교처럼 달라붙는다.

"Jm엔터, 권승언 좀 알아봐요."

"어떤 부분을 집중적으로 알아볼까요?"

태인은 한 손으로 양미간을 꾹꾹 눌렀다.

"김희주랑 관련된 걸로, 그리고 같잖은 쓰레기 짓도 많이 하던데. 그런 것들도 좀 가져와 봐요."

여차하면 보내 버리게.

태인은 뻑뻑한 눈을 감고 헤드레스트에 머리를 기댔다.

김희주.

역시 당장 끌고 나왔어야 했나.

아무래도 그곳에 두고 온 게 걸린다. 언제부터 그렇게 그 여자 말을 잘 들었다고. 저 때문이 아닌 다른 사람 때문에 그런 표정을 지었다는 게 영 탐탁지 않다.

이번엔 자신의 넓고 굵은 허벅지를 퉁퉁, 주먹으로 내리쳤다. 점점 더 강도 세지는 소리에 살벌한 기운을 느낀 박 실장이 어깨를 잔뜩 경직시켰다.

태인은 그렇게 당장이라도 돌아가서 데리고 나와 추궁하고 싶은 마음을 애써 눌렀다.

애초부터 여자는 망가지기 쉬운 존재였다. 그게 아주 마음에 들었다. 벽을 치면서도 늘 외로움에 허덕이며, 지옥인지 알면서도 손을 뻗는다.

너무 재미있잖아.

시작은 그랬다. 결코 휘둘리지 않겠다는 고고하고 결연한 눈을 하고서도 휘청거리는 걸 보는 게 즐거웠다.

지금이라고 다를까. 고분고분하지 않으면 끝내 주저앉으며 곁에 두는 쾌감이 일었고, 말 잘 듣는 고양이 같이 사부작사부작, 엉길 때면 그건 그거대로 좋았다. 그런데, 계속 끝을 생각하고 내뱉고 시도하는 여자를 볼 때면…….

후, 선명한 목울대가 크게 일렁였다.

생각해 보니 뭘 해도 고저 없던 감정이 어지럽게 얽혀드는 것은 항상 희주에게서 비롯됐다. 희주의 감정 기복이 널을 뛰기 때문이었다. 다른 사람도 아닌 자신이 그렇게 만들었고…….

부메랑 같이 돌아오는 감정의 화살의 방향을 깨닫자 그의 머릿속이 뜨거워졌다. 제 감정을 직시하게 될 것만 같아 그는 눈을 질끈 감았다.

느리게 뜬 눈에는 창밖의 새까만 밤하늘이 보였다. 그는 자신을 쳐다보던 희주의 유리알 같은 커다란 까만 눈을 떠올렸다. 느릿하게 깜빡이는 눈동자에는 오직 자신만이 볼 수 있는 것이 담겨 있다.

누가 봐도 사랑해 달라는 먹먹한 눈.

그런 눈을 하는 주제에 결코 마음을 줄 수 없다는 듯이 구는 여자. 그녀는 끝끝내 이 관계의 종결을 찍고자 부단히 노력한다.

날카로운 통증이 가슴께를 스치고 간다. 태인은 크게 부푼 가슴 부위를 어루만졌다.

저미고, 쓰라리고, 조여드는 그 정도가 점점 심해진다.

서재인이라는 이름을 김희주와 나란히 두었다. 그게 언제부터 불쾌하게 여겨진 것인지. 찢어 버려서 다시는 붙여 보고 싶지 않았다.

그런 역겨움을 상상하면서도 태인은 그녀가 도망갈 때마다 명분을 찾아야 했다. 여자를 자신의 곁에 두기 위해 허울뿐인 명목이라도 붙잡아 두어야 했다. 아니면 김희주를 곁에 둘 수 없다고 생각했으니까.

서재인.

요즘 학업에만 몰두하고 있다고 했나. 밤낮없이 공부하고, 대외 활동도 적극적으로 한다고 했던가.

한국에…… 돌아오는 건가.

자신도 모르게 말아 쥔 주먹에 힘이 들어가고 탄탄한 가슴이 크게 부풀었다. 꽉 주먹 쥔 손에서 굵은 핏줄들이 꿈틀거리고, 가슴의 씨근덕거림이 눈에 띄게 요동쳤다.

바라던 바였다.

재인이 한국에 들어오면 저랑 붙어먹은 그 여자를, 그리고 자신을 좋아하는 그 여자를 바라보고 어떤 절망을 할까 기대해오지 않았던가. 울부짖는 처절함을 보고 싶다는 가학적인 생각.

그랬는데…….

불쾌하다. 아니 무서운 건가. 어쩌면 이대로라면…….

끝내 빠져나올 수 없는 공허한 지옥이라는 걸 알기에 그는 다시 마음을 구겨 넣었다. 자신과 어울리지 않는 자애로움, 용서 이런 것들. 애초부터 자신의 몫이 아니었다. 욕심내지 말자.

그나마 위안인 것은, 저를 사랑하는 여자가 도망칠 곳은 어디에도 없다는 것이다. 저와 같이 진창에서 같이 구르겠지.

참담한 몰골을 그려보는 모습이 씁쓸하다.

점점 더 선명해지는 자신의 갈망이 두려웠다.

* * *

Jm엔터테인먼트 신규 플랫폼 론칭 기념행사.

가 봤자 연예인이랑 껄렁대는 시답잖은 권승언과 그 무리를 볼 생각에 역겨움이 치밀었다.

'김희주 씨와 그 어머님이 잠시 권승언의 저택에서 도우미로 일했다고 합니다.'

박 실장이 말한 건 거기까지였다. 오래전 일이기도 하고 짧은 기간이어서 그 이상의 뭔가는 찾기 어려웠다고 했다.

'질 낮은 약 같은 걸 이용해 강간, 추행 사건 등으로 이미 여러 차례 소환 조사도 받았지만……'

분명 뭔가 있는데, 그렇게 사색이 된 얼굴이…….

좆 달린 쓰레기 새끼들이 한다는 짓은 뻔한데.

상상만으로 불쾌한 기분에 뇌 속을 못으로 끼익, 긁는 느낌이 들었다.

김희주는 그날 뒤풀이 자리 이후로 저를 피하고 있었다. 무슨 일인지 제 입으로 얘기할 위인은 아니니 일단은 권승언 그 새끼부터 족쳐 봐야겠다고 생각했다.

그날 김희주한테 던지던 그 뱀 같은 눈도 파 버리고 싶기도 하고.

오늘 여차하면 그럴 예정으로 가는 거니까 조금의 불쾌함은 감수해야겠지. 그렇게 생각하며 여기저기 역겨운 화장품 냄새를 풍기며 다가오는 여자들에게 꾸며진 미소를 던졌다.

"야야, 저기 권승언 옆에 누구야? 존나 예쁜데? 새로 밀어주는 신인인가?"

"딱 봐도 권승언 새끼 스타일이네. 얼굴은 단정한데 몸은 야하게 생겨 먹은."

난잡한 소리를 지껄이는 남자들의 시선이 머무는 곳으로 고개를 돌렸다.

하.

왜. 사사건건 심기를 건드리는 거지 저 여자는.

눈이 마주치자 당황한 여자가 아연한 표정을 숨기지 못한다.

머리를 묶어 무방비하게 드러난 움푹 파인 쇄골과 가는 목.

도대체.

지끈, 머리가 마치 무거운 추에 눌린 것처럼 두통이 찾아왔다.

하얀 피부를 돋보이게 하는 검은 원피스를 입은 그녀는 충분히 상상을 자극하는 모습이었다. 달콤한 내음이 날 것 같은 우윳빛 살결, 흑요석 같은 까만 눈을 쳐다보며 빨간 입에 좆을 문질러 축축하게 만들고 싶은 저급한 욕망이 치솟았다.

다른 새끼들이라고 다를까. 게다가 저 잔뜩 겁을 먹은 표정이라니. 그게 사내들의 음심을 자극하는지도 모르는 저 여자를 어떻게 해야 할까.

사방의 시선이 그녀에게 달려들었다.

태인이 불쾌함이 사방에 도사리는 이 자리를 지키고 있는 이유는 하나였다. 권승언이 계속 김희주 주변에 얼쩡거리는 이유를 알아야 했다. 아직도 여자에 대해 모른다는 사실이 있다는 건 더 불쾌하니까.

권승언은 다른 손님들을 맞이하며 김희주를 간간이 끌어다가 자기 반경 안에 두었다. 드디어 인사치레가 끝났는지 희주의 옆을 차지하며 본격적으로 껄떡대기 시작했다.

귓가에 그가 뭐라고 속삭이자 희주의 얼굴이 순식간에 붉어지며 권승언을 쏘아보았다.

빙글빙글 장난치는 모습에 놀아나는 여자를 보니 피가 거꾸로 솟는다.

감정을 잘 갈무리한 듯 무감한 표정의 태인이 그 둘을 응시하며 든 잔을 찰랑였다. 손등과 매끈한 그의 미간에 새파란 핏줄이 바짝 곤두서 있었다.

"태인 씨, 저 이번에 서산백화점이랑 광고 계약한 게 있는데……."

불쾌하다. 찝찝해.

어서 빨리 저 김희주의 목에 코를 묻고 이를 박아 넣고 싶은 마음뿐이다.

피부에 닿는 불결한 손길에 벌레가 기어 다니는 것 같다. 숨쉬기가 힘들고 어지러웠다.

탁, 여자의 손을 거칠게 쳐 내고 손수건을 들어 손을 닦았다.

여자가 부딪힌 손을 문지르며 황당한 눈으로 그를 쳐다본다.

알 게 뭐야, 씨발. 어디 갔어.

마른세수를 하는 사이 김희주가 사라졌다.

헛웃음을 흘리며 사라진 그녀를 찾는 와중에 태인에게 권승언이 다가왔다.

같은 쓰레기답게, 촉은 좋은가 본데.

희주에 대해 떠보길래 태인도 떠보았다.

'노골적이시네……. 뭐, 조금? 알잖아요. 어렸을 때 호기심에?'

어디까지 건드렸을까, 이 새끼가.

태인의 머릿속에는 지금 눈앞의 권승언을 어떻게 처리할까에 대한 시나리오가 펼쳐졌다. 약을 입에다 다 퍼부어 넣고 경찰서 앞에 데려다 놓을까, 그건 너무 관대하니 어디 하나 못 쓰게 만들어 주는 게 나을까. 후자가 나을 것 같은데…….

"전무님, 전화 좀 받아 보셔야겠습니다. 해외 지사에서 저번 투자 건으로……."

권승언은 어깨를 으쓱이며 가 보라는 뜻을 보였다.

시끄러운 홀을 나와 응접실에서 통화를 마치고 나오는 복도에서 권승언과 김희주가 보였다.

권승언은 호텔 룸 카드를 그녀의 손에 쥐여 주었다. 희주의 흐트러진 잔머리를 귓가로 넘겨주고 검지와 중지를 튕겨 입술을 톡 건드렸다. 허리를 세운 권승언이 콧노래를 부르며 엘리베이터로 타고 사라졌다.

양손에 얼굴은 묻은 여자는 벽에 잠시 기댔다. 그러다 억울해 보이는 표정으로 한참을 서 있더니 권승언이 타고 사라진 엘리베이터 앞에 섰다.

위로 향한 화살표 버튼을 누르는 손을 태인이 잡아 가로챘다.

"아……!"

여자는 그 분노 어린 아귀힘에 아픈 소리를 뱉었다.

"어디가?"

불쑥 덮쳐 오는 동굴 같은 낮은 목소리에 그대로 굳었다.

룸 카드를 쥔, 붙잡히지 않은 손을 슬그머니 뒤로 감추며 시선을 내리깐다. 그 모습이 기가 차서 태인이 실소했다.

울기 일보 직전인 듯 눈과 코끝이 발갛다.

가까이서 내려다보니 가슴골도 적나라하게 보여 뒤통수가 얼얼했다.

"이렇게 천박하게 입고, 이런데도 올 줄도 알고."

바닥을 기는 낮은 목소리가 섬뜩할 정도로 차가웠다.

"……."

태인이 그녀의 양팔을 잡고 상체를 숙여 시선을 맞췄다.

"어디 가냐고. 물었는데."

말할 생각이 없는지 입술을 꽉 깨물었다.

커다란 손이 불쑥 가까워지자 희주는 본능적으로 눈을 질끈 감았다.

태인의 손가락으로 꽉 다물어진 입술을 벌렸다. 아랫입술을 엄지로 매만지며 느릿하게 쓸다가 꾹 누르자 입이 좀 더 벌어졌다.

시야를 자극하는 빨간 혀가 보였다. 입 안으로 들어온 엄지가 야릇하게 말랑한 혀 끝부분과 아래 치아를 문질렀다.

"읏……."

그러다 갑자기 몇 개의 굵은 손가락이 쑤시듯 침범했다. 축축한 점막을 긁고 문지르며, 치아와 혀 밑의 안쪽 살을 꾹 눌렀다. 침이 왈칵 쏟아져 나오는 것을 삼키자 입 안에 있는 손가락들이 쭈욱 빨려 들어갔다. 마치 내벽을 그것을 조여 당기는 것처럼.

"읍, 읍. 흐으."

빠듯하게 벌린 입에서 타액이 흘러 나와 턱을 적셨다. 그 음란한 광경을 쳐다보며 태인은 손가락으로 혀를 당겼다 푸는 추삽질을 했다. 고개를 한껏 젖히고 자신의 손가락을 빨고 있는 여자를 보자니 인상이 찌푸려졌다.

이걸 다른 새끼들도 상상했을 텐데.

희주의 눈꼬리에서 기어코 눈물이 흘러 미간으로 흘러내렸다.

태인이 질척하게 쑤시던 손을 뺐냈다. 손수건으로 자신의 손을 닦고는 희주의 흥건한 입가 역시 정리해 주었다.

그리고 엘리베이터 버튼을 눌렀다. 엘리베이터가 도착하자 그는 안쪽으로 들어서며 타라는 눈짓을 했다. 주뼛 들어온 그녀에게 물었다.

"몇 층?"

"네?"

룸 카드를 쥐고 있는 희주의 손을 턱짓으로 가리켰다.

"몇 층이냐고 거기."

"아……."

머뭇거리고 고개를 떨군 모습에 그는 짜증이 묻어나는 한숨을 내쉬었다.

그 호기롭던 김희주는 어디 갔는지, 권승언 그 새끼가 도대체 무슨 짓을 했길래 애가 이 모양인 건지, 피가 거꾸로 돈다는 기분을 절실히 느끼고 있었다.

희주의 손에서 카드를 뺏어 호실을 확인한 다음 SR 버튼을 누르고 카드를 댔다.

"권승언 새끼랑 뭐 하려고 했어?"

그는 엘리베이터 숫자판에 눈을 둔 채로 말했다.

느릿하게 묻는 목소리는 질책이 담겼는지 위로가 담겼는지 헷갈릴 만큼 다정했다. 물론 눈빛과 분위기가 서늘해 전혀 그렇게 느껴지지는 않았다.

희주는 권승언과의 꼴사나운 모습을 보이고 싶지 않았다. 자신의 이복오빠 김호윤이 그랬듯이, 권승언이 아무렇게나 지껄이는 말로 자신의 초라하고 비참했던 과거를 들려주기 싫었다.

희주는 로비 층 버튼을 누르려 손을 가져갔지만 가볍게 막혔다. 붙잡은 손이 피가 안 통할 정도로 강하게 짓눌렸다.

"놔요, 나, 안 가요. 안 갈 거예요."

그녀의 불안정하게 숨을 크게 쉬며 눈을 치켜뜨고 그를 쳐다보았다.

태인은 최상층으로 가는 엘리베이터 숫자판에서 눈을 떼고 그녀에게 상체를 기울여 바짝 다가갔다.

"성의가 있지. 어떻게 안 가. 가 보자고. 뭘 하려고 하는지 궁금해서."

그의 무지막지한 힘에 끌려 결국 들어간 스위트룸에는 아무도 없었다.

안심하려는데 욕실에서 샤워하는 소리가 들렸다.

불안감이 전신을 휘감았다.

"여기 와서 뭐 하려고 했어?"

그가 스위트룸 응접실을 빙 둘러보면서 말했다.

낮게 가라앉은 목소리는 치밀어 오르는 화를 애써 누르는 듯 천천히 흘러나왔다.

"오려고 한 적 없어요. 권승언이 막무가내로……."

권승언? 되묻는 소리가 날이 잔뜩 서 있다.

"이름 부를 만큼 둘이 친한 사이였나? 아아, 어렸을 적부터 친구?"

꼴사나운 말을 들었다는 듯이 그가 빈정댔다.

희주는 점점 화가 나기 시작했다. 죽어서도 다시 보고 싶지 않았던 권승언. 당시 느꼈던 수치심과 모멸감이 솟구쳤다.

어디서부터 잘못된 것일까. 가난을 탓하는 건 지긋지긋했다. 너무 많이, 매 순간 그 처지를 원망했기 때문에 결국 무딘 칼로 속에 품고 꺼내지 않은 지 오래다.

눈앞의 남자를 원망하고 싶었다. 지금 끔찍한 상황에 몰아붙이고 있는 저 남자야말로 지금 무뢰한이다.

'참고할게요. 난 남이 가졌던 건 더러워서 못 써서.'

그렇게 말했던 주제에.

희주의 눈가가 붉어졌다. 그것은 분노와 억울함이었다. 남자가 내뱉던 차갑고 냉정한 말 때문에 이성적인 판단과 생각을 할 수가 없었다.

당신은 뭐가 달라, 어차피 내 몸만 원하는 건 너도 마찬가지잖아.

"그랬으면요?"

괴롭게 하고 싶었다. 더러워하고 경멸할 거라면 지금 해버리라고. 그만하자는 자신의 말에도 놓아주지도 않았으면서, 이렇게 자신이 제일 비참한 순간을 골라 마지막을 선언할 것 같은 불안감에 희주는 자신이 조금이라도 덜 상처받길 바랐다.

지독한 자기연민의 굴레에서 벗어나지 못하는 자신에게 진절머리가 났다.

"뭐?"

"내가 권승언이랑, 당신이랑 한 짓, 그보다 더한 걸 했었으면 어쩔 건데요?"

희주는 일순간에 구겨지는 남자의 표정에 심장이 지끈거리는 쾌감을 느꼈다. 자신도 태인만큼이나 정상은 아니었다. 언제나 저를 울리고 싶어 하는 남자의 옆에서 괴로워하는 표정을 보는 걸 즐기는 여자라니.

자신이 생각해도 어이가 없어 헛숨을 내뱉고 말을 이었다.

"버릴 거예요? 더러워서 못 쓴다고 했잖아요."

희주가 감정에 복받쳐 살짝 언성을 높였다.

태인의 눈동자가 돌아 버린 것 같은 사나움으로 일렁거렸다. 요동치는 가슴이 화를 애써 누르고 있다는 것을 짐작하게 했다. 그렇지만 그는 의외로 차분한 태도로 그녀 앞에 바로 섰다.

희주의 가는 양팔을 잡고 고개를 툭 떨궜다. 스르르, 미끄러져 손까지 내려왔다.

극도로 바들바들 떨리는 말아 쥔 주먹 사이로, 태인의 손가락이 말랑한 손바닥으로 파고들었다. 살갗을 파고들던 손가락을 하나씩 조심히 풀어냈다. 그리고 마디 굵은 태인의 손가락이 희주의 손가락으로 하나씩 얽혀들었다.

한층 낮아진 목소리로 말했다.

"내가 널 왜 버려, 이렇게 재밌는데."

그리고 맞물린 손을 가져와 손등에 뜨거운 입술을 지그시 눌렀다. 그 감촉을 음미하듯 눈을 감았다.

김희주가 권승언에게 거부감을 가지는 이유를 알기 위해 여기까지 데려왔는데. 저렇게까지 자신을 갉아먹으면서까지 피하려고 하니, 그냥 치워 버리면 될 것 같다.

"죽여 버리면 네 마음이 좀 편해지겠지?"

남자의 진심 따윈 모르지만. 장난 같은 말이라도, 희주는 바보같이 안도하고 말았다. 그와 동시에 원망과 설움이 치솟았다. 손에 닿은 온기 때문일까.

"아까, 들었어요. 둘이 말하던 거."

말을 하는 그녀의 어깨가 흐느낌으로 파드득 떨린다.

"그런 거 아니에요."

왈칵, 눈물이 차오른다. 몸이 뜨거워졌다.

"뭐가?"

눈을 느릿하게 감았다 치켜뜬 태인이 여전히 손등에 뜨거운 입술을 비비며 대꾸했다.

"아무 사이 아니었어요. 그러니까 엄마가 예전에 그 집에서 일한 적이 있는데."

숨을 헐떡이며 말을 하는 목덜미가 벌겋게 달아오른다. 굵은 눈물이 뚝뚝 떨어지는 것도 모르고, 붙잡히지 않은 다른 손으로 손끝을 잘게 뜯으며 말을 이었다. 뭐가 그렇게 서러운지.

"걔가, 권승언이 내 가슴을 멋대로 만졌어요. 난 진짜 좋아한 적도 없고, 꼬신 적도 없는데. 그리고 엄마랑 나를 이상한 여자로 취급하면서……."

울컥거리는 울음을 참지 않은 채로 그녀가 마침내 말했다. 희주는 아무에게도 말한 적 없는, 예전에 당했던 추행을 그에게 충동적으로 고백했다. 엄마에게도 말하지 못했던 사실이었다.

수치스러운 기억에 희주는 설움이 복받쳤다. 목구멍이 왈칵 조여들고 눈물이 흘렀다.

그의 얼굴은 듣자마자 석상처럼 굳었다. 여전히 그녀의 손등에 입술을 묻은 채로.

내가 무슨 말을.

태인의 굳은 얼굴을 보자 치솟았던 억울함이 순식간에 꺼져들었다. 그녀는 황급히 시선을 떨어뜨리고 바닥을 내려다보았다. 바닥에는 뚝뚝, 눈물이 흥건히 고였다.

망했어. 쪽팔려. 어떻게 해.

그는 숨을 뚝 멈췄다. 잡았던 손을 풀고 희주의 턱을 잡아 천천히 고개를 들게 했다.

예민하게 날 선 남자의 미간이 깊이 파였다. 턱은 꽉 악물고 목울대가 사납게 일렁였다.

그의 참담한 표정에 희주는 자신이 눈물을 흘리고 있다는 사실도 잊어버리고 망연하게 태인을 쳐다보았다.

달칵.

그때 샤워실에서 나온 권승언이 가운을 입은 채로 머리를 털면서 나왔다. 두 사람을 발견하고는 그 자리에서 서서 일순간 멍하게 그들을 쳐다보았다.

"뭐야? 왜 이상한 걸 달고 왔지?"

권승언은 황당하다는 얼굴을 하면서도 쓰레기같이 논 경력이 있는 탓인지 비상식적인 말을 해댔다.

"셋이 하자고? 별론데…… 언제 그렇게 취향이 난잡해졌어?"

태인이 상체를 말고 고개를 떨군 채로 희주의 어깨를 꼭 잡았다. 데일 듯이 뜨거운 감촉이었다. 그러더니 천천히 권승언에게로 걸어가 샤워 가운을 거칠게 젖혔다.

"야, 씨발, 뭐야? 남의 방에 와서. 서태인! 너 미쳤어?"

그 말을 다 무시하며 태인은 시선을 가운데에 두었다. 그리고 픽, 웃으며 그에게만 들릴 정도로 작게 말했다.

"그걸로 누굴 만족시키려고 그래? 양심도 없지."

"와 나, 이게 진짜."

퍽-!

뭐가 터진 듯한 징그러운 소리가 공간에 쩌렁 울렸다.

태인이 승언의 목을 한 손에 잡아 벽에 붙였다. 뒤통수의 얼얼한 고통도 갈무리하지 못한 채 꼴사나운 모습으로 그는 발이 대롱대롱 떠 있었다.

"컥, 크읍. 놔……! 큭…… 씨."

양손을 버둥거리며 목에 잡힌 그의 손을 떼 내려고 했지만, 시퍼렇게 힘줄이 돋아난 단단한 손등은 꼼짝도 하지 않았다.

한순간에 피가 몰려 시뻘겋게 달아오른 얼굴이 이제 곧 죽을 것처럼 파랗게 질려 갔다.

아무리 태인의 기골이 장대하다고 해도 성인 남자를 저렇게 아무렇게 들어 올린 모습에 희주는 경악했다.

"그, 그만해요. 죽겠어요."

희주의 말을 무시한 태인이 승언을 직시하며 내뱉었다.

"나이로 보나, 사회적 지위로 보나, 내가 그렇게 하대받을 건 아닌데. 응?"

태인은 숨통을 끊어 버릴 것처럼 손에 더 힘을 주었다. 살기가 넘실거리는 그 장면에 희주는 아연해졌다. 정말 그가 살인이라도 저지를 것 같아 무서웠다.

"그만해요. 제발."

눈이 돌아가 흰자위만 보이고, 끅끅거리는 쇳소리가 나자 태인은 손에 더러운 것이라도 묻은 거처럼 힘을 툭 내렸다.

바닥에 구겨진 권승언이 숨을 몰아쉬며 기침을 연거푸 해 댔다.

태인은 응접실 옆의 세면대에서 손을 빡빡 씻으면서 거울을 통해 희주를 보았다. 그녀는 진정하려는 듯 고개를 돌려 호흡을 가다듬고 있었다.

그 순진하기 짝이 없는 꼴을 보고 태인은 저도 모르게 미소 지었다. 자신의 속은 바짝 타들어 가는데, 그것도 모르고 이 여자 얼굴은 왜 이렇게 예쁜 건지.

어서 빨리, 이 불쾌한 기분을 지워 내야지.

태인은 희주에게 다가가 어깨를 감싸고 조각처럼 귀여운 귀에 코를 가져가 숨을 들이마셨다.

"가자."

* * *

쓰러질 것 같은 탈진감이 전신을 덮쳤다.

뼈에 새겨진 과거는 희주의 어깨를 점점 더 웅크리게 했었다. 지나가는 남자들이 자신을 쳐다볼 때마다 두려움이 들었다. 권승언처럼 달려들어 그렇게 할까 봐. 괜찮은 날도 있었지만, 그렇지 않은 날들이 더 많았다.

말했다고 그 사실이 사라지는 건 아닐 텐데, 왜 후련한 기분이 드는 건지 알 수 없었다.

씻고 거실로 나오는데 태인이 물과 약을 내밀었다.

"진정하는 데 도움이 될 거야."

이렇게 하니까 헷갈리지. 착각하면 안 되는데.

침대에서 누운 희주의 등 뒤로 그의 몸이 겹쳐 왔다.

귀밑과 목덜미에 입술을 묻은 그가 쇄골을 손가락으로 느릿하게 문질렀다. 그다음은 납작한 아랫배를 쓰다듬었다.

의도적으로 가슴을 피하고 있는 게 느껴졌다.

"어느 손이야?"

그러다 불현듯 가슴을 그득 움켜쥐었다. 손가락 사이로 뭉개진 살들이 삐져나오며 모양이 어그러졌다.

젖꼭지를 엄지와 검지로 지분거리며 나머지 손가락으로 연주하는 듯 밑가슴을 부드럽게 밀어 올리는 동작에 희주는 아무 말도 할 수 없었다.

"말해 김희주. 어느 손이냐고."

다소 거친 말투에 고개를 돌려 태인을 쳐다보던 그녀는 그가 무엇을 묻는지 이제야 깨달았다.

그는 여전히 그녀의 목덜미에 얼굴을 묻고 가슴을 주무르면서 대답을 종용했다.

양손 다요? 이렇게 말할까?

털어놓고 나니 희주는 허무할 만큼 가슴에 응어리가 내리는 것 같았다. 그 사실에 자신도 너무 어이가 없었다.

"몰라요."

"네가 말 안 하면 걔 양쪽 손 다 없이 사는 거야."

장난 같은 말에 희주는 웃었다. 그의 위로의 방식인 걸까?

"밥이라도 먹고 살게 한쪽 손은 남겨 두게 해 줘야 하지 않겠어?"

개같이 입 처박고 밥 먹는 것도 어울리긴 하겠지만.

뒤에서 부드럽게 삽입해 오며 장난기 없는 낮은 목소리로 귓가에 속삭인다.

* * *

마지막이 어땠더라?

그날 밤을 떠올려도 희주는 도무지 알 수가 없었다. 그가 돌아선 이유를.

희주는 지금 지옥 속에 있었다.

그날 밤, 그의 집에서 잠들었다. 처음이었다. 그와 같이 잠든 건.

아침에 눈을 떴을 때 옆에 그는 없었다.

그리고 한 달째 그는 연락이 없다.

희주는 아려오는 가슴께를 지그시 눌렀다.

"희주 대리, 론칭 파티에 부를 DJ 명단 추린 거 메일로 좀 보내 줘요. 그리고 오늘 오후에 Jm이랑 미팅 몇 시지?"

"네, 메일 바로 보내겠습니다. 오늘 오후 3시에 8층 미팅 룸에서 있습니다."

평정을 가장한 희주의 마음이 들끓었다.

버리지 않을 거라면서. 나쁜 새끼. 다시 생각해 보니 더러운가 보지?

욱신거리는 심장을 무시하고 손끝으로 눈 주위를 꾹꾹 누르고 다시 일에 집중하기 시작했다.

* * *

"잠깐 쉬실까요?"

Jm엔터의 직원들이 기지개를 켜며 피곤한 얼굴로 고개를 끄덕였다.

희주가 커피를 사 오려 미팅룸을 벗어나자 Jm 직원들이 은밀하게 대화를 시작했다.

"근데 권승언 이사님은 왜 갑자기 미국 가신 거야? 뭐 또 사고 쳤나?"

"야, 권 이사 그 새끼 사고 친 게 하루 이틀이냐? 맨날 소속 연예인들 끼고 놀고, 신인 애들 불러서 밀어준답시고 더러운 짓이나 시키고. 도박에, 약에. 어디 또 뭐 수습할 거 있는지 잠시 몸 숨기는 거 아니겠어?"

"아냐, 이번엔 좀 달라. 비서실에서 듣기로는 뭐 어디 깡패들한테 맞았는지, 몰골이 장난 아니었다는데, 뭐 손가락? 손? 거기가 날아갔대."

"도박하다가 밑장이라도 뺏나 보지."

장난처럼 받아들인 남자가 킬킬거리며, 영화의 장면을 흉내 냈다.

"야, 진짜라니까."

희주가 커피 캐리어를 들고 미팅 룸으로 들어오자 그들은 실랑이는 종료됐다.

* * *

"오빠, 오빠."

진주가 넋 놓고 있는 태인을 불렀다.

박 실장에 의하면, 계속 요즘 이런 상태라고 했다. 태인답지 않은 상태.

정오의 햇살이 드리운 태인의 집무실.

얼마 전, 서진주는 결혼 겸 사업 논의차 프랑스에서 한국으로 들어왔다. 태인과 점심을 함께할 겸 그의 사무실로 찾아왔는데, 그의 오빠는 생각보다 상태가 영 안 좋다.

"무슨 생각을 그렇게 해?"

느른하게 소파에 기대 있던 그는 도드라진 목울대를 크게 한 번 울렁이며 넥타이를 느슨하게 풀어 헤쳤다. 상념에서 깬 듯한 얼굴은 혼란스러워 보이기도 했다.

"답답해."

권태롭고 여유작작하던 태도는 그대로인데, 전에 없던 묘한 초조함이 묻어났다.

"무슨 일이야?"

저런 모습의 태인이라니, 진주에겐 낯설었다. 차분함을 가장한 서늘함 뒤에는 동요하는 법이 없는 인간이었는데.

"아무것도 아니야. 뭐? 결혼 선물?"

"그래, 결혼 선물 뭐 해 줄 거냐고. 주식, 부동산, 현금 다 환영합니다."

어느새 걱정은 잊어버리고 싱긋 웃으며 장난 투로 대답한다. 네 살 연하의 프랑스 국적의 남자 모델이라고 했던가. 대대로 군수업체를 운영하는 남자의 집안과 전략적 제휴를 위해 서 회장이 불러들였다. 결혼은 뒷전이고 사업이 주가 될 게 뻔한 일정이었다.

"결혼 선물 한 번밖에 없어. 첫 번째 결혼에 쓸 거야?"

"무슨 소리야. 아주 악담을 해라. 나 정신 차렸다니까? 조슈 아랑 평생 가약할 거라고."

남성 편력이 심한 진주가 결혼을 결심했을 때는 뭔가 있겠지.

태인은 꼬았던 긴 다리를 풀고 소파에서 일어나 널찍한 마호 가니 책상으로 걸어갔다. 책상 위에는 먼지 한 톨 보이지 않았 고, 전화기나 사무용품, 결재서류가 한 치의 오차도 없이 각 잡히게 놓여 있다.

지독한 편집증은 고쳐지지 않은 것 같은데, 진짜 저 인간이 왜 저러는 걸까.

태인은 어느새, 서류 봉투를 진주 앞에 두고는 눈짓으로 열 어 보라는 말을 대신했다.

카브리해 근처의 세인트 바츠 섬이었다.

"와, 오빠 내가 사랑한다고 했던가?"

서류를 보던 진주의 시원스러운 입이 한껏 벌어졌다.

태인은 픽, 웃은 다음 다시 상념에 빠진 듯 턱을 괴고 손가 락으로 입가를 문질렀다.

"그런 건…… 어떤 기분이야?"

"뭐가?"

"조슈아. 만날 때 어떤 느낌이냐고."

눈을 가늘게 뜨며 그를 잠시 바라보던 진주는 쉽게 대답하지 못했다.

'사랑'이라고 말하고 싶은데, 그는 그게 뭔지 모르니까. 듣고 비웃지나 않으면 다행이다.

그 역시 답을 들을 생각은 없었다는 듯 그만 나가자는 제스처를 취했다. 점심 식사를 위해 호텔로 가야 했다.

태인은 전용 엘리베이터로 내려가는 와중에 손가락을 경련하듯 슬쩍 움직였다.

손목의 부드러운 감촉, 만질 때마다 바르르 떨리는 느낌. 부서뜨리고 싶다가도 온전하게 삼키고도 싶은 그런 느낌. 모든 신경이 곤두서는 그 끝에는, 단 하나의 얼굴로 귀결된다.

권승언의 개수작 때문에 엉망이 된 얼굴로 엉엉 우는 김희주의 모습을 보는데 심장이 텅 빈 기분, 이건 도무지 메꿔지지 않았다. 생전 처음 겪어 보는 감정에 그는 불쾌함을 느꼈다. 아니 불안함인가. 희주를 다시 보면 그 증상이 더 심할 것 같아 그날을 끝으로 연락하지 않았다. 정확히는 28일 동안.

증폭되는 이 불안감의 정체를 알 것만 같았다. 억지로 꾹꾹 눌러 내리는 감정이 튀어 올라 날카롭게 속을 헤집는다.

모든 걸 다 내던지고 싶은…….

그 생각에까지 미치자 그가 불현듯 파안대소하며, 고개를 흔들었다. 그러다 웃음을 그치고 마른세수를 연신 했다. 눈가를 꾹꾹 누르며 가까스로 정신을 차린다. 마음먹은 건 계획대로 다 하는 인간이 그였다. 그래서 김희주 역시 가지지 않았던가. 완벽한 계획의 일환으로.

정신 차려, 서태인. 지금까지 무엇을 위해 살아왔는지 몰라서 그래? 사춘기 애새끼도 아니고 그깟 여자 때문에 이렇게 감정에 휘둘려서 어쩌자는 건지.

자신의 근간을 흔드는 여자 때문에 자조 섞인 의문을 가지는 것조차 꼴불견이었다.

하, 짧은 탄식 같은 숨을 터트리자 넓은 가슴이 크게 부풀어 올랐다.

의도적으로 김희주를 피한 지 고작 한 달이다. 숙면을 취하지 못한 눈이 뻑뻑했다. 김희주 금단 증상이라도 있는 건지, 눈을 감으면 그녀의 잔상이 더 또렷해져 수면제를 처방받고 잠든 지 꽤 됐다. 그것마저 소용없는 듯했지만.

'언제 와요? 기다릴게요. 보고 싶어요.'

눈부시게 웃는 환영, 귓가의 달콤한 환청. 모두 거짓이고 꾸며 낸 자신의 상상이다. 굴복되지 않으려는 버티려는 마음과 무릎을 꿇고, 빌고 싶은 간절함이 충돌했다.

아무래도 미친 게 틀림없다.

진주는 그런 변화무쌍한 태인의 표정을 희한하게 쳐다보며 원인이 무엇인지 찾으려고 기민하게 살폈다.

로비에 도착했다는 안내 소리에 이어 부드럽게 엘리베이터 문이 열렸다. 로비 전면 유리 벽으로 드넓은 정원이 보였다.

"잠깐 회사 구경 좀 하자, 정원이 아주 끝내 주네? 파리로 착각하겠어."

'리틀 튈트리 정원'이라고 직원들이 애칭을 붙인 이 정원은 파리의 튈트리 정원과 구조가 비슷했다. 특히 연못 근처에 놓인 철제 초록 벤치 때문에 더 그렇게 보였다.

정원은 가을의 정취를 만끽하기 위해 나온 직원들로 붐볐다.

점심시간이 한창일 때라 이미 식사를 마친 직원들이, 삼삼오오 정원을 걷고 있었다. 조각상과 키가 크고 작은 나무, 꽃이 예쁜 화단이 드넓은 정원에 펼쳐져 있어 산책하기에는 더없이 좋은 곳이다.

진주는 사옥 입구에 대기 된 차를 지나쳐 정원으로 향했다.

"와 신사옥 진짜 좋네. 나도 그냥 한국 올까?"

마음에도 없는 소리. 태인은 가볍게 무시하며 진주의 옆으로 걸었다.

"아! 설마, 여자 문제?"

대뜸 진주가 물어왔다. 대답 없는 태인을 보고 그럴 줄 알았다는 듯 계속 제 할 말만 했다.

"맞혀 볼까? 누군지? 집안 내력으로 봤을 때 우리 집 남자들은 지독한 순정파거든."

순정, 이라는 말에서 삐딱함이 느껴졌다.

"그, 누구야? 3년 좀 더 됐나? 왜, 그 있잖아. 그림같이 예뻤던…… 이름이 뭐더라……."

엄지와 중지를 튕기며, 머릿속을 뒤지는 모양이었다.

아, 누구지. 이름이…… 아, 혀끝에 걸릴 듯 말 듯 하는데…….

옆에 걷고 있었던 태인의 기척이 사라졌다. 진주는 뒤로 갑자기 멈춰 선 태인을 느리게 돌아보았다.

무언가를 발견한 듯 멈추어 서 있는 태인을 발견했다. 놀랍게도 태인의 입매가 부드럽게 휘어진다.

저렇게 웃는 건 처음 보는데…….

진주가 홀린 듯이 서서히 그 시선을 좇아 눈을 옮겼다.

올려져 있어야 할 게 없는 텅 빈 콘 과자만 들고 있는 당황한 여자가 보였다. 여자의 시선이 바닥에 떨어뜨려서 흐물거리는 아이스크림에 고정돼 있었다.

진주는 다시 고개를 돌려 자신의 오빠를 보았다.

무방비하게 시선을 내준다. 따뜻한 저 표정이 지독히도 낯설다.

그러다, 얼굴이 순식간에 구겨졌다. 핏줄이 불거진 이마를 문지르며 그 장면에서 고개를 돌렸다.

롤러코스터를 타는 태인의 표정에 다시 여자를 쳐다봤다. 여자의 옆에 있던 남자가 그녀를 토닥이며 자신의 아이스크림을 건네준다.

아…… 맞아.

"김희주? 김희주, 맞지?"

진주가 태인 곁으로 다가와 생각났다는 듯 말했다.

짙은 베이지색 셔츠 원피스에 스틸레토 힐을 매치한 여자는 가을과 어울리는 고혹적인 자태였다. 옆의 사람들과 어울리며 웃는 모습은 확실히 눈을 뗄 수 없을 만큼 매력적이었다.

"뭐야? 진짜? 내가 경고해 줬는데 아직도 오빠 옆에 있다고?"

진주는 일부러 과장된 톤을 흉내 내며 재밌다는 듯 빙글빙글 웃었다.

그때, 손에 들고 있던 핸드폰의 액정을 확인하고는 태인의 눈치를 힐끗, 보고는 멀어졌다. 은밀한 통화라도 되는 양 멀어지는 걸음이 빨랐고, 목소리는 작아졌다.

"응 재인아……. 그래 나중에 파리 결혼식이나 와. 졸업 앞에 두고 집중해야지. 그래, 괜찮아……."

어느 정도 거리라 통화의 내용은 태인이 듣지 못했다. 진주는 그래도 불안한지 계속 고개를 돌리며 태인을 살폈다. 하지만 정작 여자에게 정신 팔린 그는 진주 쪽은 신경도 쓰지 않는 듯했다.

* * *

여자로부터 몸을 돌렸던 태인은 다시 그녀가 있는 쪽으로 몸을 틀었다. 불가항력이었다. 한 달 만에 보는 그 모습이 너무 예뻐서.

희주는 아이스크림을 먹으며, 앞에 선 남자가 너스레를 떠는 소리에 간간이 미소 지었다.

속이 뒤틀렸다.

아직 앳된 티가 나는 말간 남자는 희주의 미소에 귀 끝이 빨개졌다. 남자는 그럴 때마다 뒤통수에 손을 가져가며 머쓱함을 드러냈다.

태인이 노골적인 시선을 보내자 사람들이 그의 존재를 눈치챘다. 아직도 태인과 희주의 관계는 사람들 사이에 재미있는 화젯거리다. 누구는 집안끼리 아는 사이라 그랬고, 또 누구는 결혼을 약속한 사이라고 했다. 그래서 섣불리 희주를 건드렸나 싶어 안심하고 있으면, 저렇게 또 시꺼먼 새끼를 하나씩 달고 나타나 속을 뒤집는다.

옆의 사람들이 팔꿈치로 희주를 툭툭, 치며 태인의 쪽을 주시시켰다.

시선을 피할 줄 알았던 여자는 피하지 않았다. 그리고 화사하게 웃었다.

그 웃음 뒤에 담긴 불순한 의도가 읽히지 않은 건 아니었다. 원망과 분노 그 어디쯤이겠지.

알고 있는데도, 적선하듯 웃어 주는 그 모습이 미치도록 예뻐서 태인은 그대로 얼어붙었다.

한 달 만이다. 그녀를 애써 무시하던 중이었다. 자신에게 내리는 고문 같은 시간을 견디고 있었다. 태인은 부작용이라도 생긴 것처럼 잠도 못 자고, 일과 운동에만 몰두했다. 그러면서 끝끝내 그녀를 떠올리며 욕정 했다. 그런 그녀는 저에게 저렇게 예쁘게 웃는다. 속도 없이.

나만 괴로웠어?

세 살 먹은 어린아이 같은 유치한 심술이 올라온다. 그때도 그러진 않았을 텐데 내가.

하, 기가 찬 탄식과 같은 소리를 내뱉고는 태인은 성큼성큼 그 무리 앞으로 걸어갔다. 여자가 가장 곤란해하는 상황을 일부러 만들기로 작정했다.

"아, 전무님 안녕하세요. 식사하셨어요?"

"이제 하러 갑니다. 동생이 와서."

희주 역시 손에 들고 있던 아이스크림을 쥔 채로 고개를 숙여 인사했다. 유치하게 당장 저걸 빼앗아다가 던져 버리고 싶었다. 여유를 끌어모아 집안끼리 아는 다정한 오빠 흉내를 내며 희주에게 안부를 묻는다.

"얼굴 보기가 왜 이렇게 힘들어."

낮고 부드러운 목소리. 희주는 어이가 없었다. 지금 피한 게 누군데. 가증스러운 연기에 속으로 실소했다.

"요즘 일이 많아서요. 오빠도 바쁘신 것 같았는데?"

세밀화처럼 단정한 눈매를 곱게 접어, 그 까맣고 반짝이는 눈으로 그를 똑바로 바라본다.

오빠?

태인뿐만 아니라 주변의 사람들도 깜짝 놀랐다.

"아, 실수, 사석에서 그렇게 부르다 보니까."

덧붙이며 입을 가리면서 소리 내 작게 웃었다. 사람들은 그제야 아아, 탄식하며 이해했다는 듯 고개를 끄덕였다.

고개를 끄덕일 수 없는 건 태인뿐이었다.

너만 연기할 수 있는 게 아니라는 듯, 자신은 너 없어도 잘 지냈다는 듯한 저 얼굴에 다시 마음이 비틀린다.

통화를 마친 진주가 그를 부르지 않았다면, 김희주를 잡고 끌고 갔을지도 모르겠다.

* * *

그날 밤, 연락받지 않는 희주의 집으로 찾아갔다. 무미건조한 표정으로 문을 열어 준 희주가 등을 보였다.

쿵, 심장이 내려앉았다.

'이제 나 안 좋아해?'

언젠가 장난처럼 그녀에게 물었던 말이었다. 이제는 그 말이 입 밖으로 나오지 않았다.

그는 아담한 원룸의 벽에 비딱하게 기대서서 집요할 만큼 그녀를 쳐다보았다. 커다란 체격 때문에 집이 더 좁아 보였다.

"공부 잘했다고 들었는데? 우리 회사 장학생이 아무나 되는 거였는지, 재단에 다시 한번 검토하라고 해야겠어."

점심때 일로 추궁의 빌미를 잡았다. 자신이 내뱉고도 유치하기 짝이 없는 심술에 태인은 입 안쪽 살을 지그시 씹었다.

한 갈래로 머리를 묶고 티셔츠에 반바지를 입은 모습이 낯설었다. 바닥에 앉아 저를 치켜떠 보는 게 고양이 같긴 한데, 자신에 대한 애정이 별로 느껴지지 않았다.

이유 모를 초조함의 정체는, 눈에 보이지 않는 동안 잃어버릴까 봐 전전긍긍한 여자의 애정이었던 걸까.

열어 놓은 창문으로 불어온 바람에 불현듯 짙은 살 내음이 훅 끼쳐와, 그는 손을 들어 코와 입을 가렸다. 들어설 때부턴 불편했던 것이 자꾸 부풀어 올랐다.

오자마자 개같이 달려들면 김희주가 싫어할 텐데.

언제부터 그런 걸 따졌는지, 이상한 회로가 돌아가는 자신의 머리가 가증스러웠다.

희주가 자리에서 일어나 그의 앞으로 섰다.

"뭐요? 오늘 점심때 내가 또 남자랑 얘기하고 있어서 화났어요?"

한참을 말이 없던 그녀가 건조한 목소리로 말했다.

"차민기, 얼마 전에 다른 부서에서 트랜스퍼 해서 왔어요. 대학 동문이더라고요. 그래서 좀 친해졌어요. 회사 끝나고 같은 대학 출신끼리 모여서 술도 좀 마시고, 그렇게 지냈어요. 한 달 동안."

한 달 동안이라는 말을 강조한 그녀가 볼멘소리로 말했다.

그 말투에, 지독한 안도감이 들어 태인이 허탈한 웃음을 흘렸다. 다행히 아직은 아니다.

"한 달 동안 당신은 뭐 하고 지냈어요?"

낮게 가라앉은 목소리에 꾹 누른 울음기가 담겨 있다.

희주는 연락이 없는 동안, 이 관계도 끝이 났다고 단정하면서도 그녀가 사람들과 어울려 술을 마시고 있으면, 혹시나 그때처럼 불쑥 찾아오지 않을까 기대했었다. 비참하지만 그래, 기다렸다. 집 앞에 예전처럼 기다리고 있지 않을까, 두근거리는 마음으로 귀가했었다.

결국 끝끝내 그는 보이지 않았지만.

"얘기해 줄래요? 우리가 끝난 거면, 끝났다고? 아무것도 모른 채 이렇게 지내게 하는 건 너무…… 가혹하잖아요."

불그스름한 뺨 위로 긴 속눈썹이 사르르 떨렸다.

그게 아니라고 말해야 하는데.

날카로운 칼이 심장을 서걱서걱, 난도질하는 것 같다. 쓸린 건 심장인데 눈앞은 또 왜 이렇게 벌건지. 어떤 말을 해야 할지 모르겠다.

아, 오착의 대가는 지독하다.

"그래."

쓴물을 삼켜, 대답하고는 작은 뒤통수를 당겨 안았다.

입 안에서 온갖 달콤한 향기가 그를 잠식한다.

그녀가 파들거리는 팔로 자신을 목을 감아 절박한 입맞춤을 해오자 태인은 처음으로 무너지는 느낌을 받았다. 선명하게 보이는 상처에 애가 탔다.

뜨겁고 달콤한 타액이 그를 미치게 하는 건지도 몰랐다.

내 인생은 이렇게 쓰고, 저리고, 아픈데, 유일하게 달콤한 게 너야. 희주야.

그래서, 그럴 일은 없어.

희주야.

나의 오착으로 시작된 이 관계는 이제 끝나지 않아.

진창에 구르더라도 내 곁에 남는 거야.

5. 전야

완연한 가을, 다채로운 주홍 색감들이 차창 밖으로 펼쳐졌다. 이게 남들이 하는 데이트라는 걸까.

다음 날, 둘은 처음으로 집이 아닌 곳으로 가고 있었다. 늘 태인의 집이나 희주의 집, 가끔 차 안에서 목적이 분명한 만남을 빼고는 처음 있는 일이었다. 보통은 태인의 살인적인 스케줄의 사이, 그리고 비는 시간에 희주가 껴 있는 모양새였기 때문이다.

직접 운전을 하는 태인의 옆에서 희주는 생소한 기분에 휩싸였다. 바로 어제까지, 그가 자신의 집으로 찾아오기 전까지는 무저갱으로 빠져드는 것 같았는데 말이다.

무절제한 섹스 끝에 탈진한 듯 잠들었다. 눈을 떴을 때 몸이 지나치게 무거웠다. 고개를 돌려, 덥고 바위에 눌린 듯한 답답한 실체를 확인하고는 눈만 끔벅댔다. 1인용 침대에서 한 치의 틈도 없이 그녀를 품에 안은 채 잠든 남자의 얼굴은 지나치게 평온했다.

태인은 잠결에 관능적으로 눈을 느리게 떴다가 감으며 희주를 끌어당겼다. 나른한 몸짓으로 머리를 쓰다듬으며 이마에 뜨거운 입술을 붙여왔다.

"놀러 갈까?"

가라앉은 목소리.

처음 보는 남자의 무방비한 얼굴에 단단히 세운 마음이 녹아 흘러내렸다.

장난삼아 하는 말인 줄 알았는데, 그는 곧장 일어나 준비 안 하냐는 눈으로 그녀를 쳐다보았다.

운전하는 모습이 너무 근사했다. 희주는 밖을 보는 것처럼 하고는 창문에 비친 그의 모습을 바라보았다. 크고 단정한 손이 핸들을 돌릴 때, 룸미러와 사이드미러에 시선을 두며 운전하는 모습이 그의 성격을 보여 주듯이 군더더기가 없었다.

태인이 눈길을 알아차렸는지, 창에 팔꿈치를 괴고 희주의 시선을 따라갔다. 창문 안에서 시선이 마주쳤다.

낮게 웃으면서 그는 팔을 괸 손으로 관자놀이를 문질렀다.

"그냥 봐도 돼."

"안 봤는데. 밖에 구경하는 건데."

"내가 보고 싶어서 그래. 돌려봐."

들켜서 민망한 마음에 눈을 내리깔고 고개를 돌리자 운전대로 자연스럽게 시선이 갔다. 살짝 팔목을 걷은 니트에서 나온 굵은 손목이, 핏줄과 뼈마디가 도드라진 큰 손이 너무 야해 보였다.

어제 바로 저 손으로 자신의 가슴을 손안 가득 움켜쥐고, 저 긴 손가락으로 자신의 밑을 들락거렸던…….

미쳤나 봐. 고개를 정면으로 돌리면서 희주는 목을 가다듬었다.

"무슨 생각해?"

빤히 보인다는 말투에 속내를 들킨 것 같아 희주의 얼굴이 붉어졌다. 태인은 낮게 웃음을 흘린 뒤 손을 들어 희주의 상기된 뺨을 덧그렸다.

"아무것도요……. 그냥 목이 말라서요."

희주는 컵홀더에서 생수병을 빼 들어 한 모금 마셨다.

"그래? 난 나쁜 생각 했는데."

홀더에 다시 생수병을 꽂아 넣으며 희주의 시선이 그곳으로 떨어졌다.

오른쪽 허벅지 옆으로 기둥이 단단한 윤곽을 그리고 있었다. 심지어 사타구니 부분에는 동그란 얼룩을 남기고 있었다.

"뭐예요? 왜 이래요?"

눈을 크게 뜨며 언제 도대체 이렇게까지 됐는지, 무슨 생각을 했기에 저렇게 무섭도록 빠르게 흥분하는 건지. 그 순간에도 그 부피감은 더 차오르는 것처럼 보였다. 바지가 터지지 않을지 걱정될 정도였다.

"비위 좀 상할 텐데, 얘기해 줘?"

"······아뇨, 됐어요."

들어서 좋을 게 없을 것 같다는 판단이었다. 섹스하는 패턴만 봐도 머릿속에는 난잡한 상상만 가득할 게 뻔했다.

아무리 봐도 적응되지 않았다. 저렇게 단정하고 금욕적인 인상의 남자가 변태 같은 그런 취향의 섹스를 즐긴다는 사실이. 하긴 태인도 저를 그렇게 생각하고 있는 것 같았지만.

'생긴 거랑 다르게 논단 말이야. 단정하게 생겨서 이렇게 음탕하고 밝히잖아.'

'오빠? 말해 봐. 얼른 말해. 응? 나 까딱하면 거기 사람들 앞에서 세울 뻔했잖아.'

'네가 말하면 그게 얼마나 야한지 알아? 또 누구한테 말한 적 있어?'

어젯밤, 그가 우악스럽게 꾹꾹 파고들면서 음란하게 귓가에 속삭이던 말들이 생각나자 다시 얼굴이 달아올랐다.

뺨을 식히러 손을 가져가는데 손이 허공에서 잡혔다. 태인은 그녀의 손을 가져와 허벅지 사이에 누르고 슬슬 문질렀다.

"사고 안 나게 좀 달래줘."

손바닥이 태인의 손과 바지 사이에 끼인 채로 이리저리 흔들린다.

바지춤 안에 있는 돌덩이같이 크고 단단한 것을 꾹 짓누르면서도 그는 태연하게 운전했다. 핸들을 쥔 왼손에 힘이 잔뜩 들어간 게 보였다. 금방이라도 바지를 뚫고 나올 것 같았다. 젖은 부분도 점차 짙어지면서 커졌다.

성기를 문질러지는 건 태인인데, 왜 자신의 아랫배에서 열감이 퍼지고, 밑이 조여드는 감각이 느껴지는지. 저도 변태 같은 저 남자와 다를 바가 없었다. 희주는 달아오르는 자신의 몸을 들킬까 봐 퉁명스럽게 말했다.

"창피하지도 않아요?"

"뭘 이 정도로."

그가 큰 목울대를 출렁이며 신음을 내뱉었다. 관자놀이에는 흥분의 증거로 새파란 힘줄에 땀이 맺혔다.

"회사에서도 네 생각나면 가끔 해."

거칠어진 숨소리와 함께 내뱉는 말이 퍽 진지했다.

"미쳤어."

뻔뻔하게 말하는 태도에 아연해진 희주가 손의 힘을 조절하지 못해 꾹 눌러 버렸다. 낮게 신음을 뱉은 그는 핸들을 꽉 쥐었다. 눈에는 열기가 고였고, 입매는 야릇하게 비틀렸다.

더 이러고 있다간 희주 역시 그의 열기에 휩싸여 어떻게 될지도 몰랐다. 그만둬야 한다는 경고음이었다.

"사고 나겠어요."

희주는 손을 떼려고 하자, 그는 손을 가로채 잡고는 손가락을 하나하나 맞물려 잡았다. 그리고 몸집을 부풀린 성기에서 비낀 곳에 얌전히 내려 두었다.

희주는 정면을 응시하면서 그의 것을 힐끔 보았다.

여전히 흉흉한 그곳이 아파 보이기까지 할 정도였다.

그렇지만 그는 익숙하다는 듯 별로 신경 쓰지 않는 기색이었다.

"괜찮으니까 신경 쓰지 마."

탁한 음성이 고요하게 내려앉고, 그는 음악을 틀었다.

* * *

두 시간이 넘게 달려온 곳은 조용한 농가 같은 곳의 프렌치 레스토랑이었다. 내부는 앤티크한 무드였고, 테이블이 있는 공간으로 스며드는 볕이 보드라웠다. 아치형의 창문 너머로 단풍이 드는 수목림이 보였다.

어떤 감정으로 기억하게 될까, 이 순간은.

행복한 기분을 느끼면서도 끝을 생각하자 목구멍이 왈칵 조여 들었다. 만나는 내내 끝을 생각하지 않은 적이 없기에 자연스러운 의식의 흐름이었다.

친절하고 세심한 안내와 함께 프랑스식 코스 요리가 나왔다.

"여긴 누구랑 왔었어요?"

이런 섬세한 곳을 찾아 데려온 이유가 궁금해졌다. 하긴 원래부터 취향이 확고한 남자였다. 태인의 집에는 모던하면서 클래식한 아름다운 오브제와 예술작품들이 많았다.

태인의 옷차림부터 향수까지 하나같이 우아하고 고아한 본인에게 어울리는 것들이었다. 그의 심미안 중에 맞는 사람으로 자신을 고른 건 아닐까 실없는 생각이 들었다. 매번 자신의 알몸을 감상하듯이 샅샅이 살펴볼 때면 더 그랬다.

"처음인데? 박 실장이 보고한 것 중에 골랐어."

뭐라고 물었길래 이런 곳을 알려 줬을까.

식사를 마치고 나오니 어느덧 밤이었고, 차로 돌아가는 길에 코로 들이마시는 차가운 밤공기가 그녀를 설레게 했다. 깊어지는 밤만큼이나, 이런 친절과 다정함에 마음도 깊어질까 봐 두려웠다.

문득 궁금해졌다. 갑자기 이러는 이유가. 물어보고 싶은데 말이 나오지 않았다. 그동안 태인은 그녀에게 대체로 다정한 편이었다. 하지만 곧이어 언제 그랬냐는 듯 차갑게 돌아섰다.

그래서 이것도 하나의 변덕이 아닐까 싶었다. 늘 감정적으로 아래의 위치에 있는 그와의 관계에 지친 희주에게 보내는 그의 적선일 가능성이 컸다.

지독한 자기연민이 구르고 굴러 고작, 그러한 생각에 그쳤다.

* * *

그 날 이후로 그는 태도가 조금 달라졌다.

물론, 침대에서는 변함없이 심할 정도로 저질스럽게 괴롭혔지만, 그것도 생각해 보면 달라지긴 했다.

이제는 섹스 후 잠도 함께 잔다.

'여기서 자고 가, 너무 추우니까.'

온기가 가득한 방에서 말도 안 되는 소리를 하며 뱀처럼 몸을 칭칭 감아 왔다.

착각할 만큼 애정 어린 태도에 희주는 슬그머니 고개를 드는 기대감을 누르려고 했지만 그럴 수가 없었다. 입가에는 숨겨지지 않는 미소가 흘렀고, 더 없는 생기 탓에 사람들이 그녀에게 연애하냐고도 물어왔다.

여기저기 데리고 다니는 것도 수상하게 생각할 즈음이었다.

새로 론칭한 주류 브랜드가 본격적으로 시장에 나오고 프로모션까지 진척 상황이 꽤 괜찮았다. 어젯밤 '론칭 파티' 행사를 끝으로 큰 행사는 다 마무리된 상태였다.

"아, 나 사람이 30시간 동안 잠을 안 잘 수도 있는지 처음 알았잖아."

팀원 한 명이 자신의 얼굴에 드리운 다크서클을 거울로 보며 망연자실한 표정을 지었다. 밤늦게까지 진행된 행사에 다들 몰골이 말이 아니었다. 행사를 마무리한 후, 아침에 회사에 들어와 SNS나 언론매체 쪽 상황을 체크하고 스크랩까지 마친 후였다.

팀원들은 다들 뻣뻣한 목을 주무르며 팀장이 어서 빨리 '조기 퇴근 명령'을 윗선에서 받아오기를 기다리는 중이었다.

결재 서류를 들고 갔던 주 팀장이 성큼성큼 걸어왔다. 짐을 싸고 있던 마케팅팀에 드디어 반가운 소식이 떨어졌다.

"그동안 수고 많았어. 다들 고생했는데 주말까지 푹 쉬다 와."

햇살이 내리쬐는 시간에 퇴근한 게 도대체 얼마 만인지. 게다가 금요일이라 뭔가 더 휴일의 기분이 만끽이 됐다.

나른한 햇살에 버스 정류장으로 걸어가는 길이었다.

그러고 보니 태인을 본 날이 언제였더라.

매일 집으로 들어와 쓰러지는 그녀를 바라만 보다 갔던 적도 있었다. 기어코 씻겨 주겠다며 옷을 벗겨 샤워실에서 겹친 적도. 침대에 누워 넌 자라며 자신이 알아서 하겠다며 한 적도.

피곤해서 남자의 얼굴을 보고 싶어도 눈이 감겼었다. 아침에 일어나보면 울긋불긋한 물든 몸만 봐도 그가 뭘 했는지 알 것만 같아 얼굴을 붉혔었다.

정말. 미쳤어. 정말.

수도 없이 몸을 겹쳤지만, 아직도 그 적나라한 행위를 생각하면 얼굴이 달아오른다.

"진짜…… 미쳤어."

딸꾹 고개를 도리질 치며 걷는데 눈앞에 각 잡힌 매끈한 바지 끝단과 구두가 보였다.

거의 동시에 그녀의 턱이 들렸다.

"뭘 생각하길래 얼굴이 빨갛지?"

태인이 앞에 서 있었다. 늘 그렇듯 근사한 모습으로 햇살을 받으면서.

며칠 밤을 새우다시피 해 부족한 수면 시간에 정신이 몽롱해서 더 그런 것 같았다. 어제 DJ의 시끄러운 음악 소리, 그리고 상품이었던 술까지 마신 터라 숙취도 있었다.

근처 세워 둔 차로 데려가 조수석을 열어 태운다. 그대로 벨트까지 채워 주고는 머리에 입술을 붙여온다.

희주는 자신이 순간이동이라도 한 것처럼, 그 일련의 과정들이 기억이 잘 나지 않았다. 정말 피곤했다. 그런데 일찍 퇴근하는지 어떻게 알고 이렇게 온 걸까.

그는 반쯤 감겨 있는 희주의 눈을 보면서 소리 내서 웃었다.

"난 네가 좀 피곤한 게 좋더라."

운전석에 탄 그가 말했다.

"날 세운 것도 좀 사라지고, 무방비해지거든."

그가 눈짓으로 자신의 손을 가리켰다. 바로 가슴 밑 갈비뼈 부근에 손이 올라와 있었다.

언제.

"이렇게 치대도 놀라지도 않고 말이야. 여러모로 좋아."

밑 부분의 둔덕을 지그시 문지르며 누르자 찌르르, 몸이 떨려왔다. 그 모습에 작게 소리 내 웃고는 다정하게 입 맞춘다. 웃음이 언제 저렇게 헤퍼졌는지. 저를 잘 알고 있다는 듯 연인 같은 말과 행동에 가슴 한편이 시큰거렸다.

부드럽게 출발하는 그는 나직하게 계속 말을 이었다.

"그래도 체력 좀 키워. 잠든 너한테 가혹하기 싫거든."

저속한 말을 근사하기 짝이 없는 목소리로 말한다.

최근 야근도 많이 하고 무리한 탓에 온몸이 뻐근하긴 했다. 그 때문에 그와 몸을 겹칠 때도 한번을 끝으로 기절하듯 잠들었다. 그 뒤로 어떤 일이 일어났는지는 생각하고 싶지 않다.

차로 직접 운전해 그가 데려온 곳은 곡선 형태가 인상적인 모던한 건물이었다.

〈클루시브 스파&에스테틱〉

회원만 출입할 수 있는 프라이빗 스파였다. 널찍한 복도와 로비에서는 더없이 편안한 향기가 흘렀다.

"다녀와."

리셉션 소파에서 앉으며 태인이 말했다.

"당신은요?"

"난, 못 하는 거고."

아 맞다, 누가 만지는 걸 싫어한다고 했지. 그와 붙어 있다 보니 깜박했다. 옆에 있으면 손을 계속 뻗어오니까.

"기다릴게. 다녀와."

그는 긴 다리를 꼬고 태블릿을 손으로 가리키며 말했다. 일할 테니 받고 오라는 것이다.

"피부가 좀 스키니하셔서 발리니스가 적당할 것 같은데, 괜찮으세요?"

테라피스트가 코스를 차근히 소개해 주며 차를 내왔다.

방 안의 장미꽃잎이 띄어진 나무 욕조에 몸을 잠시 담갔다가 나오니 테라피스트가 베드로 안내했다. 마사지로 뭉친 근육을 부드럽게 해 주고, 꿀과 아보카도로 만든 바디 컨디셔너를 피부에 발라주었다. 온도와 지압에 대해서 계속 상냥하게 체크를 해 주는 느낌이 좋았다.

생전 처음 받아 보는 호사에 희주는 어색한 태도를 감추기는 어려웠다. 끝난 뒤 옷을 갈아입고 나오니 루이보스차와 치즈 무스케이크가 테이블에 놓여 있었지만, 시간이 이미 너무 많이 지났다는 것을 인지했다. 그가 기다리면 기다린 대로 불편하고, 돌아갔다면…….

"빨리 나가 봐야 하는데……."

복도로 나와 테라피스트의 뒷모습을 좇았다.

그녀가 조금은 여유를 잃은 모습으로 리셉션으로 나오자, 두 시간 전의 모습과 똑같은 완벽한 자태의 남자가 앉아 있었다.

그는 고개를 들어 그녀를 쳐다보았다.

"뭐가 그리 급해."

"그게, 시간이 오래돼서."

"좋았어? 피곤은 좀 풀렸고?"

그가 일어서며 어깨를 감싸 안았다. 목덜미에 코를 묻고 입술을 가볍게 대며 말했다.

"좋은 냄새 나네."

희주는 그를 밀어 내며 주변을 살폈다. 넓은 리셉션에다가 야외 공간까지 이어진 넓은 곳이지만 사람들이 곳곳에 앉아 있었다.

"사람들 봐요."

그는 살짝 미간을 구겼다.

"이거 봐, 또 피곤 풀리면 바싹 날 선다니까."

차로 에스코트한 그는 자신의 집으로 향했다.

"고마워요. 오늘."

"나 좋자고 한 일인데, 인사는 사양할게. 양심에 찔려서."

그가 차창에 팔을 기대고 그녀를 돌려 보았다. 웃음기 없는 얼굴에 진심이 묻어났다.

그러지 말아야 하지 하면서도 행복한 순간은 계속 떠올라 되새겨졌다. 점심 식사 후 정원에서 팀원들 대화에서 하는 와중에도 희주의 의식은 그날로 빠져 있었다. 입가가 자꾸 간질거렸다.

그 순간만큼은 어떤 불안감도 그녀를 잠식하지 못한 온전한 시간이었다.

"내 친구 클루시브 스파에서 일하거든, 근데, 서태인이 지난주에 거기 왔다는 거야."

얼마 멀리 않은 뒤쪽에서 조곤조곤 얘기하는 여자의 목소리가 희주의 귓가에 들렸다.

"근데 웬 여자랑 같이 왔는데, 완전히 물고 빨고 할 기세였대."

"헐, 말도 안 돼. 연애하나? 아니 그리고 뭐 결벽증 이런 거라고 하지 않았나? 스파는 괜찮나?"

"들어 봐 봐. 대박인 게, 서태인은 리셉션에서 있고, 여자만 두 시간 동안 코스 받았대."

"두 시간 동안? 그 정도면 찐사랑이다. 결혼할 사이인가? 어디 집안 딸일까? 부러워."

사랑, 연애, 결혼 현실감 없는 단어에 희주는 픽, 웃고 말았다. 하지만 다음 말에는 웃을 수 없었다.

"설마, 생각해 봐. 뭐겠니? 스폰이지, 스폰. 그 여자 딱 그런 느낌이었대. 예쁘긴 한데 뭔가 당당하지 못한 관계처럼 주변 살피는 느낌?"

"그래도 부럽긴 하다. 천하의 서태인이 여자를 물고 빨 기세였다니."

한겨울에 찬물을 뒤집어쓴 듯 정신이 번쩍 들었다. 파르르 커피잔을 든 손끝이 떨려왔다.

다정함에 착각하지 말라는 경고였다.

발밑의 낙엽을 바라보았다. 화려한 가을의 낙엽들이 시간이 지나 추하게 갈변하고 있었다.

희주는 다시 고개를 들어 높은 서산의 신사옥을 올려다보았다.

그의 곁에 남아 있기로 한다면 고작 그런 관계에 얽매일 수밖에 없다는 현실이 참혹하게 와닿았다.

* * *

하얗고 넓은 침대 위, 역삼각형의 넓은 등에 섬세하게 붙은 근육들이 고른 규칙적인 숨결에 오르내렸다.

길고 뜨거운 숨을 뱉은 재인이 지끈거리는 머리에 무겁게 눈꺼풀을 느리게 들어 올렸다. 악몽에 시달린 탓이다. 몸을 일으켜 침대 헤드에 머리를 툭, 기대고는 도드라진 목울대를 크게 움직였다.

큰일이네. 이러면 더 그리워지는데. 오늘 종일 희주 생각만 하다 끝나겠다.

거실로 나오자 통유리창을 때리는 빗소리가 들렸다. 새벽부터 시작된 비가 그칠 기미가 보이지 않았다. 태인이 떠난 뒤로 혼자 생활하고 있는 여기 펜트하우스의 거실은 넓다 못해 황량해 보였다.

거실 맞은편 부엌으로 걸음을 옮겼다. 우유 한잔을 따라 벌컥 마시고는 창으로 다가가 빗소리를 들으며 센트럴 파크 가을의 전경을 내려다보았다. 울긋불긋하게 완연한 색으로 물든 파노라마 뷰가 쏟아지는 빗줄기에 어룽져 수채화처럼 번졌다. 아름답고 우수에 젖을 수 있는 그림 같은 풍경이었다.

재인은 지독한 꿈을 꾼 탓에 가칠한 얼굴을 쓸어내리며 최초로 자신의 불행을 털어놓았던 날을 떠올렸다. 그날도 비가 왔었다.

희주와 처음 만난 날, 죽을 다 먹고 기운을 차린 재인에게 오두막으로 데려가겠다는 약속을 지키기 위해 가던 길이었다. 완만하지만 그래도 산 중턱에 있는 오두막에 올라가던 와중 희주와 재인이 소나기를 만났다. 그들은 뛰기 시작했다.

둘은 잔뜩 젖은 채로 오두막 안으로 들어왔다. 작은 내부는 5평 남짓했고 아늑했다. 희주는 익숙하게 찬장 위에 있는 수건을 꺼내 재인을 닦아 주었고, 작은 창문을 가리고 있는 커튼을 열었다. 숲속에 있는 것을 실감할 정도로 나무가 빽빽하게 보였다.

"어때 좋지?"

당연한 소리겠지만 경계심 많은 강아지 같은 재인이 이렇다 할 대꾸가 없었다.

희주는 여기만 오면 기분이 좋았다. 온전한 자신만의 세상. 낮은 허밍 소리로 노래를 부르며 전기포트에 물을 담아 끓였다. 보글보글 물이 끓는 소리가 요란하더니 탁. 기척과 함께 완료를 알렸다.

인스턴트 핫초코 가루를 머그잔에 덜고는 물을 부었다. 컵을 가지고 와 재인에게 내밀었다.

재인은 김이 모락모락 나고 달콤한 향이 흘러나오는 그것을 건네받았다. 부드럽고 따뜻한 기분이 생소했다. 한 번도 느껴 보지 못한 것. 그렇지만 이런 순간이야말로 자신이 원하던 것임을 깨달았다.

나를 녹여 줘. 나를 안아 줘. 그는 본능적으로 그 따뜻함을 더 갈구했다. 어둡고, 축축하고, 지독히도 차가운 그곳에서 나오고 싶었다.

"나는 괴물이야."

내내 말을 아끼던 재인이 희주에게 뜬금없는 고백을 했다. 당황한 희주가 콧노래를 멈추고 그를 쳐다보았다.

"태어나지 말았어야 했어. 살인자나 다름없대. 더러운 피가 섞인……."

누군가의 말을 흉내 내는 것 같았다.

"너도 내가 괴물 같아? 너도 알잖아. 내가 어떻게 태어났는지……."

그것의 의미와 무게를 정확히 알고 있는 그의 표정은 열 살 아이라고 믿기지 않을 정도로 공허해 보였고, 슬픔의 무게에 괴로워하고 있었다.

구체적인 사정은 모르지만, 그의 생각과 감정은 고스란히 희주에게 와닿는다. 상처받는 사람은 알 수 있는 또렷한 울림, 공명 같은 것일까.

"이렇게 예쁜 괴물이 어딨어."

작고 사랑스러운 존재에 대한 연민은 기꺼웠다.

"너도 예뻐."

마주 보고 둘은 미소 짓다가 소리 내 한참을 웃어 버렸다.

애정의 부재. 그래서 둘은 서로에게 위안과 위로를 찾았다.

비에 젖은 머리를 쓸어 넘겨주면서 싱긋 웃는 희주에게 모든
걸 맡기고 싶은 기분이 들었다.

희주와 지내는 동안 재인은 곧 깨달았다. 자신의 세상이 곧
그녀가 될 것임을.

'재인아.'

다정하게 자신의 이름을 불러 주고.

'괜찮아? 업어 줘?'

걱정해 준다.

그녀의 품에서는 좋은 냄새가 났다. 조금은 차가운 손이 닿
을 때의 기분이 좋다. 그를 향해 웃어 주는 그 미소는 자신이
그토록 원했던 것이었다.

어린 날, 그러니까 그때는 정의할 수 없는 감정이었다. 그냥
희주 옆이 마냥 좋기만 했으니까. 포근한 향기에 젖어 있는 일상
들만 기억이 났으니까. 아이러니하게도 세월이 지나 그 감정은
흐려지기는커녕 더 선명해지고, 더 무거워졌다. 열 살 때부터 시
작된 감정의 정체는 눈덩이처럼 불어나 더없이 커졌다.

뭐 하고 있을까, 너는. 보고 싶어.

『에이든?』

눈을 감고 익숙하게 그 모습을 덧그리던 재인이 등 뒤에서 들리는 목소리를 인식하고는 눈꺼풀을 들어 올렸다. 고개를 돌려보니, 주방 일을 맡아서 해 주고 있는 메이드, 수지였다. 장을 봐 오는지 양손에 짐을 든 채로 부엌으로 들어가고 있었다.

『아, 수지, 왔어요?』

『무슨 생각을 하길래 몇 번을 불러도 못 들어요.』

재인은 입꼬리를 살짝 올려 희미하게 미소 지었다.

『에이든 일정 없죠? 지금 알려 줄게요. 그때 그 과일 소고기찜 레시피.』

재인은 그 말에 부엌으로 걸음을 옮겼다.

『밖에 비 많이 오네요.』

재인이 봉투에서 식재료를 꺼내는 걸 도와주며 말을 건넸다.

『그러니까요. 비 오는 건 질색인데. 아, 에이든은 비 오는 거 좋아하죠?……아, 근데 갑자기 요리는 왜 배우려는 거예요?』

의외였다. 펜트하우스의 도련님, 에이든은 대체로 상냥하지만 그건 무심함에 가까웠다. 어떤 것에도 관심이 없어 보이던 그가 얼마 전, 과일 갈비찜을 한입 먹고는 다짜고짜 만드는 법을 알려 달라고 했을 때는 조금 놀랐다. 입맛에 맞으니 자주 해 달라는 것도 아니고.

『음……좋은 남편 준비? 얼마 안 남았거든요.』

만날 날이.

뒷말을 삼킨 입가에는 미소가 깃들었지만, 얼굴에는 조금은 울적한 그림자가 드리웠다.

너무 보고 싶어.

* * *

이 감정의 끝은 어딜까.

창백한 하늘에서 겨울비가 스산하게 내렸다. 오후 2시인데
도 어둑한 실내가 아늑해 나른함이 스몄다.

태인이 운동하는 시간에는 희주는 서재에서 시간을 보냈다.
빗방울이 후드득, 토독토독, 창을 두드리는 소리에 읽던 책을
내려놓고, 커다란 창가의 짙은 녹색 커튼을 잡았다.

뿌연 안개에 갇힌 도시를 내려다보며 숨을 크게 쉬었다. 서
재에는 그의 향기뿐만 아니라 온통 그의 취향에 맞게 꾸며진
곳이라 그의 품 안에 있는 느낌이 들었다.

높은 천장까지 닿은 책장 안 정렬에 맞춘 책들, 그리고 한쪽
벽면에는 술잔과 위스키들이 진열된 유리 장식장이 있었다. 창
을 등지고는 넓은 책상, 그리고 서재의 가운데는 테이블과 가
죽 라운지체어가 자리하고 있었다.

희주는 저 라운지체어에 앉아 책을 읽는 그를 훔쳐본 적이
있었다. 홈웨어 차림에 눈썹까지 오는 앞머리를 내린 채, 책상
앞에 있는 그는 특유의 위압감이 줄어든 모습이었다.

무심한 표정으로 책을 사라락 넘기고, 긴 손가락으로 이따
금 술잔을 들어 마시는 일련의 장면은 느린 화면처럼 재생되
었다.

이것도 병인가.

시간이 지나면서 점점 더 근사해 보이는 남자를 무슨 수로, 떠날 수 있을까.

욕심나. 가지고 싶어.

희주는 커튼을 쥔 손을 더욱 꽉 쥐었다.

불안은 종종 자주 찾아왔다. 이래도 되나 싶은 이성이 불쑥 고개를 들었다. 그럴 때마다 마음이 무겁게 내려앉았다. 가볍게 넘어가기도 했지만, 어느 날은 우울함에 잠식된 상태로 저를 파먹는 상상에 빠져 살았다.

그가 떠나는 생각. 태인이 다른 여자와 나란히 서 있는 생각. 서 회장과 한윤아가 찾아와 그녀와 엄마에게 모멸을 주는 생각. 끔찍한 상상은 통증을 몰고 왔다.

연인에게나 할법한 다정한 행동은 그녀의 마음을 더 널뛰게 했다. 태인의 집에서 살다시피 하는 요즘은 더 혼란스러웠다.

그의 진심은 여전히 알 수 없었다. 저를 욕망하는 건 분명했지만, 뭔가 그 이상을 기대하려고 하면 여전히 선을 긋고 그녀를 상처 입게 했다. 그의 진심과는 별개로 주제를 알라는 현실의 벽 역시 희주에게 모질게 굴었다.

지끈, 밤새 시달린 허리의 통증이 느껴졌다.

'서재에서 하는 거 좋아하잖아.'

운동해서 체력을 좀 키워 볼까, 그런 식의 다른 생각으로 상념을 지우려 했다. 하지만 바로 어제도 이곳에서도 그와 붙어

먹은 일을 생각하면 의욕은 금세 고개를 숙인다. 하긴 이 집 안에서 안 거쳐 간 장소를 찾는 게 더 어려웠다.

그의 최근의 행보는 더 집착적이었다. 희주가 연차라도 낼 때면 어떻게 알았는지 집으로 찾아왔다. 그리고 그녀에게서 떨어지지 않았다. 그 좁은 집에서 별 기이한 행동에 기가 질릴 정도였다.

'네, 그렇게 진행하시고…….'

핸드폰을 스피커폰 모드로 켜 둔 채 업무를 지시하며 손가락으로 그녀의 음부를 가르는가 하면, 그의 넓은 품에 알몸인 그녀를 가두고 지분거리면서 태블릿 피시로 문서를 살피곤 했다.

그에게 다른 여자는 없었다. 오직 자신만을 안을 거라고 말했던 건 사실이었다.

그럴 때마다 희주는 부질없는 상상을 했다. 이 근사한 남자의 품에서 이대로 영원히 함께할 수 있지 않을까.

몸을 돌려 책상을 다시 바라본다. 묵직한 책상은 어떤 경우에도 흔들릴 것 같지 않은 무게감을 지녔다. 그 모양새가 무색하게 그의 격렬한 움직임에 속절없이 흔들렸지만.

책상이 지나치게 깔끔하다. 서랍도 마찬가질까?

매끄럽게 소리 없이 열리는 첫 번째 서랍 속, 수첩 사이 삐져나온 사진으로 추정되는 귀퉁이가 보였다.

뭐지. 손을 가져가려는 찰나.

"으읏!"

태인이 손을 강하게 낚아챈다.

아무런 예고 없이 입을 맞춰 오는 남자에게서 방금 샤워한 청량한 냄새가 난다. 쓰러지는 몸을 막기 위해 그의 팔을 잡았으나, 팔뚝을 지지대로 삼기는 너무 굵어 미끄러지고 말았다.

쿵, 결국 머리가 책상에 찧어졌다.

아, 내지른 비명마저 그의 입에 삼켜지며, 입술이 짓눌리고 입 안이 빠듯하게 메워졌다.

얼얼한 머리 탓에 제대로 된 사고도 못 할진대 퍼부어지는 키스에 숨이 막혀 질식할 것만 같았다.

"제, 제발…… 으읍."

운동한 직후라 그런지 가슴과 팔, 복부와 등, 펌핑된 근육들이 그녀의 몸을 짓눌렀다. 그 압박감에 질식할 것 같으면서도 배 속이 화끈거렸다.

뭐에 이렇게 난폭하게 구는 걸까. 절박함마저 드는 다급한 몸짓이 버거웠다.

입 안에 혀를 쑤셔 넣고, 티셔츠 아래 손을 넣어 가슴을 터트릴 듯 움켜쥐며, 바지 위로 빳빳한 성기를 퍽퍽, 강하게 치댔다. 모두 동시에 이뤄지는 동작에 정신을 차릴 수가 없었다.

그는 숨만 거칠게 쉬며, 단 한마디도 하지 않았다.

이상했다. 거칠게 하는 가학적인 스타일인 건 알지만, 이렇게 폭주하는 건…….

그가 바지와 팬티를 끌어 내리고 뜨겁고 굵은 성기를 한 번에 쑤셔 넣었다.

"하, 아, 응…… 잠깐…… 하으윽!"

귀두 끝을 걸고 차올리는 허리 짓에 희주의 허리가 허공으로 붕 떴다. 그 고통에 소리도 지르지 못하고 입만 벌렸다. 허리가 활처럼 휘고, 고개가 뒤로 완전히 젖혀졌다.

"하……!"

갑자기 쭉 빼는 성기에 밑이 떨어질 것처럼 딸려 나갔다. 퍽, 다시 뿌리까지 짓쳐 들이받았다.

"흑……. 웃, 왜, 왜 이래요."

그는 손을 들어 희주의 입을 막고는 가슴을 양껏 입 안에 넣고 빨아 당겼다. 꽉 물린 구멍으로 쩝, 난잡하게 기어들어 갔다가 나오기를 반복했다. 그의 거친 움직임에 시야가 아래위로 흔들렸다.

바르르 떨리는 몸이 쾌락인지 고통인지 알 길이 없었다. 묵직한 무게감을 자랑하던 커다란 책상이 제 위치를 잃고, 단정했던 책상 위가 흐트러지고 나서도 그는 멈추지 않았다.

라운지체어로 옮겨 와 찍어대듯 힘으로 밀어붙인 탓에, 몸을 섞는 와중에 의자가 바닥을 뒹굴었다. 그래도 그는 멈추지 않고 콱콱 질구 안쪽을 박아 댔다.

"아아, 응! 하아, 좋아, 더. 흐으응……!"

희주의 붉은 입술 사이에서 울음 같은 소리가 흘렀다. 쾌락에 복종한 희주가 그의 품에 매달려 배 속의 울림을 함께 느끼며 그의 것을 삼키고 품었다.

격렬하게 흔들리는 몸에 천장의 불빛이 어지럽게 흔들렸다.

마지막을 향해 내던지는 움직임의 끝에, 그의 얼굴이 어땠는지 볼 수 없었다. 행위 내내 그녀의 얼굴을 보지 않으려는 듯 희주의 눈을 가리거나, 목에 얼굴을 묻으며 의도적으로 피했다.

왜, 도대체 무슨 일이기에.

묻고 싶었지만, 입도 벙긋할 힘이 남아 있지 않았다. 어둑한 오후의 시간이 밤처럼 보였다. 아니 이미 밤일지도 모르겠다.

태인은 쓰러진 소파에 아무렇게나 널브러져 있는 그녀를, 소파째로 바로 세웠다.

기절한 듯 선잠에 드는 그녀를 바라보며 그는 책상으로 걸어갔다. 그는 서랍을 열어 아까 희주의 손이 닿을 뻔한 그것을 꺼내 책상 위에 올려 두었다.

희주의 사진.

재인의 서랍에 있던 것.

손을 들어 사진을 뒤집었다. 뒷면에 정갈하게 쓰인 그 문구에 그가 미간을 찌푸렸다.

김희주가 썼을까? 필체가 비슷한 걸 보니 아마 맞을 것이다.

여전히 그 문구를 응시한 채로 바지 주머니에서 지포 라이터를 꺼내 들고는 빙그르르, 손에서 장난을 쳤다.

그의 얼굴에는 고민의 흔적이 여실하다.

챙, 없앨까?

달칵, 그래도 희주의 사진인데. 귀여워서, 아까운데.

챙, 만약, 내가 가질 수 없다면.

달칵, 누구를 없애야 할까. 난.

응, 희주야?

시선 끝에 걸린 여자의 허물어진 모습조차도 기꺼웠다.

* * *

기절했던가.

침대에서 눈을 뜬 희주가 몸을 기울이자 잠든 태인의 얼굴이 보였다. 한참을 그 잘생긴 얼굴을 바라보았다. 이 순간의 위화 감은 현실성이 떨어지는 데서 기인하는 것일 테다. 아니면 아직 꿈의 여운이 가시지 않아서일지도.

아마도…… 닮았던 것 같다.

꿈을 꾸었다. 아주 오랜만에 그가 나왔다. 재인이 말이다.

울고 있었던가…… 괴로워했던 것 같은데, 무엇 때문인지는 정확히 기억나지 않는다.

묘한 배덕감에 시달렸다. 태인에게 안긴 다음 그의 동생이 나오는 꿈을 꾸다니. 아무것도 한 것은 없지만 왜인지 나쁜 짓을 한 기분이었다. 아마도 태인이 재인을 좋아하지 않기 때문에.

그들의 가정사를 알면 유추할 수 있는 사실이지만 강도가 남달라 희주는 조금 놀랐던 기억이 났다. 만난 지 얼마 되지 않았을 때, 희주는 재인의 안부를 물었다가 크게 당한 이후로 그의 이름을 입에 담지 않았다.

하지만 그와는 별개로 재인과의 추억은 활력을 주는 일상의 비타민 같은 것이기도 했다. 희주를 이루고 있는 과거의 파편들은 대체로 구질구질한 것인데, 유일하게 반들반들하고 보드라운 걸 자주 만지고 쓰다듬었다.

이것도 그런 기억 중의 하나이다.

한낮이었고, 그늘이 없는 땡볕을 걸어가고 있었다. 땀을 뻘뻘 흘리면서도 재인은 희주를 아등바등 따라왔다. 아직은 작은 재인이 희주가 걸음을 따라잡으려 종종걸음으로 걷다가 뛰기를 반복했다.

오두막에 두고 온 게 있어서 혼자 다녀오겠으니 집에서 기다리라고 말했는데도 재인이 부리나케 따라나섰다. 오두막까지는 제법 꽤 거리가 있어 이 더운 시간에는 무리일 텐데.

'그만 돌아가. 집에서 기다리라니까. 뭐 하러 더운데……따라와.'

재인의 보폭에 맞추느라 여정이 지연되자 희주는 조금은 짜증스럽게 내뱉으며 걸음을 멈추었다. 미련스럽게 따라오는 그의 얼굴이 땀으로 흥건했다. 까맣고 결 좋은 머리카락이 그의 이마와 뺨 여기저기에 달라붙었다. 긴 속눈썹을 깜박 깜박이며 말없이 그녀를 올려다본다.

아, 너무 예쁘다. 그 모습에 마음이 녹고 만다. 자신만을 담은 눈에 묘한 만족감이 차오른다.

'이러다 너 쓰러져도 난 몰라. 분명히 얘기했어.'

으름장을 놓는 와중에도 강아지처럼 구는 게 싫지는 않아서,

바로 그 점이 문제다. 희주는 다시 걸음을 옮기며 그가 눈치채지 못하게 배시시 웃었다.

귀찮을 정도로 붙어오는 그의 행동에 답답하면서도 묘한 쾌감이 일었다. 맹목적으로 퍼붓는 저 애정이 부담스럽기도 하면서, 한 번도 받아 보지 못한 감정의 무게가 묵직하게 심장을 누르는 기분이었다.

한낮의 뙤약볕은 몸이 완벽히 회복되지 않은 재인에게 결국 탈수 증상을 선사했다. 희주는 엄마한테 등짝을 맞는 수순으로 귀결됐고.

재인의 방에 물병을 가져다 내려놓으며, 기진맥진 잠들어 있는 예쁜 인형 같은 재인을 쳐다보았다.

'얘기해 봐. 너 나 괴롭히는 거지.'

바닥에 무릎을 꿇고 침대 매트리스에 팔꿈치를 기대어 그의 무해한 얼굴을 살폈다. 그녀는 충동적으로 희고, 말랑해 보이는 재인의 뺨에 입을 맞추었다.

재인이 주는 애정은 희주가 한 번도 받아 본 적 없는 것이었다. 아빠라는 존재는 보지도 못했고. 오빠는 책임감과는 별개로 모진 소리로 그녀를 아프게 했다. 엄마는 다정했지만 늘 먹고살기 바빠 분주하게 움직였다.

상냥하고 불쌍한 나의 작은 새. 그렇게 여기며 너에게 위안과 위로를 받았다. 그의 무구한 애정을 멋대로 가져와 멋대로 내 상처를 메꿨다. 나도 사랑받을 수 있는 사람이라고 생각하면서.

다시 만날 수는 있을까. 자신이 태인의 옆에 있으면 한 번쯤은 볼 수 있지 않을까?

부질없는 상상에 코끝이 시큰거렸다. 잠든 태인의 얼굴이 고요하고 평화롭다. 조각한 듯 깎아내린 아름다운 뺨에 조심스럽게 입을 맞추었다. 비밀스럽고 애절한 고백이 흘러나왔다. 날 사랑해 줘요. 제발.

* * *

그가 중독된 듯이 그녀에게 집착할 때면 사랑받고 있다고 착각하지 말아야지 하면서도 착각했다.

주변에서 칭송하고 눈이 아릴만큼 근사하고 잘생긴 남자가 자신의 밑을 빨고 핥으며 이성을 잃는다는 사실이 그녀를 들뜨게 했다. 그녀의 위에서 아래에서 짐승같이 달려드는 순간만은 그는 자신의 것이었다.

아무것도 담지 않은 그의 건조한 눈이 열기를 머금고 욕망으로 축축해질 때, 발정 난 짐승처럼 날뛸 때 희주는 더없는 쾌감을 느꼈다.

비틀린 마음. 그것으로 만족감을 느끼는 자신이 비참했지만, 그가 보이는 욕망만이 유일하게 그녀가 가질 수 있는 것이었다.

그런 씁쓸하면서도 달콤함에 취해 있을 때, 거대한 해일 같은 것이 정신을 번쩍 들도록 찾아왔다.

"회장님, 김희주 씨 왔습니다."

희주가 앉아 있는 서명환 회장에게 허리를 숙이며 인사했다. 핸드백을 움켜쥔 손에서 식은땀이 흐를 듯이 흥건했다.

"음, 그래요 앉아요."

희주는 서 회장의 비서에게 전화를 받을 때부터 본능적으로 두려움에 휩싸였다.

뭐라고 해야 할까. 헤어지라고 하면 그러겠다고 순순히 말해야 할까. 저는 이미 그만하자 했으나 당신의 아들이 놓지 않는 것이라며 당당히 대꾸해야 할까.

서 회장은 지나치게 건재했다.

태인의 기골은 서 회장으로부터 받은 것임이 모를 수가 없을 정도였다.

고희(古稀)가 다 되어 가는 나이에도 탄탄한 체격과 꼿꼿한 허리가 위협적이었다. 하지만 더 그녀를 겁에 질리게 하는 건 맹수 같은 그 날카로운 눈이었다.

태인을 문득문득 욕심낸 저를 안다는 듯한 눈길이었다. 샅샅이 훑는 시선이 서늘하게 떨어졌다.

"한잔하겠나?"

서 회장은 자신의 잔에 직접 술을 따르며 말했다.

먹으로 정교한 무늬가 그려진 사기병에 담긴 술은 전통주였다. 향긋한 냄새가 풍기는 술은 맡기만 해도 취할 것같이 독했다.

희주가 두 손으로 잔을 내밀자 두툼하고 큰 손으로 병을 잡고 따라 주었다.

"안진댁 딸이라고? 내가 주변 사람 챙기는데 참 무심해. 그래도 우리 안사람이 많이 챙겨줬다고 들었는데. 정이 많아 그 사람이."

회장이 자신의 본가도 아닌, 수많은 별장 중 하나뿐일 관리인의 가족까지 챙겨야 할 이유는 없다. 그러니 그 말은 결국 희주의 처지를 인식시키기 위한 운을 떼는 것에 불과했다.

"네, 많이 잘 챙겨 주셨습니다. 감사합니다."

희주는 긴장한 티를 내지 않으려고 일부러 발음을 더 또박또박 내었다.

제법이라는 듯, 맹랑한 어린아이를 보는 듯한 형형한 안광이 그녀에게 쏟아졌다.

고개를 돌려 술을 마시고 나서 내려놓는데 서 회장의 말이 귀에 박혔다.

"그래, 우리 태인이를 돌봐주고 있다고?"

일순간에 머리가 횅하게 비어 말문이 막혔다. 시선을 어디에다 두어야 할지 몰랐다.

"아아, 탓하려는 게 아니야. 오히려 감사할 일이지."

서 회장은 손을 들어 공중으로 두어 번 저었다.

감사? 서 회장의 말이 혼란을 더 가중했다. 예상을 빗나간 탓에 희주는 잡은 잔을 꼭 움켜쥐고 있었다.

"윤 실장."

그가 나지막이 부르자 뒤쪽이 있던 날카로운 인상을 가진 윤경태 비서실장이 서류 봉투와 명품 로고가 찍힌 종이 가방 여러 개를 들고 걸어왔다.

그것들이 커다란 테이블 위에 정갈하게 놓였다.

"이, 이게……."

"부담 갖지 말고 받아요."

그는 다시 자신의 잔에 술을 따르며 입가에 인자한 미소를 지었다.

희주는 입술을 망연히 벌렸다가 다시 깨물었다. 심장을 비롯한 맥이 뛰는 모든 곳이 물에서 방금 건져진 물고기처럼 정신없이 뛰었다.

서 회장이 테이블 위에 놓인 서류 봉투를 희주 쪽으로 밀었다.

"이건 태인이 집 근처 오피스텔이고, 이건 요즘 젊은 여자들이 이 브랜드를 좋아한다던데."

"저 무슨 말씀을 하시는 건지……."

"우리 태인이. 어렸을 때, 제 엄마가 몹쓸 병에 걸려 병원에 간 건 알 테고."

언젠가 들은 적 있다. 미쳐 버려서 요양병원에서 숨을 거두고, 장례식도 치르지 못했다고. 정확한 사연을 확실하게 알 수 없어 희주는 긍정도 부정도 할 수 없었다.

그런 기색을 기민하게 알아차린 서 회장이 말을 이었다.

"아아, 전처, 그러니까 태인이 생모가 몹쓸 병이 있었어. 그래서 다른 남자랑 바람이 나서 애들도 내버려 두고 도망가려는 것을 내가 잡았지. 미쳐서 제 새끼도 알아보지 못하고 패악질을 부리더군. 감히 내 집에서 내 아들에게, 그 천박한 것이…… 그래서 치웠지."

탁, 내려놓은 잔 안의 술이 휘청거렸다.

분노가 이는지 서 회장은 가슴께를 크게 부풀었다가 물을 들이마시며 호흡을 가다듬었다.

"우리 태인이 품어 주는 사람이니 내가 터놓고 얘기하지. 높은 위치일수록 남자는 욕구를 잘 풀어야 해. 나도 마찬가지였고. 그래서 내…… 그 영상을 태인이가 본 모양이야. 그것 때문인지 몰라도 태인이가 여자한테 손도 못 대더군. 너무 어렸을 때였으니 그럴 수도 있다 싶어. 내 태인이에게 미안한 마음이 없지 않아."

처음 듣는 얘기에 희주의 심장이 섬뜩하게 내려앉았다.

피가 차갑게 식으며 분노 비슷하게 올라오는 것 같았다. 어디에 더 화가 나야 할까, 자신을 지금 아들을 욕구 받기로 취급하는 서 회장의 뻔뻔한 태도에? 아니면 부주의하고 부도덕한 부모의 밑에서 상처받았을 아들을 언급하며 평온하기 짝이 없는 저 언사에?

아픈 과거가 있을 거라 생각은 했지만, 이렇게 충격적인 과거를 가지고 있을 줄은 몰랐다. 스쳐 가듯 자신의 어머니를 얘기할 때의 건조한 표정이 생각났다.

아무것도 기억 못 한다는 듯, 차갑고 무뚝뚝하게 언급을 일축했었다. 감각조차 못 느끼는 사람의 눈이었는데…… 보이는 게 전부가 아니었을 수도 있다는 생각이 번뜩 들었다.

그는 아프고 고통스러웠을 것이다. 추악한 진실을 감추려고 담담한 척했을 뿐이었다. 텅 빈 가슴을 가진 것처럼 공허한 눈동자가 그 의미였나 싶은 마음이 들어 알싸하게 심장이 쓰라려 왔다.

"그게 트라우마가 됐는지 한창나이에 독수공방한다는 소리를 듣고 내가 얼마나 마음이 아팠는지."

그와 별개로 서 회장의 말은 희주는 점점 더 가슴이 쿵쾅 뛰게 했다. 심장 소리가 너무 커 다른 주변의 소리가 먹먹해질 정도였다. 서 회장의 말이 결국은 어디로 향하고 있는지 알고 있는 까닭이었다. 도망가고 싶었다. 듣고 싶지 않았다.

"벌써부터 여자를 가졌어야 할 나이에도 여자에게는 하룻밤도 내주지 않아 내 걱정이 심했는데, 김희주 씨 덕분에 그놈 병이 고쳐져서 다행이라고 해야 할까."

희주는 주먹으로 머리를 자잘하게 누가 두들기다 마침내 크게 쇠뭉치로 때려버린 듯 울렸다.

"3년이 넘었나? 앞으로도 잘 부탁하네."

그 말을 끝으로 회장은 입가에 호선을 그리며 사람 좋은 미소를 지었다. 그러나 눈은 멸시를 담아 희주를 깔아보며 일어섰다.

내가 왜 이런 소리를 들어야 하지? 희주의 손이 부들부들 떨렸으나 목소리는 나오지 않았다.

왜, 왜 말을 못 해. 말해야 해. 생각했었잖아. 이런 상황이 오면 그를 떠나겠다고. 더 이상 상처받지 않을 거라고.

"회장님."

속에서 독한 술이 울컥 쏟아져 나올 것 같았다.

서 회장이 나가려는 걸음을 우뚝 멈춰 섰다. 불쾌한 기색을 숨기지 않고 돌아보았다.

"그만하겠습니다. 그러려고 했어요."

도둑질하다가 들킨 듯한 부끄러운 마음과 진실이 아닌 말로 도망가려는 자신이 비겁하게 느껴졌다. 하지만 이것이 유일하게 자신이 상처를 덜 받는 방법이다.

이미 많은 최악의 상황에 상처가 많은 희주는 구질구질하게 피투성이가 된 채로 그의 곁에 남아 있고 싶지 않았다. 다만 슬픈 건, 그가 날 진심으로 원했다면, 필요한 게 내 마음이기라도 했다면 이렇게까지 비참하지 않았을 텐데.

희주는 떨리는 손을 마주 잡았다.

"굳이 그럴 필요가 있나?"

그 말에 서늘한 공기가 둘의 공간을 파고들었다. 쓸데없는 말로 사람을 잡았다는 귀찮음이 묻어났다.

"태인이 그놈 성격 만만찮은데, 이왕 시작한 거 잘 지내지, 그러나. 손이 귀한 집이야. 태인이도 내가 느지막이 얻었는데…… 아이가 생겨도 받아 줄 수 있으니 걱정하지 말고. 이왕이면 아들을 낳으면 더 많은 걸 해 줄 수 있으니……. 아, 원하면 계약서 같은 것도 보내 주겠네."

서 회장에게는 이 상황이 그리 대단하지 않았다. 그저 아들의 병을 고쳐 준 여자에게 노고를 치하하는 자리 그 이상도 이하도 아니었다.

희주는 망연한 표정으로 숨을 내뱉는 것조차 잊은 것처럼 굳어 있었다.

반대로, 서 회장은 지나치게 편안한 표정으로 그녀를 한번 쓱 훑더니 뒤돌아섰다.

　"허허. 그놈이 역시 날 닮아 정력은 좋아. 응? 하루가 멀다 한다며?"

　뒤따르는 윤 실장에게 말하며 사람 좋게 웃었다.

　뒷짐을 지며 나가는 회장의 발소리가 비웃듯이 울렸다.

　정말. 또. 이런 취급을.

　미움과 원망이 치솟아 이런 상황을 만든 그를 망쳐 주고 싶었다. 하지만 모순적으로 본 적도 없는 남자의 어렸을 적 모습이 그려졌다. 그러자 심장이 후벼 파이는 느낌. 상처받은 그 아이의 얼굴을 한 남자를 안고 토닥이고 싶은 이 감정이 무엇인지 선명하게 그려져 희주는 눈을 질끈 감았다.

　잠시 안온했던 시간이 산산조각 났다.

　애써 외면하고 있던 현실이 닥쳐오자 습관 같은 자기 비관과 진득한 불안감이 덕지덕지 희주를 잠식했다.

　희주는 자신의 멍청함을 탓했다. 자신을 아들의 욕정을 풀어 주는 상대로만 생각하던 서 회장의 말은 하나도 틀린 게 없었다. 그런데 자신은 무슨 착각 속에 빠져서 허우적대고 있었는지. 일도 손에 잡히지 않았고, 하루에도 몇 번씩 기분이 오락가락했다.

　'회장님이 김희주 씨를 찾으셨다고 합니다.'

　태인 역시 모르지 않았다. 희주가 요즘 날카롭게 굴며, 한없이 가라앉아 우울함에 절어 있는 이유를.

서 회장을 만나고 난 뒤 그만두자는 속을 헤집는 소리나 하고, 전에 없던 완강하게 거부하면서 점점 피폐해지는 그녀를 더 몰아붙였다.

도망 못 가게. 다리라도 부러뜨려야 하나.

집무실의 유리창 앞에 서서 주머니에 양손을 찔러놓고 눈치 없이 맑고 깨끗한 하늘을 바라보았다. 제 아래서 울부짖던 희주를 떠올렸다. 그를 마구 때리며 벗어나려는 몸부림에 발목을 잡아당기며 순간 고민했었다.

쓰레기 같은 생각이 서 회장과 다를 바가 없었다. 어머니를 가둬 두고 욕정을 풀어대던 그 짐승 같은 남자랑 다를 게 뭐가 있나. 흐르고 있는 피를 다 뽑아내면 좀 나아지려나.

뱀 같은 노친네가 희주의 존재를 몰랐을 리는 없겠지만, 여자를 만나는 것에 대해서는 신경을 쓰지 않는다고 생각했는데.

이렇게 직접 움직였다는 건 자신을 틀어쥐고 뭔가를 하고 싶다는 것이다.

서 회장, 제 아버지라는 작자는 원하는 걸 얻는데 수단과 방법을 가리지 않았다. 그렇게 손에 넣은 것들이 마음대로 되지 않으면 망가뜨리는 것도 서슴지 않았다.

제 어머니도 그랬는데, 아들이라고 다를까? 저와 닮은 잔혹한 성정의 아들을, 흥미로운 마음에 옆에 두고 지켜보는 것뿐이다.

창에 비친 태인의 눈에서 살기가 넘실거렸다.

이토록 선명한 증오와 경멸을 가진 채로, 어떻게 감히 나는 사랑 놀음이라도 하려고 했나?

가볍게 조소를 머금은 입매와는 다르게 경직된 뻣뻣한 목에 핏대가 형형했고, 나오는 숨은 거칠었다.

어차피 오래전에 망가져서 줄 수 있는 게 없다. 그러니 역겹고 더러운 욕망이라도 가져. 달게 줄 테니 삼켜. 그리고 그들의 파멸을 같이 지켜보는 거야.

* * *

서 회장은 곧장 다음 행보를 두었다.

올해 경영일선에서 물러난 뒤 그는 회사 출근을 거의 하지 않았다. 본사 간부회나 계열사 사장 정례 보고에 참석하는 정도였기에, 한 달에 한 번 회사에 오는 서 회장의 일정은 모를 수가 없었다. 회사 내부가 의전 준비로 분주하기 때문이다.

"희주 대리, 회장실 호출인데?"

팀장이 얼떨떨하게 희주에게 말했다.

팀원들은 다들 잘못 들은 게 아닌가 싶어 눈으로 서로를 쳐다보았다. 사람들은 이제 좀 잠잠하지만, 서태인과 희주가 아는 사이라는 걸 인식은 한 상태였다.

겨우 잠잠해진 시기에 불씨가 하나 더 튀었다.

"가 봐, 얼른. 비서실에서 연락 왔어."

희주가 고개를 끄덕이고 자리에서 일어섰다. 서 회장을 만난 뒤 마음을 다잡았다.

더는 안 해.

'이제, 그만해요.'

'섹스가 하고 싶은 거야? 그렇게 말할 때면 우리가 결국 어떻게 됐는지 알고도 하는 말인가?'

'당신 아버지가, 회장님이 우리…… 관계를 알아요.'

'그게 무슨 문제야?'

아무런 동요도 없이 그가 건조하게 말했다. 희주는 가슴이 무너져 내렸다. 똑같은 취급.

'달라지는 건 없어.'

'난 싫어요. 싫다고요!'

죽일 듯이 그를 노려보며 소리 질러도 소용이 없었다.

뒤틀린 분위기와 훼손된 감정들이 그들을 집어삼키면서도 오직 쾌락이라는 하나의 결말밖에 없는 것처럼 서로를 가졌다.

격렬하게 흔들리는 시야가 흐려지고 관자놀이를 타고 눈물이 계속 흘렀다.

가시 굴레에 갇힌 채 어두운 바닥으로 굴러가는 것 같았다.

육중한 문이 닫힌 회장실 안에 희주가 들어섰다. 서명환 회장이 상석에, 대각선으로 태인이, 그리고 그의 옆에는 시원스러운 이목구비를 가진 여자가 앉아 있었다.

이 상황을 짐작하지 못한 듯 문이 열리자마자 태인의 표정이 딱딱하게 굳었다.

태인의 깎아내린 듯한 뺨에 선명한 상처가 보였다. 어젯밤의 실랑이를 벌이다 만든 자신의 흔적이었다.

"아, 여기 앉아요. 김희주 씨."

서 회장이 말했다. 태인의 맞은편에 희주가 앉았다. 희주는 그가 어떤 눈을 하고 있는지 확인하기가 겁나 내내 시선을 내리깔고 있었다. 그의 옆에 앉은 여자에게서 따가운 시선이 느껴졌다.

"아, 여기는 김희주 씨, 우리 태인이를 돌봐주고 있지."

소름 돋는 소개에 희주는 치마 끝단을 꽉 쥐었다. 돌봐준다. 듣기에 참 어색하고 껄끄러운 말이었다. 의도는 명확했다. 태인의 잠자리에 드는 여자.

서 회장은 자신을 그렇게 여자에게 소개했다.

태인의 구두가 살짝 힘이 들어가 움직이는 게 보였다.

"아, 전 최세연이예요. CH건설에서 일하고 있어요."

그녀는 의심의 눈초리를 거두지 않으며, 몸에 밴 상냥함을 가장하며 자신을 소개했다.

"그렇게 소개하면 어떡하나, 최 회장님이 섭섭해하겠어. 하나뿐인 딸이 CH 그룹 최석현 회장님, 아버지 존함도 안 밝히고."

웃음이 오가는 공간 속에서도 사무실의 공기는 계속해서 더 차가워져 살이 에이는 느낌이었다.

"내가 여기로 부른 이유는 여기 태인이랑 희주 씨가 좀 친하게 지내던 사이라. 같이 친하게 지내면 어떨까 하고. 세연 씨도 우리

가족이 될 사이에 서로 친한 사람 알아 놓으면 좋잖아."

희주의 얼굴이 창백하게 질렸다. 서 회장의 의도를 알았기 때문이다.

저 여자는 태인과 결혼할 여자다. 그 여자에게 자신을 전혀 숨기지 않았다. 오히려 수면으로 드러내놓고 대놓고 정부 같은 취급을 해댄다.

최세연 역시 당황했다. 본인도 서 회장의 의도를 가늠해 보려고 했지만, 이렇게까지 당당하게 얘기할 줄은 몰랐던 탓이다.

태인의 여자이니 받아들이라는 의미였다. 기가 찼지만 미소를 억지로 끌어올리는 눈에서는 당혹감과 불쾌함이 서려 있었다. 나중에 아는 것보다 지금 이렇게 아는 게 더 다행일 수도 있지. 애써 차분하게 말을 꺼냈다.

"아, 김희주 씨, 만나서……."

최세연이라는 여자는 말을 맺지 못했다.

"그만하시죠. 김희주 씨 나가 보세요."

낮고 서늘한 목소리가 사무실에 퍼졌다. 넘실대는 음산한 기운까지 함께.

태인이 소파에 기댔던 상체를 앞으로 가져가 무릎으로 팔꿈치를 괴고 손을 마주 잡았다. 손에서는 굵고 시퍼런 힘줄이 터질 듯 도드라졌다.

어떻게 회장실을 나왔는지도 모를 정도였다. 달달 떨리는 다리가 곧 주저앉을 것만 같았다. 무슨 일이 일어난 건지 다시 되새기는 순간 수치심과 모욕감이 얼굴에 드리웠다.

화장실에서 붉어진 눈가를 가라앉히고 가려는데 소리가 들렸다.

"희주 대리, 진짜 배경 확실한가 보네, 안 그렇게 보였는데."

"집안끼리 아는 사이라잖아. 입사 때부터는 아무래도 말이 많으니까 두고 보다가 이제 대놓고 챙겨 주나 봐."

비참했다. 사실의 말로를 그들이 알면 어떻게 될까.

* * *

"결혼해."

태인과 서 회장, 둘만 사무실에 남은 공간에서 서 회장이 명령하듯 말했다.

"결혼하라면서, 상대한테 그렇게 내 약점을 그렇게 보여서 되겠어요?"

비스듬히 앉아 불온한 태도로 비딱하게 태인이 대꾸했다.

"그거 하나 준비 안 했을 리가 있나."

서 회장은 혀를 차며, 윤 실장에게 서류 봉투를 받아 사진 몇 장을 테이블 위로 던졌다.

최세연과 남자들이 뒹구는 사진들이었다. 자세히 들여다볼 가치도 없다 싶어 시선을 돌렸다.

"치부 없는 집안이 어디 있을까. 그쪽에서도 이미 알고 있을 거야."

태인이 동요하지 않고 느른한 눈매를 고수하며 내리깔았다. 대화의 의지가 없어 보이는 그의 태도에 서 회장이 불편한 심기를 드러냈다.

"그만하면 됐어."

"아직 생각 없는데."

서 회장이 눈을 가느스름하게 뜨고 그를 바라보더니 입매를 가다듬었다.

"재인이 이제 한국 불러들일 게다."

여유롭던 태인의 얼굴에 순식간에 금이 가고 사나운 냉기가 흘렀다. 목을 조여 오는 느낌을 받았는지 매듭을 잡고 넥타이를 끌어 내렸다.

"이제 졸업 앞두고 있다고 하더구나. 늦은 만큼 더 열심히 한 거지. 운동 못 하게 됐을 때 약이랑 술에 빠져 살아서 걱정했는데 말이야. 의지가 좋아. 마음이 여려서 걱정했는데 독한 구석이 있어. 역시 내 아들이야. 응? 아직 어려서 회사는 그렇고, 한국에서 대학원 보내고 인맥도 슬슬 키워 줘야지."

잘생긴 얼굴이 왈칵 일그러진다.

제 아들이지만 걸작이라는 말이 맞을 만큼 수려했다. 잘난 낯짝만큼이나 태생적인 기품과 위압감으로 어렸을 적부터 사람들을 휘어잡는 능력이 탁월했다. 거기다 자신과 비슷한 독하고 가학적인 성정 역시 마음에 들었다. 서산의 주인은 그래도 된다.

그러나 태인은 아직 제 눈엔 아직 아이다. 상처를 조금 긁어 주니 속에 든 분노를 왈칵 드러내는 걸 보라지.

서 회장이 툭툭 소파 팔걸이를 팔로 가볍게 툭툭 치며 말을
이었다.

"재인이 괴롭힌 거 안다. 모르지 않아. 너에게 상처가 있으
니 어느 정도 참고 넘어간 것이다. 시합 직전에 재인이 어깨
다치게 한 것도 결국 잘된 결과를 가져왔기에 넘어간 거야."

태인이 조소를 머금었다. 지독하기 짝이 없네.

"윤 실장이 얼마 전 미국에 다녀왔는데, 좀 달라졌다고 하더
구나. 예전의 사랑스럽기만 한 막내가 아니란 말이지."

그러니까 조심하라는 뜻이었다. 네가 아니면 다른 대안도 있
으니. 서산이라는 거대한 배경을 물려받을 또 다른 아들.

"그 천박한 것은 계속 옆에 두어도 뭐라 하지 않으마. 남자
한테 여자 한둘 있는 거 문제도 아니다. 얼굴 하나는 반반하니
아이를 낳아도 서씨 집안 인물값은 하겠어."

도저히 들어줄 수가 없네. 그는 속으로 욕을 삼켰다.

"결혼은 제가 알아서 합니다."

태인이 일어서려고 할 때였다.

"알아보니, 회사에서는 김희주가 아직 별장 관리인 딸이라는
건 모르나 보던데. 예전에 가정부 전전했던 엄마를 두었다는
것도. 네가 그 아이 오빠 빚도 갚아 준 것도."

"신경 끄시죠."

"남들은 그걸 화대라고 불러. 결국 그 아이를 수치스럽게 만
들어야겠니?"

"지금, 협박하시는 겁니까?"

확실히 달랐다. 저렇게 제 앞에서 감정을 드러내던 태인이 아니었다. 늘 서늘한 눈으로 관망하듯 지켜봤다. 제 어미를 망가뜨린 자신을 경멸하면서도 깍듯했다. 무서울 정도로 감정 조절을 했다.

잔혹하면서도 원하는 걸 끝까지 관철해 내는 그 기세가 마음에 들었다. 그런데 그 계집을 만나면서부터 이상한 행동을 하더니.

서 회장은 인상을 설핏 찌푸렸다.

"약혼식부터 진행하도록 하자꾸나."

* * *

채도가 낮은 차분한 색감에 감각적인 조명이 아름다운 공간이었다.

숲속에 둘러싸인 파인 레스토랑 '블뤼'. 이곳으로 들어오는 벚나무가 늘어선 길은 한산했는데 안에는 사람들이 제법 있었다.

넓은 테이블 간격을 두고 조용하게 부딪히는 식기 소리와 음악 소리, 대화 소리가 조곤조곤 들렸다.

새하얀 테이블보가 덮인 테이블. 그 위 작은 초와 꽃병이 초저녁의 무드를 더했다. 공간의 가운데는 샹들리에 조명 아래 그랜드 피아노가 놓여 있었다.

서 회장이 회사에서 희주를 부른 일을 두고 둘의 관계는 전

환점을 맞은 듯했다. 예전의 연인 같던 분위기는 찾아볼 수 없었다. 마치 가짜는 금방 들통 난다는 것처럼, 그렇게 얄팍하게 깨져 버렸다.

'도망가는 널 찾게 만드는 수고스러움만 덜면, 예전처럼 달게 굴어 줄 거야.'

싫다고, 밀어내는 희주에게 더욱 집착적으로, 잔인하게 굴었다.

지겨워. 반복되는 숨고 찾는 그런 관계.

평행선 같은 관계에 희주는 진절머리가 났다. 그러면서도 끝끝내 그가 찾아오기를 바라는 자신에게 절망했다. 그가 늦을 때면 정말 끝난 거라는 단절감에 그녀는 숨이 막혀 왔다.

오늘도 그런 '도망 놀이'의 끝이었다. 태인은 그녀를 씻기고 옷을 입히고 끌고 나왔다. 그렇게 이끌려 차에 탔으니 기분이 좋을 리가 없었다. 그가 오길 바랐지만, 막상 오니 또 보기 싫은 모순적인 감정. 잘못된 관계 설정에서 나타나는 지독한 환멸과 같았다.

그렇게 그의 차를 타고 서울에서 한 시간 정도 온 외곽의 완연한 봄의 풍경은 팽팽하게 조였던 마음을 풀어 주었다.

차에서 내려 레스토랑의 널찍한 정원에 발을 디딘 순간, 살랑대는 바람에 날 선 마음을 놓고 말았다. 훅 불어오는 따뜻한 봄의 온기와 분위기가 마침내 기분을 조금 말랑하게 만들었다.

차를 타고 오는 내내 숨 막히는 정적을 견디고 온 것과 달리 그의 태도는 한결같이 다정했다. 희주가 그만하겠다는 말만 꺼내지 않으면 달게 굴겠다는 말을 지키는 것처럼.

차 문을 열어주고, 그녀의 어깨를 감싸 안은 뒤 머리에 입을 맞추고, 안내받은 자리로 그가 이끌었다. 더없이 자상한 연인의 모습이었다.

누가 보면 죽고 못 사는지 알겠네.

비딱한 마음이 슬그머니 들어 차라리 취하는 게 낫겠다 싶었다. 여전히 말은 없었다. 식기의 소음만이 그들의 공간을 배회했다. 날 선 대화가 이어질 게 분명하니 침묵을 택한 것이다.

그녀가 도망가고 그를 피할 때마다 말로는 항상 비슷했다.

'섹스나 하지 여긴 뭐 하러 왔어요?'

'잔말 말고 먹어. 지금 네 몸을 봐. 걸어 다니는 게 신기할 정도군.'

'연인 놀이라도 하는 건가?'

'그게 하고 싶다면 해 주고. 잘하는 거 알잖아.'

'싫어. 절대.'

'그럼 네가 좋아하는 그 씹질만 몇 번이고 해 줄 테니 입 닫고 먹어. 기절한 사람 붙잡고 혼자 하는 거 재미없어.'

최근의 대화는 그랬다. 말라 가는 희주를 보는 걸 못 견뎌했다. 입 안으로 억지로 밥을 넣으며 삼키지 않으면 씹어서라도 줄 기세였다.

희주가 밀어내도 그가 꿋꿋하게 그녀를 찾아오고, 가지고의 반복이었다. 마침내 밀어내기도 지친 희주가 무기력하게 끌려다니고, 칼날이 휘몰아치는 대화 끝에 쾌락으로 점철된 시간.

그게 지금 그들의 현실이었다.

코스요리를 먹으며 혼자 와인 한 병을 거의 다 비운 희주가 말했다.

"당신, 피아노 치는 거 들은 적 있어요."

술에, 분위기에 취한 몽롱한 기분인 듯, 턱을 괴고 시선을 내리깔았다. 긴 속눈썹이 살랑거리는 모습이, 달아오른 붉은 뺨이 더없이 사랑스러웠다.

그 사실은 그녀는 모르겠지. 취기에 이미 흐려진 눈가는, 자신을 지긋이 응시하는 지금 태인의 애틋한 눈도 모를 것이다.

"최근에 친 적 없는데?"

그가 한쪽 눈썹을 들어 올리며 언제 들었을까 되짚는 표정이었다.

"그때 별장 왔을 때, 들었어요."

아아, 그날. 어렸던 태인과 더 어렸던 희주가 있었던 별장에 함께 있었던 날.

거실의 폴딩 도어를 연 채로 호수에 비친 달빛을 보며 연주했었다.

새하얀 달빛이 쏟아지는 호수와 그 너머 검은 숲과 어울리는 곡이었다.

희주는 별장 담장에 몸을 기대고 새어 나오는 연주를 들으며 두근거리는 가슴에 손을 대었다.

오랫동안 잊을 수 없는, 지금도 기억하는 그 기분을 어떻게 설명할 수 있을까.

대학생 때 영화를 보고, 그 영화에 삽입된 음악을 듣고서야 그 곡의 이름을 알게 되었다.

드뷔시의 〈달빛Claire de lune〉

희주는 그때의 기분을 상기하며 유리창 너머 어둑해진 정원을 바라보았다. 노란 전구들이 밝힌 정원이 로맨틱해 보였다.

"그때 조심했어야 했어. 마음을 조심했어야 했는데."

희주가 취한 듯 읊조렸다.

느리게 감겼다 느리게 들어 올려진 긴 속눈썹이 팔랑거리는 나비같이 움직였다.

"이렇게, 거지 같을 줄 알았으면."

여전히 시선을 내리깐 채로 느릿느릿하게 말한다.

에두른 고백이었다.

그런 희주를 바라보는 태인의 얼굴이 부서질 듯 위태로웠다. 하지만 취기가 돈 그녀의 눈은 희주는 그의 표정을 살피지 못했다.

희주의 얼굴로 손을 뻗었다가 차마 닿지 못하고 다시 가져왔다. 후, 낮은 한숨을 쉬고는 손으로 이마를 가볍게 문질렀다.

"마찬가진데 나도. 이렇게, 거지 같은 줄 알았으면."

시작하지 않을 수 있었을까.

그의 나직한 목소리는 희주의 귀에 닿지 못하고 취기에 뿌옇게 흩어졌다.

태인은 자리에서 일어나 중앙의 피아노 쪽으로 걸어갔다. 피아노 앞에 앉아 잠시 숨을 고르고는 희주를 쳐다보았다.

희주 역시 괸 턱을 비스듬히 돌려 그를 바라보았다.

태인이 피아노 앞에 앉은 순간, 일순간에 조용해진 레스토랑에 흐르던 음악까지 멈추고 묘한 긴장감이 돌았다.

그가 손을 들어 건반 위에 올렸다.

서정적인 음으로 시작된 감미로운 선율이 귓가에 와닿았다.

잔향을 남기는 아름다운 터치에 사람들은 모두 숨을 죽였다.

"Bill Evans? My foolish heart?"

"쉿!"

곡명을 수군거린 사람들은 다시 관객이 되어 그에게 집중했다.

꿈같은 몽환적인 소리가 흘렀다.

아름다운 연주에, 그리고 비현실적으로 펼쳐지는 모습에 희주는 눈앞이 흐려졌다.

애타는 고백 같은 연주였다. 한음, 한음 쳐올리는 느릿하고 매끄러운 연결음이 애틋했다.

남자를 또렷이 보고 싶은데, 눈물이 차올라 제대로 볼 수가 없었다.

투명하게 떨어지는 빗방울처럼 소리가 마음에 떨어졌다.

다음 날 아침 그의 침대에서 일어난 희주는 멍하니 옆을 바라보았다.

태인은 없었다.

지끈, 숙취가 있는 머리를 문지르며 그녀는 지난밤을 떠올렸다.

어제 결국, 눈물을 흘렸는지 기억나지 않는다.

'Beware My foolish heart.'

남자가 귓가에 대고 속삭이던 말은 꿈이었을까.

* * *

구름으로 가득한 하늘이 순식간에 어두워졌다.

서산 그룹의 창립 기념일.

서명환 회장의 조부 서한수는 호텔사업으로부터 시작해 차근히 계열사를 늘려왔다. 그리고 그의 아들 서명수가 유통, 화학, 식품, 호텔 부문으로 지금의 서산 그룹을 확립했다.

태생부터 위치가 달랐던 서명환 역시 대한민국 최고 그룹의 가장 높은 곳에서 그 위세를 떨치고 있었다.

서울 외곽, 서산의 별장에서 펼쳐지는 행사는 호화롭기 짝이 없었다.

안진의 별장처럼 현대적이고 모던한 건물과는 달랐다. 이곳은 마치 룩소르 신전을 연상시키는 위압적인 외관이었다.

화려한 조명으로 밝힌 드넓은 정원을 지나 별장의 입구에 검은 세단이 멈추어 서고 잘 차려입은 사람들이 내리기를 반복했다.

어제저녁 퇴근 전 회장의 비서로부터 전화가 왔다.

'회장님께서 내일 창립 기념회 파티에 참석하라고 하십니다.'

'네? 아뇨, 저는……'

서산 그룹 본사에서 진행되는 창립 기념회 행사는 어제 이미 진행했다. 별장에서 따로 진행하는 비공식적인 창립 기념 파티는 계열사 사장을 비롯한 소수의 임원진, 정계와 재계, 법조계 등 선택받은 사람들이 참석하는 자리라고 들었다.

'회장님 지시입니다. 소란스럽게 만들지 말고 따라 주시죠. 내일 4시에 모시러 가겠습니다.'

애초부터 거절은 선택지에 없었다.

연회장 안으로 들어선 희주에게로 모두의 이목이 쏠렸다.

깊은 V자 블랙 실크 탑과 풍성한 블랙 튤 스커트를 입은 여자는 고혹적이었다. 발레리나를 연상시키기도 한 한 마리의 흑조 같기도 했다. 로우 번으로 머리를 낮게 묶고 사파이어와 다이아몬드로 장식된 화려한 목걸이가 눈을 사로잡았다.

서 회장의 비서는 4시 정각에 희주를 데리러 와서는 숍으로 직행했다. 이미 셀렉된 드레스로 갈아입고 헤어와 메이크업을 받았다.

비서는 마지막으로 빨간 벨벳 사각 상자를 내밀었다.

'회장님께서 꼭 착용하고 오시라고 하셨습니다.'

묵직한 만큼 커다란 보석이 목을 죄어 오는 것 같았다.

왜 이렇게까지, 하는 걸까에 대한 답은 너무 쉽게 보였다. 아름다운 모습으로 주목받는 이름 모를 여자는 정체가 들킬까 봐 두려워해야 했다.

'누구야? 처음 보는 얼굴인데?'

'글쎄? 느낌이 어디 집 자식은 아닌 것 같다.'

'되게 예쁜데? 설마 늙은 서 회장 애인은 아니겠지?'

서 회장의 의도를 이제 헤아릴 수 있었다. 그녀에게 모욕감과 수치스러움을 주려는 것이었다.

주제를 알아야지. 네가 아무리 반반하다고 해도 사람들이 널 어떻게 볼 것 같으냐.

서 회장의 음험한 눈빛과 말투가 상상돼 소름이 돋았다.

완벽한 턱시도 차림으로 주변을 장악하고 있는 태인이 이곳을 바라보고 있었다. 표정까지는 보이지 않을 다소 먼 거리였는데, 남자가 기분이 별로 좋지 않다는 것쯤을 알 수 있었다.

나는, 대체 어쩌려고 온 걸까.

태인은 주변의 사람들이 다가오자 그녀에게서 시선을 떼고 호스트의 본분을 다하는 듯이 인사를 나누었다. 대화하면서도 그는 희주의 목을 살폈다. 정확히는 목걸이를.

태인이 희주를 발견하고 턱을 아득 물었다.

어머니의 목걸이였다.

태인의 기억 속 어머니의 마지막 모습. 마치 죽으러 가는 사람처럼 검은 드레스를 입히고는 저 목걸이를 걸게 했다. 서 회장이 오스트리아 경매에서 사 온 왕녀의 목걸이라고 했던가. 마지막 선물이라며 목에 걸어 주고선 비정한 웃음을 짓는 모습이 지금도 눈에 선했다.

요양원으로 끌려 나가는 어머니의 모습에 태인이 달려들었다.

'어머니, 안 돼. 하지 마. 놔. 놓으라고!'

열두 살의 태인이 울부짖으며 경호원들에게 가로막힌 몸을 비틀었다.

'태인아. 엄마, 좀…… 아아!'

뼈밖에 남지 않은 몸에 저 목걸이는 너무 가혹해 보였다. 목이 부러질 듯 위태로웠다.

태인의 악몽 속에서는 그날 어머니의 모습이 자주 나온다.

좀 더 가혹하게, 더 잔인하게 나타난다.

그 목이 떨어져서 굴러, 자신의 발아래에……. 그리고 마침내 자신을 올려다보는…….

헉. 헙. 그 잔상을 떠올리며 저도 모르게 숨을 참고 있었던지 폐가 반사적으로 고통을 몰고 왔다.

"서 전무, 괜찮아? 왜 이렇게 식은땀을 흘려."

앞에 있던 최석현 회장이 걱정스러운 목소리로 물어왔다.

"괜찮습니다. 잠깐 실례하겠습니다."

결국 태인은 오물을 뒤집어쓴 것 같은 기분에 자리를 황급히 떴다.

저게 왜. 희주의 목에…….

몰아닥치는 현기증에 휘청거리는 상체를 가누기 위해 테라스의 난간을 짚었다. 혼란스러운 머릿속을 정돈하듯 천천히 크게 숨을 쉬었다.

서 회장의 짓이다. 명백한 경고였다.

어머니처럼 만들기 전에 똑바로 처신하라는 건가. 혹은 너도 핏줄이 같으니 그 여자를 똑같이 만들 수 있다는 의미인가. 아니면, 그냥 재미있는 건가? 어머니를 가지고 놀았듯이 자신을 지금 가지고 노는 중인 건가.

이거, 기분이 너무 더럽다. 계획을 서둘러야겠어. 그러기 위해선 최세연이 필요한데…….

가다듬은 숨에서 짜증과 성가심이 묻어나왔다.

일단, 내보내야겠어. 발정 난 미친놈들이 희주에게 더 이상 눈길을 주기 전에.

태인은 셔츠 깃과 머리를 정돈하며, 서늘한 남자의 모습으로 돌아왔다.

* * *

최세연이 사람들의 시선을 몽땅 가져간 희주를 보더니 어이가 없는 듯이 실소했다.

"여기에 오다니 보기보다 강심장이네요? 아, 하긴 애인 노릇도 강단이 있어야 하지."

"……."

"그게 말이야, 사실 나 서태인 좀 탐나요. 보기만 해도 짜릿하잖아. 근데 내 남편이 될 거라니 난 진짜 운도 좋지 뭐야."

시선을 피했던 희주는 세연의 눈을 똑바로 마주 봤다. 명백한 비웃음.

"장난감, 안 달고 왔으면 진짜 좋았을 텐데. 뭐 어쩌겠어요. 나도 약점이 많은 사람이라 이해해야지."

이죽거리는 투의 저열한 말은 수치심을 주기에 충분했다.

"좀 알려 줄래요? 잘 알 거 아니에요? 어떤 체위를 좋아하는지. 어떨 때 못 참고 달려드는지 참고 좀 하게."

"그 사람, 다른 여자 못 만져요."

나만 안다고 했어. 다른 사람은 싫다고.

세연은 눈을 가느스름하게 뜨더니 황당한 헛웃음을 몇 번 터뜨렸다.

"의외네? 희주 씨 보기보다 순진하다. 쾌락이란 건 사랑이랑 별개예요. 그게 뭐 의리도 아니고. 두고 보면 알겠지만 말이에요. 아주 운이 좋아 사랑이라면 몰라도. 그 차가운 남자가 누굴 사랑할 리는 없고……."

최세연은 희주를 지나치며 '팁, 꼭 알려 줘요. 잘하고 싶거든.' 작고 은밀하게 속삭였다.

희주는 핏기가 가신 얼굴로 멀어지는 그녀를 바라보았다. 태인이 있는 자리로 간 세연은 보란 듯이 옆에서 그의 술잔에 잔을 부딪치며 희주를 자극했다. 세연이 손을 태인의 팔로 슬며시 올려놓았다.

태인은 불쾌한 기색을 잠시 머금었지만, 쳐내진 않았다. 그의 약혼녀, 그녀의 자격. 그도 인정한 듯 보였다.

들이켠 숨이 나오질 않았다. 가슴을 내리찍는 말들이 너무 아팠다. 태인의 가면은 아직 적용되는 중인지 그 아름다운 입술을 길게 늘이며 웃었다.

망쳐 버리고 싶어. 누구를? 최세연을? 서 회장을? 아니면 그를? 그것도 아니면 나를…….

그녀는 뜨거운 덩어리가 목을 비집고 올라오는 것을 삼키고, 처연하게 내리깐 풍성한 속눈썹을 느리게 올렸다.

어떻게 해야지 저 남자를 자극하는지 잘 안다. 희주는 옆의 테이블에 마시던 잔을 내려놓았다. 혼자 남은 그녀에게 자연스럽게 남자들이 다가왔다.

'이름이 뭐예요? 혼자 왔어요?'

고작 이것밖에 없는 자신이 너무 싫었다. 그가 그녀에게 반응하는 유일한 것은 지독한 소유욕뿐이다. 허탈한 조소가 흘러나온다.

그래도 당신이 괴로워하는 걸 볼 수 있다면. 당신은 내 진심은 원하지도 않으니까. 그래도 나를 다른 사람에게 주는 건 못 견디잖아. 그거라도 이용해 볼까 해.

희주는 표정을 가다듬었다. 흐드러지는 봄꽃처럼, 유혹의 목적이 분명한 얼굴로 웃었다.

짐승 같은 촉으로 이쪽을 쳐다보는 태인이 보였다. 여전히 무감한 표정이지만 희주는 알 수 있었다. 미세하게 서늘해진 눈빛이 조용히 들끓고 있다는 걸.

한낱 애인, 정부 따위의 더러운 소리를 들으면서도, 그 명칭에 맞는 행동을 하는 것이 그녀 자신이 나락에 떨어지는 행위일지라도 망쳐 버리고 싶었다.

나를 왜 이렇게 만들었어.

망망한 슬픔 위를 배회하고 있다가 원망으로 순식간에 격통이 온몸을 뒤집어썼다.

희주는 붙어오는 남자의 가슴을 살짝 밀어내며 미소 지었다.

"잠깐만요. 밖에 좀 다녀올게요."

드디어 태인이 잔뜩 일그러진 얼굴로 몸을 움직이기 시작했다. 붙잡는 최세연의 손을 팔을 들어 거칠게 쳐 냈다. 그는 그녀를 응시하며, 희주와 떨어진 곳에서 나란히 속도를 맞춰 연회장 입구로 걸어 나오고 있었다.

최세연의 눈살이 찌푸려졌다. 짜증이 서린 그녀와 눈과 마주친 희주는 싱긋 웃었다.

심장을 비트는 듯한 고통이 느껴졌다. 아니, 쾌감인 듯했다.

긴 복도를 걸어 코너로 도는 그녀의 검은 드레스 끝자락이 걸렸다. 태인은 미친 사람처럼 빠르게 걸어 그녀의 손목을 잡아챘다. 그리고 계단 밑으로 끌고 내려갔다. 구석에 있는 응접실로 들어가 소파에 그녀를 던지다시피 한 주제에 목소리는 차분했다.

"여기서 뭐 해? 네가 여길 왜 와?"

짙푸른 노기를 잘도 누른다 싶을 정도로 잘 참는다. 그녀를 한 번에 옭아맨 시선은 목걸이를 향해 있다.

"왜요? 나도 초대받았는데?"

그가 재킷 안쪽에서 핸드폰을 찾았다.

"돌아가. 차는 바깥에 말해 놓……."

"싫은데?"

태인의 얼굴이 싸늘하게 굳었다. 내려찍는 눈빛이 사나웠다.

"얌전하게 돌아가서 기다려. 한동안 처리할 게 좀 많아서 못 갈 거야."

"뭐 때문에? 약혼식 준비가 바빠요? 다음 주라 그랬나?"

삐딱한 그녀의 태도를 더 이상 못 참겠다는 듯하면서도, 그는 그가 할 수 있는 최대한의 인내심을 발휘하는 듯했다.

희주의 흐트러진 머리를 넘겨 주며 입술로 뺨을 길게 쓸어 귓바퀴에 입을 맞췄다.

"희주야, 기대했다면 미안한데, 달라지는 건 없어."

뭐가 달라지지 않는다는 거지? 약혼식을 그대로 진행하는 일이? 아니면 그는 약혼하고 결혼하고 그 옆에 자신을 둘 생각인 건가?

망쳐 버릴 거야. 여기서 나가지 마. 그 여자 옆에 가지 마. 파티 내내 나랑 있어.

희주는 그의 목을 팔로 감싸 안고 목에 입술을 묻었다. 그가 자신에게 흔적을 남겼던 것처럼 빨아 당기며 이를 세워 물었다.

그가 석상처럼 뻣뻣하게 굳었다.

"키스해 줘요."

뜨거운 숨결이 팽팽한 목덜미에 간지럽게 내려앉았다.

당신, 나한테만 발정하잖아. 매달려, 집착해. 얼른.

"키스해 달라고요."

평소 같으면 그러고도 남았겠지만, 태인은 그녀를 여기서 얼른 내보내고 싶었다. 사람들 앞에서 저 꼴을 하고 나타나다니.

그녀를 두고 수군대는 목소리가 더러웠다. 게다가 저 목걸이, 어머니의 마지막을 떠올리게 하는 저 검은색 옷, 그리고⋯⋯ 너를 쳐다보는 그 새끼도.

분노와 욕망을 누르는 초인적인 힘에 실핏줄이 터졌는지 눈앞이 뻘겋다.

그는 유혹 앞에 무너지듯 붉은 입술에 살짝 입 맞췄다. 폭주할 것 같은 자신의 상태도 지금 제정신은 아니라 어서 빨리 내보내야 한다는 생각밖에 들지 않았다.

"나가. 박 실장이 데려다줄 거야."

산뜻하게 떨어진 그를 그녀는 붙잡았다.

"넣어 줘요. 젖었어요."

희주가 튤 스커트를 걷어 올렸다.

"당신이 말한 대로 야한 냄새 흘러서 남자들⋯⋯ 나 집에 못 가면⋯⋯ 읍."

"미쳤지. 김희주. 어?"

그는 그녀의 양 뺨을 우악스럽게 잡아 눌렀다. 코끝을 마주한 채 그가 으르렁거렸다.

뜨거운 혀가 목 안쪽 깊숙한 곳으로 들어왔다. 혀를 감고 빨아 당기며 점막을 긁어내리고는 입 안을 엉망진창으로 만들었다. 짓씹어진 입술에서는 피가 흘러 둘의 입가에 벌건 피가 덧칠되는 중이었다.

키스인지 폭력인지도 알 수 없을 만큼 난폭했다. 숨이 목 끝까지 차오를 정도로 한 치의 틈도 주지 않았다.

거친 숨을 몰아쉬면서 그가 몸을 일으켰다.

소파 위로 널브러져 붉은 상기된 얼굴, 들뜬 숨이 색색 흘러나오는 피와 타액으로 범벅된 입, 드레스 위로 아무렇게나 주물러 댄 가슴이 밖으로 삐져나온 음탕한 모습에 골이 쪼개지는 듯 얼얼했다.

생각 같아선 당장 여기서 쑤셔 넣고 개같이 흔들어 대고 싶은데. 위험 신호가 울렸다.

손바닥에 피가 날 정도로 살갗을 파고든 손을 펴고, 상체를 숙여 그녀의 머리를 쓸어 넘겼다. 입가의 피와 타액을 느릿하게 문지르며 지독한 상상을 했다. 그리고 손을 미끄러뜨려 목으로 가져갔다.

"아!"

희주의 목걸이가 태인의 손에 들려 있었다.

선명한 선이 희주의 하얀 살결에 그어지며 붉은 피가 배어 나왔다.

"제발…… 오늘은 그냥 가."

그는 손으로 눈을 가렸다가 쓸어내렸다. 도망치듯 뒤돌아서 나가는 모습은 착각이라고 생각할 만큼 남자답지 않게 위태로웠다.

쾅.

손이 부서지는 소리인지 벽이 부서지는 소리인지, 징그럽게 울렸다.

깜깜한 하늘에서 굉음과 함께 비가 쏟아져 내리기 시작했다. 거센 빗소리에 희주의 울음이 섞여들었다. 섬광이 번뜩이는 하늘에도 아랑곳하지 않고 희주는 그 넓은 정원을 가로질렀다. 어서 빨리 이곳을 벗어나고 싶다는, 도망치는 듯한 걸음이었다.

비가 억수같이 쏟아져 그녀를 삼키고 있었다. 파들파들 떨면서도 긴 드레스를 말아 올리며 걸음을 늦추지 않았다. 구두가 짓무른 잔디에 걸려 휘청거리며 주저앉았다.

비참해. 너무 창피해. 내 마음이 너무 비루해.

일어나지 못하고 서러운 마음에 그대로 펑펑 소리 내 울었다.

그때, 머리 위로 묵직한 무언가 툭 얹혔다.

커다란 재킷. 따스하게 온기가 스며든, 그러나 낯선 냄새.

태인이 아니다. 찰나 기대감에 부풀었던 미련한 자신에게 지독한 연민이 차오를 정도였다. 헛웃음을 흘리며, 입술을 깨물었다. 다시 가만히 눈을 감고 말했다.

"나, 나 좀 숨겨 줘요."

옆에 섰던 남자는 조용히 한숨을 내뱉고는, 희주의 어깨를 감싸고 손으로 눈을 가리고 일으켰다.

"꼴좋다."

짓씹는 저음의 말투. 뜻과 다르게 목소리는 애달팠다.

영어로 욕 같은 뉘앙스의 혼잣말 같은 소리가 들렸지만, 눈이 가려진 탓인지, 정신이 흐려진 탓인지 그녀는 그를 제대로 볼 수 없었다. 그렇지만 감싸 안은 그의 품이 너무 다정하고 따뜻해 자신도 모르게 파고들었다.

달달 떨리는 몸을 꼭 안고 그는 차의 뒷좌석에 그녀를 몰아 넣었다. 남자의 커다란 몸통이 열린 문으로 시야에 들어왔으나 차밖에 서 있는 그의 얼굴은 보이지 않았다. 그는 문을 닫고 차를 출발시켰다. 차가 움직일 때까지 그는 바깥에서 비를 맞으며 서 있었다.

차가 출발함과 동시에 희주는 눈을 감고 정신없이 엉엉 울었다. 양팔로 떨리는 몸을 끌어안고 창문에 머리를 기대고도, 고개를 젖혀 헤드레스트에 기대서도, 앞으로 숙여 이마를 대고도 계속 소리 내 울었다.

집에 도착했을 때는 울음도, 비도 멎어 있었다.

목소리가 나오지 않아 문을 열어 준 남자에게 고개를 숙였다. 남자는 저, 하는 부름과 함께 작은 봉투를 건넸다. 건네준 것은 약 봉투였다.

"심부름입니다. 아까 오는 길에 약국에서 사라고 하셔서. 목에 상처와 그 입술……."

약 봉투. 그제야 희주는 자신의 어깨에 걸쳐진 옷의 주인과 앞의 남자에게 추태를 보였던 것이 민망해졌다. 동시에 이제까지 의식하지 못했던 목과 입술이 쓰라려 왔다.

물을 머금은 드레스를 쥐어 잡고 겨우 집 안으로 들어오자 멈췄던 눈물이 다시 새어 나왔다.

다 끝났어. 알고 있었잖아. 이건 추운 게 아니야. 속이 시원한 거야.

불을 켜지도 않은 채 바닥으로 주저앉아 그대로 몸이 고꾸라지듯 쏟아졌다. 비에 흠뻑 젖은 옷에서 흘러나온 물기가 바닥으로 스며들었다.

그럴 리가 없을 텐데, 덮은 재킷은 아직도 따뜻하고 온기가 배어나는 것 같았다.

* * *

"먼저 들어가세요."

그녀가 탄 차를 뒤따라 도착한 집 앞이었다. 쓰러질 것처럼 위태롭게 빌딩 안으로 들어가는 희주의 모습을 차 안에서 지켜보다가 문을 열고 나왔다.

그녀의 집에는 아직 불이 켜지지 않았다.

"도련님 비 많이 맞으셨어요. 재킷은 또 어디에……."

아까 여자가 걸치고 있던 재킷을 떠올리고는 말을 멈추었다가 다시 이었다.

"감기 걸리세요. 들어가시죠."

드레스 셔츠가 비에 젖어 그의 완강한 몸에 달라붙어 있었다. 골격과 근육이 여과 없이 드러났다. 머리는 젖어 흘러내렸고, 눈 안에는 알 수 없는 감정이 고여 괴로워 보였다.

"들어가세요."

그는 자동차의 보닛에 걸터앉아 올려다보고 있는 창문에서 눈을 떼지 않았다. 단호한 목소리에 권하던 남자가 인사를 한 뒤 돌아섰다.

그는 주머니에 손을 넣고 불 켜지지 않는 창문을 계속 쳐다보았다. 비를 맞아 창백하게 질린 남자의 눈가가 운 흔적을 남긴 듯 빨겠다.

"많이 아픈 것 같아서…… 나도 같이 좀 아파하려고."

뜨거운 숨결과 물기가 섞인 듯한 목소리가 공기 중에 흩어졌다.

언젠가는 내 손을 잡게 될 거야.

조금만, 그러니까 널 조금만 미워할게. 그래도 되잖아. 나한테 그 정도는 허락해 줘.

Intercept

2부

Prologue

"희주 씨 목 왜 그래? 다쳤어?"

오 팀장의 말에 거즈를 붙인 희주의 목으로 팀원들의 눈이 몰렸다.

"네, 좀 어디 긁혀서."

희주는 희미하게 웃고는 목을 매만졌다.

때마침 서빙된 음식 때문에 쉽게 시선에서 물러날 수 있었다. 뽀얀 사골 육수에 탱탱한 면과 계란과 호박, 김 고명이 올라간 칼국수에서 김이 모락모락 났다.

"조심해, 이제 날도 더워지는데."

"그러게요, 날도 더운데 점심에 칼국수가 웬 말인지."

얼마 전 과장으로 승진한 차진아가 가볍게 팀장을 힐난하고는 젓가락으로 고명을 휘휘 저었다.

"야아-, 티브이에도 나오네. 응? 빅 이슈이긴 한가 봐?"

[서산, 서태인—CH, 최세연 결혼 임박…… 사랑보다는 실리?]

텔레비전에 방영되는 시사 프로그램의 헤드라인 문구가 커다랗게 화면을 메웠다. 자극적인 주제를 시사 대담형식으로 진행하며 최근 인기몰이 중인 가십성 프로그램이었다. 불편하지만 재벌의 뒷얘기, 은밀한 소문 등에 관한 이야기로 시청자의 흥미를 끌어낸다는 평가를 받고 있다.

앵커와 패널의 담화 내용이 스피커를 타고 흘러나왔다.

—다음은 최근 화제가 되고 있는 재벌가 혼맥에 대해 알아보겠습니다. 서산 그룹 경영혁신본부 전략기획팀, 서태인 전무와 CH 그룹 최석현 회장의 외동딸, CH건설 최세연 상무의 약혼식을 두고 벌써부터 정계가 시끄럽지 않습니까?

—네, 그렇습니다. 이번 혼맥은 대한민국의 기업의 양대 축이라고 할 수 있는 두 기업, 2세들의 결혼입니다. 때문에, 이 후계 구도가 어떻게 돌아갈지, 두 기업 간의 결합이 어떤 시너지를 낼지에 대한 세간의 귀추가 주목되고 있습니다.

—CH 그룹에서 보유한 서산 지분이 꽤 되죠. 이번에 서태인 전무에게 힘을 실어줄 것으로 보이는데요? 차기 후계 구도에

명확한 방점을 찍기 위한 수순으로도 보입니다. 맞습니까?

─그렇다고 볼 수 있습니다. CH는 설립부터, 그러니까 창업주, 최현수 회장 때부터 서산 그룹 지분을 차근히 늘려 왔습니다. 그때부터 서산의 잠재력을 알아본 것일 수도 있고요. 아무튼 보유한 지분을 두고 행사하는 힘이라든지, 입김 이런 게 상당하거든요? 만약 그렇게 된다면, 지금의 서명환 회장과 비슷한 경영 실권을 서태인 전무가 가질 것으로 보입니다. 따라서 그런 것들을 고려하면 서태인 전무는 실리적인 결혼 방향을 추구한 것이 아니냐는 분석이 나옵니다.

─네, 그렇군요. 그것과는 별개로 말입니다, 지금 화면에도 나오지만…… 한번 보시죠. 남자인데도 감탄이 나옵니다. 하하…… 서 전무의 수려한 얼굴, 조각상 같은 몸매. 이런 것들이 약혼 소식과 함께 다시 화제가 되고 있습니다. 서씨 집안의 외모, 전부터 유명했었죠. 지금은 고인이 되신, 전 서산재단 송지윤 이사장, 현재 이사장을 일임하고 있는 한윤아 씨 역시 많은 여성들의 워너비로 꼽히기도 했고요. 또 서 전무의 동생 서재인 씨도 한때 미국의 매스컴을 통해 주목받지 않았습니까?

─네. 맞습니다. 아시는 분은 알겠지만, 서태인과 서재인, 둘은 배다른 형제입니다. 서 회장이 서산문화 재단 장학생이었던 피아니스트 송지윤 씨와 결혼하여 서태인, 서진주를 슬하에 두었고요. 당시 서산백화점 모델로 활동했던 한윤아 씨와 서 회장이 재혼하면서 낳은 아들이 서재인 씨입니다. 서재인 씨는 미국 유학 시절 하이스쿨 풋볼 팀으로 활약하는 동안 미디어에 노출

되면서 세간의 주목을 받았습니다. 하지만 불미스러운 사건에 휘말려 조용히 지내다가 최근, 졸업 사진이 대학 동문의 SNS를 통해 올라오고 근황이 알려지면서 큰 화제가 됐습니다……

자극적이고 선정적인 내용에 식당에 있던 사람들은 흥미를 보였다. 재벌에 대한 뒷얘기는 언제나 흥미로우니까.

"황색 저널리즘이 따로 없네. 저게 시사 프로그램인지, 가십이나 추문을 나르는 연예 프로그램인지 모르겠다. 재벌도 할 게 못 돼. 저렇게 적나라하게 다 까발려지니 원."

"재벌 걱정은 접어 둡시다. 지나가는 개가 웃을걸요? 하, 그나저나 회사 출근하는 낙이 하나 사라지겠네. 다른 여자 품에 안긴 서태인이라니. 약혼식 이번 주 토요일이지?"

다른 여자 품.

심장이 아직도 제대로 붙어 있는지 확인이라도 하듯, 쿵 떨어진다.

"희주 대리 좀 많이 먹어, 요즘 왜 이렇게 말라 가. 다이어트는 내가 해야 하는데."

젓가락으로 칼국수만 말아 올리며, 입에도 대지 않는 희주를 차진아가 걱정스런 얼굴로 바라보았다.

* * *

"희주 대리, 휴직했다면서요?"

"응, 처음에 사직서 내밀었대. 그런데 팀장님이 만류해서 휴직으로 돌렸어. 거기도 있는 집 자식이라 아쉬울 게 없나?"

"하긴, 서산이랑 알고 지내던 집안이라니까. 그래서 더 팀장님이 희주를 예뻐하시긴 하셨지."

[서산-CH 약혼식 무산? 연기?…… 서산 "건강상 이유"]

점심시간, 식당 텔레비전에는 그날과 같은 프로그램이 방영되고 있었다.

"저기 또 나오네, 우리 회사가 핫한 건지, 서태인이 연예인이라도 되는 건지."

─*오늘도 민우리서치 소장님 모시고 말씀 나눠 보겠습니다. 어떻게 된 겁니까? 서태인 전무가 약혼식에 나타나지 않았다고 합니다. 혼담이 무산된 거 같은데요?*

─*아직 속단하긴 이릅니다. 조금 더 지켜봐야 알겠지만, 서산에서는 서 전무의 건강상의 이유라고 일축하고 있으니, 아직 재고의 여지가 있는 것으로 보입니다. 다만, 혼전 계약 조건에 문제가 있는 것은 아닌지에 대한 조심스러운 추측은 있습니다.*

─*혹시, 서산에도 형제의 난이 발생하는 것은 아닐까? 하는 합리적인 의심도 피할 수 없습니다. 왜냐하면, 서태인 씨가 CH와 결속을 한다면, 서산재단 이사장 한윤아 씨와 서재인 씨의 위치가 위태로워지는 상황이 되니까, 손을 쓴 게 아니냐?*

중간에 훼방을 놓은 것은 아니냐? 이런 소리도 나옵니다. 어떻게 보십니까?

—당장은 아니지만 앞으로 서산에서도 형제의 난이 일어날 가능성도 있어 보입니다. 아시다시피 후계 구도의 물망에 오른 사람은 아직은 서 전무밖에 없습니다. 딸인 서진주 씨는 어린 시절부터 유학 생활을 했고, 지금은 프랑스 파리에서 패션 하우스를 운영하며 일찌감치 후계 구도에서 빠진 모양이고요. 서재인 씨는 아직 나이도 어리고, 정식적으로 경영 수업에 참여하지 않은 것으로 알려졌습니다. 또 서 회장이 건재하고 이제까지는 장남인 서 전무를 밀어주는 듯 보였고요. 다만, 이번 약혼이 깨졌으니 그 기반을 잃었을 수도 있다는 분석이 나오는데, 지켜봐야 할 것 같습니다.

—네 그렇군요. 최근 창립 기념일에 맞춰 서재인 씨가 귀국한 것으로 알려져 더 그런 소문에 불을 지피고 있습니다. 본격적으로 경영에 들어갈 것으로 보이는데, 서태인 전무 마음이 더 급해지겠어요?

* * *

재인은 발걸음을 세웠다.

어…….

까맣게 점멸하다가,

보인다.

진짜 김희주?

빠르다. 너무.

상상해 왔던 만남이.

심장 박동이.

터질 것만 같았다. 두툼하기 짝이 없는 팔뚝은 긴장으로 삐걱거렸다.

타이가 목을 조이는 것 같은 기분에 괜히 목울대를 매만지다가, 손을 들어 주름 한 점 없는 옷매무새를 다듬었다.

뭐라고 해야 하지.

뭐라고 할까.

보고 싶었어?

나 기억해?

장난처럼, 처음 뵙겠습니다?

너무 예뻐. 상상했던 것보다 훨씬. 어쩌지.

하, 정말. 어떻게 해. 미치겠네.

도무지 진정되지 않는 자신의 심장 소리만 귓가에 울리고 주변의 소음은 물에 잠긴 듯 먹먹했다.

뭘 그렇게 보는 거야? 느리게 그녀의 시선을 따라간다.

시꺼먼 바닥이 재인을 삼켰다.

희주가 운다.

빌어먹을. 너무 늦었다.

1. 엇갈린 기억

벗어나기 위해 떠나왔는데.

남자를 피해서 도망해 온 곳이 고작 서산 소유의 별장이다. 그것도 태인이 머물렀던 호수 별장. 엎혀사는 현실이 새삼스러울 것도 없는데, 지금은 필요 이상으로 비참한 기분을 가져다주었다.

안진에 내려온 지 일주일이 지났다. 하루에도 수십 번 울컥 거리는 감정이 버거웠다. 뜨거운 햇볕 아래 넓디넓은 정원을 가로지르는 와중에도 눈물이 왈칵 흘렀다. 손등을 들어 눈을 아무렇게나 문대었다.

귀찮아. 언제 멈추는 거야.

창립 기념회 파티에서 도움을 주었던 남자의 말이 딱 맞았다.

'꼴좋다.'

여기 내려온 다음 날까지 울리던 전화는 고장이라도 난 듯 뚝 멎었다. 불순한 기대가 남아 있었던 건지 자다가 벌떡 일어나 핸드폰을 확인하기 일쑤였다. 하지만 그는 더는 흔적을 남기지 않았다.

그렇게 집착해 놓고. 나 없이는 안 될 것처럼 그러더니. 나랑 노느라 약혼식도 안 갔잖아. 그런데 뭐가 그렇게 쉬워.

눈물이 섞인 땀이 턱을 타고 뚝뚝, 떨어졌다.

'그래, 뭐 하고 놀까?'

'좋아 죽겠다는 뜻이니까.'

'희주야……'

약혼식 날, 욕망에 들끓던 남자의 일그러진 눈과 거친 몸짓이 선명하게 그려졌다. 자신의 정신 나간 행동에 무슨 의도로 장단을 맞춰 줬을까.

마지막 적선? 버석거리는 웃음이 새었다.

그래도 후회 안 해. 돌아가지 않아. 다른 여자와 함께 있는 그의 옆에 남아 있게 한다면 차라리 죽어 버릴 거야.

계속되는 상념에 격렬한 감정이 치솟았다. 울고 있는 주제에 눈빛만은 결연했다.

희주는 호수 별장의 비밀스러운 입구를 헤매지 않고 찾아 들어갔다. 집 안 구석구석을 청소한 뒤, 거실을 통과해 복도를 지나 슬라이딩 도어를 열고 수영장으로 들어섰다.

초여름의 한낮은 한여름의 열기를 뿜었다. 입고 있던 쇼트

팬츠와 반팔을 벗자 속옷만 입은 매끈한 몸이 드러났다.

들고 온 청소 도구로, 수영장 안의 바닥과 타일을 문질렀다. 약품을 도포해 빠득빠득 닦으면서 주문같이 외웠다.

다 깨끗하게 지워지길.

머릿속에서도, 마음속에서도 온몸에 낙인처럼 새겨진 그를 벗겨 낼 수 있길 간절히 바랐다.

찰랑찰랑, 수영장에 물이 담기는 동안 그 앞의 호수를 바라보았다. 침잠한 남자의 눈동자가 그려졌다. 고요하고 빨려 들어갈 것만 같은 그의 깊은 눈은 다정했다가 이내 서늘해진다.

코끝이 시큰거렸다. 조금이라도 긴장을 늦추면 남자의 생각이 불쑥 치고 들어온다.

약혼식을 망치고 온 데에 대한 죄책감과 두려움, 끝까지 자신을 기만한 데에서 오는 원망과 분노, 복잡한 감정에 이리저리 휩쓸렸다.

첨벙.

물이 채워진 수면 위로 뛰어들었다.

청소하러 올 때마다, 이곳에서 책을 읽고 음악을 듣고 시간을 보냈다. 가끔 수영도 하면서. 엄마가 알면 등짝을 두들겨 맞으며 혼날지도 모른다. 희주의 엄마는 관리인이란 명분에 충실했다. 절대 주인의 것을 탐내지 않고 집, 그러니까 작은 직원동에서만 머물렀다.

희주는 수심이 제법 깊고, 길이가 20m 정도 되는 수영장에서 자유형으로 몇 번 왕복한 뒤, 수영장 턱에 팔을 걸치고 호수를 가만히 바라보았다.

햇빛을 받아 반짝이는 호수와 녹음이 우거진 울창한 숲, 구름 한 점 없는 파란 하늘, 겹겹이 쌓여 있는 이름다운 풍경은 가져 본 적도 없는 향수란 감정을 만들어 냈다. 정적이고 차분한 자연의 모습은 포근하고 아늑했다.

물에서 나와 타월로 젖은 몸을 닦고, 가운을 걸쳤다.

한 시간만 더 있다 갈까?

거실로 돌아와 통창을 열고 소파에 걸터앉았다. 바람에 살랑대는 새하얀 커튼 너머, 숲을 멍하니 바라보고 있자니 나른함이 몰려들었다. 나뭇잎이 사락사락, 흔들리는 소리를 듣다가 깜박 잠이 들었다.

밤잠을 설친 탓인지, 제법 꽤 긴 시간을 고요하게 누워 있었다.

목 안쪽이 타는 듯한 갈증으로 힘겨웠다. 잔뜩 건조해진 입술 사이로 갈라진 신음이 흘러나왔다.

눈꺼풀 또한 무거워 도무지 올라가질 않았다.

감은 눈 위로 빛과 그림자가 함께 어릉거렸다.

힘겹게 들어 올린 눈 사이로 큰 인영(人影)이 보였다.

새까만 머리칼 아래 서늘하고 날카로운 눈빛. 이내 시선이 마주치자 불안하게 흔들리는 눈동자가 보인다.

희주는 잠결에 눈을 비비며 뻣뻣하게 몸을 일으켰다.

"누구……?"

시야가 명확해지자 제대로 들어왔다. 불쑥 들어온 침입자는 검은 짐승 같은 남자였다. 앳돼 보이는 얼굴이 아니면 무장한 강도라고 생각할 만큼 큰 체격이었다. 창을 통해 들어오는 석양의 붉은빛이 남자의 얼굴에 드리우며 묘한 위화감을 자아냈다.

굉장히 낯선 기류. 하지만 동시에 굉장히 친숙하기도 한 이 질감.

희주가 넋을 놓고 빤히 쳐다보자, 빨간 입술이 불량하게 휘어 올라가고 긴 눈매가 사납게 치켜 올라갔다.

"뭐지. 이 도둑은?"

남자의 사나운 말에 느긋한 감상을 취하던 정신이 번쩍 들었다. 여기 들어올 수 있는 사람은 정해져 있다.

일하는 사람, 아니면 서산 그룹의 주인들.

그게 아니고서도, 희주는 눈앞의 이 남자가 누구인지 알았다.

재인. 서재인.

그는 아마도, 자신을 잊은 듯했지만.

일을 마치고 잠시 쉬는 중이라고 하기엔 너무 제집처럼 편히 자지 않았나.

희주는 자신의 꼴을 떠올렸다. 젖어 있는 머리, 울어서 짓무른 눈가, 속옷 위로 대충 걸친 가운, 그리고 무방비하게 소파에 누워 자고 있었지.

민망한 마음에 얼른 나서려고 했다. 아무런 변명 없이 자리를 뜨는 것이 좋을 것 같았다. 나중에 다시 만나서 얘기…….

"하여간, 집에서 일하는 사람들이 문제야."

생각이 서걱 잘렸다. 노골적인 말에 울컥한 마음에 희주는 자신을 밝혔다. 알아주길 바라면서.

"김희주예요. 여기 별장 관리인이 제 엄마고요."

서운함.

어째서 기분 나쁘다 못해 수치심이 드는 말에 서운함부터 들었는지.

길들여지지 않은 짐승 같은 새까만 눈이 번쩍였다. 재인은 제대로 여미지 못한 희주의 가운 사이로 목의 상처와 그 위로 울긋불긋한 흔적을 훑고는 목울대를 크게 일렁였다.

"아, 하녀."

남자가 뱉은 냉소적인 말에 희주는 소리 없이 입꼬리를 올려 조소했다.

내가 바보지, 또 뭘 기대했어.

그는 희주의 처지를 더없이 추락시키는 단어를 뱉었다. 재인은 잔뜩 뒤틀린 듯한 얼굴로 상처를 주고 싶어 하는 표정이었지만, 그 안의 흑요석 같은 눈동자는 어쩐지 불안하게 흔들렸다. 끈끈한 감정들이 몰아닥쳐 혼란스러워하는 것처럼.

하, 희주는 탄식 같은 짧은 한숨을 내쉬었다. 그러고선 고개를 꾸벅 숙이고는 수영장으로 가서 가운을 벗고 선 베드에 걸쳐 놓았던 티셔츠를 입었다.

다시 거실을 통해 나오는 흘긋 바라보니 재인은 아까 그 자리에 우두커니 그대로 서 있었다.

뭐야, 진짜야? 기억 못 해?

물벼락을 연달아 맞은 듯한 느낌에 희주는 그곳을 서둘러 벗어났다. 별장 밖으로 나오는 길에 엄마와 고 씨 아저씨, 급하게 호출받고 온 아줌마가 카트를 세우고 내리는 게 보였다.

"희주야, 막내 도련님 오셨대. 봤어? 응?"

엄마는 걸음을 재촉하면서 희주에게 물음을 던졌다. 희주가 고개를 끄덕이자 줄줄이 별장 입구로 들어섰다.

"희주 너도 들어와. 인사드리자."

"아휴, 연락이라도 주시지. 난데없이 들이닥치시니. 애 밥도 못 해 놓고 그냥 나왔어."

"그래도 희주가 여기는 청소를 자주 하니까. 다행이지 뭐야. 오늘은 그냥 인사만 하고 들어가 봐."

평소엔 여기 너무 자주 쓰지 말라고 주의하라고 했으면서.

희주는 마음속으로 투덜대며 못 이기는 척 별장 안으로 다시 들어갔다.

한 번 더 확인하고 싶은 마음에.

* * *

도련님.

막내 도련님.

희주의 엄마는 그 남자를 그렇게 불렀다.

서재인을.

예의 잘생긴 그 얼굴과 비싼 명품으로 감은 몸이 아니었다면 어느 동네 양아치라고 생각했을 것이다. 그 정도로 온몸에서 불량한 기운이 넘실거렸다. 재인이가 아닌 것 같았다.

엄마가 별장에서 일하는 사람들을 인사시켰다.

"나가요."

낮게 깔리는 말에 온기는 없었다. 시간이 지나서 변한 걸까. 아니면 무슨 일이 있었던 걸까.

불온한 태도. 비딱한 눈매. 누구를 향할지도 모르는 분노. 열기 어린 음습한 눈동자.

저런 상대는 피하는 게 상책이지.

일말의 기대를 했던 희주는 쓴웃음을 지으며 고개를 떨궜다.

한참이나 어린 남자에게 도련님이라고 부르다니. 지금 이 시대에.

희주는 어이가 없어 자신도 모르게 피식, 헛웃음을 흘렸다. 그 작은 소리를 들었는지 재인의 눈은 잠시 희주에게 머물렀다.

그러나 희주는 알아채지 못했다. 시시때때로 들려오는 그 남자의 이명 같은 환청 때문에. 순식간에 주변이 고요해지면서 귓가에 태인의 나지막한 목소리가 웅웅, 먹먹하게 들려왔다.

'도련님 소리 들어서 이거 또 선 거 같은데?'

어떤 기억에 잠긴 듯한 희주를 보고는 재인은 얼굴을 더욱더 사납게 일그러뜨렸다.

"도련님, 그럼 식사 때 다시 오겠습니다. 혹시, 드시고 싶은 거 있으세요?"

살가운 엄마의 말에도 재인은 대답하지 않고 사납고 흉흉한 기세로 복도를 걸어가 버렸다.

호수 별장을 빠져나온 사람들이 궁금증을 토로하기 시작했다.

"무슨 일이야? 재인 도련님 혼자?"

"고 씨, 어째 바깥에 있는 나보다 소식이 느려. 이제 곧 회사 들어가실 건데, 잠시 쉬시는 거래. 큰 도련님 약혼 문제 때문에 시끌시끌하잖아. 본가가."

"또 본가 얘기. 입조심해야지. 그리고 재인 도련님 여기 있다는 거 비밀이야. 사모님이 철저히 입단속하랬어."

희주의 엄마가 검지를 입술에 가져다 대었다.

비밀? 왜?

걸음을 내디디는데 발목을 누군가 계속 붙잡는 듯한 느낌이 들었다. 희주는 무거운 발을 들어 그들을 뒤따라갔다.

정말 기억 못 하는 건가. 그는 그때 너무 어렸으며 또 짧은 시간이기도 했으니까. 도련님이라고 엄마가 부르지 않으면 몰랐을 정도로 변해 있기도 하고. 자신의 기억 속에는 인형처럼 예뻤던 아이만 있으니까.

언젠가 다슬이 SNS에서 화보와 같은 재인의 일상 사진을 보여 준 적이 있었다. 하지만 막상 마주치니 현실감은 없었다.

자신보다 작았었는데 어떻게, 저렇게, 무지막지하게 클 수가 있지?

희주에게 재인과 함께한 그 짧은 여름날은 외로움과 상처투성이였던 어린 시절에 유일하게 행복했던 기억이었다.

소중히 꺼내 보는 추억이었는데.

그런데, 너는 까맣게 잊었나. 아니면 그때는 내 처지를 모르다가 지금은 알아서 그런 걸까.

배신감과 더불어 허무함이 밀려왔다.

그래 그는 어차피 도련님이다. 재인이라고 해도. 서산의 도련님이다.

저쪽 집안 형제들은 하나같이 성격이 나쁘네, 정말.

희주는 자조하며, 뒤도 돌아보지 않고 그곳을 벗어났다.

* * *

"어쩌지 식사는 가져다드려야 하나. 여기로 모시고 와야 하나."

희주 엄마가 발을 동동 구르며 고민했다.

"그냥 가져다줘. 아까 보니까 뭐, 밥 안 먹어도 되겠더라."

반가움보다는 이런 씁쓸함만 남기는 재회가 희주는 달갑지 않았다. 정확히는 혼자만 기억하는 추억에 대해 억울함, 확연한 기억의 온도 차이에 스스로 감당해야 할 부끄러움 같은 것들 때문에.

차라리 만나지 않았으면 이렇게 서운하진 않았을 텐데.

'뭐지. 이 도둑은?'

'아, 하녀.'

그런데, 작정한 듯 상처 주는 말을 내뱉었으면서 눈은 왜 그렇게 흔들려. 들끓는 감정을 누르는 게 괴로워 보이기도 해서, 마치 슬퍼 보이는…….

계속해서 되새겨지는 표정에는 의아함이 남았다. 왜.

아, 그만. 그만.

희주는 더 이상 머릿속을 누가 비집고 들어오는 게 싫어 고개를 흔들었다.

엄마는 정갈하게 사기그릇에 담은 식사를 크고 묵직한 우드 트레이에 얹어 호수 별장으로 가져갔다. 다음 날, 그 식사는 손도 대지 않은 모양으로 그냥 돌아왔다.

"아니, 이렇게 식사를 안 하시면 몸 상하는데."

호수 별장에도 간단한 스낵을 구비해 놓았지만, 요깃거리로는 부족할 것이다. 하지만 곱씹는 섭섭한 마음에 심술을 부리는 말이 나온다.

"뭘 그렇게 걱정해. 배고프면 연락하겠지."

엄마는 희주를 향해 살짝 눈을 흘기고는 다시 고민에 빠졌다. 아침에 전화 온 사모님, 한윤아의 전화 때문일 수도 있다.

—그래, 안진댁이 좀 신경 좀 써 줘. 걔가 예민해서 먹는 것도 가리고 잠도 잘 못 자. 당분간만 거기 있을 거야. 그래, 내가 믿을 사람이라곤 안진댁밖에 없다니까. 우리 재인이 배에 있을 때, 먹었던 비빔국수가 아직도 생각나는 거 있지. 나도 늙었나 봐. 추억팔이나 하고. 아! 그리고, 어제 내가 말한 거 사람들한테는 당부했지? 재인이 거기 있는 거 절대 비밀이라고…… 곧 서울 올라오긴 할 거니까 한 달간만 잘 부탁해. 아무튼 미국에 있을 때, 우리 아가가 어깨 다치고 마음이 많이 상했는지 약에도 손대서…….

한윤아가 훌쩍이는 소리가 전화 밖으로까지 들렸다. 엄마 역시 눈가에 맺힌 눈물을 틈틈이 닦았다. 그렇게 슬픔을 주고받는 통화는 한 시간 가까이 이어졌다.

"언제 올라간대?"

엄마가 핸드폰을 내려놓자마자 불편한 기색을 감추지 못하고 희주는 물었다.

"당분간 있을 것 같아. 그 풋볼, 운동하다가 몸도 다치고…… 술이랑, 그 뭐야 몹쓸 약도 했대. 어쩌다 우리 귀한 도련님이. 휴…… 그래도 도련님이 참 착해. 병원에 있다가 금방 정신 차리시고 졸업도 빨리 하셨으니까. 어렸을 때부터 영재 교육도 받고 머리가 좋으시잖아. 참, 희주 넌 이런 얘기 들은 거 도련님한테는 내색하지 말고."

한윤아의 입에서 나온 말을 그대로 읊는 듯한 엄마의 말에서 이질적인 단어가 희주의 뇌리에 박혔다.

"약? 그, 마약 같은 거?"

"그래. 그래서 사모님이 말씀하셨어. 잘 챙겨 달라고. 특별히 먹는 거. 치료받은 다음부터는 카페인이랑 술 이런 거 절대 입에도 안 대신다고 하시더라. 너도 도련님 앞에서 입조심하고. 어째 도련님은 너 기억 못 하시는 것 같던데…… 하긴 워낙 어릴 때니까……."

예민하고 까칠한 도련님 한 분 때문에 작은 마을에서는 3명이 더 고용돼 별장으로 출퇴근했다. 엄마는 한윤아의 말을 담아 직원들에게 보안 서약서를 쓰게 했다.

이런 별장을 유지만 해도 돈이 많이 들었다. 그 비용은 알지는 못하지만, 덕분에 희주가 대학교도 가고 먹고 자고 입는다고 엄마는 말했다.

그 얘기를 할 때면 엄마는 서산 그룹이 있는 방향으로 절이라도 할 듯이 굴었다. 살아온 환경에 이만큼 나은 처지는 없었다고 생각하는 듯했다. 남의 집을 전전하는 입주 가정부로 살면서 오해로 빚어진 멸시를 받았던 점을 감안하면 충분히 그럴 만했다.

반반한 낯짝으로 남자를 꾀었다며 거지 취급하던 주인집. 더럽게 빌붙어 사는 기생충 취급하면서 쫓겨났던 기억들은 그녀를 좀먹었다.

나는 비루해지기 위해 태어난 걸까. 이럴 거면 왜 태어났지. 내가 원해서 세상에 온 것도 아닌데. 이런 거지 같은 상황만 줄 거라면…… 차라리 다시 깨끗하게 태어나고 싶었다. 그러면 이렇게 아플 일도 없을 것 같은데.

지독한 자기 연민과 혐오에 빠져 있는데 불쑥, 낮고 굵직한 목소리가 들렸다.

"햄버거 좀 사 와."

정원의 가장자리, 나무 데크에 있는 벤치에 앉아 호수를 바라보던 그녀에게 재인이 어슬렁거리며 다가왔다. 팽팽하게 당겨진 검은 셔츠 위로 드러난 그의 근육을 보자니 다소 위협적이었다.

어릴 때 얼굴이 남아 있나 살펴보았다. 이젠 완연한 성인 남성이지만 풋풋한 소년의 흔적이 묻어 있다. 보기 좋게 그을린 피부, 날카롭고 서늘한 눈매, 미끈한 이마와 미간에서 자연스럽게 이어지는 높은 콧대, 야릇해 보이는 붉고 도톰한 입술까지.

미국 유명 잡지에서 매년 선정하는 '슈퍼 핫 틴에이저'로 꼽혔던 그림의 현실판이 지금 눈앞에 있었다. 떡 벌어진 어깨와 탄탄한 몸매가 흠잡을 데 없는 완벽한 남자의 모습이었다.

굳이 흠을 잡자면 붙어 있는 근육들이 좀 무식해 보인다는 거? 절대 부딪히고 싶지 않은 커다란 바윗덩어리 같았다.

그런 외향과는 별개로 느낌이란 건 달랐다. 재인은 아직 희주에게는 기억 속의 꼬맹이에 불과했다.

"햄버거 좀 사 오라고."

희주가 대답하지 않고 물끄러미 쳐다보자 그는 조금 상기된 얼굴로 한 번 더 무뚝뚝하게 말했다.

뭐야. 저 말투는. 덩치만 크면 뭘 해. 하나도 안 컸네. 하루 꼬박 밥을 안 먹었으니 배고플 만도 하겠지.

시비조의 말에 희주가 눈살을 구겼다.

사실 그녀는 지금 심기가 아주 불편했다. 우울함에 잠식된 상태에다가, 소중히 간직하고 있는지 얼마 안 되는 좋은 기억을 지금 눈앞에 있는 현재의 재인이 망가뜨려서.

"다른 사람한테 부탁해. 나, 네 하녀 아니야."

"뭐?"

"싫다고."

또박또박한 세 음절에 그가 몸에 힘을 잔뜩 주고 희주를 물끄러미 내려다보았다. 그러다 짙고 곧은 눈썹을 치켜올리며 입꼬리를 올렸다.

"남의 집에서 자기 집인 양 생활할 때는 언제고. 그거 하나 못 사 줘?"

되바라진 말투에 기가 막혔다. 몸만 큰 어린아이 같은 모습. 어째서 그런 거야.

'서재인이 왜 궁금하지?'

싸늘한 눈동자로 내뱉던 태인의 말이 떠올랐다. 꽤 오래전, 희주가 재인의 안부를 물은 적이 있었다. 미국에서 같이 유학도 했다길래 사이가 나쁘지 않다고 생각했다.

하지만 돌아오는 것은 자신이 못 할 말이라도 했다는 듯 다그치는 서늘한 대답과 차가운 표정이었다. 우아한 얼굴에 그려지는 분노가 선명했었다. 그 이후로는 그 이름을 담지 않았다.

그렇다고 궁금하지 않은 건 아니었다. 재인과 함께했던 시간은 문득 떠오르는 몇 안 되는 좋은 기억이었다. 날씨가 좋은 날, 비가 부슬부슬 오는 날, 수면에 물방울이 떠오르듯이 자연스럽게 생각났다.

함께 수영하고, 책을 읽고, 정원을 달리고, 피크닉을 가고. 낮잠을 자고 따사로우면서도 보드라운 색감이었다.

그런 생각에 사로잡히자 날이 섰던 마음이 어느 정도 풀렸다.

사르륵, 여름의 열기를 머금은 바람이 그녀의 머리칼을 흩트리고 지나갔다. 공중에 가볍게 휘날리는 머리를 귀 뒤로 꽂으며 말했다.

"사 주세요. 해 봐."

일부러 놀리듯이 충동적으로 말했다.

"뭐?"

놀란 얼굴로 뻣뻣하게 굳은 모습에 희주의 얼굴 위로 연한 미소가 걸렸다. 어렸을 때 마주한 그 모습이 맞다.

희주의 입가에는 피식피식 자꾸 웃음이 샜고, 그녀의 예쁜 눈매는 마침내 휘어졌다. 그 모습에 사나웠던 재인의 눈매가 느슨하게 풀어져 멍하니 희주를 쳐다보았다.

"햄버거 사 오려면 시간 좀 걸릴 거야. 읍내에 있거든."

희주는 벤치에서 일어나 정원으로 걸음을 옮겼다. 팽팽한 신경에 날 섰던 희주의 목소리가 포근하게 변해 흘러나왔다.

그 자리에서 굳은 재인을 뒤로한 채, 희주는 정돈된 잔디를 밟고 걸어갔다. 뚜벅뚜벅 걸어가다가 불현듯 확, 뒤를 돌아보았다.

"나가서 먹고 올까?"

* * *

고 씨 아저씨의 차를 타고 읍내에 있는 유일한 햄버거 프랜차이즈로 들어갔다.

엄마 말대로 귀하신 도련님한테 이런 저렴한 프랜차이즈가 입맛에 맞을까 했지만, 우려와 달리 그는 아무런 불평을 하지 않았다. 오히려 언제 날이 섰냐는 듯 뭉실하게 굴었다. 덕분에 조금 어색하긴 했지만, 나름 편안한 분위기가 자연스럽게 흘렀다.

"근데, 그렇게 굶었는데 햄버거가 들어가?"

"어릴 때부터 미국에 있었더니."

그는 무심하게 햄버거를 베어 물며 지금 이 상황이 쑥스러운지 창밖을 쳐다보았다.

확실히 다르다. 태인과 비슷한 긴 눈매와 짙은 검은 머리칼이 서늘하고 사납게 보이게 했다. 하지만 재인의 분위기 자체는 따뜻했다.

"운동 많이 했나 봐. 몸이 좋네."

희주는 감자튀김을 입 안에 넣으며 말했다. 굳이 말하자면 눈앞에 있는 인체의 신비로움을 감상하면서.

얼마나 운동해야 저렇게 될까. 우람해 보이는 가슴의 대흉근은 말할 것도 없고, 탄탄한 목을 감싼 승모근에서 내려온 빗장뼈가 티셔츠 위로 반듯하게 불거져 나왔다. 튀어나온 삼각근과 상완이두근, 그리고 팔뚝까지 촘촘하게 다 붙어 있는 근육과 핏줄이 경이로워 보일 정도였다.

희주는 넋 놓고 감상하느라 자신의 노골적인 시선을 인지하지 못했다.

재인의 귀 끝이 빨개졌다. 빨간 물은 점점 얼굴까지 번졌다. 가슴이 크게 부풀었다 가라앉기를 반복하는 것을 보고 희주가 정신을 차렸다.

뭐가 그렇게 부끄러운지. 재인이가 어리긴 어리구나. 희주는 그를 보면서 쿡쿡 작게 웃었다.

이제 좀 제가 알던 재인이 같아서.

"변태 같은 소리 하지 마."

컵 리드를 열고 얼음을 입 안에 넣고는 아득아득, 소리를 내며 거칠게 씹었다. 그러다 불현듯, 질문한다.

"싫어?"

뜬금없어서 희주는 잠시 당황했다. '뭐가' 하는 희주의 의문을 읽었는지 진지하게 말을 고른다.

"너무 큰 거 싫으냐고."

"뭐, 딱히⋯⋯."

솔직히 아무런 의미 없이 던진 말이라 질문이 되돌아올 것이라 생각하지 못했다.

키와 체격은 비슷한데 태인은 적당한 근육만 있는 슬림한 타입에 가까웠다. 화려한 외모에 맞게 몸을 가꾸는 것도 좋아했으니까. 비교할 상대가 그밖에 없다는 사실에 입 안에 쓰다. 희주의 인생에서 유일한 남자였으니까.

대답을 듣기를 포기했는지, 심각한 표정의 희주가 싫은 건지. 재인이 자리에서 일어섰다.

"가, 이제."

고 씨 아저씨는 시간에 맞춰 가게 앞으로 차를 끌고 나타났다.

희주는 뒷좌석에서 창문을 내리고 바람을 맞았다. 저녁이라 그런지 제법 선선한 공기가 물기를 머금어 짙었다. 정말 오랜만에 마음이 편안했다. 무의식적으로 귀결되는 얼굴에 시큰거리는 가슴도 얼마간 참을 수 있을 정도로.

재인은 그녀의 휘날리는 머리칼 끝에 손가락을 가져다 대었다. 바람에 흩날리는 머리카락에서, 그녀의 몸에서 향기가 흘러 코 안을 가득 채웠다.

그 사람 생각해? 하지 마. 나 좀 봐 줘.

머리가 어지럽고 속이 울렁거렸다.

만지고 싶어. 고개를 돌리고 마주 보고 싶어. 입 맞추고 싶은데. 안 돼?

치밀어 오르는 욕망을 누르느라 속이 헤집어졌다.

"속이 안 좋아……."

"응? 뭐라고?"

작게 중얼거리는 재인에게 희주가 고개를 돌렸다. 재인이 시선을 피하며 앞으로 앞쪽 좌석에 머리를 비스듬히 기댔다.

"속이 안 좋다고."

분명하게 말한 그는 희주를 응시했다.

"거봐 내가 햄버거, 첫 끼로 무리라고 했지."

희주는 그의 큰 손을 잡고 가져와 엄지와 검지의 가운데 살을 꾹꾹 눌렀다. 재인은 어깨를 흠칫거렸지만, 희주가 자신의 손을 만지는 것을 가만히 바라보았다.

"예민하신 작은 도련님."

그녀가 놀리듯이 말하고는 조금 더 힘을 주어 꾹꾹, 눌러 줬다.

놀랍도록 큰 손은 자신의 두 배만 했다. 그리고 어찌나 뜨거운지. 절절 끓는 손에 델 것만 같은 느낌이었다. 어려서 그런지 기초 체온이 높은 건가.

크고 뜨거운 손. 그와 똑같다. 그 손으로 뺨을 감싸고 입을 맞춰 오는 그 느낌. 눈을 감고도 그려지는 기억에 얼굴이 달아올랐다. 희주는 손을 주무르면서도 떠오른 장면에 넋을 놓았다.

재인이 잡히지 않은 손을 들어 그녀의 눈을 가렸다.

역시 너무 뜨겁다. 그 열이 순식간에 자신에게로 옮겼는지 얼굴이 더 달아올랐다.

재인의 올곧은 시선이 희주를 가만히 바라보고 있었다.

* * *

"다행이다. 희주야. 도련님 예민해서 걱정했는데."

재인이 밥을 본채에서 먹기로 했다는 말을 희주가 전하자 저렇게 좋아한다.

한윤아와 통화 후 엄마는 종일 '도련님이 예민해서'라는 말을 입에 달고 살았다. 그렇게 예민한 거 같지도 않은데. 예민한 건 그 남자가 더 예민하지. 그 결벽증 같은 성격이 얼마나 사람을 질리게 하는데. 그러면서 자신에 관해서는 난잡함을 허용하는 그 집요함이 혀를 내두르게 했었고.

"앞으로 밥은 본채에서 먹어."

치아로 아랫입술을 짓기며 태인 생각을 털어 낸 희주가 말하자 재인은 말없이 고개를 끄덕였다.

부엌에서 만든 요리를 다이닝 룸의 테이블에 가지런히 정돈하고 있을 때였다. 문이 열리고 단정한 걸음 소리가 들렸다.

"아휴, 오셨다. 도련님 입맛에 맞을지 모르겠네."

길고 넓은 테이블에 차려진 음식들은 한 사람이 먹는 것 치고는 어마어마했다. 엄마를 비롯해 식사 때마다 음식을 하기 위해 마을에서 오는 두 명의 식당 아주머니들이 솜씨를 발휘했다.

유자 드레싱 샐러드부터 한우 불고기전골, 전복구이, 옥돔구이, 잡채, 각종 김치와 뚝배기에 담긴 찌개가 한 상을 차지했다.

다 먹을 수나 있을까.

희주는 아침에 호수 건너편 꽃 농장에서 꺾어온 들꽃을 유리병에 꽂아 테이블에 올려놓았다. 들어오자마자 희주를 찾던 재인과 눈이 마주친 희주는 싱긋 웃으며 장난스럽게 말했다.

"얼른 오세요. 도련님."

재인이 그 자리에 잠시 우뚝 섰다가 테이블로 걸어와 앉았다. 테이블을 다 세팅한 엄마와 희주가 나가려고 하자 그가 벌떡 일어섰다.

"나 혼자 먹어요?"

서운함을 드러낸 얼굴이 고스란히 전해졌다. 사모님이 외로움을 많이 탄다고 한 말이 또 생각났는지, 엄마는 희주의 등을 가볍게 두들겼다.

"희주야, 네가 도련님이랑 같이 먹어. 엄마는 저기 직원동에고 씨랑 아줌마들 저녁 챙겨 주러 가 봐야 해. 도련님 미안해요. 내가 생각을 못 했네. 진수성찬도 혼자 먹으면 별론데."

엄마는 짠한 얼굴로 재인을 올려다보고는 희주에게만 들릴 정도로 속삭였다.

"도련님이 외로워서 그래."

예민하고, 외롭고. 막내 도련님 참.

예전의 장면들이 계속 겹쳐 떠올랐다. 완벽한 기시감이 드는 상황이었지만 묘하게 낯설어 희주는 이상한 기분을 느꼈다.

희주가 맞은편에 앉자 그제야 따라서 그도 앉았다.

"너무 많잖아. 혼자 다 못 먹으니까."

혼잣말 같은 말을 툭, 내뱉은 그가 시선을 내리깔고 국을 떠먹었다. 희주가 자신의 수저를 챙기려고 자리를 일어설 때였다.

재인이 또 벌떡 일어났다.

저건 습관인가. 어렸을 때도 그러긴 했는데. 큰 사람이 저러니까 조금 적응이 안 되네.

"밥 푸는 거야, 수저도 가져오고."

희주는 조금은 황당한 목소리로 떨떠름하게 말하고, 식탁과 조금 떨어져 있는 조리대로 가 자신의 것을 챙겨 왔다. 재인은 민망한 듯 고개를 숙이고 밥을 먹기 시작했다.

의외로 재인은 젓가락질이 매우 깔끔했다. 형제라 그런가 비슷한 점이 많다.

태인은 항상 길고 아름다운 손가락으로 정교하고 깔끔하게 젓가락을 움직였다. 식사할 때 단정한 식사 에티켓은 언제나 희주의 눈을 사로잡았다.

그 시선을 눈치챈 다음에는 그의 눈은 이채를 담고 물끄러미 희주를 쳐다보았다. 그 뒤에는…….

"젓가락질 잘하네."

떠오르는 장면에 고개를 작게 흔들고 말했다. 희주는 생선구이를 발라 그의 밥그릇에 올려주었다.

숟가락을 들어 자신이 올려준 반찬과 밥을 푹푹 떠먹는 모양새가 또 체하려고 저러나 싶었다. 이러나저러나 정말 손이 많이 가는 도련님을 지켜보는 건 조금 흥미로웠다. 태인과 비슷한 체격의 어딘지 모르게 닮은 듯 안 닮은 듯한 남자.

그와는 다르게 위화감이 없는 편안한 사람.

재인이 식사 후에 호수 별장으로 돌아가자 희주는 일하는 아줌마와 함께 나머지 뒷정리를 도왔다. 그리고 본채의 테라스에 앉아 별이 촘촘하게 박힌 하늘을 보았다.

오늘 하루는 좀 괜찮았지? 그래도 많이 생각 안 났어.

상념을 방해하듯 핸드폰이 울렸다.

"네. 여보세요."

―나야.

"알아. 무슨 일이야?"

―나, 체했어.

"뭐?"

―체했다고 밥 먹은 거.

그렇게 밥을 욱여넣으니까 그렇지.

"기다려. 약 들고 갈게."

소화제가 구비돼 있는 수납장으로 가서 알약과 병 음료를 몇 개를 꺼내 들었다. 카트를 타고 갈까 하다가 급한 건 아니지, 싶어 걸어가기로 했다.

호수 너머 숲에서 불어온 바람이 나른하게 감싸는 밤이었다.

첫사랑 같은 열병을 앓았을 때, 태인이 자신의 마음을 헤집어 놓고 간 그 여름방학 때, 이 넓은 정원을 거닐 때마다 호수 위에 뜬 달을 보며 얼마나 빌었던가. 어른이 되면 그의 옆에 있게 해 달라고.

그녀의 바람은 이루어진 걸까. 푸스스, 어이없는 웃음을 바람에 날려 보냈다.

문 앞에서 비밀번호를 누를까 하다가 벨을 눌렀다.

달칵.

거실의 폴딩 도어를 연 채로 그는 소파에 앉아 있었다. 방금 씻었는지 가운을 입고 물기가 떨어지는 머리를 그냥 두고 있었다.

"여름이라도 감기 걸려. 지금 보니까 덩치만 컸지, 몸은 약한 거 같은데."

체하기나 하고 말이야.

그녀가 잔소리하며 욕실에서 수건을 가지고 나왔다.

"아, 깜짝이야."

복도를 지나 부엌 아일랜드장으로 가는데 그가 지척에 다가와 있었다. 그러더니 갑자기 머리를 숙여 왔다. 희주는 놀란 가슴을 진정시키려고 크게 숨을 내뱉었다.

눈을 살짝 흘긴 뒤 까치발을 들어 수건을 그의 머리에 씌웠다. 머리를 어느 정도 문질러 물기를 닦은 다음에는 가져온 소화제를 건넸다. 그가 약을 입에 던지다시피 넣고 병의 음료를 단숨에 마시고 옆의 아일랜드 테이블에 내려놓았다. 그리고 불쑥 그 큰 손을 희주에게 내밀었다.

무슨 의도인지 싶어 그의 짙은 눈을 살폈다.

"아까 해 줬잖아. 그거 효과 좋던데."

재인은 손을 뻗어 희주의 손목을 잡아 소파로 앉혔다. 그리고 손을 그녀의 무릎에 툭툭 치며 재촉했다. 작게 한숨을 내뱉고는 희주는 그의 손바닥을 뒤집어 꾹꾹 눌렀다. 그 모습을 가만 지켜보는 재인의 눈이 작게 일렁거렸다.

거실 창밖으로 보이는 호수가 잔잔하게 달빛과 함께 유영했다. 매일 봐도, 그 광경은 신기하리만치 차분하고 우아한 것이어서 질리지 않았다.

마치 그 남자같이.

'마음을 조심했었어야 했는데.'

'마찬가진데, 나도 이렇게, 거지 같을 줄 알았으면.'

귓가에 그날의 연주가 들려오는 듯했다. 그때 만약…….

"나, 내가 호수에 빠졌을 때…… 기억나?"

잠긴 생각을 일깨우는 목소리. 눈을 몇 번 끔벅이며 초점을 찾았다.

"어…… 어?"

얼굴을 가까이한 재인이 까만 눈으로 그녀를 집요하게 응시했다. 어린 시절을 얘기하고 있었다. 무슨 이유에선지 모르지만, 일부러 그녀와의 어릴 적 기억을 모른 척한다고 생각했다.

희주는 그런 재인에게 장단을 맞춰 주고 있던 터였다. 처음엔 속상했지만, 오늘 낮에 함께하니 경계하고 날 섰던 모습이 사라진 뒤로는 서운함이 얼마간 가셨다. 자신의 기억을 훼손시키지 않은 것 같아서. 자신이 알고 있던 모습이 있어서.

그런데, 갑자기 왜?

기억을 공유하고 싶고, 친밀해지고 싶다는 뜻이었다. 희주는 눈을 동그랗게 뜨고 그를 쳐다보았다.

"기억나."

그의 깊고 까만 눈동자를 응시하며 말했다. 그 남자랑 닮았네, 정말. 빨려 들어갈 듯 고요한 눈에 희주가 가득 차 있었다.

떠오르는 태인의 잔상을 지우기 위해 의도에 없던 장난을 쳤다. 처음엔 어색하고 삐걱한 투의 말이 흘러나왔다.

"음, 근데, 나를 하녀라고 기억하고 있었나 봐? 난 또 우리가 친구인 줄 알았는데."

희주는 일부러 침울한 척을 하며 주무르던 재인의 손을 내려놓고 그의 반대쪽으로 몸을 틀었다.

"미안해. 그렇게 말해서."

잔뜩 풀 죽은 목소리. 즉각적인 사과에 희주는 입가에 옅은 미소가 떠올랐다. 다만 그 상황을 조금 더 즐기려는 의도로 여전히 입을 열진 않았는데, 희주가 말이 없자 조급해진 그는 목소리를 높여 덧붙였다.

"너 너무 예뻐. 잘못 말한 거야. Look a noble, 아니, 그게 귀족 같아, 하녀 안 같아."

정돈되지 않은 말로 두서없이 내뱉는 말이 다급하게 느껴졌다. 낯간지러운 단어에 피식, 웃음이 나왔다. 그러나 재인에게서 등을 돌린 채 희주는 올라가는 입매를 숨기고 화가 난 듯, 상처받은 듯 원망을 꾸민 낮은 목소리로 물었다. 장난이 점점 진심이 돼 가고 있었다.

"왜 그런 거야? 내가 그런 말 싫어한다는 거 알고 있었잖아. 기억 안 나?"

"……."

그는 손으로 입을 틀어막고 침음했다. 무언가 엄청나게 쏟아 낼 건 많은데 차마 말하지 못하는 듯 고개를 숙였다. 끙끙거리는 듯한 기운이 뒤에서 느껴져 고개만 힐긋 돌아보았다. 그리고 재인의 절절매는 모습을 보며 타박했다.

반쯤은 진심으로.

"미안하면 누나라고 해. 나이 차이가 얼마인데 지금 반말을."

희주는 자신이 이런 장난을 즐기고 있다는 사실이 놀라웠다. 연기도 좀 되는 것 같고. 자꾸 올라가는 입꼬리를 감추기 위해 입술을 말아 물었다. 다시 몸을 돌려 그를 마주하고 가라앉은 목소리로 말했다.

"도련님이라서 못하나? 하긴, 난…… 하녀니까. 넌 도련님 이고."

누가 들으면 유치한 말이지만, 그런 단어들은 희주에게는 더없이 큰 상처가 됐던 말이자 그녀를 괴롭히던 종류의 말이었다. 이렇게 장난 식으로 얘기해 본 건 처음인데 생각보다 괜찮았다.

상대가 재인이라서 그런 걸까.

손에 얼굴을 묻고 떡 벌어진 어깨가 그녀 앞에서 옹송그리는 걸 보니 너무 심했다는 생각이 슬며시 들었다.

아, 이제 그만해야겠다. 그렇게 생각하는데…….

재인이 손에 묻었던 침울한 얼굴을 떼고 굽혔던 상체를 천천히 세웠다.

"미안해. 내가 정말 잘못했어. 누나."

물기가 잔뜩 묻어난 목소리. 눈물이 그렁그렁한 얼굴로 희주를 쳐다보았다.

아…… 장난이 너무 심했나?

희주의 두 눈이 당황으로 물들었다.

혹시 희주가 상처받지는 않았을까, 그녀를 샅샅이 살피는 눈이 파도처럼 요동쳤다.

내리깐 재인의 길고 짙은 속눈썹이 촉촉하게 젖어 잘게 떨리고, 잘근잘근 짓씹는 붉은 입술이 처연하기까지 해 보인다. 숨길 여력이 없는지 그는 내내 그 불쌍해 보이는 표정이었다.

미움받을까 봐 전전긍긍하는 표정.

당황스럽다.

희주는 제 꾀에 넘어간 듯 황망한 표정을 지었다.

게다가, 누나……라니.

어렸을 때도 그녀를 한 번도 그렇게 부른 적 없는데. 물론 반쯤은 진심인 장난이었지만 정말 부르리라곤 기대하지 않았다.

기분이 너무 이상했다. 이상해…….

사실은, 왜 처음부터 모른 척했냐고 타박하고 싶었는데 저런 표정으로 선수 치면.

희주의 흔들리는 눈동자 위로 손이 다가온다. 뺨을 감싸고 눈 밑을 엄지로 쓸었다. 입을 맞추려는 듯 재인의 얼굴이 비스듬히 가까이 왔다.

"다 기억해 전부."

한순간도 잊어 본 적 없어.

닿지 못한 입술 사이로 마주한 뜨거운 숨결이 엇갈리며 섞였다. 재인이 내리깐 속눈썹을 들어 눈을 마주쳐 왔다.

"나 미워? 아프게 해서 나 별로야?"

저와 같은 장난인가 싶어 그를 유심히 쳐다보았지만, 어디에도 그 틈은 보이지 않았다. 희주는 너무 가까운 상황을 인지하고 그의 가슴을 밀어 간격을 만들어 냈다. 그리고 몸을 돌려 소파 위로 다리를 올리고 무릎을 감싸 안았다.

아이를 울린 듯한 왠지 모를 죄책감.

대화 주제를 돌려야겠다.

"그동안 왜 연락 한 번 없었어?"

물론 그가 그렇게 해야 할 이유는 없었다. 어렸을 적 친구들도 자연스럽게 소식이 끊기는 마당에 서산 그룹 도련님이랑 보냈던 짧은 시간을 붙잡고 살가운 연락을 기대한 건 아니었다. 오히려 당연하다고 생각했고, 그녀 역시 그에게 연락하려는 노력은 하지 않았다.

단지, 지금의 이 아슬아슬한 분위기를 환기하고 싶어서 아무말이나 꺼낸 것이었다.

"하고 싶었는데……."

억눌린 목소리로 말한 그는 괴로운 표정을 지었다. 희주를 바라보다가 침울하게 고개를 다시 떨어뜨렸다. 그리고 넓은 허벅지에 올린 손을 꽉 말아 쥐었다. 한껏 불거진 굵은 핏줄이 꿈틀거렸다.

* * *

하이스쿨 졸업을 앞두고 있었다. 중요한 대회를 코앞에 두고 시비가 붙었다. 이상한 느낌에 피해 가려 했다. 하지만 결국 싸움이 붙었고 어깨를 크게 다쳤다. 의사는 다시 풋볼은 할 수 없을 것이라는 진단을 내렸다.

"꼴이 말이 아니네."

병원에 찾아온 태인이 담담하게 말하고는 소파에 앉아 우아하게 다리를 꼬았다.

"이렇게 된 마당에 경영 수업도 좀 하고 공부나 해."

배려하듯 다정해 보이기도 했지만, 칼날이 숨겨진 말이었다.

재인은 그냥 창밖의 야경만 내다보았다. 뉴욕에서 제일 큰 병원에 VIP 병실의 전망은 자신의 펜트하우스의 전경과 비슷했다.

하지만 그런 감흥을 느끼기엔 지금의 처참한 상황이 그의 발목을 잡았다. 어쩔 수 없이 공부와 멀어지기 위한 운동이지만 진심으로 좋아했다. 처음으로 느낀 희열이었고, 친구들과 어울리며 태인과 가족들에게 받은 상처들을 지우고 있었다.

"네가 다쳐서 어머니가 좋아하시겠다. 언제 운동 그만두냐고 성화셨잖아."

"형은, 무슨 말을 그렇게 해⋯⋯."

그러다 날카로운 이채가 담긴 태인의 눈동자를 보자 불현듯 의구심이 떠올랐다.

"설마⋯⋯ 아니지?"

"재인아 넌 그렇게 머리가 나빠서 어떻게 하니. 어머니를 닮아 머리가 안 좋은 건가⋯⋯."

그는 단정한 얼굴로 조용히 웃음을 흘렸다. 비아냥거리는 말투와 달리 근사한 웃음이 소름 끼쳤다.

평생 행복한 걸 보지 않겠다고 했다. 자신도 행복할 수 있는 일이 없으니. 너도 그렇게 살라고 했다.

"왜? 왜 그런 거야. 내가 운동하면 원래 형이었던 것들 내가 탐내지도 않는데. 한국에 들어갈 생각도 없었어. 다 포기할 거였어."

그 말에 태인이 지독하게 낮은 웃음을 뱉었다. 그리고 이내 완벽한 대칭을 이루고 있는 입매를 뒤틀었다.

"버러지 같은 너희 가족들이 그렇게 둘까? 너를 앞세워 탐욕을 채우는 그들이 과연 너를 놔줄까 하는 말이야. 경우 없이 주인 있는 집에 쳐들어와 배에 있는 너를 들먹이며 나와 어머니를 지옥으로 몰고 간 그 버러지 같은 새끼들이."

감정이 격양될 만도 하건만 말을 하는 내내 태인은 평정을 한결같이 유지했다.

"형⋯⋯ 그건 진짜 미안해. 내가 할 말이 없어. 그래서 내가⋯⋯ 나 참고 지냈잖아. 형이 하라는 대로 하면서."

꾹꾹, 나오려는 울음을 누르고 재인은 간절하게 애원했다.

"재인아, 또 잊었어? 싫어. 네가 뭘 탐내는 걸 도저히 눈 뜨고 볼 수가 없어."

"형!"

상처받은 얼굴로 울부짖는다. 그게 넌 어울려. 그렇게 평생 고통스러워하는 게 좋겠어.

"그리고, 내 것을 뺏을 수 있다고 생각하다니…… 대단한 자신감이네. 사랑받고 자라서 그런가?"

부러워라. 태인은 말꼬리를 늘리며 덧붙이고는 일어났다. 한 점의 구김, 먼지도 없는 재킷의 단추를 잠그며 병실을 우아하게 걸어 나갔다.

바로 다음 날, 서 회장과 한윤아가 한국에서 날아왔다. 서 회장은 혀를 끌끌 차고선 그만하면 됐다며 이제 본격적으로 공부를 시작하라고 했다. 한윤아는 세상이 무너진 듯 눈물을 흘렸다.

그러거나 말거나, 재인은 공허한 시간을 흘려보냈다. 퇴원 후에는 약과 술에 빠졌다.

형이 원하는 대로 망가져 줄 예정이었다.

꿋꿋하게 속죄하며 살아가도 나를 구원해 줄 사람은 아무도 없다.

재인을 자신들의 욕망과 탐욕의 실현 수단으로 삼는 엄마와 친척들. 잔인한 아버지. 자신을 망가뜨리고 싶어 하는 형. 어느 곳에도 자신이 기댈 곳은 없었다.

재인이 약에 허우적대고 있는 꼴을 두고 볼 수 없는 서 회장이 납치하듯 재활 병원으로 집어넣었다.

　다 완벽히 치료할 때까지, 사람 구실을 할 때까지 한국에 발도 디디지 말라는 명령이 떨어졌다. 이미 그런 불미스러운 소문이 도는지 미디어에 확산되는 걸 방지하기 위해 꽤 많은 노력을 기울인 듯했다.

　청천벽력 같은 말에 한윤아가 미국으로 곧장 날아왔다. 병원 면회를 와서는 재인의 앞에서 화를 내기도 다독이기도 했다.

　"재인아, 언제까지 애처럼 이럴 거야? 응? 잘 먹고, 잘 지내면 곧 괜찮아질 거야. 회장님은, 아버지는 너를 제일 좋아해. 지금은 잠시 화나셔서 그런 거지……. 그 새끼, 네 형, 기고만장한 꼴 못 보겠어. 얼른 정신 차리고 한국 가자. 응?"

　귀하고 고운 얼굴이 해쓱해진 것을 보고는 울먹이며 재인의 뺨을 쓰다듬었다. 귀찮다고 돌아가라고 말을 하면 더 길어질 잔소리가 싫어 그냥 두었다. 모든 게 귀찮았다. 권태롭고 무기력한 일상이었다.

　한윤아는 계속해서 말을 이었다.

　"예전에 너랑 회장님이랑 셋이 뉴욕 롱 아일랜드 별장 갔을 때가 좋았는데, 회장님 오시라고 해서 너 퇴원하면 또 가자. 아니다 한국에 들어와서 가자. 너 들어오면 괜한 소문만 만들어진다고 여기 두셨지만, 회장님께 내가 다시 말해 볼게. 저기 남해, 안진 별장 다녀오자. 따뜻한 데가 좋겠지. 우리 아들 추위도 잘 타서. 위쪽보다는 남쪽이 나을 거야."

따뜻한 데. 안진.

윤아가 말한 문장에서 두 개의 단어를 짚어 냈다. 그 기억이 자동적으로 한 사람으로 귀결됐다.

희주. 김희주.

"그럼…… 안진, 거기 아줌마는 그대로 있고?"

"어머, 재인아 너 기억하니? 어릴 때인데, 엄마가 너 아팠을 때……."

"아니, 그래서 별장 아줌마, 그 뭐라 했지 엄마가……."

재인은 조심히 떠보았다. 들키면 안 된다는 오랫동안 조심했던 버릇 탓이었다.

"안진댁? 그럼. 아직도 있어 얘. 그 딸도 엄마가 대학도 보내 주고 본가에도 잠시 있다가…… 지금은 우리 회사에 취직도 했어. 그 정도는 해 줘야 싶어서. 엄마가 의리는 있잖니."

뭘 말해도 심드렁하게 입을 꾹 다물고 있던 재인이 한윤아에게 질문을 던지자 그것만으로도 황홀한 듯 말을 쏟아 냈다. 하지만 마주 앉은 재인은 당혹스러운 얼굴이었다.

어째서, 나는 여기에 있었지. 너를 데리러 갈 거라고. 너를 단 하루도 잊은 적이 없는데.

약에 취해, 술에 찌들어 희주의 환영만으로 만족하고 있었던 머리에 찬물이 끼얹어진 느낌이었다.

눈을 감자 떠오르는 선명한 기억. 해맑게 눈부시게 웃는다.

'저기까지 먼저 도착하는 사람, 소원 들어주기.'

희주는 혼란스럽고 엉망진창이었던 어린 시절을 구해 준

구원이자 빛이었다.

복중에 있을 때부터, 그는 누군가를 괴롭히는 칼날이었다고 했다. 세 살이 됐을 때는 누군가를 쫓아내기 위해 강제로 사활을 걸어야 했다고 했다.

길가에서 데려온 강아지 '두리'가 처참하게 찢긴 상태로 정원에서 발견했을 때, 형이 말해 주었다. 네가 사랑하는 대상은 저렇게 될 것이라고. 너라는 존재는 어머니와 가족의 탐욕을 실현하기 위한 수단에 불과하다고. 껍데기 같은 삶이라고. 그래도 살고 싶으냐고.

그 모든 사실을 고작 열 살에 알아야 했다.

삶이란 게 뭔지도 알지 못하는 나이에, 재인은 괴로워서 그냥 눈을 감고 싶었다.

그런데, 그때 희주를 만났다.

재인은 입원 치료를 마치고 통근 치료로 전환한 뒤, 집으로 돌아와 책상부터 뒤졌다.

어디 갔어? 어디 갔지?

유학길을 오르던 날 고이 챙겼던 사진. 형 몰래 매일, 다짐하며 상상하며 꺼내 봤었는데.

없다.

아무리 찾아도 없다.

근원 모를 불안감에 피가 차갑게 식는 기분이었다. 알코올 중독 부작용 탓인지 손도 가늘게 떨려왔다.

'후유증으로 급격한 피로감, 불안감 등 여러 가지 증상이 나타

날 수도 있습니다. 중독의 원인은 권태로움, 무기력감이 가장 큰 원인입니다. 삶의 목표를 한 번 세워 봐요. 도움이 될 겁니다.'

너는 지옥 끝에 서 있는 나를 한 번 더 구한다.

하아-. 고개를 젖히고 큰 숨을 허공에 뱉었다. 머리를 거칠게 흐트러뜨리고는 핸드폰을 찾아 통화 버튼을 눌렀다.

이제 흔들리지 않을 거야. 더 늦으면 안 돼.

"엄마, 나예요. 나 학교 졸업할게. 마치자마자 한국 갈 거야. 아버지한테 허락 좀 받아 줘."

하루라도 빨리 한국에 돌아가기 위해 학업에 매달렸다.

그녀를 지키기 위해서는 뭐가 필요한지 알았으니까. 먼저 인정받아야 했다. 아버지는 유약한 저를 걱정하면서도 실망감을 감추지 못했다.

아버지는 잔혹한 사람이었다. 재인을 예뻐하면서도 태인이 그를 괴롭히는 것을 관망했다. 재인이 그것을 못 견뎌 태인에게 적의를 드러내며 이빨을 세우기를 바라는 듯이. 그렇지만 그럴 기미가 보이지 않자 탐탁지 않아 하기도 했다.

약물에 알코올 중독 사건까지 있었으니 한국에는 발도 붙이지 못하게 할 수도 있는 사람이었다. 명예를 무엇보다도 중요하게 생각하는 사람이니까.

도망갈 생각만 했다. 피하고 몰래 숨겨 그녀를 데려올 생각만 한 자신이 너무 멍청했다.

조금만 더 기다려 줘. 데리러 갈게.

각오를 다지는 눈빛에 잔뜩 그리움이 묻어났다.

* * *

JFK공항 활주로를 벗어나는 비행기 안. 재인은 들뜬 마음을 감추지 못했다.

어떻게 설명해야 할까?

웰컴 드링크로 샴페인 대신 오렌지 주스를 받은 재인의 얼굴이 상기됐다. 미간이 좁혀졌다 펴졌다, 입꼬리가 올라갔다가 내려오기를 반복하는데, 복잡한 머릿속을 고스란히 보여 주었다.

어떻게 말해야 진심이 전해질까.

너를 계속 좋아했다고.

10년도 더 된 시간이 흘렀는데, 잠시였던 시간을 들먹이며 좋아한다니 너무 우습나?

징그럽게 생각하려나. 지독하다고?

아니, 애초에 논리적으로 말이 되긴 하나?

설명할 수 없는 마음이 답답했다. 보여 주기라도 할 수 있다면 진짜 찢어서라도 보여 줄 수 있을 것 같은데.

머리를 쥐어뜯어도 명확하게 그녀를 이해시킬 만한 말을 만들지 못하겠다.

하긴, 저조차도 이 감정을 헤아릴 수 없을 정도로 큰 것이어서 미쳤다고 생각하는데, 누군가를 이해시키려 하다니 어불성설이다.

그래도 재인에게는 이만큼 선명한 것이 없어서. 그녀가 어떤 모습이든 그는 모든 걸 다 줄 수 있는 마음이어서 의심하지 않았다.

지금 당장은 아니더라도 언젠가는 알아줄 거야.

일단, 어디까지 마음을 드러내야 하지? 긴 시간 동안의 짝사랑을 숨기고 새롭게 시작하는 척, 그렇게? 남자 친구가 있으면 어떡하지? 결혼을 약속한 사이라면?

질문 끝에 심장이 저릿했다.

먼저 어떤 놈인지 보고.

무슨 짓을 해서라도 빼앗고 말겠다는 호기로운 다짐을 해 본다.

열네 시간의 비행시간 동안 재인은 내내 들뜬 상태였다가 침울하다가를 반복했다.

공항에서 내리자마자, 재인은 서산 창립 기념회 파티로 납치 당하다시피 끌려갔다.

"우리 아들, 너무 멋있다."

한윤아가 샵에 들렀다 곧장 파티장으로 도착한 재인의 차림새에 감탄했다. 윈도페인 체크 더블브레스트를 맞춤해서 입은 재인의 모습은 한 세기 전의 귀족 같은 자태였다.

희주를 당장 만나러 갈 수 없다는 사실이 달갑지 않아도, 어쩔 수 없었다. 아버지한테 인사도 드리고. 그리고 형한테도……

파티장 안.

재인은 기둥에 비딱하게 기대어 의미 없는 시간을 죽이고 있었다. 한윤아가 그를 찾아 눈동자를 부산스럽게 움직이는 것이 보였다.

시선이 마주치자 이리 오라는 손짓을 한다.

귀찮아. 짤막한 한숨을 내뱉고는, 도살장으로 끌려가기 전 좋은 상상을 한번 해 봤다. 이런 곳에 희주가 자신의 팔짱을 끼고 사람들과 안부를 나누며 담소를 나누는 모습을.

음, 나쁘진 않은데?

입술을 말아 물고 고개를 작게 몇 번 끄덕이며 뚜벅뚜벅 걸었다.

그러다, 걸음을 뚝, 멈췄다.

희주다.

진짜 김희주.

손으로 입을 가렸다. 있는 힘껏 이름을 부를 것 같아서.

너무 예뻐. 생각했던 것보다 훨씬. 어쩌지.

오다 말고 멈춰 서 있는 재인이 답답한지 한윤아가 직접 움직였다.

"재인아, 여기서 뭐 해. 얼른 가서 사람들한테 인사해야지. 저기 네 형 봐 봐. 자기가 무슨 주인공인 줄 아나 봐."

재인은 한윤아의 시선을 따라 최상위 포식자 같은 남자의 품격 있고 우아한 자태를 보았다.

"주인공 맞지 뭐."

덤덤하게 대꾸했다. 그리고 다시 희주를 시선으로 좇았다.

한윤아는 그런 심드렁한 재인의 태도가 못마땅한 듯, 어깨를 찰싹 때리려다가 이내 가볍게 어깨를 툭툭, 털어 주며 말했다.

"모르는 거야 아직. CH랑 혼담 오가면서 기고만장한가 본데. 거기도 그렇게 호락호락하지 않을걸. 네 형 병 있는 거 알면 거기서도 물릴 수도 있어. 남자 구실도 못 하는 데 무슨."

코웃음을 친 한윤아가 자꾸 재인을 당겼다. 무엇을 보고 굳었는지 망부석처럼 꼼짝도 안 하는 재인을 끌어당기느라 끙끙거렸다.

"재인아, 얼른."

그새 희주가 사라졌다. 이런.

"저기는 네 형 약혼 상대야. CH 최석현 회장님이 곱게 키운 외동딸인데, 재원이라고 하더라. 네가 나이만 좀 많았어도……."

여자의 손이 형의 팔에 올라와 있다. 재인은 서진주와의 통화를 떠올렸다.

─응 재인아, 나 지금 한국 와 있어. 회사 구경 중.

'결혼식 못 가서 어떡하지? 한국에서도 하고 파리에서도 결혼식 하는 거지?'

─그래, 나중에 파리에서 하는 결혼식이나 와. 졸업 앞두고 집중해야지.

'응. 그럴게.'

─그나저나, 오빠 연애하는 것 같아. 생전 처음 보는 표정인데, 너무 낯설고 소름 끼쳐.

진주의 표현 방식에 재인은 웃음을 피식, 흘렸다. 그녀는 배다른 동생인 자신을 배척하지 않았다. 특유의 서글서글함으로 오히려 살갑다고 느낄 정도였다.

어렸을 때부터 외국에서 유학해 생모에 대한 애착이 심하지 않아서일까? 태인과는 달리 혈육이라는 이름 아래 종종 연락하고 지냈다.

'진짜야?'

—뭔가, 간도 쓸개도 다 빼 줄 것 같은 얼굴인데…… 그게 되게 무서워. 그거 손대는 순간, 올가미처럼 칭칭 감겨서 못 벗어날 것 같아……. 비딱한 우리 오빠가 제대로 누굴 사랑할 수 있는 사람도 아니고……. 아, 몰라. 난 그 여자한테 분명히 충고해 줬어.

그게 저 여자인가? 축복해 줄 수 있어. 형도 이제 행복해졌으면 좋겠다.

진심이었다. 형에 대한 원망, 증오, 환멸 이런 것들은 지금 마음속을 차지할 여유가 없다. 재인의 머릿속에는 온통 눈앞에 다가온 희주와의 재회로 가득 차 있어서.

"사장님, 오랜만이에요. 여기 우리 재인이에요. 어렸을 때 보시고 처음이시죠? 미국에서 오늘 왔어요."

서산제약 사장. 문수필. 태인과 미국 지사에서 근무하며 신생 바이오 회사이던 일라사이언스에 과감한 투자를 했다. 그 이력으로 지금 서산제약 사장 자리에 올랐다. 서태인의 왼팔 노릇을 하는 개나 다름없다는 세간의 소문이 있고.

"이사장님 오늘 더 아름다우십니다. 오, 재인 군. 너무 근사하게 컸네요. 회장님이 뿌듯해하시겠어요. 아드님 두 분이, 다 이렇게 장성하시고 멋있어서. 이제 서 전무님 도와서 서산의 큰 보탬이 되면 되겠네요."

뼈 있는 그 말에 한윤아가 얼굴을 찌푸렸다. 하지만 재인은 말을 듣는 둥 마는 둥 하며 시선으로 희주를 찾기 바빴다.

"네, 그래야죠. 그럼 저 잠시만요."

찾았다.

"어머, 재인아. 어디 가니. 아휴, 참 쟤가."

자기도 모르게 나온 새된 소리를 가다듬으며 한윤아는 어색한 미소를 지었다.

그러거나 말거나 재인은 심장이 터질 것만 같았다. 두툼하기 짝이 없는 팔뚝은 긴장으로 삐걱거렸다. 드레스 셔츠에 맨 타이가 목을 조이는 것 같은 기분에 괜히 목울대를 매만지다가, 손을 들어 주름 한 점 없는 옷매무새를 다듬었다.

희주를 향해 걸어가는 순간에도 수백 가지 생각이 혼재한다.

뭐라고 해야 하지.

뭐라고 할까.

보고 싶었어?

나 기억해?

장난처럼, 처음 뵙겠습니다?

하, 정말. 어떻게 해. 미치겠네.

도무지 진정되지 않는 심장 소리만 귓가에 울리고 주변의 소음은 물에 잠긴 듯 먹먹했다.

뭘 그렇게 보는 거야?

느리게 그녀의 시선을 따라간다.

찌익. 심장 어디가 찢겨져 나가는 기분이 들었다. 아니, 폐인가? 숨을 쉴 수가 없다.

기시감. 필름이 빨리 감기를 하는 것처럼 과거로 돌아간다.

별장 풀에서 희주가 태인을 바라보던 모습. 별장 담벼락에 기대어 피아노 소리를 들으며 설레어하던 희주의 표정. 자신은 그런 그녀를 바라보고…… 그녀는 눈치채지 못하고 계속 그를 바라봤던…….

그런 장면들이 머릿속에 필름처럼 지나가는데, 희주와 태인이 동시에 평행선처럼 입구로 걸어 나가기 시작했다.

뒤따라간 응접실에서 새어 나오는 말들.

"키스해 줘요."

복도의 벽에 기댄 재인은 새어 나오는 비명을 막기 위해 입을 손으로 틀어막았다.

"넣어 줘요. 젖었어요."

경직된 목의 핏대가 터질 듯이 부풀어 올랐다. 피가 거꾸로 솟는 것 같다.

"제발…… 오늘은 그냥 가."

폭발할 것 같은 기분을 간신히 억누르자 몸이 부들부들 떨려 왔다. 온몸을 벽에 세게 들이받아 몸을 으스러뜨리고 싶다.

왜 하필, 도대체. 왜.

실핏줄이 터진 벌건 눈동자가 격분된 감정으로 들끓었다. 잇새로 계속 신음이 터져 나와 손에 더 힘을 줘서 입을 거칠게 막았다. 자신의 거친 숨소리가 귀에 이명처럼 울렸다. 멍멍한 귓가에 희주가 흘렸던 신음이 회오리쳤다.

쾅, 응접실을 나와 복도를 울리는 태인의 분노. 쏟아내지 못하고 고스란히 삼킨 재인의 절망이 그날 그 자리에 함께 있었다.

제발 아니기를, 이것이 꿈이기를 간절하게 바랐다.

* * *

희주가 운다.

왜 저렇게 울어.

뭘 잘했다고.

비도 오는데, 저렇게 비 맞으면 감기 걸릴 텐데.

그렇게 생각하며 그녀의 뒤를 쫓는 재인의 눈에서도 눈물이 하염없이 흘렀다. 넘어져 우는 그녀의 모습이 처참했다. 빗물에 씻겨 나가는 목덜미의 피와 입가의 피.

꼴좋다.

진짜 꼴좋아.

정말 남자 보는 눈이 그렇게 없어서야. 그러게, 누가 그런 나쁜 새끼 좋아하래?

"나, 나 좀 숨겨 줘요."

애처로운 목소리.

너와의 수많은 재회를 상상하는 순간에 이런 건 없었는데.

＊ ＊ ＊

재인의 집.

희주가 울던 날, 그날 밤 이후로 재인은 잠들지 못하는 날들이 많았다. 창밖에 푸르른 녹음의 생기가 집 안에 들어오건만, 재인은 그런 것 따위에 영향을 받지 못했다.

소파에 길게 누워 손등으로 눈을 가리고 있는 재인에게 황비서가 다가갔다.

"약 필요하십니까?"

건조한 얼굴이지만 꽤 걱정이 묻어나는 얼굴이었다. 재인은 며칠째 잠을 제대로 자지 못해 눈에는 핏발이 섰고 얼굴에는 피곤이 묻어났다. 재인은 스르르 상체를 일으켜 소파에 앉아, 목 뒤를 잡고 좌우로 움직였다.

"왜요? 필요해 보여요?"

테이블에 올려진 핸드폰이 계속 울렸다. 볼 것도 없었다. 엄마 아니면 삼촌, 사촌 그리고 촌수도 헤아려 봐야 할 친척들. 재인에게 너무 많은 것을 요구해 왔다. 예전부터, 그가 한윤아의 복중에 있을 때부터. 목적이 분명한 애정에 구역질이 났다.

배 속에 그를 품은 한윤아를 그 집으로 밀어 넣고는, 그들은 재인을 욕망을 충족시켜주기 위한 수단으로 사용했다. 그를 방패 혹은 액세서리 삼아 그들이 원하는 걸 가졌다. 서산의 안주인, 돈, 권력…… 문제는 끝도 없었다.

재인에게 약을 먹이고 몸을 아프게 한 뒤 계략을 꾸며 큰어머니를 쫓아냈다고 했다. 그래서 재인은 태인에게 평생 죄인이어야 했다. 시간이 지날수록 한윤아 역시 다정한 어머니이기보다는 지위와 권력에 집착하는 사람으로 변했다. 지킬 게 많은 자신의 어머니는 그랬다.

황 비서는 재인이 부탁했던 희주에 관한 것을 보고해 왔다.

"휴직하시고, 어제 안진으로 내려가셨습니다. 그리고 지켜보는 사람이 저 말고도 사람이 있었습니다. 아마도 서 전무님 사람인 것 같습니다."

그렇겠지.

형은 약혼식에 나타나지 않았다. 희주와 연관이 있을까? 약속 없이 형의 부재로 약혼식이 무산됐으니, 당분간 태인은 움직이지 못할 것이다. 처리해야 할 일이 많으니까.

기회일까?

기회? 무슨 기회? 목이 타들어 갈 듯한 갈증이 홧홧하게 일었다.

술을 마시고 싶은 기분이 오랜만이었다. 치료로 끊은 술에 손을 대고 싶다. 이토록 선명한 갈증이 술인지 그녀인지도 헷갈렸다.

권태롭게 술과 약을 하며 시간을 죽이고 있을 때는 흘러가는 시간이 아깝지 않았다. 빨리 취하고, 더 엉망이 되면 그녀가 환영으로 나타났으니까.

'너를 데리러 갈 수 없어. 미안해.'

'괜찮아, 재인아. 좀 쉬어. 자.'

술에 취해 미친놈처럼 환영으로 나타난 그녀의 품에서 울었다.

말도 안 되는 거 안다. 미친놈처럼 보이겠지. 10년도 넘게 너를 그리며 여기까지 왔다. 너의 얼굴, 너의 아름다움, 너의 체온, 너의 향기, 너의 다정한 말투, 그 모든 것을 되새기며 다시 만날 시간을 상상했다.

지독한가? 변태 같나?

그런데 어떻게 해. 그게 유일하게 내가 살아갈 힘이었는데, 10년, 20년, 아니, 더 남은 삶이 있다면 내 모든 시간을 너 하나를 기다리면서 살 수도 있는데.

그런데. 왜 하필.

며칠 내내 그 말만 반복해서 읊조렸다. 입 안의 쓴 기운이 가시질 않았다. 근원 모를 불안감이 그거였나.

허탈하게 조소했다.

하-, 무슨 상관이야.

미움이든, 절망이든, 원망이든.

"아직 대학원 입학 전까지 시간 있죠? 나 안진에 좀 다녀올게요."

같은 땅에 있는데, 드디어 볼 수 있는데.

* * *

"전무님답지 않으십니다. 그런 실수를 하시다니……."

박 실장의 타박이었다. 태인이 약혼식에 나타나지 않자 제일 많이 시달렸던 건 아마 최측근인 그일 테니까.

"그런가요?"

무심한 대답이 흘러나왔다. 그의 앞에는 지금 당장 코앞에 닥친 CH와 연관된 사업의 재검토 서류들이 겹겹이 쌓여 있었다.

"CH건설에서 해외 합작 컨소시엄에서 손 떼겠다고 합니다. 그리고 서산제약 매각 건도 지금 전면 검토를……."

태인이 무표정하게 서류 위로 손가락을 톡톡 까닥이더니 거두고, 담배를 찾아 손가락 사이로 끼웠다. 불을 붙이지 않은 채로 손가락을 놀리며 찜찜함의 원인을 검열했다.

약혼식 다음 날, 본가에서 서재인과 마주쳤다.

서재에서 서 회장의 불같은 고함과 함께 던져진 조각품에 맞아 이마에 피가 흘렀고, 피로 범벅된 채 거실로 나온 그의 얼굴에 소스라치게 놀란 사람들이 기함하고 소란을 피웠다.

소파에 앉은 그의 곁으로 몰려든 사람들 사이로 재인이 보였다.

그래, 그 눈빛이 찜찜해.

핏줄이 터진 시뻘건 눈. 아슬아슬한 기세로 서서 저를 가만히 노려보고 있었다.

싫다고, 상처 주어도 처량한 강아지처럼 매달리는 게 서재인이었는데…….

4년이면 긴 시간이지. 너도 서가(家)의 피가 흐르니 증오심을 키우기는 충분했겠지. 그래도 그 꼬락서니가 기가 막혔다.
태인은 사람들을 물리고 수건을 직접 잡아 이마에 댔다.

'이제 인사도 안 하기로 한 건가? 형이 이렇게 아픈데?'

비아냥거리는 주제에 목소리는 퍽 다정했다.

'잘못했으면 맞아야지.'

재인은 무심하게 받아치며 냉소를 머금은 채 지나갔다.

시건방진 태도를 참아 줘야 할까. 잠시 분노가 치솟았지만,
생각은 이내 다른 쪽으로 기울었다.

창립 기념회에서, 김희주를 봤을까?

얼마 전 재인과의 대치를 곱씹던 그가 자리에서 일어나 창가
로 걸어갔다. 작열하는 여름의 햇빛이 도심을 태워 버릴 듯 이
글거리고 있었다.

꿈틀, 저도 모르게 이마에 힘을 줬는지 상처가 쓰라려 왔다.
손에 들고 있던 담배에 불을 붙이고 깊이 들이마셨다. 초조함
이 가시지 않는다.

"서재인은?"

"일본으로 여행 간 것 같습니다."

의구심 어린 눈빛으로 박 실장을 돌아보자 봉투에서 서류를
꺼내 그에게 가져다주었다. 출입국 관리 기록 서류와 재인의
이름으로 예약된 호텔 컨퍼메이션 레터였다.

"그리고 김희주 씨는 안진으로 갔는데 계속 보고할까요?"

생각에 잠긴 그는 연기를 내뱉으며 웃음도 같이 흘렸다. 약
혼식 날 그를 찾아온 희주가 떠올랐다.

겁이 많으면서도 은근히 사람을 자극할 줄 아는 호기로운 구석이 있는 건 알고 있었는데……. 그렇게까지 대범하게 굴 줄 몰랐다. 그것에 놀아난 자신은 어떻고. 여러모로 김희주가 자신을 망치고 있다는 것을 인정하지 않을 수 없었다.

나도, 너도 서로를 망치는…… 그런 관계.

울고 있는 얼굴을 떠올리자니 가슴 한편이 선득해진다.

약혼, 그게 뭐라고. 달라지는 건 없을 텐데.

"됐어요. 그냥 좀 쉬게 둬."

정리되는 대로 데리러 가면 되니까.

"쉬운 길 놔두고 돌아가긴 해야겠네. 그나저나 내 이마 어때요? 많이 흉한가?"

태인의 반듯한 이마에 꿰맨 자국이 도드라져 보였다.

"흉이 남지 않도록 최선을 다해 달라고 최 박사한테 말해 놓았습니다."

"그래요, 내 반반한 낯짝에 반한 사람이 있어서, 곤란하거든. 싫어졌다고 도망가면 안 되니까."

책상으로 돌아와 담배를 비벼 끄며 그는 또 낮게 소리 내 웃었다. 그녀가 그를 넋 놓고 볼 때면 잘난 외모의 쓸모를 체감했다.

약혼은 눈속임인 동시에, 보험이었다. 서 회장에게 고분고분한 아들로 보일 겸, 서산을 조금 더 빨리 지배하는 데 좀 수월한 수단. 그런 별것도 아닌 약혼에 절절매며 아파하는 여자를 보니 발밑이 꺼지는 기분이었다. 약혼식 따위는 안중에도 없을 만큼.

그런 주제에 절박하게 매달리는 희주를 보는 게 너무 짜릿해서 이성을 잃었던가.

"그분은 그만 만나시는 겁니까?"

평소와 다른 약간은 비딱한 말투. 박 실장은 이번 약혼식이 제대로 성사되지 않은 배후에는 김희주가 있을 것이라 확신했다. 그 여자는 그에게 독이다. 눈앞의 고지를 두고 돌아가게 생긴 박 실장의 불만이 드러났다.

서늘한 눈빛이 박 실장에게 와 닿는다. 그러다 희미한 웃음을 흘리며 이내 고개를 가로젓는다. 본인의 무책임했던 말로가 자신의 곁에 선 사람에게 불안감을 가져다주는 걸 인지한 상태였기 때문이다.

"박 실장님, 후회해요? 내 옆에 선 거?"

태인을 어렸을 때부터 봐 왔다. 자신이 새파란 신입 사원으로 서명환 회장의 수행 비서 중 한 명이었을 때부터. 태인의 성정은 비서들 사이에서도 유명했다. 큰 물건, 선대 회장 서명수의 분신, 이런 수식어들이 붙었다. 어린놈 주제에 사람을 부릴 줄 안다고 했던가.

'박 실장님, 나랑 같이 가 보겠어요?'

태인이 의대를 그만두고 미국으로 유학을 하러 가면서 제안했다.

박 실장은 당시 직위는 과장으로 수행 비서 중에서도 중급이었다. 그대로 있으면 계속 서 회장의 비호 아래 더 위로 올라갈 수 있었다. 능력도 좋았으니까. 태인은 자신의 곁에 있다는 건 서 회장의 반대편에서 서는 일이라고 친절하게 설명해 줬다.

'왜인지는 알 거라, 생각해요. 내가 여기 상처가 깊잖아.'

자신의 심장을 콕콕 손가락으로 찍으며 근사한 미소로 말했다. 그가 무얼 목격했는지는 비서진 사이에서 공공연한 사실이었다. 서 회장과 송지윤의 끔찍한 정사 장면과 비참하게 지하에 갇힌 모친.

오만한 남자의 아름다운 미소가 상처투성이라는 걸 그때 박 실장은 알게 되었다.

거절할 명분은 많았다. 하지만 본능적으로 깨달았다. 서태인. 이 남자는 서산의 주인이 될 것이다. 그것도 가장 잔혹한 방법으로 오를 것이다.

난데없이 나타난 김희주라는 여자에게 욕망을 보일 때만 해도 그러려니 했다. 그 여자를 두고 이상한 표정, 이상한 습관, 이상한 행동을 보이기 전까지는.

타인의 행동과 감정에 휘둘리지 않는 남자가, 여자 때문에 본연의 모습을 잃는 모습을 보는 게 낯설면서도 흥미로웠다. 거의 다 왔는데 도대체 무슨 생각으로 그런 것일까.

시시콜콜 다 얘기하지 않는 자신의 상사이지만, 그 김희주라는 여자가 태인의 동생 서재인과 관련되어 있다는 것은 알 수 있다. 복수의 일환이었던 여자가 수단이 아닌 목적이 돼 버린 것을 본인은 알고 있을까?

사랑? 글쎄, 그렇게 이름을 붙이기에는 그의 것은 질척이며 찐득하고 늪처럼 음산했다.

태인은 자신만의 결계를 치고 사람들 들이지 않는다. 처음 그곳에 들인 대상이, 하필이면 운도 없는 그 여자였던 것이다. 음습하고 축축한 그곳에 그녀를 데려와 그의 식대로 사랑하고 있는 것일지도.

담배를 다 태운 태인이 자리로 돌아와 의자에 앉았다. 느른 하게 입매가 풀어진 것을 보니 또 그 여자 생각이겠지.

주제넘은 참견은 하지 않는다.

"그럴 리가 있겠습니까. 사장단 회의 소집 일정부터 잡겠습 니다."

박 실장은 고개를 숙여 인사하고는 문을 닫고 나갔다.

* * *

호수 별장에서, 재인은 눈앞이 다 어찔한 기분이었다.

저렇게 무방비하게 잠들어 있으면 어쩌자는 거야.

재인의 시선이 닿은 곳은 소파에서 몸을 웅크리고 누워 있 는 희주였다. 그는 우뚝 굳어 있다가 홀린 듯이 그녀에게 다 가갔다.

지고 있는 석양빛을 가로막고 서자 그녀 위로 그림자가 드리 웠다. 눈앞의 어룽지는 그녀의 모습이 꿈속 같아 조심스럽게 뺨을 쓸어 보았다.

부드럽고 따듯해.

환영이나 환각이 아니다.

형과 함께 있던 그녀를 생각하자 심장을 돌덩이가 지그시 짓누르듯 선득한 고통이 퍼졌다. 그럼에도 불구하고 이 순간이 지금 너무 오랫동안 바라 왔던 것이라서. 가슴에 번져 가는 뭉클함을 이겨 낼 방도가 없었다.

그는 잠든 희주를 물끄러미 내려다보았다.

수영을 했는지 젖은 머리카락이 새하얀 이마와 뺨에 들러붙어 있다. 쌕쌕거리는, 옅은 숨소리를 내뱉는 붉은 입술. 미세하게 움직이는 솜털. 벌어진 가운 사이 보이는 뽀얀 살결.

나쁜 생각이 일렁거린다.

재인은 미간을 왈칵 구기며 머리를 거칠게 쓸어 넘겼다.

답도 없는 새끼. 지금 이 와중에.

조금만 더 일찍 너를 찾아왔다면, 내가 나이가 더 많았다면, 내가 그 집에서 태어나지 않았다면, 네가 형이랑 만날 일은 없었을까?

그날 일이 존재하지 않았을까?

결국 짓이겨 터지고 마는 심장과 같이 창밖의 석양과 비슷한 붉은빛이 쏟아져 그를 물들였다.

내 유일한 세상은 너였는데, 오직 너만이 나의 구원이었는데.

너는 그런 나를, 조금도 생각하지 못했어?

되돌릴 수 없는 시간이 야속했다.

왜 하필 형이야. 다른 사람도 아니고.

'뭐야? 이 도둑은?'

'아, 하녀.'

상처 줄 걸 알면서도 내뱉었다. 희주가 한 말을 그가 기억 못 할 리가 없다.

'난, 제일 싫은 단어들이 있어. 거지, 가정부. 하녀, 도둑, 이런 말이 들릴 때마다 내 얘기를 하는 것 같아서 어깨가 움츠러들어.'

그때 자신은 어땠던가.

두꺼운 사전을 들고 와 그 단어에 검은 볼펜으로 거칠게 덧칠하며 없애며 의기양양하게 그녀에게 말했었다.

'내가 다 없애 줄게. 네가 힘들어하는 그런 단어들 내가 없앨 거야.'

그랬던 주제에 상처 주고 싶었나.

픽, 그는 웃었다. 어린 날의 자신이 이렇게 창피해지는 순간이었다.

나도 별다를 바 없네. 상처받았다고 상처 주기나 하고.

원망의 상대가 잘못됐다는 걸 안다. 네가 잘못한 게 아닌데, 같은 마음이 아니었다는 사실이 너무 분해서.

이렇게 눈부시게 아름다운 널 미워하며 잊어 갈 수 있을까.

기분이 상한 듯 미련 없이 등을 돌리는 희주를 붙잡아 세우고 싶었다. 왜 그랬냐고. 왜 하필 형이었냐고. 왜 조금 더 기다려 주지 못했냐고.

그러지 않기 위해 떨리는 손으로 주먹을 꽉 쥐었다.

'햄버거 좀 사 와.'

말도 안 되는 거 알면서도 심술을 부렸다. 이게 아닌데 하면서도, 어떻게 다가가야 할 줄 모르는 바보처럼.

그런데, 희주가 나를 보고 웃는다.

고작 저 정도 웃음에 무기력해진다.

나는. 아무래도 안 될 것 같아. 널 조금이라도 미워하는 게. 너도 아파하길 바랐던 내가 정말 한심해 견딜 수가 없다.

'내가 그런 말 싫어한다는 거 알고 있었잖아. 기억 안 나?'

본능적인 두려움이 몰아닥쳤다. 자신을 미워할지도 모른다는. 희주는 그런 말을 싫어하니까. 그게 아니라고 말하고 나서는, 조급해졌다.

마음을 빨리 전하고 싶어서.

그렇게 하면 넌 달아나겠지? 착하고 순진한 너는 형의 동생인 내게 마음을 줄 여유조차 없을 테니까.

천천히 스며들 거야. 결국 내 손을 잡게 할 거야.

'다 기억해 전부.'

한순간도 잊어 본 적 없어.

미친 사람 같겠지만, 약에, 술에 취했을 때도 너를 떠올렸어. 그 환각에서조차 너는 나를 안아 줬잖아. 괜찮다고 말해 줬잖아. 그래서 더 빠져나오지 못했는지 몰라. 거짓된 환영이라도 네 옆에 있고 싶어서.

그래, 그런 역겨운 순간에도 널 떠올렸어. 사랑해. 이게 어떻게 사랑이 아니야.

상관없어. 네가 누구를 사랑하고 품었든.

내가 지켜 줄게. 어떤 잔인한 칼날이 나를 찢고 들어온 데도 널 감싸 안아 줄게.

그러니까 제발…….

널 아프게 한 그 사람을 잊어.

내 손을 잡아.

2. 다시 (1)

산들바람이 불고 화창한 날이었다.

호수 건너편, 희주가 '꽃 농장'이라 이름 붙인 작은 언덕에는 파란 베로니카 꽃이 만발해 있었다. 여름 장미와 보라색 디기탈리스 등 계절 꽃들이 핀 곳은 향기로 가득했다.

하지만 꽃으로 가득한 길을 걷는 희주의 얼굴은 그렇지 못했다. 진심으로 분한 듯 인상을 썼다.

"당연히 이제 내가 더 빠르지. 설마 나, 진짜로 이길 거로 생각했나 봐?"

옆에서 재인이 능글거리며 휘파람을 불면서 약 올린다.

호수 건너편에 있는 꽃 농장까지 먼저 도착하는 내기를 했다.

기점에서 서로 반대 방향으로 달리는 거였으니, 길을 아는 자신이 유리하다고 생각했는지 희주는 아직도 툴툴거렸다.

"넌 길을 잘 모르니까. 당연히 내가 먼저 도착할 줄 알았지."

"내가 다 기억한다고 했잖아. 한 번도 잊어 본 적 없다고. 바보야."

불쑥 다가와 그녀의 이마에 자신의 이마를 맞대고 굴리며 친밀감을 표시한다.

그날 밤, 서로를 기억한다는 사실을 확인한 날, 재인의 사과와 결국 떨어지고야 마는 눈물로 둘은 오해를 풀었다. 희주는 괜찮다며 장난이라고 말해 주었고, 재인은 그 말이 맞는지 몇 번이고 확인했다.

'여긴 갑자기 왜 온 거야?'

'대학원 입학하기 전에 잠깐 쉬려고. 외로워서. 나 한국에 친구도 없잖아. 누나가 내 유일한 친구야. 그러니까 그동안 재밌게 놀아 주라.'

느물거리며 말하는 재인이 찰싹 달라붙어 왔다.

그 후, 재인은 예전처럼 그녀에게서 떨어지지 않고 따라다녔고, 둘은 추억을 서로 곱씹으며 자신의 기억이 맞다며 가벼운 실랑이를 벌이기도 했다. 그렇게 편안한 날들이 흘렀다.

"저리 가."

있는 힘껏 여기까지 달려왔다. 이게 뭐라고 그렇게 진심인지. 재인과 있으면 어린애가 되는 것 같다. 숨찬 게 아직 가시지 않는지 호흡을 고르며 희주가 그를 세게 밀쳐 냈다.

어, 그는 장난스럽게 넘어지는 시늉을 했다. 그리고 바로 균형을 잡고 아이같이 팔을 활짝 벌려 마치 자신이 비행기가 된 듯 꽃밭을 뛰어다녔다.

윙- 윙- 입으로 소리를 흉내 내며 아주 힘차게.

아이 같은 천진한 모습에 희주가 어이가 없어 웃음을 터트렸다.

그것을 시작으로 웃음이 점점 진심이 되었다. 얼마나 크게 웃었던지, 심장이 쿵쿵, 울릴 정도였다. 볼이 상기될 정도로 크게 배를 잡고 소리 내 웃었다.

휙, 갑자기 몸이 들렸다.

그가 허리를 두 손에 잡고 위로 올려 빙글빙글 돌았다.

"어어, 뭐야. 놔, 놔."

말을 그렇게 하면서도 하늘 위를 도는 기분이 나쁘지 않아 계속 웃었다.

풀썩, 시야가 들썩이더니 몸이 가라앉았다. 바닥으로 그대로 누운 재인 위로 희주가 엎드린 꼴이 됐다. 그의 세찬 심장 소리에 아득한 기분이 들었다. 그를 속이고 있다는 죄책감에 즐거워하다가도 순식간에 싸늘하게 식었다.

재인이는 모를 텐데. 태인과 저가 어떤 사이였는지.

이래도 되는 걸까.

만약 알게 되면. 이런 것도, 이런 시간도 없겠지? 그때가 되면 너의 다정함에, 따뜻함에 더는 위로받지 못하겠지. 차갑게 돌아서는 널 견뎌야겠지.

향긋한 꽃내음에, 느리게 맥동하는 심장 소리에 잠시 걱정을 묻어 두고 싶었다.

* * *

"희주야, 엄마 서울에 호윤이한테 좀 가 봐야 할 것 같은데."

일주일 뒤 희주의 이복오빠, 김호윤의 수술 날짜가 잡혀 있었다. 그런데 난데없이 재인이 나타나 별장을 비우기 곤란한지 엄마가 조심스럽게 운을 떼었다.

"수술 끝나고서도 회복할 때까지 좀 옆에 있어 줘야 할 것 같아. 한 달 정도?"

그것 말고도 엄마가 망설이는 이유는 또 있었다. 희주가 오피스텔 보증금과 대출을 돌려 막기하면서 호윤에게 병원비를 준 일을 두고 눈치를 보는 것 같았다. 각자의 상처가 많은 둘은 살가운 편은 아니니까.

호윤에게 태인이 빚을 갚아 줬다는 사실을 엄마에게 비밀로 하자고 했다. 아무리 눈치 없는 엄마라도 왠지 그 많던 빚을 그가 갚아 주었다는 것을 알면, 그와의 관계를 알아 버릴 것 같아서.

오빠는 암 진단을 받고 엄마와 자주 통화하는 사이가 됐다고 한다. 사람이 아프면 달라지는 걸까. 모진 소리를 서슴지 않았던 오빠가 엄마한테 살갑게 구는 통화 내용을 들을 때면 그렇게 느꼈다.

"걔가 나 때문에 고생해서 그런 몹쓸 병에 걸린 것 같아 마음이 쓰여. 엄마가 그때 가게를 날려 먹지만 않았어도…….”

엄마는 결국 울음을 터뜨렸다. 오빠가 아픈 게 자기 탓인 양 구는 엄마가 안쓰러웠다. 물론 호윤은 엄마가 진 빚을 갚기 위해 공장에서 일하며 자신의 미래를 희생했다. 하지만 책임감 있는 것과는 별개로 희주와 엄마에게 상처 주는 말들을 시도 때도 없이 해 댔다.

마음 놓고 미워할 수 있으면 좋으련만, 절대 한 방향으로 미워할 수 없었기 때문에 서로의 상처가 더 곪기도 했다.

곪았던 게 드디어 터진 걸까.

서로 부둥켜안고 울어본 게 참 오랜만이었다. 뭐든 쉬운 게 둘에게는 없었으니까. 퉁퉁 부은 눈으로 빠진 수분을 채우느라 물을 마시는데, 그 모습이 또 웃겨 마주 보고 웃고, 울고를 반복했다.

희주는 눈물을 쏙 빼고 가시지 않은 여운으로 코를 훌쩍이며 말했다.

“그럼 나 여기 재인이랑 둘이 있어?”

엄마가 잠깐의 공백 뒤에 그 말을 이해한 듯 아연하게 말했다.

“불편해? 그럼 엄마가 일할 다른 사람 알아보고…….”

“됐어. 그냥 해 본 말이야. 우리 그냥 예전처럼 지내고 있어. 재인인 그냥 덩치만 큰 애지 뭐.”

“그래, 엄마는 걱정 안 해. 둘이 사이좋아서 다행이야. 그래도 도련님 밥은 챙겨야 하는데. 네가 음식 솜씨가 좀…….”

빈말이라도 잘한다고 말할 수가 없었다. 엄마가 요리를 잘하는 것에 비해 희주는 끓인 라면조차도 맛이 없을 정도로 요리에 재능이 없었다.

"식당 아줌마 온다며? 그러니까 걱정하지 말고, 오빠나 잘 돌봐 줘."

* * *

희주는 본채에서 벽시계를 흘긋 보았다.

벌써 오후, 5시가 넘었다.

식사 시간 전에, 준비하러 오신다고 했는데. 저녁을 준비해 주기로 한 식당 아줌마의 방문이 늦어지고 있었다.

전화도 안 받고.

엄마에게 연락하려 했다가 괜히 신경 쓰게 하기 싫어 그만뒀다.

내가 해야 하나, 할 줄 아는 게…….

도련님 밥에 진심인 엄마의 당부가 생각나 괜히 초조해졌다. 희주는 호수 별장으로 건너갔다. 초인종을 누르자 달칵, 직접 문을 열고 나온 재인이 그녀를 반겼다.

"재인아, 저녁 좀 늦어질 것 같아. 아줌마가 아직……."

안에서 맛있는 냄새가 흘러나왔다. 아줌마가 여기로 바로 오신 건가?

"뭐야? 이 냄새?"

"뭐긴, 저녁이지. 얼른 들어와."

그는 희주의 손목을 잡고 안으로 이끌었다. 아일랜드 옆 테이블에는 이미 매트와 식기들이 가지런히 놓여 있었고, 조리대에서는 요리가 한창 진행되는 중이었다.

재인은 호수가 정면으로 보이는 테이블 자리에 그녀를 앉혔다. 그리고 와인 잔을 세팅하고 붉은 와인을 제법 능숙하게 따라주었다.

"마시고 있어. 곧 다 돼."

"어떻게 된 거야?"

그러고 보니 앞치마도 두르고 있다. 여기에 있지 않았을 텐데……

"아아, 내가 식사는 따로 필요 없다고 했어. 재료는 다른 사람 시켜서 가져오라고 했고."

이것도. 라고 덧붙이며 앞치마를 잡아 들어 보인 재인이 싱그럽게 웃었다.

"왜?"

"왜긴? 내가 직접 해 먹으려고."

그리고 이렇게 너랑 단둘이 있으려고. 어떤 기회인데 이게. 돌아선 재인은 희주가 보이지 않게 입꼬리를 올려 씨익 웃었다.

주물 팬에 익힌 고기와 야채, 과일을 넣고 진득한 소스를 뿌렸다. 팬을 위아래로 살살 흔들 때마다 두툼한 팔의 근육들이 움직였다.

상상하지 못했던 장면에 희주는 왠지 떨떠름한 기분이 되었다. 애써 의식하지 않으려 노력하며 앞에 보이는 광경에 시선을 주었다.

코발트색 하늘빛이 석양과 섞여들자 오묘한 색으로 변한 하늘이 검은 숲 위로 넘실거렸다. 열어 둔 통창으로 들어오는 바람이 심장을 잘게 흔들고 지나갔다.

자꾸 간지럽다.

이런 갑작스럽고 낯선 기류가 희주는 불편했다.

일단은, 이 넓은 땅 위에서 그녀와 재인 단둘이라고 의식하자 묘한 긴장감이 일었다. 그리고 지금 이 분위기도. 재인이 내뿜는 저 다디단 행동이 무엇인지 애써 생각하지 않으려 했다.

괜히 큼큼, 목을 한번 가다듬었다.

"어때요? 와인 괜찮아요? 누나?"

불쑥 가까이서 들려온 목소리와 온기에 어깨를 움찔거렸다.

"뭐, 뭐야."

"누나라고 얘기하면 좋아하는 것 같길래. 아닌가?"

정수리 위에서 낮게 웃는 소리와 함께 뜨거운 숨이 떨어진다.

오랜만에 만난 재인은 상당히 여우 같은 면이 있었다. 처음에는 특유의 천진한 말투 때문인가 했지만 틈을 포착해 파고드는 능력이 상당했다. 자꾸만 붙어 오는 그에게 주의하라고 하면 요리조리 피해 갔다.

'사람들 있을 때는 자제할게. 어렸을 때부터 가족들이랑 떨어져서 지냈잖아. 애정 결핍이래.'

불쌍한 표정을 지으며 장난스럽게 머리를 들이밀었다. 다른 사람들한테도 저렇게 친밀하게 굴까? 아니면…….

뒤따르는 의문은 고이 접어 뒀다. 불편하게 지내고 싶지 않아서. 여름이 끝날 때까지만이라니까.

앉아 있는 희주의 감싸 안듯 뒤로 선 재인이 어느새 비어 버린 잔을 채워 준다. 요리하는 손놀림이 익숙해 보였다. 달콤하고 짭조름한 냄새가 후각을 자극해 희주는 입 안에서 솟아오르는 침을 꿀꺽 삼켰다.

흰색의 우묵한 그릇에 먹음직스럽게 담긴 소고기 찜이 그녀 앞으로 놓였다. 사과와 배, 단호박, 각종 채소가 함께 담겨 있어 자신이 아는 전통적인 찜과는 달라 보였다.

"언제 배웠어?"

자신의 몫을 가져온 재인이 희주의 반대편으로 앉으며 말했다.

"수지가…… 아, 메이드가 한국계였거든, 맛있길래 배워 뒀어."

재인은 탄산수를 유리잔에 따르며 말했다.

"아, 나는 술 못해. 예전에 너무 많이 마셨던 적이 있어서. 다 낫긴 했어. 지금은 그냥 조심하는 거야."

혹시라도 그를 이상하게 바라볼까 봐 초조하게 덧붙이고는 눈치를 살폈다.

"엄마가 말해 줬어. 힘들었겠다."

조금? 그는 대수롭지 않게 말하려 노력하며 어깨를 으쓱였다.

"누나, 술 잘하네?"

벌써 두 잔을 비워 낸 희주의 잔에 다시 와인을 따라 준다.

저, 누나라는 소리는 적응이 안 되는데, 그만하라고 할까? 자꾸 간질거리는데.

긴장되거나 불편한 상황을 모면하고 싶으면 술을 마시는 것은 태인을 만나는 동안 생긴 버릇이었다. 사람들이 슬프거나 힘들면 왜 술을 마시는지 알 것 같은 기분이었다.

"늘었어. 누구 때문에."

술을 마시지 않으면, 날 섰던 대화를 끝내지 못했던 날들을 떠올렸다.

'취하니까 이렇게 솔직하잖아. 그렇게 좋아? 응?'

그의 목을 끌어안으며 매달린 희주에게 입술을 머금으며 말하던 나직한 목소리. 술의 부작용은, 그의 생각을 더 떠올리게 된다는 것.

이제 끊어야 할까 봐.

쨍.

"다른 생각은 하지 말고."

희주가 와인 잔을 들고 멍하니 있자 자신의 잔을 부딪쳐 왔다. 희주는 저도 모르게 또 생각에 잠겨 든 것을 알고 눈을 느리게 깜박였다.

"아…… 내일은 태풍 온다는데, 조심해야겠어. 아니면 내일은 본채에서 있을래? 올림막도 설치해 놓긴 했는데 호수가 좀 심하게 불어나면 혹시 모르니까."

생각난 김에 빠르게 용건을 말한 희주는 드디어 포크로 고기와 사과를 한꺼번에 찍었다. 그것을 입으로 넣은 희주의 눈이 동그랗게 커졌다.

"뭐지? 이거 뭐야? 너무 맛있어!"

간장을 베이스로 한 고기에 상큼한 과일이 함께 들어가 새콤달콤한 맛과 아삭한 식감이 너무 좋았다.

"그래? 다행이다."

그는 시선을 내리깔고 고개를 숙였다. 달아오르는 얼굴을 숨기려고. 계속 보다간 그 귀여운 입술에 입 맞출 것 같아서.

뒷정리까지 마친 둘은 음악을 틀고 거실의 소파에 나란히 앉았다.

"진짜 예전 생각난다. 그때도 이렇게 음악 듣고 아무것도 안 하고 앉아 있었는데. 멍 때리기 시합하듯이."

"그랬나……."

희주의 말끝이 눈에 띄게 늘어졌다. 긴장으로 홀짝 들이켜던 와인에, 이런저런 얘기를 굴곡 없이 하다 보니 엄청난 수마가 몰려든 탓이다.

"엄마한테 혼나겠는데…… 귀하신 도련님 지금 밥 시켜…… 설거지 시켜."

느릿느릿하게 흘러나오는 말은 잔뜩 취한 목소리였다. 그녀의 불긋한 뺨이 사랑스럽다. 소파에 나란히 앉은 희주의 옆에서 재인은 그녀의 머리카락을 손가락에 감고 빙빙 돌렸다.

"뭐 어때. 우리 둘만 아는 건데."

무심하게 던지고는 그 끝을 가져와서 음미하듯이 코에 문지르면서도 시선을 떼지 않았다.

긴 속눈썹이 느리게 움직이면서 그녀의 눈동자가 드러났다 사라지기를 반복했다. 재인이 부드럽게 쓸어내리는 머리칼에

졸음이 더 쏟아지는지 몸이 흔들거린다.

들어설 때부터 경계 태세여서 걱정했던 것과 달리 그렇게 분위기가 나쁘진 않았던 것 같은데.

재인은 상황을 곱씹어 보는 동시에 희주가 이렇게 빨리 취해 버릴지 몰라 조금은 당황했다. 조금 더 대화하고 싶었는데.

꾸벅대는 희주를 보자니 저를 조금도 남자로 생각하지 않는 듯한 행동에 서운하기도 하면서, 눈치 보지 않고 실컷 볼 수 있으니까 좋기도 했다. 이대로 잠들면, 입 맞춰도 될까? 한 번 정도는 괜찮지 않나…….

툭, 그녀의 머리가 그의 가슴으로 떨어졌다.

아, 이렇게 빨리…… 아직 마음의 준비가 안 됐는데.

미친 듯이 뛰는 심장 소리 때문에 깰 것 같다. 아직 깨면 안 되는데. 몸을 스르르 밑으로 낮추고 넓은 어깨 위로 그녀의 머리를 올렸다. 미국에서는 이 정도는 인사니까.

고개를 돌려 희주의 뺨과 귀를 감쌌다.

"사랑해."

떨리는 목소리로 나지막이 말하고는 입술을 가볍게 맞붙였다 떼어냈다. 그 순간, 고작 그 입맞춤으로 그는 세상을 가진 듯 행복했다.

그때.

그녀가 파르르 떨리는 눈꺼풀을 반쯤 들어 올렸다. 눈꼬리에는 눈물이 맺혔다.

아, 들켰나.

변명을 생각하는 재인의 동공이 흔들렸다.

"……가지 마요. 가지 말아요. 그 여자한테 가지 말아요. 제발."

연신 그 말을 속살거리며 희주는 재인의 목을 당겨와 입술을 붙였다. 굳어 있는 재인의 몸을 더 끌어당기며 조금 더 짙은 입맞춤을 했다.

너는 나를 형으로 보았구나.

세상이 무너지는 기분에 가슴이 경련하는 것 같았다.

괜찮아. 이 정도는. 각오했었잖아.

그런 다짐과는 다르게 자꾸 튀어나오는 서러움, 설익은 질투 그런 것들을 억지로 내리눌렀다.

태풍의 기운이 넘실거리는 밤, 새하얀 커튼이 바람에 나부끼며 위험한 소리를 내었다.

* * *

이상한데. 어제 뭐, 내가 실수했나?

재인은 약간은 도도한 표정으로 그녀와 거리를 유지한 1인용 소파에서 책을 읽고 있었다. 본래는 덥다고 핀잔을 주어도, 들리지 않는다는 듯 옆에 딱 달라붙었는데. 뭐지…….

어젯밤부터 심상치 않은 기운이 보이더니 새벽에는 폭우가 쏟아져 내리기 시작했다.

둘은 아침에 본채로 건너왔다.

희주는 숙취가 있다며 라면을 끓였고, 그는 토스트를 굽더니 우유와 함께 제 방으로 뒤도 돌아보지 않고 들어갔다. 얼마 가지 않아 희주가 있는 거실로 슬그머니 책을 가지고 나오긴 했지만.

뇌우를 동반한 먹구름이 푸른 하늘을 삼킨 탓에 실내도 다소 어두웠다.

"비가 많이 오네."

번쩍, 하얀 번개가 숲과 호수로 내리꽂혔다. 희주의 말에 슬쩍 거실 창을 본 재인이 책으로 다시 시선을 내리깐다.

아, 진짜 뭘까. 삐진 것 같은 저 얼굴은? 그러고 보니 재인의 입술이 조금 빨갛게 부어올라 있다. 아닌가, 원래 저랬나?

가느스름한 눈으로 쳐다보자 재인이 갑자기 책을 탁, 소리 나게 덮었다. 심기가 불편한 것을 알아달라는 듯이.

"달면 삼키고, 쓰면 뱉는 거야."

"뭐?"

뜻 모를 말에 희주는 재인을 물끄러미 쳐다보았다.

"누나는 쓴물만 잔뜩 삼키고 있다고."

"너, 누나 소리 그만해."

"왜?"

말하지 않고 노려보는 희주에게 계속해서 '누나'를 반복하면서 그는 심술궂은 표정으로 장난을 쳤다. 희주가 말문이 막혀 최후의 방어선을 마련했다.

"어렸을 때가 훨씬 낫다. 지금은……."

"지금은?"

"지금은…… 좀 징그러운데? 너 너무 커. 뭘 먹고 이렇게 큰 거야?"

방어 작전이 통했는지, 재인이 미간을 구기며 손등으로 거칠게 뺨을 문질렀다.

"여자들은 좋아하던데?"

아닌가, 재인은 입 안쪽 살을 깨물며 중얼거렸다. 휘몰아치는 바람 소리와 유리창을 때려대는 요란한 빗소리가 그의 마음과 비슷했다.

"뭐 취향의 차이니까. 너 인기 많더라. 여자 친구들 계속 바뀌던데?"

희주는 대수롭지 않은 듯 어깨를 으쓱이며 말했다. SNS에서 올라온 자신의 사진을 본 듯한 희주의 말에 재인은 뭐라고 변명하고 싶어졌다. 사진 구도가 그렇게 나온 것뿐이라고. 너밖에 없었다고. 아무것도 아니라고 말하고 싶은데 그런데 지금은 그렇게 하기 싫다. 좀 미우니까.

"아, 뭐. 나 같은 남자를 주변에서 그냥 둘 리는 없지."

뭐, 그렇긴 한가 싶어서 희주는 작게 고개를 끄덕였다. 그리고 가시지 않은 숙취로 피곤한 몸을 소파에 뉘었다.

* * *

소파에서 잠든 희주를 안아 들고 침대로 옮겼다.

어젯밤, 맞춰 오는 입술을 거부하지 않았다. 저를 형으로 착각해 그런다는 걸 알면서도.

한심한 놈.

그 애달픈 몸짓을 어떻게 거부한단 말인가.

아니, 그럴싸한 핑계였다.

불가항력적이었다. 입을 맞춰 오는 그녀의 뒤통수를 당겨와 꽉 껴안았다. 부드러운 점막을 훑고, 입술을 맞물리며 더운 숨결을 섞었다. 입 안의 알싸한 와인의 향에, 맛에 다시 중독될 것 같았다. 이용당해도 좋다고 생각하면서도 온전히 저로 봐 주길 바랐다.

난 처음인데, 넌 기억도 못 하는 키스라니. 정말 나쁘다 너.

아니지. 나쁜 건 나지.

자신의 생각을 정정한 재인은 모로 누워 팔로 머리를 괴고, 고른 숨을 내쉬면서 자는 희주를 물끄러미 쳐다보았다.

이마에 낙인을 찍듯 입술을 붙였다가 떼고는 그녀의 품을 파고들었다.

일어나면 김희주는 분명 깜짝 놀랄 텐데.

천둥 때문에 무서웠다고 하지 뭐.

허리를 옭아매는 손이 부드러웠다.

희주가 갈증으로 일어났을 때는 새벽이었다.

몸이 후끈거려 일어났더니 재인이 그녀의 허리를 껴안고 자고 있었다. 화들짝 놀라 밀어내려고 하는데 꿈쩍도 안 하는 재인의 상태가 이상했다. 악몽을 꾸는지 땀에 흠뻑 젖어 있었고, 잇새로 괴로워하는 신음이 흘러나왔다.

뜨거운 열기에 몸이 녹아내릴 것 같았지만 강한 힘으로 끌어당기는 그를 벗어날 순 없었다.

"데리러 가야 하는데…… 가지 마, 기다……려."

웅얼거리면서 내뱉는 흐느끼는 목소리.

재인아. 낮게 귓가에 떨어지는 다정한 목소리.

등을 토닥이자 떨리는 몸이 잦아든다.

* * *

"이제, 나도 술을 끊어야겠는데……."

정신이 들자, 곤혹스러워하며 희주가 침대에서 몸을 일으켰다.

아무리 재인이 편해졌다고 해도 그렇지. 어제는 그 앞에서 필름이 끊기질 않나, 아무리 숙취로 정신없었다지만 지금 또 이렇게 같이 누워 있는 상황에 이마를 짚으며 깊은 한숨을 쉬었다.

뒤에서 팔이 뻗어와 배 앞을 단단히 감아 왔다.

"언제 일어났어?"

잔뜩 잠긴 나른한 목소리. 상체를 세워 등에 얼굴을 비빈다.

"방금. 아니 그리고 너 왜 여기에 같이……."

허리에 감겼던 팔을 풀고 타박하려는데 꼼짝도 안 한다.

"바람 소리가 너무 무서워서 그랬어."

얇은 티셔츠 위로 그의 입김이 와닿는다. 어이없고도 뻔뻔한 변명에 희주가 고개를 좌우로 흔들며 웃었다.

"너, 악몽 꾸는 것 같더라. 누굴 데리러 가? 미국에 여자 친구 있어?"

희주의 말에 기분 좋게 얼굴을 비비던 재인은 자신의 꿈이 이번에 뭐였을까 생각했다.

데리러 간다는 거 보니까. 희주 꿈이긴 한데. 어제는 웬일인지 잘 기억나지 않는다. 원래는 꿈에서 깨어나도 그게 너무 생생해서 힘들 때가 많았는데.

컨디션이 좋지 않을 때, 간혹 좋을 때도 순차적으로 반복되는 꿈이 있다. 강아지 '두리'가 피를 뚝뚝 흘리며 배속이 헤집어진 모습. 본 적도 없는 큰어머니의 목을 자신이 조르는 장면, 달려가도 계속 제자리인 상태로 희주를 계속 놓치는 상태.

운 없으면 한꺼번에 다 꾸기도 하고. 그리고…… 최근에 레퍼토리에 추가된 건…… 생각하기도 싫다. 형과 김희주라니…….

그는 머리를 쓸어 넘기며 긴 숨을 내뱉었다. 그사이 희주가 재인의 팔을 풀고 침대를 벗어났다.

"그리고 옷 좀 입고 자지 그래? 아니, 그것보다 왜 같이 자고 있는지 설명 좀……."

바지만 입고 있던 재인의 방만한 모습을 타박하려는데, 희주의 시선이 한 곳에 멈췄다.

왼쪽 어깨에 크고 긴 흉터가 있다.

"뭐야, 나 지금 엄청 설레는데?"

그는 당당하게 뒤로 손을 짚으며 몸매를 과시하는 포즈를 취했다.

"혹시, 다쳤다는 게 이거야?"

희주는 심상치 않은 표정으로 다가와 어깨의 울퉁불퉁한 흉터를 만졌다. 그러는 바람에 머리칼이 그의 쇄골에 간지럽게 쓸리고, 숨결이 어깨 위로 떨어진다. 우유 향이 날 것 같은 뽀얀 목덜미가 바로 눈앞에 있다.

방금 호기롭게 장난친 것과는 다르게 그대로 굳은 재인이 바스락 경련하듯 떨었다.

"비켜 봐, 나 옷 좀 입게."

재인이 희주를 살짝 밀쳐내고 서둘러 문을 닫고 나갔다.

'운동하다가 어깨 다쳤대. 그 뒤로 약이랑 술에 빠져 살았고. 그래서 회장님이 노발대발하셨잖아…….'

무슨 일이 있었던 걸까. 아무리 생각해도 재인이 그런 유혹에 빠질 것 같진 않은데 말이다.

흉터를 살펴보던 희주의 머릿속에는 어떤 거슬리는 기억이 자리 잡았다. 서재인의 이름이라면 다신 꺼내지 말라던. 서늘하고도 살기 어렸던 말투. 뒷덜미를 서걱 베어 내리는 불쾌감이 스민다. 왠지 모를 불편한 감각이 손까지 내려와 저릿했다.

샤워를 마쳤는지 재인이 흰색 티셔츠에 오트밀 색상의 바지를 입고 거실로 나왔다. 환한 색상 때문인지 그을린 피부가 더 도드라졌다.

"아침 뭐 먹을까?"

폭풍이 언제 들이닥쳤냐는 듯 바깥은 햇살이 가득했다. 청명한 하늘에 새소리가 들리는 아침. 군데군데 태풍에 지저분해진 정원도 정리해야 할 게 곳곳에 보였다.

희주가 향하는 정원의 시선을 따라 재인도 같이 고개를 돌렸다.

꿈같이 느껴졌다. 계속 이렇게 살고 싶은데. 그럴 순 없겠지. 서류까지 조작해 놨어도 형도 곧 알 테고. 아버지도, 엄마도 저를 내버려 두지 않겠지. 무엇보다 희주의 마음이 저와 같지 않으니까.

마음이 급해져 왔다. 희주의 마음 한편이라도 잡아야 하는데. 생각 같아선 형이 제게 했던 역겨운 만행을 다 말해 버리고 싶었다. 나쁜 사람인 걸 알고 나면 마음을 접는 게 더 쉽지 않을까? 상처받아서 제 옆에 있어 주지 않을까?

나쁜 생각. 초조함에 망쳐 버릴 순 없다.

재인은 성큼 그녀의 뒤로 다가가 뺨에 입을 맞췄다.

"너, 뭐야!"

희주는 자신의 뺨을 감싸고 황당한 듯 크게 눈을 떴다.

"너도 어릴 때 해 줬잖아. 갑자기 내가 너무 예쁘다고 그러면서였나?"

"그건 어릴 때고……."

"지금은 뭐가 달라?"

담담하게 말한 재인이 부엌으로 걸어갔다.

이게 맞는 걸까.

희주는 재인과 이렇게 같이 잠들고, 연인들이나 하는 애정 표현과 스킨십을 하는 게 맞을까, 라는 생각이 들었다. 아니라고 판단을 내리면서도, 아무 일도 없었는데 이 정도는 괜찮지 않을까, 라는 비합리적인 결론에 이르게 된다.

싫지 않아서. 위로받고 싶으니까. 옆에는 따뜻한 사람이, 재인이 있으니까.

너무 힘들어서 제대로 된 생각을 할 수 없는 사람이 된 게 아닐까. 재인을 속인 채로 이용이나 하는 자신은 어딘가 망가진 것이 틀림없다.

알싸한 고통이 어린 가슴을 누르고 부엌으로 들어갔다.

재인은 밀가루와 몇 가지 베이킹 재료들을 꺼내고 있었다.

"이 집에 뭐 있는지 네가 더 잘 아는 것 같아. 도련님은 넌데."

사실은 어젯밤 그녀가 자고 있을 때, 아침에 그녀에게 만들어 주려고, 재료가 어딨는지 탈탈 뒤져 봤다.

"그럼 아가씨? 희주 아가씨라고 불러드려요?"

실없는 소리에 픽, 웃고는 다이닝 룸의 슬라이딩 도어를 활짝 열었다. 햇살이 바닥을 타고 길게 들어왔다.

밀가루와 베이킹파우더, 설탕, 달걀, 다진 버터를 대충 볼에 넣고 쓱쓱 비볐다. 계량기도 없이 그냥 반죽하는 게 조금 의심스러웠지만, 모양은 그럴듯했다.

반죽을 랩으로 감싸고 냉장실에 잠시 넣어 두고는 그녀의 옆에 와서 앉았다.

"숙성 중. 10분 정도?"

그는 또 옆에 바짝 붙어 그녀의 머리카락으로 장난치기 시작했다. 그녀가 고개를 틀어 그의 손을 피하자. 그는 희주의 손등을 쓰다듬었다.

"왜 이래? 그만해 이제, 이런 거……."

"재활 치료 클래스 중에 베이커리 수업 과정도 있었어. 그때 배웠어."

흠칫, 희주의 어깨가 가늘게 떨렸다.

"치료 목적으로 클래스 추천해 주거든. 뭐라도 집중하면 좋다고. 달콤한 게 권태로움과 중독증을 이기게 해 준다나?"

재인은 그녀의 관심을 다른 데로 돌리기 위해 말을 꺼내고는 그 틈을 타서 손을 다시 가져와 만지작거렸다. 예상대로 희주의 눈은 동그랗게 커졌다.

"어깨에 상처는, 시비가 붙어서. 운동도 그때 그만두게 됐는데, 좀 억울해서 술에 빠져 살았지. 몰랐는데 꽤 좋아하고 재미있었나 봐."

그는 테이블에 팔을 뻗어 머리를 기대고는 희주의 손을 가져와 뺨에 문질렀다.

재인의 덤덤한 말에 희주는 의심을 떨칠 수 있었다. 태인이 관련이 있을지도 모른다고 생각한 불안감이 종식되었다. 안도감이었다.

"뭐가 그렇게 억울했어?"

"비슷해. 어릴 때처럼. 왜 태어났는지 모르겠다고 내가 말했었잖아. 마음대로 할 수 있는 게 하나도 없어서. 즐거울 수 없어서."

태어날 때부터 새겨진 지독한 상처. 아직도 끝나지 않은 선득한 고통. 네가 내 손을 잡으면 다 끝날 것 같은데 말이야.

'나는 괴물이야.'

'태어나지 말았어야 했어. 살인자나 다름없대. 더러운 피가 섞인…….'

'그냥 그때 죽었으면 좋았을 텐데. 나 때문에 '두리'도 그렇게 죽고, 그리고…….'

희주는 상처를 가득 머금었던 어린 시절의 재인이 했던 말들을 떠올렸다. 그 내막을 자세히 알 리가 없는데도 희주의 낯빛이 어두워졌다.

재인은 조금 더 침울한 연기를 했다.

이제 그런 건 더는 중요하지 않다. 네가 앞에 있으니까. 근데 넌 이렇게 내가 불쌍하면 나한테서 시선을 떼지 못하잖아.

"외로워서 그랬나 봐. 미국에서."

그의 예상대로, 아까 귀찮아하던 것과 달리 희주는 그의 머리를 부드럽게 쓰다듬어 주었다.

그 손길에서 떨어지기 아쉬운 듯 뭉그적대며 일어났다. 냉장고에서 숙성시킨 반죽을 살짝 눌러 둥글게 모양을 냈고 오븐에 넣는 과정까지 아주 자연스러웠다.

10분 정도가 지나자 고소한 버터 향기가 솔솔 풍겨 왔다. 나머지 5분을 기다려 스콘을 뚝딱 구워 낸 그는 따뜻한 스콘 두 조각과 딸기잼, 그리고 버터를 접시에 올려 내왔다.

내린 커피는 희주 앞에, 자신의 몫으로는 우유를 유리잔 따르면서 말했다.

"카페인도 조심하는 게 좋다고 해서."

어울리는 듯, 안 어울리는 우유를 마시는 장면에 희주는 또다시 미소 지었다. 풍부한 버터 냄새와 포슬거리는 식감이 입 안에서 퍼졌다.

폭풍이 몰아친 다음 날, 달콤하고 화사한 날이 비현실적으로 느껴졌다.

〈다음 권에서 계속〉